从传统到现代：
20世纪中国文学的发展研究

戴学慧 ◎著

中国书籍出版社
China Book Press

图书在版编目(CIP)数据

从传统到现代：20世纪中国文学的发展研究 / 戴学
慧著. -- 北京：中国书籍出版社，2024. 8. -- ISBN
978-7-5068-9957-4

Ⅰ. I206.6

中国国家版本馆CIP数据核字第202418P3B4号

从传统到现代：20世纪中国文学的发展研究

戴学慧　著

丛书策划	谭　鹏　武　斌	
责任编辑	毕　磊	
责任印制	孙马飞　马　芝	
封面设计	守正文化	
出版发行	中国书籍出版社	
地　　址	北京市丰台区三路居路97号(邮编：100073）	
电　　话	（010）52257143（总编室）　（010）52257140（发行部）	
电子邮箱	eo@chinabp.com.cn	
经　　销	全国新华书店	
印　　厂	三河市德贤弘印务有限公司	
开　　本	710毫米×1000毫米 1/16	
字　　数	327千字	
印　　张	18	
版　　次	2025年5月第1版	
印　　次	2025年5月第1次印刷	
书　　号	ISBN 978-7-5068-9957-4	
定　　价	98.00元	

目 录

第一章　20世纪初的中国文学

20世纪初的中国正处于一个历史性的转折点，此时的中国面临着内忧外患的严峻形势。政治上的动荡不安、经济上的落后与贫困、文化上的冲突与融合，都为文学的发展提供了丰富的土壤。在这样的背景下，中国的文学家们开始探索新的文学形式和表达方式，以期通过文学的力量来反映社会现实、揭示人性深处、表达时代精神。

第一节　诗界革命

在历史的洪流中，文化思想的每一次更新都会引发文学艺术的深刻变革。在近代后期的中国，随着资产阶级文化思想的蓬勃发展，诗歌领域也迎来了一场革命性的变革，即"诗界革命"。这场革命不仅是对传统诗歌的突破，更是对文学精神、审美观念的一次全面革新。

梁启超，这位中国近代史上的杰出人物，他敏锐地感受到了时代的呼唤，成为鲜明提出"诗界革命"口号的第一人。在他的《夏威夷游记》中，他慷慨激昂地写道："要之，支那非有诗界革命，则诗运殆将绝。"这句话凝聚了他对诗歌现状的深深忧虑和对未来的无限期许。他进一步指出，新诗应当具备两个显著的特点：首先，要有新意境，即诗歌的主题、情感应当反映时代的新气象，体现人们的新生活；其次，要有新语句，即诗歌的语言应当打破传统的束缚，采用更为自由、灵活的表达方式。然而，他强调这些新的元素必须融入古人的风格之中，这样才能使诗歌在创新的同时不失其深厚的文化底蕴。然而，尽管梁启超是"诗界革命"的提出者，他的诗歌创作却并没有立即引领诗歌走上新的道路。他的诗歌更多的是在理论和理念上进行了革新，但在实际创作中仍然受到传统诗歌的影响。真正使诗歌的创作出现新的变革的，是另一位杰出的诗人——黄遵宪。

黄遵宪，这位中国近代的杰出诗人和外交家，以其丰富的外交经历和对西方文明的深刻洞察，为中国诗歌的革新注入了新的活力。他曾以外交官的身份，足迹遍布日本、英国、美国、新加坡等地，这些经历不仅让他目睹了资产阶级文明的繁荣，更让他深入考察了日本明治维新成功的经验。在这个过程中，他逐渐树立起"中国必变从西法"的坚定思想，并在新文化思想的激荡下，开始了对诗歌创作的新探索。

黄遵宪在诗歌创作方面，广泛借鉴并汲取了前人的卓越成就，展现出了独树一帜的创新精神。他秉持着"善作"的艺术追求，沿着"矜奇"的创作路径，不断推陈出新，形成了别具一格的艺术风貌。其诗歌作品在写实主义的基础上，往往透露出一种前瞻性的浪漫豪情，彰显了他对时代变迁的敏锐洞察力以及对未来的美好向往。黄遵宪的鸿篇巨制，诸如《番客篇》《逐客篇》和《拜曾祖母李太夫人墓》等，不仅在篇幅上超越了古人，更在内容上独具匠心，自成某一方面的小史，蕴含了深刻的历史内涵和丰富的人文情怀。

黄遵宪的诗歌在叙事、状物、写景方面有着独特的造诣。他善于以细致的笔墨铺排场面，勾画人物，使得诗歌内容既丰富又形象生动。在《渡辽将军歌》中，他巧妙地运用吴大澂对敌前后的反差形象，鲜明地刻画出了这个人物的内心世界和性格特点，展现了黄遵宪对人物刻画的深刻洞察力。此外，黄遵宪在诗歌创作中也比较注重汲取古人以文为诗的经验。他善于运用古文家的伸缩离合之法，将散文的叙事、议论、抒情等手法融入诗歌之中，使得诗歌在篇章结构上波澜曲折，减少了抽象直陈的枯燥感，议论更为精要。同时，他广泛采摘语言资料，既有历史语言，又不排斥"流俗语"，使得诗歌更富于表现力。然而，在语句的运用上，他仍然采用的是古典诗歌的形式，这体现了他对传统文化的尊重和传承。

总之，黄遵宪的诗歌呈现出"以旧风格含新意境"的特点，体现出了由旧到新的过渡。他的诗歌不仅具有深刻的历史内涵和人文情怀，更在艺术形式上进行了大胆的创新和尝试，为中国诗歌的发展开辟了新的道路。他的创作实践不仅展现了他个人的才华和追求，更对中国近代文学产生了深远的影响。

在诗界革命的汹涌浪潮中，革命派以不可阻挡的激情和高昂的斗志，唱出了民主革命的嘹亮高歌。这场革命不仅仅是对诗歌形式的革新，更是对文学精神的深刻重塑。对民主、自由、平等的追求成为诗人们共同的信仰和追求。

在这一时期，参与诗界革命的作家们群星璀璨，除了黄遵宪这样的杰出代表外，还有康有为、夏曾佑、谭嗣同、蒋智由、丘逢甲等，他们共同为诗歌的创新与发展贡献了自己的智慧和才华。他们的诗歌作品充满了对旧制度的批判和对新生活的向往，展现出了革命派诗人的豪情壮志和时代担当。

进入20世纪后，随着资产阶级民主革命派的蓬勃发展，又涌现出一批革命诗人。这些诗人中，章太炎、秋瑾、柳亚子、陈去病、高旭、苏曼殊、黄节、马君武、周实、宁调元等人都是杰出的代表。他们的诗歌作品不仅具有深刻的时代内涵，而且在艺术形式上进行了大胆的创新和尝试，为中国诗歌的发展注入了新的活力。

为了进一步团结革命文学力量，推动诗界革命的深入发展，陈去病、柳亚子和高旭等革命诗人还发起成立了革命文学团体"南社"。这个团体以诗歌创作为主，兼及散文、小说等多种文学形式，吸引了大量志同道合的作家加入。在辛亥革命前，南社的社员已经发展到200余人，成为一支不可忽视的文学力量。辛亥革命后，南社的影响力更是急剧扩大，社员数量剧增至1000多人，网罗了绝大多数革命文人，成为民主革命派的文化大军。

南社的成员们不仅在文学创作上取得了丰硕的成果，而且在推动文学革命、传播民主思想等方面也做出了杰出的贡献。他们的作品广泛传播于社会各界，对人们的思想观念产生了深远的影响。同时，南社还积极参与政治活动，为推翻清朝封建统治、建立中华民国做出了自己的贡献。

在诗界革命的浪潮中，柳亚子等人以其卓越的文学才华和深厚的爱国情怀，创作出了一批充满爱国主义和民主主义激情的诗歌作品。这些作品不仅表达了对旧世界的批判和对新世界的向往，更展现了诗人们对民族独立、国家富强的深切期盼。以柳亚子的《元旦感怀》为例：

> 希望前途竟若何？天荒地老感情多。
> 三河侠少谁相识，一掬雄心总不磨。
> 理想飞腾新世界，年华孤负好头颅。
> 椒花柏酒无情绪，自唱巴黎革命歌。

这首诗开篇即提出疑问，表达了诗人对未来的无限憧憬与关切。随后，他回忆起过去的日子，感叹自己虽然身处乱世，但雄心壮志依然不减。诗中的"三河侠少"和"一掬雄心"等词句，既体现了诗人对古代英雄人物的敬仰，也展现了他自己不畏艰难、勇往直前的精神风貌。在诗的最后，他表达了对巴黎革命的崇敬之情，并以此自勉，寄托了对新世界的无限希望。

同样，苏曼殊的《以诗并画留别汤国顿》也充满了浓厚的爱国主义情感：

　　　蹈海鲁连不帝秦，茫茫烟水着浮身。

　　　国民孤愤英雄泪，洒上鲛绡赠故人。

诗中的"蹈海鲁连不帝秦"一句，借用了鲁仲连的故事，表达了自己不向强权低头、追求民族独立的坚定信念。而"国民孤愤英雄泪，洒上鲛绡赠故人"则更是直抒胸臆，将国民的孤愤与英雄的泪水融为一体，表达了诗人对民族命运的深切忧虑和对友人的深情厚谊。

值得注意的是，尽管诗界革命在内容上对传统诗歌进行了革新，但在形式上却并没有对传统格律与语法进行任何变革。这意味着诗界革命仍然在一定程度上受到了传统诗歌的束缚，难以完全摆脱其影响。然而，这并没有阻碍诗人们对新世界的追求和对旧世界的批判。相反，他们通过对诗歌内容的革新，为后来的文学发展提供了重要的理论出发点和进攻方向。

事实上，诗界革命的这些诗歌创作，对以胡适为代表的"五四"新诗运动产生了深远影响。五四新诗运动主张对诗歌形式进行彻底革新，打破传统格律与语法的束缚，追求诗歌的自由表达。而诗界革命的诗歌作品正好为这一运动提供了重要的理论支撑和实践经验。通过对这些诗歌的深入分析和研究，五四新诗运动的先驱们逐渐形成了自己的诗歌理念和创作风格，为中国现代诗歌的发展奠定了坚实的基础。

第二节　文界革命与散文的革故鼎新

一、文界革命

资产阶级文化的兴起，无疑为中国的文化界注入了新的活力，催化了文界革命的产生。这场革命，由杰出的思想家和改革家梁启超明确提出，他在其著作《夏威夷游记》中，对日本德富苏峰的文章赞不绝口，赞誉其巧妙地将欧洲的思想融入日本文学之中，为文学界开辟了新的天地。梁启超深受启发，认为中国若要掀起文界革命，也应从这样的融合与创新中汲取力量。

梁启超不仅提出了文界革命的理念，更以自己的散文创作实践着这一革命。他自称"夙不喜桐城派古文"，早年崇尚"晚汉魏晋"的文风，偏爱简练而有力的表达。然而，当他开始撰写报章文字后，他的文风发生了显著的变化。他摒弃了过去的束缚，追求自由与畅达，语言平易近人，时常穿插俚语、韵语及外国语法，行文无拘无束，这种新的文体被学者们争相模仿，被称为"新文体"。尽管老一辈的学者对这种文风感到不满，甚至诋毁其为"野狐"，但新文体散文以其条理明晰、笔锋带情的特点，对读者产生了巨大的吸引力。

梁启超的新文体散文不仅具有鲜明的个人特色，也准确概括了当时新文体散文的共同特点。他常用这种文体来阐述自己的新思想、新观点，这些文章在当时产生了深远影响。正如胡思敬所言："当《时务报》盛行，启超名重一时。"无论是在繁华的都市，还是在偏远的乡村，无人不知有新会梁氏的存在。这种略有变革的文体，成为中国散文由文言向白话过渡的重要桥梁，在近代散文史上占据了举足轻重的地位。梁启超的新文体散文，不仅推动了文学界的变革，也为中国散文的发展开辟了新的道路。

梁启超作为清末民初的杰出思想家和改革家，其文学成就同样令人瞩目。他所创作的《少年中国说》《过渡时代论》《呵旁观者文》《说希望》以及《变法通议》《自由书》《新民说》等作品，均为新文体散文中的杰出篇章，以其独特的风格和深刻的内涵，对中国文学产生了深远影响。

在《少年中国说》中，梁启超以激昂的笔触，阐述了中国少年的责任与担当。"任公曰：造成今日之老大中国者，则中国老朽之冤业也。制出将来之少年中国者，则中国少年之责任也。"这段话直接点明了文章的主旨，即中国少年的责任是创造未来的中国。接着，他通过排比句法的运用，层层推进，逐次阐发，表达了自己对中国少年的殷切期望和坚定信念。他坚信中国少年必有志士，能够肩负起国家的重任，使中国富强，雄立于地球之上。

在这篇文章中，梁启超的语言运用十分精妙。他运用了大量的排比句，如"少年智则国智，少年富则国富；少年强则国强，少年独立则国独立；少年自由则国自由，少年进步则国进步；少年胜于欧洲则国胜于欧洲，少年雄于地球则国雄于地球。"这些句子不仅气势磅礴，而且节奏感强，读来令人心潮澎湃。同时，他还运用了丰富的修辞手法，如比喻、拟人等，使文章更加生动、形象。

除了《少年中国说》外，梁启超的另一篇杰作《说希望》也同样令人印象深刻。在这篇文章中，他强调了希望的重要性，认为希望是制造英雄的原料，是世界进化的导师。他写道："故希望者，制造英雄之原料，而世界进化之导师也。"这句话直接点明了文章的主题，即希望对于人类和社会的重要性。接着，梁启超运用了丰富的想象和生动的比喻，描绘了希望的巨大力量。他写道："旭日方东，曙光熊熊，吾其叱咤羲轮，放大光明以赫耀寰中乎！河出伏流，狂涛怒吼，吾其乘风扬帆，破万里浪以横绝五洲乎！"这些句子如悬崖飞瀑，奔腾而下，读之不禁令人升起希望之火，振起精神，奔赴而前。同时，他还通过对比和排比的手法，强调了希望与绝望之间的巨大差异，呼吁人们要坚定信念，充满希望地面对未来。

梁启超的新体散文是近代文学史上的一股清新之风。他大胆地抒写己见，不拘一格地融合各种艺术手段，既吸收了古典文学的精髓，又不避俚语俗言，骈散与有韵无韵皆能自由运用。梁启超的散文善于运用铺排的手法，将情感与思想层层推进，极富感染力和号召力，读来令人心潮澎湃，激发了无数读者对于国家富强、民族复兴的渴望与追求。

梁启超的新体散文创作并非孤立无援，康有为、谭嗣同等一批改革者同样在散文创作的道路上不懈探索。康有为的散文以析理深透、逻辑谨严著称，他不受骈散之限，文字明白晓畅，如《上清帝第二书》《上清帝第三书》等政论文，气势恢宏，识见深敏，展现了他对于国家命运的深刻关切与独到见解。谭嗣同的散文则以其思想大胆、笔墨泼辣而著称，他在《思纬氤氲台短书·报贝元徵》《仁书》等作品中，对君主专制、封建伦理及旧学进行了猛烈的抨击，体现了他对于旧秩序的深刻反思与批判精神。

在梁启超、康有为、谭嗣同等人的共同努力下，散文这一古老的文学形式呈现出了新的面貌。这些新体散文不仅突破了传统散文的束缚，而且以其独特的艺术风格和深刻的思想内涵，赢得了广大读者的喜爱与认可。正如郑振铎所说，新文体文章"不再受已僵死的散文套式与格调的拘束"，它们以其鲜活的生命力与创造力，为后来的文学改革与发展提供了重要的启示与借鉴。因此，可以说梁启超等人的新体散文创作，是"五四"时期"文体改革的先导"，为中国文学的发展开辟了新的道路。

二、散文的革故鼎新

1917年1月，胡适在《新青年》杂志上震撼性地发表了《文学改良刍议》。这篇文章标志着中国文学史上一个重要的转折点，它不仅是对文学本身的深刻反思，更是对当时社会、文化、政治变革的积极响应。胡适从"一时代有一时代之文学"的文学进化论视角出发，敏锐地洞察到文言文作为一种古老的文学工具，在现代社会已经逐渐丧失其活力与适用性。

在胡适看来，中国文学要适应现代社会的快速发展，就必须进行语体革新，即废文言而倡白话。他主张以白话文作为文学创作的主要工具，并坚信白话文学应该在中国文学史上占据正宗地位。胡适的这一观点，无疑是对传统文学观念的一次重大挑战，但同时也是对中国文学走向现代化、国际化的必要推动。

胡适的《文学改良刍议》一经发表，便引起了广泛的关注和讨论。紧接着，陈独秀在次月的《新青年》上发表了《文学革命论》，进一步推动了文学革命的深入发展。陈独秀主张以"革新"文学作为革新政治、改造社会的途径，他认为文学不仅是艺术的表现，更是社会变革的先锋和动力。

在胡适和陈独秀等先驱者的倡导下，白话运动得到了迅速拓展。这一运动不仅促进了白话文学的发展，还推动了文学创作的多样化和个性化。越来越多的作家开始尝试用白话文进行创作，他们的作品充满了生活气息和时代感，赢得了广大读者的喜爱和认可。

在这样的背景之下，散文这一文学形式也迎来了革故鼎新的发展机遇。散文作家们开始摆脱传统文言文的束缚，运用白话文进行自由、灵活的创作。他们的作品不再局限于传统的叙事、抒情等手法，而是更加注重思想表达、情感抒发和个性展现。这一时期的散文作品不仅具有鲜明的时代特色，还充满了创新精神和实验意识，为中国散文的发展注入了新的活力和动力。

在回顾"五四"运动时期的文学繁荣时，散文创作无疑是其中一颗璀璨的明珠。鲁迅曾这样评价："到'五四'运动的时候，散文小品再次迎来了一个崭新的发展阶段，其成就几乎超越了小说、戏曲和诗歌。这种发展自然蕴含了深刻的挣扎和战斗精神，但同时，由于深受英国随笔（Essay）的影响，也融入了一些幽默和雍容的元素。这些作品在写法上既漂亮又缜密，既是为了向旧文学示威，也为了证明白话文学同样能够展现出旧文学所自诩的特长。"① "五四"运动时期，散文的发展确实如鲁迅所言，达到了一个新的高度。这一时期，散文作家们纷纷采用白话文这一新兴的文学语言，创作出了大量涉及生活方方面面的作品。这些作品不仅数量众多，而且质量上乘，展现出了散文独特的艺术魅力和深刻的思想内涵。

朱自清在评价"五四"时期的散文时也给予了高度的评价。他认为，这一时期的散文"有种种的样式，种种的流派，它们从不同角度、不同层面表现、批评、解释着人生的各个方面。这些作品风格多样，流派纷呈，迁流蔓延，日新月异。既有中国传统名士的飘逸风度，也有外国绅士的从容不迫；既有隐逸之士的淡泊明志，也有叛逆者的勇敢抗争。在思想上，它们呈现出多元化的特点；在表现上，则或描写细腻，或讽刺尖锐，或委曲含蓄，或缜密严谨，或劲健有力，或绮丽多姿，或洗练简洁，或流动飘逸。"② 这一时期，出现了许多具有不同散文风格的作家，如鲁迅、周作人、冰心、朱自清、郁达夫、林语堂等。他们各自独特的写作风格和深刻的思想见解，为散文创作注入了新的活力，进一步扩张了散文的个性特征和时代特征。鲁迅的杂文尖锐犀利、思想深刻，周作人的散文平和冲淡、富有情趣，冰心的散文清新自然、充满爱心，朱自清的散文则优美细腻、情感真挚。这些作家们以其卓越的文学才华和深刻的思想洞察力，共同推动了"五四"时期散文创作的繁荣和发展。

在现代文学的发展脉络中，杂文作为一种独特的文学形式率先崭露头角。杂文，顾名思义，即杂感短论，它以其短小精悍、针砭时弊的特点，成为议论时政的重要武器。1918年4月，著名的期刊《新青年》在其第4卷第4号上特别设立了"随感录"这一专栏，专门用于刊发杂文作品。这一举措不仅为杂文的发展提供了重要的平台，也标志着杂文作为一种独立的文学形式开始受到广泛的关注和认可。

随着"随感录"的设立，其他文学期刊也纷纷效仿，如《每周评论》《新生活》《新社会》等，都开辟了类似的专栏，如"杂感""评坛""乱谈"等，用以发表杂文作品。这些杂文作品通常篇幅不长，但内容却十分丰富，涉及社会、文化、政治等各个领域，作家们通过杂文这一形式，对当时的社会现象和文化现象

---

① 鲁迅.鲁迅全集（第4卷）[M].北京：人民文学出版社，1981：576.
② 朱自清.论现代中国的小品散文[J].文学周报，1928（345）.

进行深入剖析和批判。

在众多杂文创作者中，《新青年》的"随感录"作家群尤为引人注目。他们包括李大钊、陈独秀、刘半农、钱玄同、周作人等一批杰出的作家。这些作家的杂文作品个性鲜明，充满激情，他们对当时的文化痼疾、社会时弊和封建思想进行了毫不留情的批判抨击。他们的杂文不仅具有深刻的思想内涵，还充满了文学的艺术魅力，成为当时文学界的一股清流。

在"随感录"作家群中，陈独秀的地位尤为特殊。他不仅是"随感录"文体的开创者，也是当时最有影响力的杂文作者之一。陈独秀早期的杂文作品多用浅显的文言写作，但随着新文化运动的不断深入，他逐渐改用白话文进行创作。他的杂文作品大都写得居高临下，要言不繁，往往能够用简洁的语言点出问题的症结所在，指破迷津。例如，《吃饭问题》和《"笼统"与"以耳代目"》等文章，就充分展现了他杂文创作的独特风格和深刻思想。李大钊刊登在《新青年》第4卷第4号上的《今》是脍炙人口的白话论文，在《今》中，他写道：

> 现时有两种不知爱"今"的人：一种是厌"今"的人，一种是乐"今"的人。
>
> 厌"今"的人也有两派。一派是对于"现在"一切现象都不满足，因起一种回顾"过去"的感想。他们觉得"今"的总是不好，古的都是好。政治、法律、道德、风俗，全是"今"不如古。此派人惟一的希望在复古。他们的心力全施于复古的运动。一派是对于"现在"一切现象都不满足，与复古的厌"今"派全同。但是他们不想"过去"，但盼"将来"。盼"将来"的结果，往往流于梦想，把许多"现在"可以努力的事业都放弃不做，单是耽溺于虚无缥渺的空玄境界。这两派人都是不能助益进化，并且很足阻滞进化的。
>
> 乐"今"的人大概是些无志趣无意识的人，是些对于"现在"一切满足的人。他们觉得所处境遇可以安乐优游，不必再商进取，再为创造。这种人丧失"今"的好处，阻滞进化的潮流，同厌"今"派毫无区别。

在这篇文章中，作者对那些守旧派进行了批评，同时也批评了那些满足于"现在"而故步自封的人。

钱玄同的杂文在当时也掀起了一股独特的文学浪潮，他的影响力在当时的文化界可谓举足轻重。作为白话文的坚定拥护者，钱玄同不仅积极推动白话文运动，更以其独特的杂文创作，为白话文学的发展注入了新的活力。

钱玄同的杂文常常涉及一些具有争议性的话题，他敢于直面社会现实，针砭时弊，表达自己对各种社会现象的独到见解。这些杂文作品坦诚爽快，语言直接而犀利，却又不失幽默和风趣。他巧妙地寓庄于谐，使得读者在轻松愉快的氛围中，也能深刻感受到他对于社会问题的严肃思考。

在钱玄同的杂文中，反语的运用尤为突出。他善于运用反语来讽刺和批评社会上的种种不公和弊端，使得这些杂文作品更具针对性。读者在阅读时，往往能被他那锐利的笔触和独特的视角所吸引，从而更深入地理解他所表达的思想和观点。

钱玄同的杂文不仅具有文学价值，更具有重要的社会意义。他通过对各种社会现象的深入剖析和批判，揭示了当时社会的种种弊端和问题，呼吁人们关注社会现实，追求思想进步和文化创新。他的杂文作品在当时引起了广泛的关注和讨论，对于推动社会进步和文化发展起到了积极的作用。

综上所述，散文，特别是杂文，在20世纪初的中国文学领域呈现出尤为显著的发展态势。值得强调的是，鉴于杂文多涉及对时弊的针砭与批判，故需将这些杂文作品与当时的特定时代氛围紧密关联起来。唯有如此，方能更为精准地把握这些杂文作品所蕴含的价值与意义。

第三节　小说界革命和雅俗小说

一、小说界革命

在深入探讨"小说界革命"的起源和动力时，我们不难发现，这一变革并非孤立的现象，而是深受当时社会历史背景和多元文化因素的共同影响。这首先体现在它是资产阶级思想启蒙运动的直接推动和西方文学观念与作品的深刻启示的结果。

随着资产阶级力量的逐渐壮大，他们的改良运动和革命运动也在社会各个层面兴起并持续发展。这些运动不仅推动了社会政治和经济的变革，也引发了文化和思想的巨大转变。在这一过程中，资产阶级的启蒙宣传不断加强，他们通过各种渠道传播新的思想、观念和价值观，为小说的嬗变提供了重要的思想基础。

与此同时，西方文学观念和作品的输入也在此时推向了高潮。西方的浪漫主义、现实主义、自然主义等文学流派和作品被大量翻译和介绍到中国，为中国作家提供了新的文学理念和创作方法。这些新的文学观念和作品不仅丰富了中国的文学形式和内容，也激发了中国作家的创新精神和探索欲望，为小说的变革注入了新的活力。此外，也不能忽视技术进步对小说界革命的影响。印刷术的进步使得书籍的复制和传播变得更加容易和快捷，这为小说的广泛传播提供了物质基础。同时，稿酬制度的出现和文化商品市场的形成，也为小说的创作和传播提供了经济上的保障和激励。作家们开始有了经济上的回报和认可，他们的创作热情和创作质量也因此得到了极大的提高。

1902年，梁启超在《新小说》创刊号上发表了《论小说与群治之关系》，这篇文章在文学界引起了广泛的关注与讨论。在这篇文章中，梁启超提出了一个前所未有的观点："欲新一国之民，不可不先新一国之小说。"他坚定地认为小说在塑造国民精神、推动社会进步方面有着不可替代的作用，甚至将小说推崇为"文学之最上乘"，这无疑为小说界革命指明了方向，成为其纲领性的宣言。

在梁启超的倡导下，小说界迎来了一场空前的繁荣。小说刊物如雨后春笋般涌现，小说批评和理论研究也空前活跃，新小说的创作更是层出不穷。这些新小说不再仅仅作为娱乐消遣的工具，而是被赋予了更加深重的社会意义，成为知识阶层进行觉世新民、疗救社会的利器。小说在民众心中的地位因此得到了极大的提升，从社会结构的边缘被推到了中心位置。

在这场小说界革命中，新小说的创作呈现出与政治结下不解之缘的显著特点。无论是政治小说、科学小说、社会小说还是历史小说，都紧密围绕着救亡图存、改良群治的主题展开。这些作品通过不同的题材和角度，反映了当时社会的种种问题和矛盾，表达了作者对国家和民族未来的关切与期许。

首先，以梁启超的《新中国未来记》为代表的政治小说，通过虚构的故事情节，展示了作者对中国未来命运的深刻思考。小说中的黄克强和李去病分别代表了改良派和革命派，他们之间的辩论几乎囊括了20世纪初爱国志士关于"中国向何处去"论争的基本要旨。这部小说在结构上也有所创新，打破了古典小说以故事为基本构集的叙事模式，大规模地融入了散文和诗的笔法，使得小说呈现出了与以往不同的特色。

其次，以外国题材为主的小说也备受关注。岭南羽衣女士的《东欧女豪杰》就是其中的佼佼者。这部小说讲述了俄国虚无党女杰苏菲亚的故事，她因不满专制暴政，甘愿放弃荣华富贵，投身虚无党，奔走于民间，为自己的信仰万死不辞。这种异国题材的小说不仅丰富了读者的阅读体验，也拓宽了小说的表现领域。

最后，对历史疮痍进行反思的小说也占有一席之地。连梦青的《邻女语》就是其中的代表。这部小说以一个普通人的视角描写了八国联军入侵中国的历史往事。作者通过镇江金坚的沿途见闻，展示了"乾坤含疮痍""日月惨光晶"的历史画卷。然而遗憾的是，在小说进行到第七回时，作者开始叙述庚子事变中的各种奇闻轶事，导致整部小说的风格没有统一，略显杂乱。但即便如此，《邻女语》仍然以其新颖的手法和深刻的历史反思，在小说界留下了独特的印记。

在小说界革命的后期，随着资产阶级革命思想的日益成熟和深入人心，资产阶级革命派作家开始创作出更具冲击力和震撼力的作品，这些作品如同狂飙突进般席卷文坛，成为民族民主革命的铎音，振聋发聩，催人奋进。

其中，陈天华的《狮子吼》以其鲜明的革命色彩和深邃的思想内涵，成为这一时期的重要作品之一。该作品不仅宣传了资产阶级民主主义的政治理想，对满族贵族入关以来的暴行进行了尖锐的批判，而且深入揭露了当时清政府的腐朽无能以及在帝国主义列强侵略下民族危机的深重。陈天华通过这部作品，大声疾呼革命的必要性和紧迫性，号召广大民众觉醒起来，共同推翻清政府的统治，实现中华民族的独立和民主。

黄世中的《洪秀全演义》以太平天国运动为背景，生动地展示了太平天国波澜壮阔的反清战史。作者通过对太平天国起义的描绘，弘扬了民族革命思想，激发了人们的爱国热情和革命斗志。同时，黄世中还巧妙地将西方议会民主、男女平权等先进理念融入作品中，使这部小说不仅具有深刻的历史意义，还具有鲜明的时代特色。

这些狂飙突进式的作品，不仅丰富了小说界革命的内涵和形式，也为民族民主革命注入了新的活力。它们通过生动的情节、鲜明的人物形象和深刻的思想内涵，唤醒了广大民众的革命意识，推动了民族民主革命的深入发展。这些作品不仅是文学史上的重要篇章，更是民族民主革命史上的宝贵财富。

在小说界革命的浪潮中，几部极具影响力的作品崭露头角，它们以尖锐的笔触抨击腐败，直指社会弊端，被誉为"谴责小说"，包括《官场现形记》《二十年目睹之怪现状》《老残游记》和《孽海花》。这四部作品共同形成了一股强劲的批判现实的文学潮流，对近代中国社会的种种问题进行了深刻的揭露和反思。

《官场现形记》是中国文学史上第一部在报刊上连载并取得轰动效应的长篇

章回小说。作者李宝嘉以其独特的视角和笔触，对中国封建社会崩溃时期的官僚政治进行了总体解剖。这部作品上至军机大臣，下至佐杂胥吏，全方位地揭示了官僚体系中的种种腐败和黑暗。通过对官场丑恶的描绘，作者向读者展现了当时社会的真实面貌，激发了人们对于改革和革命的渴望。

《二十年目睹之怪现状》则是从1903年10月起陆续发表于《新小说》杂志的一部重要作品。作者吴沃尧通过主人公"九死一生"二十年的"目睹"经历，生动地反映了1884年中法战争前后到20世纪初期的社会现实。在这部小说中，读者可以看到当时社会的种种怪现象和畸形状态，以及人们在这些现象中的挣扎和痛苦。作者通过对这些现象的描绘，表达了对社会现实的深刻批判和反思。

《老残游记》是另一部具有深刻社会意义的作品。作者刘鹗以一个摇串铃的走方郎中老残为主人公，记叙了他在北中国大地游历的所见、所闻、所思、所感。在这部小说中，作者首揭"清官"之恶，通过老残的眼睛，读者可以看到当时社会中那些自诩为"清官"的官员们实际上也是腐败不堪的。作者通过对这些官员的描绘，表达了对当时社会现实的深刻批判和反思。

最后，《孽海花》是一部以状元金雯青与妓女傅彩云的姻缘为线索的小说。作者金天翮和曾朴通过这部作品，描写了许多官僚和名士的琐闻逸事，展现了1868年至1898年30年间的历史。在这部小说中，读者可以看到当时社会的种种矛盾和冲突，以及人们在这些矛盾和冲突中的选择和挣扎。作者通过对这些人物和事件的描绘，展现了中国文化形态的冲突与嬗替，表达了对当时社会现实的深刻批判和反思。

这四部"谴责小说"不仅具有深刻的社会意义和历史价值，而且在中国文学史上也占有重要的地位。它们以独特的视角和笔触，对当时社会的种种问题进行了深刻的揭露和反思，为中国的文学发展和社会的进步作出了重要的贡献。

此外，在小说界革命的浪潮中，翻译小说也占据了举足轻重的地位。自1899年林纾所译的《巴黎茶花女遗事》问世以来，翻译小说如雨后春笋般涌现，域外小说开始成为中国小说发展的重要参照系。在这一潮流中，林纾的翻译作品无疑具有里程碑式的意义，其影响深远，对中国现代小说意识的觉醒起到了重要的启迪作用。

林纾的贡献主要体现在以下几个方面。

第一，他在中国小说史上首次明确提出了"专为下等社会写照"的命题，通过翻译作品，将文学的关注点从传统的英雄豪杰、才子佳人转向了更为卑微的小人物。这一转变不仅建构了新的小说审美规范，也昭示了"平民意识"的崛起与

"人"的觉醒，使得文学作品更加贴近普通民众的生活，更具人文关怀。

第二，林纾在翻译过程中引入了"风格流派"的概念。他常常对西方作家的风格进行阐发，使读者能够感受到不同作家的独特魅力。例如，他翻译司各德的作品时，突出了其文心奇幻的特点；翻译仲马父子的作品时，则展现了其冶艳秾丽的风格；而翻译华盛顿·欧文的作品时，则传达了其作品中诗的氛围与哲理深味。这些介绍为中国作家进行小说创作提供了宝贵的范本和启示。

第三，林纾的翻译作品在诱发现代性爱意识觉醒方面起到了重要作用。他翻译的《巴黎茶花女遗事》《迦茵小传》等作品，均蕴含着人格独立、个性解放等现代性爱意识，对当时社会根深蒂固的道德观念形成了强烈冲击，引发了人们对传统道德观念的深刻反思与审视。此外，这些作品也为后来的文学创作提供了崭新的题材和灵感，对苏曼殊的哀情小说以及"五四"时代那些充满浪漫与自由气息的爱情咏叹调产生了深远影响。

林纾的翻译作品以其独特的美学风貌而著称，既秉承了古文简洁、隽永之韵味，又巧妙融合了西方文学之灵思美感。此种独特的审美模式为中国小说创作开辟了崭新的道路，为中国小说的蓬勃发展注入了源源不断的新活力。此外，林纾所译小说亦在中国小说新旧嬗变的历史进程中扮演着举足轻重的媒介角色，对"五四"时期诸如鲁迅、郭沫若、周作人等一众杰出作家产生了深远且广泛的影响。这些作家在文学创作过程中深受林译小说审美理念和创作手法的启迪，逐渐形成了各自独特的文学风格，为中国现代文学的蓬勃发展作出了不可磨灭的贡献。

二、小说的雅俗分化

在19世纪末至20世纪初的中国文坛，古典文学与现代文学正处于交织转型的关键时期。这一时期，文学如同一条汹涌的河流，奔腾不息，形成了雅俗两大主流。随着民国时代的到来，小说的创作在经历了一段时间的繁荣后，逐渐陷入低谷。此时，小说创作开始滑向一种以消闲、趣味为主导的倾向，最终形成了被称为"鸳鸯蝴蝶派"的文学流派。

鸳鸯蝴蝶派并非一个组织严密、结构明确的文学团体，而是汇聚了一批在文学倾向和艺术趣味上有所共鸣的作家所形成的小说流派。他们的创作深受近代前期小说《花月痕》的熏陶与启迪，在创作过程中，他们巧妙借鉴了《花月痕》中"卅六鸳鸯同命鸟，一双蝴蝶可怜虫"的诗意格调，以及词章化、骈偶化的笔法技巧，从而创作出了一系列别具一格的才子佳人小说。这些小说以爱情为核心主题，细腻描绘了才子佳人之间的悲欢离合，情感真挚动人，充满了浓郁的浪漫气息和深沉的感伤情调。

在小说界革命如火如荼进行的背景下，消闲、游戏的文学倾向却如一股潜流，在文坛中悄然蔓延。李伯元于1897年和1901年先后创办的《游戏报》和《世界繁华报》等消闲刊物，为鸳鸯蝴蝶派刊物的产生提供了模板。这些刊物以诙谐幽默的笔触，描写游戏之作，迎合了读者的娱乐需求。同时，一些翻译过来的外国小说，如《巴黎茶花女遗事》和《迦茵小传》等，也为鸳鸯蝴蝶派的创作提供了灵感和借鉴。

从辛亥革命至"五四"前夕，鸳鸯蝴蝶派的小说几乎独步文坛，成为当时最受欢迎的文学形式之一。其代表作家作品包括徐枕亚的《玉梨魂》，李定夷的《贾玉怨》，吴双热的《孽冤镜》，以及李涵秋的《广陵潮》等。这些小说以爱情为主题，通过细腻的笔触和感人的故事情节，赢得了广大读者的喜爱。其中，《玉梨魂》《贾玉怨》和《孽冤镜》被誉为鸳鸯蝴蝶派的三大哀情小说。这些小说在表现爱情故事的同时，也深刻地反映了社会现实和人性的复杂。《玉梨魂》描写了家庭教师何梦霞与青年寡妇白梨影（梨娘）的爱情悲剧，揭示了封建礼教对个体命运的束缚。《贾玉怨》则通过刘绮斋与史霞卿的爱情故事，探讨了爱情与家庭、个人与社会之间的关系。《孽冤镜》则以第一人称的叙述视角，展现了王可青的爱情悲剧和他在婚姻中的苦难，揭示了封建家庭制度的弊端。

除了表现爱情故事外，鸳鸯蝴蝶派的小说还融入了社会时事和历史背景。如《广陵潮》就融入了戊戌变法、辛亥革命、洪宪帝制、张勋复辟等内容，实现了言情小说与谴责小说的合流。这种结合不仅丰富了小说的内容和形式，也扩大了鸳鸯蝴蝶派的阵营和影响。

在这一特殊的历史时期，苏曼殊的哀情小说独树一帜，特别是他的自叙传体抒情小说《断鸿零雁记》，不仅开创了第一人称抒情小说的先河，更以其感伤的格调深深地影响了"五四"时期的小说创作。这部作品以其独特的叙事手法和深沉的情感表达，为后来的文学创作者提供了宝贵的灵感和启示。

随着历史的演进，当历史的车轮滚滚驶向"五四"时期，知识精英文学的创作队伍已经逐渐壮大，甚至有些人已经达到了炉火纯青的境界。此时，小说的创作开始呈现出明显的雅俗分化趋势。这种分化并非一蹴而就，而是在文化、社会、经济等多重因素的共同作用下逐渐形成的。

1916年9月1日，上海《时事新报》发起的"黑幕大悬赏"活动，无疑加剧了这一趋势的演变。一时间，"黑幕"小说如雨后春笋般涌现，各种揭露社会阴暗面的作品层出不穷。仅就1918年3～5月《申报》的广告栏中，就有《女子黑幕大观》《全中国娼妓之黑幕》《小姐妹秘密史》（又名《女子三十六股党之黑幕》）《上海秘幕》《绘图中国黑幕大观》、中华大黑幕《辱国春秋》、世界大黑幕《世界秘史》等。这些作品虽然在一定程度上满足了读者的猎奇心理，但也引发了社会的广泛关注和争议。

针对这种情况，一些新文学作家开始对此种不良现象进行批判。钱玄同的《"黑幕"书》、周作人的《论"黑幕"》《再论"黑幕"》等文章，不仅对这些"黑幕"小说进行了深入的剖析和批判，还对鸳鸯蝴蝶派的创作进行了反思和批评。随着新文化运动的兴起，雅俗小说之间的界限越来越清晰，高雅小说与通俗小说之间的区别也越来越明显。

高雅小说通常指那些由专业文人创作的作品，它们具有较高的文化品位和审美价值，读者对象往往是受过一定专业训练或文化层次较高的知识分子。这些作品重视探索性、先锋性，追求发展性感情和主体性表达，往往致力于营造一个具有独立价值和独立美的艺术之宫。而通俗小说则更多地面向普通大众，以消费者的需要为创作导向，站在市民的立场上"平视"芸芸众生中的民间民俗生活的更序变迁。

在"五四"时期，高雅小说与通俗小说虽然呈现出并存发展的格局，但高雅小说的崛起趋势已经初露端倪。尽管新文化运动先驱们如胡适、刘半农、李大钊、周作人、鲁迅等对通俗小说进行过不同程度的批评，但在创作实践上，高雅小说仍散见于《新青年》《新潮》等并非以文艺为主的综合性报刊上，尚未形成独立的文学杂志和出版社。相反，通俗小说不仅占据了当时大多数出版社的主营业务，还控制了众多文学杂志及报纸副刊。

然而需要指出的是，尽管小说领域出现了雅俗分化的现象，但这并不意味着二者之间的距离会越来越远或一种类型会取代另一种类型。事实上，高雅小说与现代通俗小说之间始终存在着潜在的统一性。它们只是因不同的侧重点而呈现出了不同的特色，其归根结底都是同一现代社会文化结构的必然派生物。高雅小说与通俗小说互为补充、互为前提，既相分离又相依赖，似相反而实相成。在未来的文学发展中，二者将继续相互渗透、相互影响，共同推动中国文学的繁荣与进步。

第二章　文学革命时期的中国文学

随着历史的车轮滚滚向前，中国文学在历史的洪流中迎来了一个崭新时期——文学革命时期。这一时期，不仅是中国社会政治、经济、文化全面变革的重要阶段，更是中国文学从旧有束缚中挣脱，向着现代化、民主化、科学化方向迈进的关键时刻。在这一时期，一批具有远见卓识的文学家和思想家，如胡适、陈独秀、鲁迅等，他们高举"文学革命"的旗帜，倡导白话文运动，反对文言文，主张文学应贴近现实、反映社会、服务人民。这一主张的提出不仅极大地推动了中国文学的革新与发展，也为中国社会的现代化进程注入了新的活力。在文学革命时期，中国文学呈现出前所未有的繁荣景象。新体诗歌、小说、散文等文学作品层出不穷，这些作品以其独特的艺术魅力和深刻的社会意义，赢得了广大读者的喜爱和赞誉。

第一节　现代文学巨匠鲁迅

在中国现当代文学的璀璨星空中，鲁迅是一颗最为耀眼且影响深远的星辰。他站在中国文学由古典迈向现代的交汇点上，凭借宽广的世界视野，汲取了异域文化的精髓，同时坚守并革新了中国的文学传统。他以小说、散文、杂文等丰富多样的文学形式，进行了卓越的创造性探索，为中国现代文学的发展筑牢了坚实的基础。正因如此，鲁迅不仅是中国新文学的先驱者和奠基者，更是20世纪中国文学历史进程中一位举足轻重的思想文化巨匠。

一、鲁迅的生平

鲁迅（1881—1936），原名周樟寿，字豫才，后更名为周树人，并以笔名"鲁迅"在文学领域留下显著烙印。他诞生于浙江绍兴一逐渐式微的士大夫门第。此种家庭环境使鲁迅早早地洞悉了旧社会的世态炎凉，深切体悟到底层民众所历经的种种不幸与磨难。此种经历对其思想及创作产生了深远影响，使其对社会现实充满批判精神，并对人民疾苦怀有深切同情。

1898年，年轻的鲁迅毅然离家前往南京求学。在那里，他接触到了维新思潮，受到了新思想的巨大冲击。这为他后来的文学创作提供了丰富的思想资源。

1902年，他以出类拔萃的学业表现成功毕业于矿物铁路学堂，并荣获前往日本深造的资格。在日本期间，鲁迅先生首先在东京弘文学院进行学术钻研，他不仅致力于著作的翻译工作，还积极投身于多个革命团体组织的活动中，这些宝贵的经历进一步磨砺了他的思想深度和组织协调能力。随后，鲁迅先生转至仙台医学专科学校攻读医学，旨在通过学习现代医学知识来拯救贫弱的中国国民。然而，随着时间的推移，他逐渐领悟到，改变国民的精神风貌相较于单纯医治身体疾病更为重要。因此，鲁迅先生毅然决定放弃医学，转而投身文学事业，期望通过笔耕不辍来重塑国民的精神面貌，唤醒那些尚处于愚昧麻木状态的中国人。

1908年，鲁迅自海外归来，相继在杭州、绍兴等地执教，致力于教育事业。辛亥革命爆发后，他积极投身于宣传活动，并以该时期为背景，创作了文言小说《怀旧》，深刻揭示历史脉络，敏锐捕捉现实动态。

1912年初，鲁迅积极响应时代号召，加入南京临时政府教育部，同年5月随部迁至北京。在此期间，他目睹了辛亥革命的悲剧性结局以及袁世凯称帝等历史丑剧，深感失望之极。然而，此番经历更加坚定了他深入探究中国社会与历史问题的决心。自1912年至1917年，他在工作之余致力于研究中国社会与历史问题，为日后的文学创作奠定了坚实的基础，也为新文化运动的伟大事业注入了活力。

五四新文化运动蓬勃兴起之际，鲁迅以满腔热血投身其中，焕发出青春的活力。1918年5月，他发表了白话小说《狂人日记》，这部作品犹如一声惊雷，在中国现代文学史上留下了浓墨重彩的一笔，成为新文学运动的奠基之作，并确立了他作为"五四"新文化运动主将的崇高地位。此后，他以"立人"为核心理念，创作了一系列小说、散文和杂文作品，代表了"五四"新文学的最高成就，推动了中国现代文学的繁荣发展。

即便在"五四"热潮逐渐退去，他陷入孤独与寂寞之时，依然坚守信仰，矢志不渝地追求文学理想。他将文学作为武器，为中国现代文学的发展作出了重要贡献，展现了一位伟大文学家的坚韧与执着。

1926年8月，为避免北洋军阀政府的迫害，鲁迅选择前往厦门大学任教。1927年1月转至中山大学执教，并与革命青年和共产党人交往密切。此时的他开始接触马克思主义，思想上逐渐向共产主义世界观转变。

"四一二"反革命政变发生后，鲁迅对蒋介石叛变革命、逮捕进步学生的行为愤慨不满，这种情绪促使他在思想上发生了重要转变。

1927年10月27日，鲁迅从中山大学辞职并选择定居上海。在此地，他继续从事文学创作和社会政治活动，直至1936年在上海寓所逝世。

二、鲁迅的文学创作

鲁迅先生的文学创作涉猎广泛，涵盖了小说、散文、杂文、诗歌等多种文学体裁，且每一种文体中均展现出了卓越的成就，为新文学的建设与发展作出了广泛而深远的贡献。特别是在"五四"时期，鲁迅先生在文学创作方面取得了尤为显著的成就，其贡献尤为突出地体现在小说领域。

鲁迅的小说在中国现代小说发展史上占据着举足轻重的地位，他的作品不仅为后来的作家们树立了典范，更因其独特的艺术风格和深刻的社会洞察力而被誉为"中国现代小说之父"。至今，鲁迅的小说依然在中国乃至全球文学界具有重要影响，其作品经受住了时间的考验，成为中国现代文学的瑰宝。

鲁迅的小说创作以短篇为主，他的一生中共计创作了三部短篇小说集，分别是《呐喊》《彷徨》以及《故事新编》。由于《故事新编》并非鲁迅在"五四"新文化运动时期创作的文学作品，故在此我们主要聚焦于《呐喊》与《彷徨》这两部具有深刻内涵和深远影响的短篇小说集进行介绍。

《呐喊》是鲁迅于1923年出版的一部短篇小说集，收录了他在1918年至1922年间创作的15篇作品，如《狂人日记》《孔乙己》《药》《明天》等。这部作品集展现了鲁迅在新文化运动鼓舞下的呐喊，每一篇作品都充满了战斗的豪情。他通过细腻的笔触和深刻的洞察力，揭示了旧社会的种种弊端，批判了封建礼教和旧道德，同时展现了人民在苦难中的挣扎和反抗。这些作品不仅具有极高的文学价值，更具有重要的社会意义，它们为中国现代文学的发展开辟了新的道路。《彷徨》则是鲁迅在1926年出版的另一部短篇小说集，收录了他在1924年至1925年间创作的11篇作品，如《祝福》《在酒楼上》《幸福的家庭》等。这部作品集透露出"五四"落潮期鲁迅内心的苦闷和孤独，但即便如此，他依然没有放弃对社会的探索和批判。他通过小说中的故事和人物，反映了社会的种种矛盾和问题，同时也展现了人民在苦难中的坚持和奋斗。这些作品不仅体现了鲁迅深厚的文学功底和独特的艺术风格，更展现了他对于社会的深刻洞察和对于人民的深厚情感。

鲁迅，这位伟大的文学家，始终怀抱着明确的民主主义思想启蒙目的投身于文学活动。他的《呐喊》和《彷徨》两部短篇小说集正是他长期思考中国反封建思想革命问题的艺术结晶。这两部作品不仅深入揭示了中国社会深层的"病态"，还通过细腻而深刻的笔触，充分展现了处于这种"病态社会"中的人们所经历的不幸与苦难，以此唤起人们对于社会问题的关注和反思，从而达到"引起疗救的注意"目的。

《呐喊》与《彷徨》不仅象征着中国现代小说的崭新起点，更是其逐步迈向成熟的重要里程碑。这两部作品以其深刻的表现力与独树一帜的格式，在小说内容与形式层面呈现出鲜明的现代化特色，进而为中国现代文学的发展奠定了坚实稳固的基础。

在这两部作品中，鲁迅深刻剖析了人的精神迷茫与生存境遇，借助生动的故事与鲜活的人物形象，对腐朽的封建制度及残忍的封建礼教进行了毫不留情的揭露，对封建卫道者的虚伪面目进行了辛辣的讽刺。特别值得一提的是，《狂人日记》作为鲁迅的首篇白话小说，其直白的笔触更是深刻揭示了封建道德的本质——"吃人"。

《狂人日记》这篇小说凝聚了鲁迅对封建制度深邃而独到的洞见。他敏锐地指出，数千载的封建历程，实则是一部充斥着"吃人"现象的沉重史册。小说中的核心角色，一位饱受妄想症困扰的"狂人"，成为鲁迅揭示这一主题的重要载体。鲁迅通过精心刻画"狂人"的形象，以生动笔触勾勒出一个"吃人"的残酷世界。

在这个世界中，"狂人"的精神状态始终处于极度敏感与脆弱的状态，其思维混乱且充满纷繁复杂的联想。这种近乎疯狂的逻辑，实则深刻反映了当时现实社会中人们普遍感受到的沉重压抑与深深绝望。

在研读《狂人日记》这部作品时，读者倾向于将"狂人"所持有的妄想与自身在现实生活中所经历的种种情境相互对照，进而将对中国历史的理解与"狂人"的"狂言"相互映衬。这样的阅读体验使得"狂人"这一形象超脱了单纯精神病患者的象征意义，转而成为鲁迅先生对历史进行深刻剖析与反思后所精心塑造的艺术形象。鲁迅先生借由这一形象，以有力的笔触揭示了封建制度与礼教以极其残忍的方式和手段在"吃人"，整个社会仿佛被笼罩在一场盛大的"吃人"筵席阴影之下。

《呐喊》与《彷徨》这两部短篇小说集，不仅毫不留情地揭示了封建制度与封建伦理"吃人"的本质，更深入地剖析了农村生活在经济压迫与精神奴役双重桎梏下的真实面貌，以及旧时代农民所经历的悲惨命运与其精神层面的诸多弱点。鲁迅通过这两部作品，旨在激发国民的觉醒意识，引导他们深入反思社会问题。在《呐喊》与《彷徨》中，鲁迅巧妙地塑造了多个生动的农民形象，如《阿Q正传》中的阿Q、《故乡》中的闰土以及《祝福》中的祥林嫂等，这些形象均成为鲁迅表达其思想观点的重要载体。他们不仅生动地展现了农民在物质层面的贫穷与困苦，更深刻地揭示了他们在精神层面的愚昧、麻木以及缺乏反抗精神的现象。以《阿Q正传》为例，该作品通过主人公阿Q这一形象，生动地勾勒出了辛亥革命前后中国社会及其民众的畸形面貌。阿Q作为一个失去土地的农民，在社会底层挣扎求生，饱受欺凌、剥削与压迫。然而，他对于自己的失败与卑下地位却表现得麻木不仁，缺乏真正的不平与反抗精神。他运用所谓的"精神胜利法"，通过自我麻痹、自我吹嘘、回避不足、自我贬低以及对弱者的欺凌等手段，沉溺于虚幻的精神胜利中。这种"精神胜利法"不仅折射出阿Q对其自身悲惨命运的逃避态度，更是其沦为奴隶身份的助推器。阿Q的"精神胜利法"并非个案，而是根植于特定社会背景和历史条件下的普遍现象，它深刻反映了在苟延残喘的生存状态下，中华民族各阶层普遍存在的一种国民性格的缺陷。这种缺陷的普遍存在已经成为阻碍社会进步的历史包袱，亟待我们深入剖析并予以彻底根除。鲁迅通过塑造阿Q这一形象，对国民的弱点进行了深刻的批判与反思，以期唤醒国民的觉醒意识，激发其反抗精神。

再来看《祝福》中的祥林嫂。她是一个受尽封建礼教压榨的穷苦农家妇女。她的命运充满了坎坷和不幸，但她始终未能摆脱封建礼教的束缚和压迫。她对自己的不幸命运进行了反抗，但最终还是屈服于封建礼教和命运的安排。鲁迅通过对祥林嫂的描绘，深刻地揭示了封建意识形态对人的精神虐杀，以及愚昧、麻木、不知觉醒的国民所面临的困境。

在历史的滚滚洪流中，社会的矛盾如狂风骤雨般猛烈，而知识分子，那些以笔为剑、以文为马的灵魂，往往在这场风暴中挣扎求存。他们的命运，自清末的阴霾至"五四"的曙光，经历了无数次的沉浮，内心的挣扎与变化，构成了中国近代史上最为复杂而动人的篇章。这一点，在鲁迅的《呐喊》和《彷徨》中得到了淋漓尽致的展现，而在《孔乙己》这篇短篇小说中，更是得到了深刻的体现。

孔乙己，一个曾经怀抱梦想、渴望通过知识改变命运的知识分子，却不幸地被封建思想的枷锁紧紧束缚。他的一生，仿佛是一部悲剧的缩影，穷困潦倒，被人轻视，甚至嘲笑。然而，更为可悲的是，孔乙己自己并没有意识到这一切的根源，他依旧沉浸在封建伦理道德的桎梏中，无法自拔。他的长袍，那身早已破旧不堪的长袍，成为他内心最深处的坚持。那是他读书人身份的象征，是他自尊与尊严的底线。即使在最潦倒的时候，他也要坚守这份尊严，不肯与那些"短衣帮"的人为伍，不肯与他们平起平坐地喝酒。这种坚持看似对自己身份的维护，实则是对封建伦理道德的盲目信仰。然而，命运却并没有因为他的坚持而给予他丝毫的怜悯。因为"窃书"的罪名，他被残忍地打断了腿，从此消失在了人们的视线中。这不仅仅是他肉体的消亡，更是他精神的崩溃。他曾经的坚持、他的自尊，在那一刻都化为了虚无。

鲁迅通过孔乙己这一形象，深刻地揭示了封建伦理道德对知识分子的毒害。他们被这种思想束缚，无法挣脱，最终走向了灭亡。而鲁迅的笔触，也充满了对被侮辱和被损害的下层知识分子的深切同情。他看到了他们的挣扎、他们的无奈、他们的痛苦，也看到了他们内心深处对光明的渴望。

在《呐喊》和《彷徨》这两部鲁迅的杰出小说集中，他通过对辛亥革命后中国社会变革的深入观察，提出了改造国民性的重要主题。鲁迅并未直接、正面地描绘这一主题，而是巧妙地通过描绘革命后的社会反映和人民对革命的态度，从侧面揭露并批判了国民性的种种弊端。

在《药》这篇小说中，鲁迅用深沉的笔触讲述了一个令人痛心的故事：农民华老栓为了救治身患重病的儿子华小栓，竟然购买了蘸有革命者夏瑜鲜血的"人血馒头"。这一荒诞而残酷的行为，不仅揭示了当时社会的愚昧与无知，也让人看到了那些"久违的许多中国人"的麻木灵魂。他们虽然体魄健壮，但精神上却是一片荒芜，只能作为"赏鉴这示众的盛举"的看客，对革命者的牺牲和民众的苦难漠不关心。鲁迅以此批判了民众的愚昧和无知，提出了改造国民性的迫切需求。

《药》中的这一故事也指出了辛亥革命失败的一个重要原因——革命者与民众之间存在着巨大的隔阂。革命者们的流血牺牲，并没有唤醒民众的觉醒，反而被他们视为一种荒诞的"药"，用来治疗疾病。这种对革命的无知和冷漠，正是辛亥革命无法取得彻底胜利的关键因素之一。

在《阿Q正传》这部作品中，鲁迅通过精心刻画阿Q这一人物形象，深刻揭示了中国近代农村社会的种种矛盾以及辛亥革命的内在弱点。阿Q，作为一位深受封建思想束缚的农民，他的生活境遇极端贫困，思想僵化、闭塞、守旧，甚至在政治上也遭受剥夺，导致其形成了一种典型的奴性人格。最初，他对革命持有强烈的反感态度；然而，随着个人生活境遇的恶化以及对个人欲望的渴望，他最终选择了投身革命。遗憾的是，由于他的无知和愚昧，不仅未能实现自己的初衷，反而走向了悲剧性的结局，最终命丧断头台。这部作品通过阿Q的遭遇，深刻反映了当时社会的复杂性和革命的局限性。

阿Q的命运，既是他个人悲剧的写照，也反映了当时社会民众对革命的态度和革命本身的局限。他们并没有在政治上真正觉醒，无法成为真正拥护辛亥革命的群众；而革命本身也未能深入群众，脱离了他们，导致了最终的失败。鲁迅通过阿Q这一形象，深刻地揭示了辛亥革命的软弱、妥协和惨痛的历史教训。

总体而言，《呐喊》与《彷徨》这两部小说集蕴含着极为丰富且深刻的思想内涵，均达到了时代的高峰。同时，这两部小说集在艺术层面亦取得了举足轻重的成就。

第一，鲁迅在两部小说集中灵活运用多元化的主体介入方式，显著丰富了小说的内涵和表达形式。以《药》一文为例，鲁迅在结尾处以细腻且深入的笔触，描绘出一幅静谧且沉重的场景："微风已停，枯草支支直立，有如铜丝。一丝发抖的声音，在空气中愈颤愈细，细到没有，周围便都是死一般静。"此场景与两位母亲在悲痛与隔膜中的凭吊活动相互映衬，共同构建了一幅充满象征意味的抒情画面，深刻揭示了作者内心的悲凉情感与深沉思考。又如在《孤独者》中，叙述者"我"与主人公魏连殳围绕"孩子的天性""孤独的命运"以及"活着"的意义等议题展开深入对话，实际上展现了创作主体自我灵魂中不同侧面的交锋与对话。此外，小说中对于魏连殳祖母与"我"之间孤独命运的描绘，不仅是鲁迅对自身生命体验的真实写照，更是对人生孤独与命运无常的深刻反思，展现了他独到的见解。

第二，鲁迅在这两部小说集中以其卓越的艺术造诣，展示了多样化的创作手法。他一方面深刻继承并发展了中国传统小说的艺术精髓，以现实主义为基础，构建了稳固的创作体系；另一方面，他积极吸收外国小说的表现手法和艺术技巧，将浪漫主义、现代主义等创作方法的精髓融入其中，为"五四"运动以来新文学创作开辟了多元化的创作道路。以《狂人日记》为例，鲁迅显然受到了果戈理同名小说的影响，并在作品中巧妙地融入了象征主义和意识流色彩。这部作品基于鲁迅对中国社会吃人现象的深刻认识而创作，旨在揭示中国几千年历史上吃人的痼疾，以及整个社会如同吃人的筵席一般。为了更好地表达这一重大的历史性主题，鲁迅不仅运用了现实主义手法，还巧妙地引入了象征主义的表现技巧。通过狂人内心的心理流动，鲁迅成功塑造了一个既写实又具有象征意义的双重人物——狂人。这一形象不仅引发了读者的深入思考，也使得小说蕴含了更为丰富的内涵。因此，鲁迅在这部作品中的创作手法堪称典范，为后来的文学创作提供了宝贵的经验和启示。

第三，在这两部小说集中，鲁迅展现了他对小说形式创新的独特追求和卓越才华。他几乎在每一篇作品中都运用了新颖的小说形式，打破了传统小说的束缚，为读者带来了全新的阅读体验。首先，《狂人日记》以其独特的日记体式引人注目。这种形式不仅让读者能够深入狂人的内心世界，感受他的疯狂与恐惧，同时也让故事更加真实、可信，使读者仿佛亲历了狂人的心灵旅程。接着，《阿Q正传》则采用了传记体的形式，通过讲述阿Q的生平事迹，展现了他的性格特点和命运轨迹。这种形式使得阿Q这一形象更加立体、丰满，也让读者更能够感受到他所经历的苦难和挣扎。在《伤逝》中，鲁迅则运用了手记体的形式，通过主人公的日记和回忆，展现了他们之间的爱情故事和内心的挣扎。这种形式不仅增强了故事的真实感，也让读者更能够感受到主人公的情感变化和内心世界。此外，《示众》和《风波》则采用了独幕剧的形式，通过简洁的场景和对话，生动地展现了社会矛盾和人民苦难。这种形式使得故事更加紧凑、有力，也更容易引起读者的共鸣和思考。而在《社戏》和《故乡》中，鲁迅则运用了散文式，通过细腻的描写和抒情，展现了乡村生活的美好和人与人之间的情感纠葛。这种形式使得故事更加优美、动人，也让读者更能够感受到乡村生活的魅力和温暖。更为引人注目的是，鲁迅在创作中还打破了戏剧、散文、诗、政论、哲理与小说的界限。他创造了诗化小说《伤逝》，将诗歌的抒情性和小说的叙事性完美结合，使得故事更加富有诗意和美感。在《兔和猫》《鸭的喜剧》等作品中，他则运用了散文体小说的形式，将散文的细腻描写和小说的情节发展融为一体，使得故事更加生动、有趣。此外，他还创作了戏剧体小说《起死》，将戏剧的冲突性和小说的叙事性相结合，为读者带来了全新的阅读体验。

第四，在这两部小说集中，鲁迅巧妙地融入了深刻的主观抒情色彩。以《明天》为例，当单四嫂子经历丧子之痛，完成了对宝儿的埋葬后，小说细腻地刻画了她的内心感受："她勉强镇定心神，环顾四周，愈发觉得坐立不安。屋内不仅过于寂静，更显得空旷无比，四周的一切似乎都失去了往日的色彩。那宽敞的屋子仿佛四面都在围困着她，空旷的摆设更是四面八方压迫着她，让她几乎喘不过气来。"随后，叙事者以第一人称进行了深入的剖析："我早已提及，她是个粗笨的女人。她能思考出什么呢？她恐怕只是单纯地感受到这屋子的寂静、宽敞与空旷吧。"通过这样的叙述，叙事者与人物在情感层面达到了高度的共鸣，进而凸显出故事的深刻悲剧性。而单四嫂子所体验到的那份寂静、宽敞与空旷，无疑也深刻地折射出鲁迅先生内心深处的孤独与寂寞之情。

第五，鲁迅在两部杰出的小说集《呐喊》与《彷徨》中，对传统小说中以情节为主导的创作手法进行了革新性的调整，转而将描绘人物、刻画性格确立为小说的核心要素。鲁迅对小说人物的刻画既深入又细腻，成功塑造了一系列鲜活且富有个性的人物形象，其中不乏诸多新颖且独特的角色。总体来看，这两部小说集中的人物形象主要可归为以下六类：一是权势者形象，以鲁四老爷、丁举人等为代表，他们思想僵化、虚伪冷酷，深刻揭示了封建权势阶层的腐朽本质；二是卫道士形象，以四铭、高尔础等为代表，他们虚伪至极，充分暴露了封建道德观念的虚伪性；三是看客形象，他们愚昧无知、麻木自私，反映了当时社会普遍的冷漠与无情；四是觉醒者形象，以狂人、夏瑜、涓生和子君等为代表，他们虽已觉醒，但在当时的社会环境中却难以找到出路；五是被侮辱与被损害者形象，以孔乙己、阿Q、闰土、祥林嫂等为代表，他们善良淳朴，却因经济贫困和政治地位低下而遭受压迫与剥削，最终沦为封建社会和封建伦理道德的牺牲品；六是农村形象，以六一公公、阿发等为代表，他们单纯朴素、心地纯洁，展现了农村生活的淳朴与美好。在塑造这些人物形象时，鲁迅注重凸显每个人的独特个性，通过细致入微的语言、行动和心理描写，生动展现他们的性格特点和内心世界。这种严谨而深入的刻画方式，使得这些人物形象更加鲜活、立体，具备了深刻的艺术感染力。

第六，鲁迅在这两部小说集中，凭借其卓越的语言运用技巧，取得了显著的艺术成就。他精准地捕捉并深刻刻画描写对象的鲜明特征，通过运用极具表现力和激发丰富联想的语言，以简洁而有力的笔触，生动地勾勒出对象的形象。鲁迅的这种语言艺术，不仅展现了他深厚的文学功底，也彰显了他对人性、社会及时代的深刻洞察。以《祝福》中对祥林嫂的肖像描写为例，鲁迅的描绘手法堪称精湛且引人入胜："五年前尚显花白的头发，如今已全然雪白，完全不符合一个四十岁左右的年龄特征；面部瘦削至极，肤色黄中带黑，先前的悲哀神色已荡然无存，仿佛成为一尊静默的木刻；唯有那偶尔转动的眼珠，才勉强表明她仍是一个活生生的人。"这样的描写既精准又生动，充分彰显了鲁迅在语言运用方面的深厚造诣。

综上所述，鲁迅以其卓越的文学造诣与坚定的精神追求，当之无愧地成为中国现代小说的奠基人。他直面人生苦难，勇于揭示社会现实的真相，其艺术创作中既融合中西元素，又敢于突破传统束缚，从而成功开创了中国现代小说的现实主义传统。鲁迅的杰出贡献，不仅为中国现代小说的深入发展奠定了坚实基础，更以其独特的文学风格与深刻的思想内涵，为中国文学开创了一个崭新的时代，彰显出其在文学领域的卓越地位与深远影响。

第二节　白话新诗的创立发展

具备现代特质的新诗创作，实则可回溯至胡适、郭沫若、闻一多、徐志摩等文学先驱所开创的白话新诗运动。这些白话新诗深深扎根于"五四"新文化运动的壮阔浪潮之中，并逐渐发展壮大。它们承载着鲜明的时代精神内核，实现了诗歌内容与表达形式的深刻变革，充分彰显了"五四"时期中国现代诗歌创作的卓越成就与深远影响。

一、胡适的诗歌创作

胡适（1891—1962），原名是胡嗣穈，字适之，寓意深远且富有哲理。他出生在江苏省松江府川沙县上庄村的一个家庭，这个家庭既居官僚阶层，又有着商人的精明与远见。这样的家庭背景为他提供了良好的教育机会和丰富的文学资源，使他得以在知识的海洋中自由遨游。1904年，年轻的胡适毅然决然地离开了家乡，前往上海继续深造。他对学问的渴望和对新知的追求，使得他不满足于现有的成就，而是选择了一条更加宽广的道路——留学美国。在那里，他师从著名的哲学家和教育家约翰·杜威，深受其思想的影响，形成了自己独特的学术观点和思考方式。完成学业后，胡适带着满脑子的知识和智慧回到了祖国，并选择了北京大学作为自己的教学阵地。在这里，他不仅教书育人，更积极参与新文化运动和文学改良运动，为中国的文化和文学注入了新的活力和思考。他的思想和作品像一股清新的风，吹散了旧有的沉闷和束缚，为中国文学的现代化进程奠定了坚实的基础。然而，生活的道路并不总是平坦的。当抗日战争爆发时，胡适曾应蒋介石的要求前往美国，试图争取国际社会的支持和援助。这段经历不仅展现了他的爱国情怀，也体现了他对国家和民族的深深忧虑。中华人民共和国成立后，胡适一度在美国生活。直到1958年，他才决定回到台湾并定居下来。1962年，因病离世，享年71岁。

胡适，这位杰出的学者，不仅是中国文学史上白话文和新诗运动的先驱，更是最早在《新青年》杂志上大胆尝试并发表白话诗的人。1917年2月，他迈出了勇敢的一步，在《新青年》上公开发表了《白话诗八首》，这一举动在当时引起了广泛的关注和讨论。随后，他又接连发表了四首白话词，进一步推动了白话文学的发展。到了1920年，胡适的文学成就更上一层楼。他精心编撰并出版了《尝试集》，这是中国现代文学史上的第一部白话诗集。这部作品不仅集结了他之前的白话诗和白话词创作，更是他多年对白话文运动深入思考和探索的结晶。《尝试集》的出版，不仅展现了胡适卓越的文学才华，更在文坛引起了不小的震动，为中国现代文学的发展注入了新的活力。

胡适的白话新诗，以其独特的风格，展现了诗人深厚的文学功底和对生活的细腻感悟。他的诗作大多是即事感兴、即景生情之作，虽没有汹涌奔腾的诗情和飞云翻卷般的想象，但每一首都言之有物，充满了生活的情趣和哲理。以《蝴蝶》为例。这首诗以两只黄蝴蝶的分离为起点，借物寄情，表达了诗人内心的孤单与寂寞。诗中的蝴蝶仿佛是诗人内心的写照，它们双双飞上天，却又因为一个忽然飞回而显得孤单。这种情感上的转变，被胡适巧妙地用诗歌的形式表达出来，读来饶有趣味。同时，这首诗在行文上自由流畅，意象清新，诗意浅露，使人读后回味无穷。

胡适的白话新诗不仅注重情感的表达，还讲究对中国传统诗歌的继承与发展。在《蝴蝶》中，我们可以看到诗人对平仄和对偶的讲究，这种传统诗歌的技法在他的白话诗中得到了很好的运用。这既展现了他对传统文化的尊重，也体现了他在新诗创作中的创新精神。

在表现手法上，胡适的白话新诗也取得了一定成绩。他善于运用托物寄兴的手法，将自己的情感和感悟寄托在具象的事物上，如《鸽子》。这首诗中的鸽子，就是诗人自由翱翔于新文化运动中的象征。此外，他还尝试使用浅显的象征手法，如将鸽子比作新文化运动中的朋友，表达自己投身于这一运动的自豪感。

然而，胡适的白话新诗也存在一些局限性。一方面，他的诗中思想表达较为含蓄，未能将时代的情绪充分而完美地展现出来；另一方面，在诗歌形式上，他多以五言和七言为主，缺乏更多的创新。此外，他的诗歌总体境界较为狭窄，主要围绕个人情感和生活琐事展开，缺乏对社会现实的深刻挖掘。

尽管如此，胡适的白话新诗在中国现代诗歌史上仍具有重要地位。他作为白话文运动的先驱和新诗创作的开拓者，为中国现代文学的发展作出了不可磨灭的贡献。他的诗作不仅具有独特的艺术魅力，还蕴含了深刻的思想和哲理，为后人提供了宝贵的学习和借鉴的财富。

二、郭沫若的诗歌创作

郭沫若（1892—1978），原名郭开贞，笔名"沫若"，于1892年出生在四川乐山一个地主兼商人家庭。自幼，他便沐浴在家庭的优越环境中，得到了良好的教育。在家庭的熏陶下，他广泛阅读了中国古典文学，从《诗经》《楚辞》到唐诗宋词，这些经典之作不仅为他打下了坚实的文学基础，也深深地影响了他的创作风格和思想情感。与此同时，郭沫若也大量接触了外国文学作品，从莎士比亚、雨果到托尔斯泰等，这些外国文学大师的作品不仅为他打开了更广阔的文学视野，也激发了他对人性、社会和世界的深入思考。在阅读的过程中，他逐渐培养起了自己的爱国民主思想和反抗意识，这成为他日后文学创作和革命活动的重要动力。1911年夏，中国历史上著名的辛亥革命前夕，郭沫若积极参与了四川保路运动，这场运动旨在反对清政府出卖川汉铁路的权益，他用自己的行动表达了对国家命运的关切和对社会不公的反抗。这次经历不仅锻炼了他的组织和领导能力，也加深了他对社会现实的认识和理解。1913年，为了更深入地学习西方文化和科技，郭沫若留学日本。在异国他乡，他继续广泛阅读西方文学作品，并深入研究哲学、历史和社会科学等领域的知识。这些学习经历不仅丰富了他的知识体系，也拓宽了他的思维视野，为他日后的文学创作和学术研究打下了坚实基础。1919年，五四运动在中国爆发，这是一场以爱国、民主和科学为主题的伟大运动。郭沫若积极响应"五四"运动的号召，投身于这场历史性的运动之中。他不仅积极参与各种抗议活动，还尝试用白话文进行文学创作，推动文学革命的发展。他的白话新诗作品以其独特的艺术风格和深刻的思想内涵，赢得了广泛的赞誉和认可。1923年，郭沫若回国并开始从事专门的文学创作活动。他以其独特的视角和深邃的思考，创作出了一系列具有时代意义和深刻内涵的文学作品。在大革命期间，他积极倡导革命文学，并投笔从戎参加北伐战争，用自己的笔和剑为革命事业作出了重要贡献。大革命的失败给郭沫若带来了沉重的打击，他被迫流亡日本十年之久，在这段艰难的日子里，他并没有放弃对学术和文学的追求。他深入研究甲骨文、考古学和历史学等领域的知识，并取得了重要的学术成果。这些研究成果不仅为他赢得了国际上的声誉，也为中国传统文化的传承和发展作出了重要贡献。抗日战争爆发后，郭沫若毅然回国并积极参加抗日救亡运动。他用自己的笔和声音为抗战事业呐喊助威，不断创作出新的文学作品来鼓舞人心。他的诗歌、散文和论文等作品在抗战期间广为流传，成为激励人们投身抗战的重要精神力量。1978年6月12日，这位伟大的学者、诗人和历史学家因病逝世，享年86岁。

在中国现代诗歌的辉煌画卷中，郭沫若及其诗歌创作无疑占据了举足轻重的地位。其诗集《女神》不仅在我国新诗史上留下了深刻的印记，而且作为首部具有深远影响的新诗集，更是以其独特且鲜明的内容和艺术风格，开创了自由体新诗的一代崭新风貌，为后世诗歌创作提供了典范与启迪。

《女神》系郭沫若之首部诗集，汇集他于1916年至1921年间所精心创作之诗歌共计57篇，皆为佳作。除去开篇之"序诗"外，该诗集严谨地划分为三辑，展现出了多样化的艺术风貌，彰显出作者深厚的文学造诣与独特的审美视角。

第一辑汇聚了《女神之再生》《湘累》及《棠棣之花》三个诗剧，这些作品以诗歌的形式巧妙地构筑了戏剧的框架，展现出独特的艺术魅力。

第二辑则是诗集中的核心部分，收录了包括《凤凰涅槃》《天狗》《炉中煤》《晨安》《我是个偶像崇拜者》以及《立在地球边上放号》等在内的三十余首诗作，这些作品在内容与形式上均展现出深厚的艺术造诣。

第三辑则以短小精悍的小诗为主，其中《Venus》《霁月》及《死的诱惑》等诗作颇具代表性，以简洁的笔触勾勒出深邃的情感世界。

深入分析《女神》中的诗作，不难发现其蕴含着丰富的思想内涵。其中，最为引人注目的思想内容主要体现在以下三个方面。

第一，郭沫若的《女神》诗集不仅是对叛逆、反抗和创造精神的热烈颂扬，更是他个人独特个性和时代精神的完美融合。在这部作品中，他敏锐地捕捉到时代的脉搏，用他特有的热情与直率，对叛逆和反抗精神进行了深情的歌颂。这种歌颂并非简单的情感宣泄，而是带有一种敢于否定、敢于创造的极端兴奋和狂热。在《凤凰涅槃》这首长篇抒情诗中，郭沫若巧妙地运用了古代关于凤凰的神话故事，将其赋予了新的寓意。凤凰，这一象征着吉祥和重生的神鸟，在郭沫若的笔下成为旧中国和旧我的象征。当凤凰满五百岁后，它选择集香木自焚，再从死灰中涅槃重生。这一过程，既是毁灭也是创造，是对旧中国和旧我的彻底否定，也是对新中国和新我的热烈期盼。凤凰的哀歌，既是对旧中国黑暗的诅咒和控诉，也是诗人内心郁愤的宣泄。这种诅咒和控诉，不仅是个人的，更是社会的，它充满了对旧世界的绝望和对新世界的渴望。而在《立在地球边上放号》中，郭沫若则展现了他对创造之美的向往和追求。他崇尚太平洋那能将地球推倒的伟力，这种力量象征着无限的创造力和生命力。通过对这种力量的礼赞，郭沫若表达了他对创造之美的向往和欢欣，也展示了他对未来世界的美好期待。此外，在《匪徒颂》中，郭沫若更是大胆地表达了对历来遭受封建统治者污蔑的反抗者的赞美。他将这些敢于反抗陈规陋习的"匪徒们"视为英雄，对他们予以热情赞颂，并疾呼万岁。这种赞美，不仅是对反抗者的肯定，更是对腐朽势力的坚决斗争和摧毁的决心。

第二，强烈地呼唤个性解放。在"五四"新思潮的激荡下，个性解放成为时代的主旋律，代表着现代独立人格意识的觉醒。尽管身处异国他乡，但郭沫若深受这一思潮的影响，以他敏锐的思想和独特的审美意识，对个性解放和民主自由思想进行了淋漓尽致的张扬。在《天狗》一诗中，郭沫若塑造了一个极具象征意义的"天狗"形象。这只天狗不仅是自然界的壮丽景象，更是诗人内心强烈渴望个性解放的化身。它气吞山河，无所不能，不仅吞噬了日月星辰，甚至要吞噬整个宇宙。在飞奔、狂叫和燃烧中，它展现了无尽的能量和无尽的追求。

"我是一条天狗呀！我把月来吞了，我把日来吞了，我把一切的星球来吞了，我把全宇宙来吞了。我便是我了！"这样的诗句，充满了对旧世界的挑战和对新世界的向往。天狗的形象，正是一个敢于冲破一切旧罗网，敢于追求自我解放的艺术形象。它不仅是诗人内心的写照，更是"五四巨人"的化身，代表着那个时代青年们的反抗精神和自由追求。

诗中的"天狗"还体现了诗人对个性解放的热烈追求。它不仅仅是一个自然界的生物,更是一个与广大人民呼吸相通、命运与共的"大我"。它的每一次飞奔、狂叫和燃烧,都是对旧世界的反抗和对新世界的呼唤。在这种反抗和呼唤中,诗人充分肯定了人的价值、尊严和创造力,热情讴歌了民主、自由以及改造自我的革命精神。

除了《天狗》,在《地球,我的母亲》中,郭沫若同样表达了对个性解放的强烈呼唤。他通过对"田地里的农人"和"炭坑里的工人"的赞颂,展现了劳动人民用劳动创造感受生命快乐的情景。这种对劳动人民的关注和赞美,使他的个性解放思想呈现出与人民利益一致的一面。他向往的是人们能够自由地、自主地、随分地、健康地享受他们的赋生,这种向往正是对个性解放的最好诠释。

第三,郭沫若的《女神》诗集中彰显出强烈、深沉且炽热的爱国主义情怀。整部诗集以爱国主义为核心主题,贯穿始终,每一篇诗作都饱含深情,字里行间流露出诗人对祖国深沉的热爱与眷恋。这种情感不仅体现在对旧时代的批判与憎恶之中,更在诗人对理想之新中国的热切期盼与无私奉献的精神中得以彰显。

《炉中煤》便是这一爱国主义思想的生动体现,它是一首感人至深的爱国之歌,副题"眷念祖国的情绪"直接揭示了诗歌的主旨。在诗中,郭沫若运用了丰富的想象和别出心裁的构思,将自己比作"炉中煤",而祖国则是他心中的"年轻的女郎"。他深情地诉说着"炉中煤"愿意为"年轻的女郎"燃烧、献身的决心,这不仅是对爱情的表白,更是对祖国的深沉眷恋和对报效祖国的热切期盼。

诗人以"炉中煤"自喻,不仅是因为煤炭燃烧时释放出的光和热,象征着诗人对祖国繁荣昌盛的渴望和为之付出的努力;更是因为煤炭的深沉和持久,象征着诗人对祖国的深厚情感和坚定信念。而"年轻的女郎"这一比喻,则象征着祖国的美好与青春,诗人愿意为之付出一切,包括自己的生命。

整首诗情感真挚、深沉而炽热,诗人通过独特的艺术手法和真挚的情感表达,将自己的爱国之情展现得淋漓尽致。他不仅在诗中表达了对旧中国的憎恨与反抗,更在字里行间流露出对新中国的热爱与期盼。他愿意为祖国的繁荣富强而努力奋斗,甚至不惜付出生命的代价。这种强烈的爱国主义思想,不仅体现了诗人个人的高尚情操,也代表了当时广大青年人的共同心声。

三、闻一多的诗歌创作

闻一多（1899—1946），原名闻家骅，出生于湖北省浠水县一个书香世家。自幼便展现出对中国古典诗词与美术的浓厚兴趣，为其日后在诗歌创作领域取得卓越成就奠定了坚实基础。1919年，正值"五四"运动风起云涌之际，先生积极参与其中，并投身于新诗的创作工作。抗日战争爆发后，他一方面致力于推动民主运动与斗争，另一方面仍坚持文学研究与创作，展现了坚定的文化信念与爱国情怀。然而，令人痛惜的是，1946年7月15日，闻一多先生不幸遭到国民党特务的暗杀，享年47岁。

在"五四"时期，闻一多作为一位肩负诗歌创新使命的重要诗人，他全身心投入对新诗发展方向的深入探索。他努力寻求语言与形式自由化向艺术规范化转变的途径，旨在于旧诗所遗留的废墟之上，打造出一座别具一格、充满艺术魅力的殿堂，从而为中国新诗的发展贡献自己的力量。

闻一多的白话新诗创作始于1920年，这是他文学旅程中一个重要的起点。他的诗作中，对民族、对祖国的深情厚爱成为贯穿始终的主题，这份情感如同熊熊燃烧的火焰，照亮了他创作的道路。

与"五四"时期众多觉醒的知识分子一样，闻一多拥有深厚的中国传统文化底蕴。他自幼便沉浸在古典诗词的海洋中，深受中国传统文化的熏陶。然而，他并不满足于此，他渴望更广阔的知识视野，于是决定出国留学，接受西方文化的洗礼。在美国的学习经历，使他有机会接触到西方先进的科技、文化和思想，这为他的文学创作注入了新的活力。

然而，两种截然不同的文化在闻一多心中产生了激烈的碰撞。他既珍视自己的民族文化，又无法忽视西方文化的先进性。这种矛盾冲突使他的内心充满了痛苦和挣扎。更为严重的是，在异国他乡，他感受到了强烈的民族歧视。这种歧视不仅来自外部世界，也来自他内心的自我质疑。他开始反思自己的身份和定位，思考如何在两种文化之间找到平衡。

这种精神反抗在闻一多的诗歌中得到了充分的体现。他创作了许多爱国诗篇，用文字抒发对祖国的深情厚爱。在《红烛》和《死水》这两部代表性诗集中，他以沉郁凝练、炽热逼人的艺术风格，表达了自己在帝国主义压迫面前强烈的民族自尊心与自豪感。同时，他也毫不掩饰地揭示了社会现实的黑暗与腐败，表达了对丑恶势力的憎恨和对祖国深沉的挚爱。以《死水》为例，这首诗创作于

1925年4月，正值闻一多即将从美国归国的前夕。当时，"三一八"惨案的发生震惊了全国，也深深触动了闻一多的内心。他无法容忍那些无辜的生命被残忍地杀害，更无法忍受社会的黑暗与腐败。于是，在诗中，他运用象征手法，将那个黑暗的社会比作一沟绝望的死水。他借鉴西方现代诗的反讽方法和"以丑为美"的艺术原则，大声诅咒了那个令人窒息的环境。他想象着那些废弃物在死水中发酵、变质，最终变成一些令人作呕的"美丽"事物，以此来揭示那个社会的虚伪与腐朽。

在诗歌的结尾部分，闻一多以决绝的语气表达了对那个社会的憎恨和对祖国的深情厚爱。他写道："这是一沟绝望的死水/这里断不是美的所在/不如让给丑恶来开垦/看它造出个什么世界。"这句话充满了愤怒和无奈，但也透露出他对未来的希望和对祖国的坚定信念。

闻一多的诗歌创作手法独特而丰富，他善于运用各种意象和象征来表达自己的情感和思想。他的诗歌不仅具有深刻的思想内涵和独特的艺术风格，而且大大丰富和发展了中国新诗的意象系统。他的诗作成为中国现代诗歌宝库中的瑰宝，为后来的诗人提供了宝贵的启示和借鉴。

在闻一多的两部代表性诗集《红烛》和《死水》中，对祖国无限热爱的诗作如同繁星般璀璨。这些诗篇不仅展现了诗人深厚的爱国情感，还通过独特的艺术手法和意象，将这份情感表达得淋漓尽致。

在《太阳吟》中，闻一多巧妙地以太阳为对话的伙伴，倾诉自己内心的压抑与渴望。他企望"六龙骖驾的太阳"能够急速飞翔，一日走完千年的历程，好让自己这个"憔悴如同深秋一样"的游子，能够早一些回到日夜思念的祖国怀抱。这种对家乡和祖国的深深眷恋，在太阳的照耀下显得更加炽热而深沉。

在《忆菊》中，闻一多则选择了菊花这一具有深厚民族文化底蕴的意象，借以表达自己对祖国的无限眷念与渴慕之情。菊花在中国文化中象征着高洁、坚贞和长寿，闻一多通过这一意象，不仅表达了对祖国文化的热爱和自豪，也寄托了自己对祖国的深情厚谊。

在《口供》中，闻一多展现了"五四"运动退潮后自己内心的彷徨与苦闷。他通过自我对话的形式，揭示了自己在理想与现实之间的挣扎与矛盾，但即使在这样的困境中，他依然保持着对祖国的热爱和忠诚，从中透露出坚定的爱国主义激情。

除了表达对祖国的无限热爱，闻一多的白话新诗也对下层人民的疾苦进行了深刻关注。他用自己的笔触描绘了一幅幅生动的社会图景，展现了下层人民在黑暗残酷社会中的苦难生活和不幸命运。

在作品《大鼓师》之中，作者精心塑造了一位身怀悲哀却默默承受、手持大鼓四处流浪的"大鼓师"形象，深刻揭示了这一群体在社会底层所历经的种种艰辛与重重磨难。而在另一部作品《荒村》中，作者则通过细腻入微的笔触，描绘出一幅荒凉破败的村落景象，真实生动地再现了社会动乱时期底层民众所面临的离乱与贫困生活状态，使人深切感受到时代的无情摧残与人民的深重苦难。

在《夜歌》中，他描画了一个在月光下黄土堆里嚎啕捶胸的"妇人"，她的悲痛和绝望让人感同身受，也反映了当时社会的不公和黑暗。在《洗衣歌》中，他则描绘了美国华工在"半夜三更一盏洗衣的灯"陪伴下的屈辱、悲惨的生活，揭露了异国他乡华人劳工的艰辛与不易。

在《飞毛腿》中，他描绘了最终投河自杀、尸体飘在天河里的"飞毛腿"的悲惨命运。这首诗通过描述一个普通人的不幸遭遇，反映了当时社会的黑暗和残酷，也表达了诗人对底层人民的深切同情和关怀。

诗人在描画这些人物及其他们的悲惨命运时，虽然运用的是客观的叙述口吻，但字里行间却渗透出强烈的人道主义情怀。他关注每一个生活在苦难中的人民，用自己的笔触为他们发声，为他们呐喊。同时，他的诗歌也充满了强烈的批判精神和浓烈的忧患意识，他不断反思社会现实，探索解决之道，希望为国家和人民带来一丝光明和希望。

闻一多的白话新诗创作，如同一幅幅精美的画卷，不仅描绘了自然景色的瑰丽与秀美，还深入抒发了诗人内心的情感波澜。其中，《美与爱》《幻中之邂逅》《花儿开过了》《红豆》《忘掉她》《雪》等诗作，都是他情感世界的真实写照，展现了他丰富而细腻的情感特征。在这些诗作中，《忘掉她》尤为引人注目。这首诗乃是闻一多先生为缅怀早逝之女所作，字里行间浸透着深沉的哀痛与无奈之情。诗人以其独树一帜的笔墨，精心描绘出一幅幅美丽却易逝的幻境，诸如花朵之凋谢、梦境之破灭，意在以生命之脆弱，来稍稍消解爱女夭折所带来的巨大悲痛。诗中每节皆以"忘掉她，像一朵忘掉的花！"作为始末之句，此种低沉而缠绵的语调，宛若一位父亲在内心深处反复挣扎、呼唤，却又难以割舍痛苦与思念的复杂情绪。

闻一多的白话新诗创作，对中国诗歌的发展产生了深远影响。

第一，他反对"作诗如作文"的传统观念，认为诗歌应该是一种独立的艺术形式，有其独特的审美价值和表达方式。他的诗歌作品，如《忘掉她》等，都很好地实践了这一观点，为中国新诗的发展提供了新的样本与经验。

第二，闻一多强调诗歌的形式美和音乐美。他认为，一首好的诗歌不仅要有深刻的思想内涵和独特的艺术风格，还要在形式上追求匀称和均齐，在音韵上追求和谐与节奏。他的诗歌作品，如《死水》等，都体现了这种追求。这些作品在形式上都有着"节的匀称和句的均齐"，还形成了一定的节奏，使得诗歌在诵读时更加悦耳动听，富有感染力。这种对形式美和音乐美的追求，也影响了中国新诗的进一步发展，使得中国新诗在形式上更加多样化、丰富化。

综上所述，闻一多的白话新诗创作不仅展现了他深厚的文学功底和独特的艺术风格，还对中国诗歌的发展产生了深远影响。他的诗歌作品不仅具有深刻的思想内涵和独特的艺术风格，还为中国新诗的发展提供了新的样本与经验，对中国诗歌的进一步发展产生了积极的推动作用。

四、徐志摩的诗歌创作

徐志摩（1896—1931），原名徐章塘，笔名诗哲，出生于浙江省海石县硖石镇一显赫商贾世家。自幼家境优渥，得以接受优质教育。其后入北京大学求学，毕业后更远赴美英深造。留学期间，徐志摩广泛涉猎西方民主主义思想及生活方式，并广泛阅读西方文学作品，对其人生观与艺术观产生了深远影响，激发了对诗歌创作的浓厚热忱。归国后，徐志摩先后在北京大学、清华大学执教，始终坚守诗歌创作之初心。然而，命运多舛，1931年11月19日，徐志摩因飞机失事不幸遇难，终年35岁。

徐志摩的白话新诗，以其独特的艺术魅力和深邃的思想内涵，成了中国现代诗歌史上的一朵奇葩。他的作品，从思想内容来看，深深地烙印着对自由与光明理想的追求与向往，鲜明地反映了那一代自由主义知识分子的思想倾向。其中，《雪花的快乐》一诗，便是对这种追求与向往的具体体现。在这首诗中，徐志摩巧妙地运用雪花与朱砂梅的意象，将自然之美与情感之真相融合，展现了一种超凡脱俗的美学和哲学境界。

首先，诗人将雪花与自己钟情的朱砂梅相融合，这是一种情感的投射与寄托。雪花，作为纯洁无瑕、自由飘落的象征，与朱砂梅那鲜艳如火、坚韧不屈的特质相映成趣，共同构成了诗人内心世界的独特图景。这种融合，实质上是诗人将自己对于理想情感归宿的追求，与自然界中的美好事物相联系，以此来表达自己对于爱情、友情、亲情等美好情感的向往与珍视。然而，诗人并没有止步于此。他将这种对于理想情感归宿的追求，进一步与改变现实社会的理想联系在一起。在诗人看来，个人的情感追求与社会的变革是紧密相连的。只有在一个自由、平等、光明的社会中，个人的情感才能得到真正的满足和升华。因此，他在诗中表达了对封建伦理道德的批判和反抗，以及对个体解放的强烈要求。这种思想倾向，不仅体现了徐志摩作为一个自由主义知识分子的独立思考和勇敢追求，也反映了当时社会背景下人们对于自由和光明的渴望与追求。

徐志摩的白话新诗在追求自由与光明理想的同时，也深深地扎根于对爱情和美的无尽追求之中。他的爱情诗篇，无论是细腻的情感描绘，还是深邃的意境营造，都透露出诗人对爱情纯真、美好、永恒的向往和赞美。

在徐志摩的爱情诗中，他善于通过描绘具体的形象来表达自己深沉的情感。这些形象，或许是自然中的一片云、一滴水，或许是生活中的一个微笑、一个眼神，都能成为他表达爱情的媒介。通过这些形象，读者能够感受到诗人对爱情的珍视和呵护，以及他对爱情带来的美好和幸福的渴望。同时，徐志摩也善于通过营造具体的意境来表明自己对爱情的向往。他善于运用各种意象和修辞手法，将读者带入一个充满诗意和梦幻色彩的世界。在这个世界里，爱情是如此的美好和纯洁，它超越了世俗的纷扰和喧嚣，成为人们内心最深处的向往和追求。

在《偶然》一诗中，徐志摩通过"我"与"你"和"云"与"波"相对，以及"踪影""光亮"等意象，对爱情及人生的真谛进行了深刻的昭示。他告诉我们，真正的爱情并不只是长相厮守，它更是一种心灵的交流和共鸣。即使爱情只是短暂的交会，也能在彼此的生命中留下永恒的印记。这种交会时的互放光亮，可以烛照漫长的一生，成为我们生命中最宝贵的财富。

除了对爱情的追求外，徐志摩的白话新诗也反映了他对当时黑暗社会的不满和批判。在《大帅》《人变兽》《太平景象》等诗作中，他毫不留情地揭露和批判了当时军阀混战的残酷和黑暗。这些诗作充满了对战争的厌恶和对和平的渴望，也表达了诗人对国家和民族的深深忧虑。

此外，《盖上几张油纸》和《叫化活该》《先生，先生》等诗作则关注了社会底层人民的悲惨生活和不幸命运。通过对普通妇女和乞丐的生动刻画，诗人让我们看到了社会的不公和黑暗面。这些诗作充满了对弱势群体的同情和关怀，也表达了诗人对改变社会现状的强烈愿望。

徐志摩的白话新诗，不仅在思想内容上展现出丰富的内涵，更在艺术手法上独树一帜，具有极高的审美价值。

第一，徐志摩的诗歌中，独具特色的意象与别致的意境相互辉映，巧妙地传递了诗人的情感与心境。他在构建诗歌意象时，展现了三种卓越的技巧。首先，他擅长将个人情感特色融入客观事物之中，使原本平淡无奇的事物焕发出全新的生命与内涵。以《再别康桥》为例，诗中的"河畔的金柳""波光里的艳影""软泥上的青荇"等意象，原本仅为自然景致，但诗人将离别之情融入其中，使得这些景致仿佛被赋予了情感与灵魂，化作富有特殊意蕴的象征。此举使诗歌的意境更为深远，情感表达更为真挚。其次，徐志摩以其精湛的比喻手法，创作出别具一格的意象。在《沙扬娜拉》这首简短诗篇中，他成功运用艺术技巧，生动描绘出日本女郎的依依惜别之情。诗人将沙扬娜拉巧妙地比喻为"不胜凉风的娇羞水莲花"，这一意象精准捕捉了日本女性娇羞的神态与娇美的形象，凸显其温柔娴雅的性格特质。这一比喻手法既新颖独特，又充满诗意与美感，为整首诗增添了中国古典诗词的韵味与意境之美。最后，徐志摩亦擅长捕捉瞬息万变的印象与感受，并将其熔铸成独具特色的意象。在《灰色的人生》一诗中，他以诗意的笔触捕捉瞬间的感受，如"我一把揪住了西北风，问他要落叶颜色""我一把揪住了东南风，问他要嫩芽的光泽"。这些诗句不仅展现出诗人敏锐的感知力与洞察力，更彰显其非凡的艺术创造力。他将这些瞬间的印象巧妙地转化为独特的意象，使诗歌的意境更为丰富多元，情感表达更为深沉动人。

第二，徐志摩的诗歌不仅以其深邃的思想和独特的意象而著称，更以其强烈的音乐性赢得了广大读者的喜爱。他对诗歌语言的敏锐感知和超凡把握能力，使得他的诗作在情感内容与外在形式之间达到了自然和谐的完美融合。徐志摩深知诗歌的音乐性是其魅力的重要组成部分。他曾明确指出："明白了诗的生命是在它内在的音节的道理，我们才能领会到诗的真正的趣味。"他的诗歌中，无论是情感的表达还是意境的营造，都与音乐元素紧密相连，形成了一种独特的音乐美。在《雪花的快乐》一诗中，徐志摩展现了其诗歌音乐性的卓越才华。全诗共四节，每节五行，每行三个音节，分别由二字尺、三字尺或四字尺交错组成。这种巧妙的音节安排使得整首诗读起来朗朗上口，富有节奏感。同时，每节中都有两组紧跟的韵脚，形成了极强的韵律感，进一步增强了诗歌的音乐性。这种音乐性与诗中自信而乐观的情绪相得益彰，使得整首诗充满了生机与活力。《再别康桥》一诗同样展现了徐志摩对诗歌音乐性的高超把握。全诗共有七段，每段两节，每节两行，第二行后退一格，这种独特的排版方式使得整首诗看起来既工整又摇曳多姿。在音节的安排上，每行的字数和音节数并不完全相等，但诗人巧妙地通过字词的搭配和停顿的处理，使得整首诗在朗读时仍然能够保持一种轻盈自然的韵律感。此外，这首诗并没有采用一韵到底的方法，而是每段转韵，两句一韵，这种变化多端的韵律处理使得整首诗充满了音乐的美感。

第三，徐志摩的诗歌不仅在思想内容上丰富多样，在艺术手法上独具匠心，更在形式上展现出了规范与灵活并存的独特魅力。这种独特魅力体现在他对诗歌形式的精心构造和灵活运用上，使得他的诗作在形式上既具有规整的美感，又不失灵活多变的特点。以《再别康桥》为例，这首诗在形式上极为规整。每一节第一行和第三行的排列完全相同，第二行和第四行的排列也保持一致，这种对称的排列方式使得整首诗看起来整齐划一，给人一种和谐统一的美感。同时，单数行和双数行之间错开了一个字，这种细微的错位处理不仅避免了单调乏味，还为诗歌增添了一种动态的美感，使得整首诗在规整中又不失生动。然而，徐志摩并不满足于仅仅追求形式的规整和统一。他在创作过程中，还善于根据诗歌的内容和情感需要，灵活调整诗歌的形式。比如《海韵》一诗，诗行的排列就极不规整。有的行只有4个字，简洁明了；有的行却长达22个字，情感深沉。这种诗行长度的差异和排列的犬牙交错，使得整首诗在形式上呈现出一种自由奔放的态势，与诗歌所表达的大海般宽广无垠的情感相得益彰。

第三节　现代小说的兴起

在历史的进程中，随着"民主与科学"思想在我国得到广泛传播和深入影响，"五四"新文学逐渐崭露头角。它采用现代化的视角、语言、手法和形象，鲜明地展现出人们对当代世界文学独特技法的认同与掌握。自此，中国作家踏上了现代小说领域的探索征程。在此期间，社会问题小说、自叙传抒情小说以及乡土小说等流派或题材不断涌现，成为现代小说发展的主要亮点和显著成就。

一、社会问题小说的创作

社会问题小说，作为"五四"启蒙精神与作者人生哲思的完美结合，其创作核心主要聚焦于知识青年的生活境遇。这类作品从多个层面深刻揭示了当时社会广泛关注的诸多问题，包括军阀混战所带来的社会动荡、教育体制的现状、青年情感纠葛的复杂性、青年未来路径选择的困惑、社会风尚与礼教传统的冲突、婚姻家庭关系的变迁以及妇女贞节观念的演变等。在字里行间，我们可以深切感受到作者强烈的社会责任感与文化批判意识，同时亦凸显出其鲜明的人道主义与民主主义精神，从而真正践行了"为人生"的文学创作理念。此外，社会问题小说还展现出客观写实的艺术特色，其忠于现实、直面现实的创作态度，以及试图通过文字有意识地干预与改造现实的努力，均体现了深厚的现实主义精神。同时，这类作品亦流露出浓厚的理性主义色彩，展现出作者对社会现象的深入剖析与理性思考。然而值得注意的是，社会问题小说在提出或暗示问题解决方案时，往往显得较为稚嫩与理想化，难以对现实问题进行切实有效的解决。更多时候，这些解决方案只能作为一种美好的愿景存在于文字之中。在众多的社会问题小说作家中，叶圣陶、冰心等以其卓越的创作成就，成为这一文学流派的杰出代表。

（一）叶圣陶的社会问题小说创作

叶圣陶（1894—1988），原名叶绍钧，江苏苏州人。自1911年中学毕业后，他陆续在苏州、上海、杭州等地的初等小学执教，并初步涉足文学创作。1914年，叶圣陶在鸳鸯蝴蝶派的《礼拜六》《小说丛报》及《小说海》等刊物上发表了《穷愁》《博徒之儿》《贫女泪》等十余篇文言小说。这些作品主题相对浅显，内容主要揭示当时社会的阴暗面及表达对底层民众的深切关怀。五四运动时期，他开始转向白话文小说创作。1921年，叶圣陶积极参与并发起文学研究会，持续致力于小说创作工作。在中华人民共和国成立前，他相继发表了《隔膜》《火灾》《线下》《城中》《未厌集》《四三集》等多部短篇小说集，以及长篇小说《倪焕之》。此外，他还涉足新诗、散文、戏剧及学术批评等多个领域，为我国现代文学的开拓与创新作出积极的贡献。1988年2月16日，叶圣陶先生在北京逝世，享年94岁。

叶圣陶所创作的社会问题小说，深深扎根于人道主义的沃土之中，以此为基石，他秉持着严谨的观察、真实的描绘与犀利的批判，对人生百态进行了深入的剖析。同时，他致力于推动思想启蒙的进程，以期唤醒民众对于社会问题的深刻认识。

在叶圣陶的小说作品中，他不仅揭示了现实生活的多面矛盾与冲突，更加强了对旧有制度与思想的批判力度。特别值得一提的是，他对于灰暗生活状态的剖析与抨击，显得尤为深刻与独到。在深入剖析社会现实矛盾与批判灰暗人生的过程中，叶圣陶始终将"爱"与"美"的理想追求寄托于社会底层的民众之中，这充分彰显了他对人性光辉与社会进步的坚定信念。

其中，《这也是一个人？》《潘先生在难中》以及《倪焕之》等作品，无疑是叶圣陶社会问题小说的杰出代表作。这些作品以其深刻的社会洞见、丰富的艺术表现以及强烈的现实关怀，展现出了极高的艺术价值与深刻的社会意义，对于推动社会进步与思想解放具有不可估量的作用。

《这也是一个人？》（后改名《一生》）这部作品深入描绘了一个极度缺乏"美"与"爱"的冷酷世界，让读者仿佛置身于一个无情且压抑的时空之中。女主人公"伊"的命运，从十五岁那年起就被父母无情地决定，她被当作物品一样，被夫家以半条牛的价值交换。这种荒谬的婚姻交易，从一开始就为她的生活蒙上了一层厚重的阴影。

进入夫家后，"伊"的生活更是陷入了水深火热之中。不到一年，她就诞下了自己的孩子，但这份新生命带来的喜悦很快就被命运的无情所摧毁——孩子夭折了。失去孩子的巨大痛苦，让"伊"的心灵遭受了无法言喻的创伤，而这样的打击仅仅是她悲惨命运中的冰山一角。

"伊"不仅要忍受着丧子之痛的折磨，还要承受来自婆婆和丈夫的虐待。在封建礼教的束缚下，她没有任何反抗的力量，只能默默地承受着这些不公和痛苦。她的生活就像是一头牛马，被无情地驱使和压榨，毫无尊严和自由可言。

当丈夫去世后，"伊"的悲惨命运并没有因此而结束。相反，她再次被公婆无情地出卖，以她的身价来支付丈夫的殓费。这一刻，"伊"的人生仿佛被彻底地定义和束缚——她的存在只是为了完成一个又一个的"义务"，而她的价值也仅仅是被当作物品一样来交换。

"伊"这一形象向我们展示了封建礼教对女性的残酷压迫和束缚。这位劳动妇女的悲惨命运，不仅是她个人的不幸，更是整个时代、整个社会的悲剧。叶绍钧用细腻的笔触，将这位女性的内心世界和情感变化刻画得淋漓尽致，让我们能够深刻地感受到她的痛苦和无奈。

同时，《这也是一个人？》也引发了我们对妇女解放和"人权"问题的思考。在"五四"时期，这是一个备受关注的社会问题。这部作品向读者传达了一个强烈的呼声：女性应该摆脱封建礼教的束缚，追求自己的自由和幸福。这不仅是对女性的呼吁，更是对整个社会、整个时代的呼唤。

《潘先生在难中》这部作品深刻地描绘了旧中国小资产阶级知识分子的生存状态，尤其是他们在动荡不安的社会环境下的灰色、卑琐生活。通过主人公潘先生的形象，作者向读者展示了教育界内部的种种黑暗和腐败现象，以及这些现象如何影响并塑造了一个个失去理想、庸俗自私的知识分子。

潘先生是一个集知识分子与小市民特点于一身的复杂人物。他虽然身处教育行业，却缺乏教育者的理想和担当。他的性格中充满了庸俗、自私、卑琐的元素，对现状安于现状，没有追求和改变的动力。这种性格特质使得他在军阀混战之际，首先考虑的是如何保全自己，而不是如何履行教育者的职责。

在军阀混战期间，潘先生为了逃避战乱，不顾学校的工作，与家人一起逃往上海"租界地"的旅馆。在那里，他将这个避难所视为"乐园"，暂时忘却了外界的动荡和不安。然而，当他从报上得知教育局长要求照常开学的消息时，他立即感到担忧。他害怕自己因为随意离校而被上司追究责任，从而丢掉在学校中的职位。因此，他不顾妻子的反对，独自返回学校，并积极筹备开学事宜，希望能够借此机会获得教育局长的赏识。

然而，命运似乎并不眷顾潘先生。就在他准备发出开学通知书之际，军阀战争再次爆发。为了自保，他不得不申请国外红十字会的庇护。当战事发展到相邻的碧庄时，他仓皇地携带细软来到洋人的红房子寻求庇护。在这里，他意外地遇见了貌似正直的教育局长。两人之间的相遇，不仅凸显了潘先生的卑怯和自私，也揭示了当时社会环境的荒诞和无奈。

在战乱结束后，潘先生写了一篇颂词来欢迎战胜的军阀杜统帅。然而，这篇颂词并非出于真心的赞美，而是对军阀战争的讽刺和批判。他在写颂词时，脑海中浮现的是军阀战争所带来的种种罪恶场景：拉夫、开炮、烧房屋、淫妇女、菜色的男女、腐烂的死尸……这些场景与颂词中的赞美之词形成了鲜明的对比，凸显了作者对军阀战争的深恶痛绝。

通过潘先生的形象塑造和故事叙述，《潘先生在难中》不仅批判了以潘先生为代表的小知识分子的卑怯自私和随遇而安的性格特质，也深刻揭示了军阀混战给社会带来的深重灾难。小说以辛辣的讽刺和犀利的笔触，展现了当时社会的种种弊端和矛盾，引发读者对旧中国社会的反思和批判。同时，小说也表达了作者对和平、稳定、美好社会的向往和追求。

《倪焕之》是中国现代文学史上一部卓越的长篇小说巨著。这部作品以主人公倪焕之的人生历程为主线，细致入微且深刻地展现了从辛亥革命至第一次国内革命战争期间，中国社会所经历的波澜壮阔的历史变革。同时，它也精准捕捉并刻画了小资产阶级知识分子在这一特定历史时期内所经历的内心挣扎与成长历程，为读者呈现了一幅鲜活而深刻的历史画卷。

倪焕之，一个充满理想的热血青年，在辛亥革命失败后，将拯救国家和民族的希望寄托于教育之上。他全身心投入教育事业，力求通过教育改革来影响社会，引领变革。然而，改革的道路并非一帆风顺，他遭遇了顽固派的强烈阻挠，以及自身对教育改革理解的局限——他并未深刻认识到经济基础对教育发展的决定性作用。因此，尽管他付出了巨大的努力，但教育改革最终未能成功。

在追寻教育梦想的道路上，倪焕之亦怀揣着对理想爱情与和谐家庭的憧憬。他与金佩璋的结合，似乎实现了理想与现实之间的和谐统一。金佩璋，这位曾追求自由解放、与倪焕之怀有共同理想的新时代女性，在步入婚姻殿堂后，与倪焕之携手共筑了一段充满憧憬的理想家庭生活。随着金佩璋怀孕及家庭琐事的增多，她逐渐将个人理想及对新生活的追求置于次要地位，转而回归传统家庭角色。这种转变令倪焕之深感失落与失望，他感到自己似乎失去了一位志同道合的伴侣，原本理想的家庭画卷也因此蒙上了一层阴霾。

倪焕之的人生抉择，实则是作者在大革命时期经过深思熟虑与激烈思想斗争后的心灵写照。他敏锐地洞察到社会革命的复杂性与深远意义，认识到单纯的教育革新难以根治社会痼疾。然而，随着教育理想与家庭理想的相继破灭，他陷入了深深的绝望与无助。五四运动的蓬勃兴起，重新唤醒了他的斗志与热情，促使他毅然前往上海，积极投身于工人运动的洪流之中，矢志成为一名投身革命的教育先驱。然而，随后的"五卅"运动和"四一二"反革命政变，再次让他的革命梦想遭受重创。最终，在极端的悲观与失望中，他因过度沉溺于酒精而客死异乡，留下了难以言喻的遗憾与哀痛。

倪焕之先生的离世，固然令人深感痛惜，然而这一不幸事件却促使其妻子金佩璋女士的觉醒。她毅然决定摆脱传统贤妻良母角色的束缚，致力于完成丈夫生前未能实现的崇高事业。这一转变不仅体现了对倪焕之先生理想的传承与发扬，同时也展现了对中国知识分子未来道路的一种深入思考与积极探索。

《倪焕之》以其独特的视角和深刻的主题，生动展现了近代中国追求进步的知识分子，在"五四"运动到大革命失败这一历史时期内的思想与心灵变迁。它不仅仅是一部文学作品，更是一部反映历史、揭示人性、探索出路的哲学巨著。

叶圣陶作为中国现代文学的重要作家，其社会问题小说创作在艺术上取得了显著的成就。他的作品以独特的方式呈现了中国社会转型期的种种矛盾和问题，具有鲜明的现实主义特色。

首先，叶圣陶的小说中并没有过多曲折的情节，而是注重对平常的人和事进行生动如实的反映。这种叙述方式使得他的作品具有极强的真实性和现实性，读者能够从中感受到那个时代的社会氛围和人们的生活状态。通过对日常生活的细腻描绘，叶圣陶成功地揭示了社会问题的根源，引起了读者的共鸣和思考。

其次，在人物塑造方面，叶圣陶擅长塑造众多生动鲜明的小市民和小资产阶级知识分子形象。他通过客观的描写和富有特征的动作、典型细节来深入挖掘人物的内心世界，使得人物形象更加立体化和丰满。这些人物不仅具有鲜明的个性特征，而且具有深刻的社会意义，反映了当时社会的各种矛盾和问题。

最后，在小说风格上，叶圣陶的作品呈现出自然、踏实而冷峻的特点。他的叙述语言纯净、准确、严谨，富有感染力和表现力。这种风格使得他的作品既具有深沉的思想内涵，又能够吸引读者的阅读兴趣。同时，他的作品也充满了对社会的批判和反思，体现了作家深刻的社会责任感和人文关怀。

（二）冰心的社会问题小说创作

冰心（1900—1999），本名谢婉莹，祖籍福建长乐，出生于家境优渥之族，得以享有上等教育资源，孕育出诸多前瞻性之思想理念，进而积极投身"五四"爱国运动。抗日战争全面爆发后，冰心女士历经辗转迁徙，自北平至云南，后定居重庆。中华人民共和国成立后，她定居北京，持续致力于文学创作事业。1999年2月28日，冰心女士安详辞世，享年99岁。

冰心，这位文学巨匠，是以其对社会问题的深刻洞察和独特见解，通过"社会问题小说"这一形式成功地在文坛上崭露头角。她的作品不仅提出了许多重大的社会问题，引发人们的深思，更以其独特的艺术魅力，触动了无数读者的心灵。

《斯人独憔悴》是冰心创作的一部具有深刻社会意义的小说，作为其最早触及社会问题的作品，该小说通过细腻的笔触和生动的情节，深入揭示了封建家庭对青年一代的束缚与压迫。作品以一位思想陈旧的父亲与思想前卫的子女间的激烈冲突为主线，描绘了一幅"五四"时期先进青年在追求个人理想与社会现实之间所遭遇的精神困境的画卷。子女们最终无奈沦为封建家庭的俘虏，这一悲剧性结局，更是对当时社会文化冲突与矛盾的深刻反思。这部作品不仅展现了青年一代在封建家庭束缚下的无奈与挣扎，更通过个案揭示了整个社会的沉疴与困境，具有极高的历史价值和文化意义。

继《斯人独憔悴》成功推出之后，冰心继续以她独特的笔触，创作了一系列深入探讨社会问题的佳作。其中包括《两个家庭》《去国》《姑姑》《超人》《最后的安息》《秋风秋雨愁煞人》以及《一个不重要的军人》等作品。这些小说从不同视角和层面出发，对当时社会所面临的复杂问题进行了全面而深入的剖析，展现了冰心女士对社会现实的敏锐洞察力和深刻思考。

在《两个家庭》这篇作品中，冰心以精湛的笔触，借助"我"的独特视角，运用对照的叙述手法，深刻而生动地描绘了两个家庭迥异的生活图景。这两个家庭的男主人，昔日曾是志同道合、亲密无间的挚友，他们共同度过了求学的岁月，一同毕业，甚至一同踏上了出国留学的征途。然而，随着各自步入婚姻的殿堂，他们的生活轨迹却发生了截然不同的变化。其中一个家庭，由于主妇缺乏必要的文化教养，导致家庭内部矛盾重重，生活状态混乱不堪，难以维系基本的和谐与安宁。而另一个家庭，则因为主妇受过良好的教育，使得整个家庭氛围温馨而和谐，孩子们也表现得活泼有礼，充满了教养与涵养。这种鲜明的对比，不仅深刻揭示了女性教育对于家庭和谐与社会进步的重要性，更从深层次上提出了改造旧有家庭模式、建立崭新生活方式的迫切需求。冰心的这部作品，以其独特的艺术魅力和深刻的社会意义，成为反映当时社会现实、引领时代风气的典范之作。

《去国》通过讲述一个才华横溢的青年在归国后因无法施展才华而再次离开的故事，深刻揭露了当时官场的黑暗和腐败。这位青年原本满怀热情和期待回到祖国，希望为国家的发展贡献自己的力量，然而却遭遇了种种挫折和打击，最终不得不再次离开。这部作品不仅反映了当时知识分子的困境和无奈，更提出了在黑暗的旧中国知识分子的出路问题。

《一个不重要的军人》通过描写下层士兵的悲惨生活，对引发混乱的封建军阀进行了强烈的抨击。这些士兵为了国家和民族的利益，勇敢地奔赴战场，然而却遭受了种种不公和虐待。他们的生活充满了艰辛和困苦，甚至连最基本的生存权利都无法得到保障。这部作品不仅揭示了当时社会的黑暗和残酷，更唤起了人们对和平与正义的渴望。

总体观之，冰心所创作的社会问题小说，既深刻揭示了当时青年所面临的多重社会人生挑战，又积极探索以"爱"作为解决之道。她坚信，爱具备温暖人心、调和纷争的特质，是搭建人际间和谐桥梁的不可或缺之要素。因此，在其诸多作品中，"爱"之主题屡见不鲜。以《超人》一作为例，主人公何彬起初冷漠孤傲，然而在母爱的熏陶下，逐渐领悟爱的真谛，学会关爱他人，其人生态度亦由冷漠转为热情洋溢。此种转变不仅凸显了爱的巨大力量，亦折射出冰心对人性光辉的执着追求与深切向往。

冰心的社会问题小说，在结构上展现出单纯且紧凑的特色，笔触细腻且柔和，其间更透露出淡淡的忧愁。其语言风格明丽清新，极富感染力，能够轻易触动读者的心灵深处。此外，她的作品常展现出女性特有的温情主义色彩，使得故事中的人物形象往往显得较为内敛，缺乏强烈的反抗精神和斗争的勇气。然而，这并未削弱其作品的艺术魅力与社会价值，反而因其独特的风格与深刻的内涵，赢得了广大读者的喜爱与广泛认可。

二、自叙传抒情小说的创作

中国现代抒情小说的滥觞之作，即为自叙传抒情小说，其在表达方式和风格特征上，尤为注重对作家个人生活经历与内心世界的细腻描绘。该类小说深受西方浪漫主义文学与日本"私小说"的影响，因而亦被冠以"浪漫主义抒情小说""自我写真小说""身边小说""情绪小说"或"情调小说"等称谓。

在"五四"文学革命时期，自叙传抒情小说的杰出代表多出自创造社。创造社的主要成员在留学日本期间，广泛汲取了19世纪欧洲浪漫主义文学之精髓，并借鉴了1921至1926年间在日本风行的"私小说"创作理念与现代主义小说的表现手法，进而创造性地加以发展。他们秉持"本着内心的要求，从事于文艺活动"的理念，主张通过作品真实展现作家的生活轨迹与心灵世界，减少对外部事件的描述，而更多地聚焦于作家心境的坦诚展现。其中，尤以对个人私密生活中灵魂与肉体的冲突，以及变态心理的深入剖析为显著特色，以此作为挑战传统道德观念与礼教束缚的艺术手段。在这一文学流派中，郁达夫与冯沅君是杰出的代表。

（一）郁达夫的自叙传抒情小说创作

郁达夫（1896—1945），本名郁文，字达夫，系浙江富阳满洲弄（今达夫弄）一知识分子世家之嫡嗣。自幼颖悟绝伦，启蒙于私塾之中，年仅九岁即能吟诗作文，才情出众。家境清贫，早年失怙，唯赖慈母辛勤操持家计。兄弟三人，长兄务农，次兄务工，共同肩负家庭重担。郁达夫于1912年考入浙江大学预科，因积极参与学潮活动，不幸遭校方开除。次年，负笈东瀛，求学于异国。1914年7月，考入日本东京第一高等学校医科部，并开始尝试小说创作，展现出非凡的文学天赋。1916年，转读法学部政治学科，继续深造。1917年，进入东京帝国大学经济学部，广泛涉猎各类知识，学识渊博。1921年，郁达夫与郭沫若、成仿吾等同志共同创立创造社，致力于推动中国文学之发展。同年10月，出版短篇小说集《沉沦》，此为中国现代文学史上首部白话短篇小说集，具有划时代之意义。1926年归国，在创造社出版部主持工作，积极推广新文学作品，为文学界注入新活力。1930年，郁达夫加入"左联"，成为左翼文学运动之重要成员。然而，1933年因故脱离"左联"，选择隐居杭州，专注于文学创作与思想探索。抗日战争爆发后，郁达夫积极响应国家号召，投身于抗日救亡之伟大事业。1938年，应郭沫若之邀前往武汉参与抗日活动，后辗转香港及南洋群岛开展抗日宣传活动，为民族解放事业贡献力量。在新加坡期间，郁达夫担任《星洲日报》及《华侨周报》主编，以笔为剑，为抗日斗争呐喊助威。新加坡沦陷后，郁达夫化名赵廉流亡至苏门答腊，继续坚持抗日爱国斗争，展现出不屈不挠之精神。1945年，郁达夫在苏门答腊失踪，下落成谜，后被默认为当年逝世。其一生充满传奇色彩，文学作品与爱国情怀永载史册，成为后人敬仰之典范。

郁达夫，作为中国现代自叙传抒情小说的先驱者，多次强调"文学作品实为作家自叙传之载体"。他坚信，除却自身经历，实难觅得更为真切之素材。其创作小说的宗旨在于"坦诚披露心境"，冀望"世人得以窥见吾心之苦闷"。因此，郁达夫的小说多以其个人经历与遭遇为蓝本，不尚繁复曲折的故事情节，而侧重于展现个体情绪之流动与心理的变迁。具体而言，郁达夫小说的核心思想内容可归纳为以下几个方面。

第一，郁达夫在他的文学创作中深刻地抒写了"性的苦闷"。这一思想的形成受到了西方人文主义思想的深远影响，同时日本"私小说"的写作风格也为他提供了灵感。他坚信，人的一切合理欲求，包括性欲，都应该得到自然的发展，而不应受到陈腐道德观念的束缚和压抑。在他的小说《沉沦》中，主人公"我"

作为一名留日学生，由于身处异国他乡，对爱情的渴望得不到满足，同时又不堪忍受异族的欺凌和歧视，最终选择了投海自尽这一极端的行为。小说通过大胆而细腻的笔触，展现了这位受到"五四"新思潮洗礼而觉醒的现代知识青年内心的"性的要求与灵肉的冲突"，以及由此产生的变态性心理和心灵忏悔。这种对"性的苦闷"的抒写，不仅是对个体内心世界的深刻挖掘，更是对当时社会道德观念的挑战和反思。

第二，郁达夫在其作品中多次展现出对"生的苦闷"的深刻反思。他密切关注社会底层民众的生活困境，并对知识分子与劳动人民共同面临的命运表达出深切的同情。在《银灰色的死》《零余者》及《春风沉醉的晚上》等经典作品中，他运用细腻入微的笔触，真实而生动地勾勒出了底层民众所经历的苦难生活。其中，《春风沉醉的晚上》尤为引人注目，该作品通过描绘烟厂女工陈二妹的艰辛经历，展现了她每日辛勤工作却仍饱受工头剥削和管理人员欺凌的悲惨境遇。陈二妹对被剥削者的痛苦和无奈之情溢于言表，然而她却又无力改变现状，只能通过劝诫他人不要吸食该厂生产的烟来微弱地表达自己的憎恨与不满。这种对"生的苦闷"的深刻描写，不仅彰显出郁达夫对底层民众的深厚同情，更体现了他对当时社会现实的深刻反思与批判。

第三，郁达夫在其小说中精心刻画了众多"零余者"的形象。这些所谓的"零余者"，指的是那些在社会中深感自身"毫无价值"的存在，他们被社会边缘化，无力主宰自身命运，成为时代的"多余人"。此类角色往往呈现出一种复杂而矛盾的性格特质：他们时而慷慨激昂，时而显得软弱无力；既对世态炎凉充满愤慨，又时常随波逐流；既怀揣对美好爱情的向往，又难掩对一时欢愉的渴望。这些"零余者"多为留学归国的知识分子，虽然学有所成，但在国内却难以找到合适的位置，实现自己的理想和抱负。他们所秉持的西方自由精神与人道主义思想，与国内社会的现实状况存在深刻的矛盾，使他们陷入无所适从的困境，备感痛苦。在《银灰色的死》中的"伊人"以及《南迁》中的"Y君"等作品中，我们可以清晰地看到这些"零余者"的鲜活形象。郁达夫通过这些形象的塑造，实际上也在一定程度上表达了自己在精神层面所面临的困境与反思，对于深入探讨"五四"时期知识分子的精神世界具有重要的积极意义。通过这些"零余者"的形象，郁达夫不仅深刻揭示了个体在社会中所面临的种种困境与挣扎，更借此表达了对社会现实的深刻批判与反思。

另外，郁达夫的小说在文学领域中独树一帜，其鲜明的浪漫主义特色赋予了他作品独特的魅力。这种特色不仅体现在他对人物情感的细腻描绘上，更贯穿于他创作的始终，形成了独特的艺术风格。

首先，郁达夫的小说充满了浓郁的浪漫主义色彩。他善于将小说作为情感的载体，着重表现抒情主人公的内心世界。通过深入剖析主人公的情感体验和心路历程，郁达夫将读者带入了一个充满情感波动和心灵挣扎的世界。这种对人物情感的深入挖掘和展现，使得他的小说充满了浓郁的浪漫主义色彩，让读者在阅读过程中感受到强烈的情感共鸣。

其次，郁达夫的小说具有大胆的自我暴露倾向。他毫不避讳地将自己的个人经验、情感生活融入小说中，通过主人公的形象来宣泄自己的情怀。从初期的《沉沦》到中后期的《春风沉醉的晚上》《茫茫夜》等作品，郁达夫笔下的主人公都带有他本人的精神气质。这种自我暴露的写作方式，使得他的小说具有强烈的主观性和个人色彩，读者在阅读过程中能够感受到作者强烈的主观情绪。同时，这些形象也反映了"五四"时期一大批苦闷青年人的内心世界，使得他的作品具有更广泛的社会意义。

再次，郁达夫的小说在结构上采用了独特的散文化写法，其文笔更是洋溢着诗意之美。他并未遵循传统叙事小说那种完整明晰、井然有序的情节结构，而是巧妙地以主人公情感的起伏发展为线索，推动整个故事的展开。以《沉沦》这部小说为例，它便是以主人公"我"的深刻苦闷和孤独情感作为主线，贯穿始终，进而形成了作品内在的一种强烈凝聚力。这种散文化的结构方式为郁达夫的作品赋予了更为灵活自由的表达空间，使得他能够更为精准地捕捉并展现主人公的情感变化。同时，其文笔中蕴含的诗意特质，更是为作品增添了一种独特而迷人的韵味和美感。

总体来说，郁达夫的小说具有强烈的情绪感染力。他的作品常常带有一种感伤的风格，这种风格能够激起广大青年心理上的共鸣。他通过细腻的情感描绘和深刻的内心剖析，让读者在阅读过程中感受到强烈的情感冲击和心灵震撼。同时，他的作品也引出了一个抒情小说流派，为后来的文学创作提供了重要的启示和借鉴。

（二）冯沅君的自叙传抒情小说创作

冯沅君（1900—1974），原名冯淑兰，字德馥，出生于河南省唐河县一士绅望族，世代书香之家。自幼，她随兄长们研习古典诗词，深受文化熏陶。随着长兄与次兄相继外出求学，她在家中勤奋研读家中藏书，并广泛涉猎兄长们带回的古典名著与新兴报刊，从而得以接触并吸纳新思想。1917年，冯沅君进入国立北京女子高等师范学校深造。1929年，她与三峡文学研究专家陆侃如结为连理。数年后，她远赴法国留学，以进一步拓宽学术视野。中华人民共和国成立后，冯沅君长期担任山东大学中文系教授，投身于教育事业。1974年，她因病离世，一生致力于学术与文化事业，作出了卓越的贡献。

冯沅君的作品多是取材于自我生活的主观感性浓烈的抒情小说，如《隔绝》《隔绝之后》《旅行》等。

《隔绝》这封信，蕴含着女主人公"我"深深的哀怨与决绝。在信中，"我"向情人详细叙述了自己的遭遇。原本，为了求得家庭的谅解，"我"选择回家，希望能够和平解决与情人的关系，得到家人的理解。然而，事情并未如"我"所愿。回家后，"我"被母亲幽禁，她为了家族的利益，逼迫"我"在三天后与刘姓土财主的儿子成婚。面对这样的困境，"我"在信中控诉了礼教的束缚，表达了决心"不自由宁死"的信念。

在这封信中，"我"透露出打算当夜越墙而逃的计划，并请求情人托表妹转送此信，约他在墙外等候接"我"。这份决绝与勇气，彰显了"我"对自由与爱情的渴望，以及不惜一切代价去追求它们的决心。

而《隔绝之后》作为《隔绝》的续篇，以替女主人公送信的表妹口吻叙述了接下来的故事。表妹在信中提到，那天晚上10点的时候，家里突然发生了变故。母亲突然闹起胃病来，疼痛难忍，结果使得一家人忙碌起来，无法入睡。这样的变故无异于在家中的每一个角落都安上了眼睛，让女主人公失去了出逃的机会。

面对无法逃脱的现实，女主人公选择了以死抗争。她服下了毒药，并留下了一封遗书。在遗书中，她提到了要让人请她的情人来看她"咽最后的一口气"。她的举动，无疑是对现实的无声抗议，也是对爱情的最后坚守。

当天将亮时，情人士轸终于赶来了。他看到女主人公已经气息微弱，生命垂危。在这一刻，士轸也做出了决定，他服下了预备好的毒药，选择与女主人公共赴黄泉。这一对情人，用他们的生命和血泪，写完了他们"爱史的最后一页"。他们的爱情故事，虽然以悲剧收场，但却永远定格在了人们的心中。

《旅行》一书深刻描绘了两个热恋中的青年学生，他们勇敢无畏，决心冲破牢固的封建礼法桎梏，携手踏上外地的旅途。这不仅是一次身体上的迁移，更是他们内心深处对传统观念的一次大胆挑战。在旅途中，他们选择了在旅馆同居，共度了一个多星期的甜蜜时光。

在这段同居生活中，他们"夜夜同衾共枕"，彼此之间的情感纯粹而炽热。

但这份亲密并非建立在世俗的欲望之上，而是基于一种纯洁无邪、健康美好的情操。他们之间绝无淫秽之念，只有对彼此的深深倾慕和真挚的情感交流。这样的爱情，宛如一股清流，在污浊龌龊的旧世界旧制度中显得尤为耀眼，它无疑是对那些陈旧观念的有力挑战。

作者通过这段爱情故事，展现出了超人的勇气与力量。他不仅敢于触及这样敏感的话题，还将其以一种美好而纯洁的方式呈现出来，这无疑是对传统道德观念的一次大胆颠覆。然而，这些青年男女虽然从封建礼教的束缚中挣脱出来，但他们的心灵仍然较为单纯。受到历史原因和时代因素的影响，他们认为只要争得了爱情的自由，就等同于奠定了幸福的基石。这种观念虽然充满了对美好生活的向往，但却忽略了社会现实的复杂性。因此，他们的愿望虽然天真烂漫，却也显得缺乏社会根基。这种脆弱性不仅体现在他们对感情的依赖上，还可能导致他们在面对世俗偏见时感到无所适从。追求与迷惘、激愤与忧伤在他们身上交织出现，反映了那个时代背景下青年人的复杂心态。

从冯沅君的笔触下，可以窥见她对爱情的独特理解和描绘。她所展现的爱情观，单一而朦胧，犹如一颗未经雕琢的玉石，虽纯净却略显稚嫩。在当时的社会背景下，这种纯真而美好的爱情观最终难以避免地受到封建思想那有形无形的巨大压力所影响，甚至被无情地扼杀。冯沅君笔下的爱情虽然美丽动人，却缺乏现实土壤的滋养，这也许是"五四"时期自由恋爱的共性所在。

在冯沅君的小说中，对性意识的描写显得尤为含蓄和委婉。以《隔绝》为例，镌华与心爱的人相依相伴，本应是爱情的甜蜜时刻，但她的内心却充满了矛盾和挣扎。她时刻能感受到来自家庭和社会的压力，那些反对的声音、非议的目光，如同一把无形的枷锁，束缚着她的心灵。她的潜意识中，认同了恋爱自由并非理所当然、理直气壮的事情，同时也接受了传统文化中"性不洁"的观念。这种矛盾的心理状态，使得她在爱情面前既爱又不敢爱，充满了许多顾忌的挣扎。

在这种背景下，他们选择了以节欲的方式来保持爱情的"纯洁"。通过竭力回避、排除性关系，他们试图在内心建立起一种道德自豪感，以此来应对旧传统所施加的种种压力。这种选择虽然显得无奈，却也反映出他们在爱情面前所展现出的勇气和坚持。

总体来说，冯沅君以她的作品对旧礼教发起了挑战，展现出了强烈的叛逆精神。她高扬爱情的尊严与价值，将恋爱自由提升至个体生命自由的高度。她笔下的女主人公们，受"五四"新思想的影响，现代性爱意识逐渐觉醒。在"个性主义"思想的支持下，她们勇敢地反抗封建专制的压迫，表现出了无畏的精神。然而，这种反抗并非一帆风顺，她们在追求爱情的过程中，也面临着来自家庭、社会等多方面的压力和阻力。冯沅君通过她的作品，真实地展现了当时"五四"青年男女在爱情面前的矛盾心理和斗争历程。

三、乡土小说的创作

"乡土小说"这一概念，其源头可追溯至鲁迅先生在其重要著作《〈中国新文学大系·小说二集〉序》中力主的"乡土文学"之理念。确切言之，乡土小说于20世纪20年代中期逐渐成型，其根基深厚，主要依托于作者对故乡农村（包括乡镇）生活的深切缅怀与匠心独运的重组，从而展现出浓郁的乡土风情与地方特色，并透露出深沉的乡土情感。此类作品通过深入剖析宗法制乡镇生活中所存在的种种陈腐与蒙昧现象，进一步抒发作者对于故乡的深情眷恋与忧思。

乡土小说的创作深受鲁迅先生之影响，在创作过程中尤为强调人物与环境之间的深层次联系。其所刻画的人物形象，性格特征鲜明且栩栩如生，同时亦深入描绘地方特色的风土人情及习俗传统。在这一时期，诸如许杰、台静农等作家，均堪称乡土小说领域的杰出典范。

（一）许杰的乡土小说创作

许杰（1901—1993），原名许世杰，籍贯浙江天台县。自1922年起，他投身于小说创作的艺术殿堂，并随后加入"文研会"，积极投身文学事业。在其职业生涯中，他曾在上海建国中学、中山大学、安徽大学、暨南大学以及华东师范大学等多所知名学府担任教职，为培养文学人才贡献了自己的智慧与力量。中华人民共和国成立后，许杰先生矢志不渝地坚持文学创作，直至1993年安详辞世，为我国的文学事业留下了宝贵的遗产。

许杰，作为一位杰出的乡土写实文学作者，其独特的写作风格在文学史上留下了深刻的烙印。他的乡土小说独具匠心，以双重视角巧妙地展现了乡村的复杂面貌，既有对"童年记忆"中乡村景色的深情缅怀，又有对现实乡村问题的深刻揭示。在许杰的笔下，乡村的景色总是被描绘得如诗如画，美丽动人。他通过细腻的笔触，将童年的纯真与乡村的宁静、和谐融为一体，让读者仿佛置身于那个充满欢声笑语的金色童年。这种对乡村景色的美化，不仅体现了许杰对故乡的深情厚谊，也表达了他对乡村生活的一种理想化追求。然而，许杰并没有满足于对乡村景色的单纯赞美。他深知，乡村的美丽背后，往往隐藏着黑暗、落后和愚昧。因此，在他的小说中，美丽的乡村景色往往被涂抹上凝重而灰暗的色彩，形成了一种强烈的对比效果。通过这种对比，许杰成功地揭示了乡村社会的种种弊端，如封建礼教的束缚、传统观念的愚昧、贫困与落后等。这种深刻的揭示，不仅让读者对乡村有了更加全面、真实的认识，也激发了人们对乡村问题的关注和思考。许杰的乡土小说以表现浙东的乡村悲剧见长，其中最具代表性的作品是《惨雾》和《赌徒吉顺》。

《惨雾》被广大文学评论家誉为"中国现代文学史上乡土小说的杰出之作"。它所描绘的是一场发生在玉湖庄和环溪村之间的残酷械斗，这场械斗不仅撕裂了两个村庄原本和谐的关系，更揭示了深层次的社会矛盾与冲突。

玉湖庄与环溪村，仅仅相隔一条河流，过去的日子里，两村人民互相交往、通婚，形成了深厚的情谊。小说的主人公——美丽的香桂，原本是玉湖庄的一朵花，后来她远嫁到了环溪村，成为两村友谊的见证和纽带。

但好景不长，随着时间的推移，两个村子因为一片肥沃的河滩地产生了争执。这片土地对于两个以农业为主的村庄来说，意味着更多的粮食、更多的收入，也意味着更好的生活。双方都想占为己有，开垦耕种，冲突因此而起。

初时，双方只是口角之争，但随着情绪的激化和矛盾的累积，最终演变为一场血腥的械斗。在这场械斗中，无数的生命消逝，无数的家庭破碎。香桂，这位曾经幸福的新娘，也在械斗中失去了她深爱的丈夫，更令她痛心的是，她的亲弟弟也在这场争斗中丧生。这双重的打击使她心如刀绞，痛苦不堪，最终因无法承受这巨大的悲痛而昏厥坠楼，长时间昏迷不醒。

而造成这场悲剧的深层次原因，除了对土地资源的争夺，更重要的是封建宗族制度观念的束缚，以及农民在经济上的贫困和文化上的落后。这些因素相互交织，导致了两个村庄之间的冲突不断升级，最终演变为不可收拾的灾难。

许杰通过《惨雾》这部作品，不仅展现了一场残酷的械斗，更深入地挖掘了械斗背后的社会根源。他以锐利的笔触批判了封建宗法观念对乡村社会的毒害，呼吁人们挣脱这种束缚，追求真正的自由和解放。同时，他也表达了对乡村人民在经济和文化上困境的深切同情，期望他们能够走出困境，过上更好的生活。因此,《惨雾》不仅是一部文学作品,更是一部深刻反映社会现实、揭示社会矛盾、呼唤社会变革的宣言书。

《赌徒吉顺》是一部深刻反映浙东地区野蛮习俗——典妻制的文学作品,其最早记录了这一习俗的残酷现实,并通过生动的笔触展现了它对人性的摧残。吉顺,这位原本勤劳朴实的农民,在岳父的悉心指导下,学得一手精湛的泥瓦匠手艺,因此他的生活虽然不算富裕,但也算过得去,有着稳定的收入和温馨的家庭。

随着吉顺进城务工,他的人生轨迹发生了巨大的转变。在城里,他结识了几个游手好闲、不务正业的朋友,这些朋友的生活方式深深地影响了他。他们整日无所事事,只知道赌博取乐,而吉顺也渐渐地被这种生活所吸引,逐渐染上了赌博的恶习。他天真地以为,通过赌博可以一夜暴富,改变自己和家人的命运。然而,现实是残酷的。吉顺越赌越输,越输越赌,最终陷入了无法自拔的境地。他不仅输光了所有的积蓄,还欠下了一身的债务。在债主的逼迫下,他不得不做出了一个痛苦的决定——将自己的妻子典给别人,以换取一笔钱来偿还债务。

小说通过吉顺的心理变化过程,生动地展现了社会的黑暗和残酷。赌博不仅摧毁了他的身体和灵魂,更让他背离了亲情和道德的底线。他的性格逐渐变得扭曲和畸变,失去了原本的善良和勤劳。而农村的衰退和经济困境更是加剧了他的困境,让他陷入了更加深重的苦难之中。同时,小说也通过吉顺妻子被典的遭遇,深刻地揭示了当时妇女地位的低下和社会对女性的不公。在那个时代,女性被视为男性的附属品,她们的命运完全掌握在男性的手中。吉顺的妻子虽然深爱着自己的丈夫和家庭,但最终还是无法逃脱被典卖的命运。这种野蛮的习俗不仅摧毁了女性的尊严和幸福,更让整个社会充满了黑暗和压抑。

《赌徒吉顺》通过对吉顺和他妻子命运的描绘,对典妻制这一野蛮习俗进行了深刻的批判和反思。它呼吁人们要摆脱这种束缚和压迫,追求真正的自由和解放。同时,它也提醒我们要珍惜和尊重每一个人的尊严和权利,共同营造一个和谐、公正的社会环境。

（二）台静农的乡土小说创作

台静农（1903—1990）,原籍安徽西部霍邱县。其文学创作生涯丰富多彩,曾用笔名包括青曲、闻超、孔嘉等。在青春时期,台静农便对文学怀有浓厚兴趣,曾在北京大学文学系旁听课程,后转入北大国学研究所,以半工半读的方式深化学术造诣。作为未名社的重要成员，他在20世纪20年代后期开始在《莽原》半月刊和《未名》半月刊上发表小说作品，逐渐崭露头角。进入20世纪30年代，台静农相继在北京辅仁大学、青岛山东大学担任教职，致力于文学教育与学术研究工作。抗战期间，他辗转至四川白沙女子师范学院，担任中文系主任一职，其间创作了大量小说、散文及论文，以文字记录时代变迁，抒发个人情感与思考。抗战胜利后，台静农转至台湾大学任教，继续为文学事业贡献自己的力量。1990年他因罹患食道癌在台北逝世，享年87岁。

自幼扎根于乡村的沃土之中，台静农先生的作品以深邃的笔触揭示了乡村极端闭塞的生活图景，特别是对社会底层民众所历经的艰辛与苦涩进行了深刻剖析。相较于其他乡土小说家，他更加自觉地汲取民间素材，以灰暗的色调细腻地勾勒出乡村老中国儿女的生动群像。借此，他成功地传达出在沉闷压抑的乡村氛围中，那些被埋没的愤懑与痛苦的呐喊。正因这种深刻的描绘，台静农先生笔下的乡村故事普遍弥漫着一种阴郁的气息，仿佛在这片土地上难以寻觅到一丝光明的踪迹。其创作风格与鲁迅先生作品中展现的安特莱夫式阴冷有着异曲同工之妙，共同构筑了独特的文学风貌。

在创作过程中，台静农擅长运用细腻的心理刻画手法，深入挖掘人物灵魂深处的愚昧、麻木、迷信、绝望与痛苦。同时，他也善于通过生动的场面描写，展现不同人物的精神风貌，并从人物的言论中巧妙引出故事情节，推动故事的发展。这种戏剧性的手法使得作品在有限空间内蕴含了更为丰富的信息。其代表作品诸如《天二哥》《红灯》《烛焰》《负伤者》《拜堂》等，均充分展现了台静农独特的创作风格和深刻的社会洞察力。

《天二哥》是一部深刻揭示旧中国农村落后与愚昧面貌的文学作品。通过酒徒天二哥的悲剧性命运，作者展现了一个天神般魁梧身坯下，却隐藏着麻木不仁、愚昧无聊的灵魂的形象。天二哥的形象既非如"范爱农"般对世界充满愤恨，也非"孔乙己"那样成为封建科举制度的牺牲品，他以一种独特的方式，揭示了旧中国农村中普遍存在的国民劣根性。

天二哥是村中出了名的酒徒，他的生活中仿佛只有酒精才能带来片刻的慰藉。然而，这种慰藉却是短暂的，它无法填补他内心的空虚和麻木。他的魁梧体魄下，隐藏着一个对生活失去热情、对未来毫无期待的灵魂。他的愚昧和无聊不仅体现在他对酒精的依赖上，更体现在他对生活的态度上。他仿佛生活在自己的世界里，对周围的一切漠不关心，只知道一味地追求自己的享乐。天二哥的死，无疑是一个悲剧。然而，这个悲剧的根源并不在于他的死本身，而在于他所代表的那种性格——一种类似阿Q的性格。阿Q是鲁迅笔下的一个经典形象，他以一种自欺欺人的方式，逃避现实的苦难和困境。天二哥虽然不像阿Q那样明显地表现出自欺欺人的行为，但他的麻木不仁和愚昧无知，实际上也是一种逃避现实的方式。他无法面对生活的困苦和挑战，只能选择逃避和麻痹自己。通过天二哥这个形象，作品再次反思了鲁迅倡导的民族灵魂重塑的启蒙问题。在旧中国农村，像天二哥这样的人并不在少数。他们虽然身体强壮，但精神上却是一片荒芜。他们缺乏独立思考的能力，对传统文化和封建礼教盲目崇拜，对现代文明和科学知识一无所知。这种精神的贫乏和落后，是导致他们命运悲惨的根源。因此，重塑民族灵魂成为当时社会的重要任务。只有通过教育和文化的普及，才能唤醒人们的意识，让他们摆脱愚昧和落后的束缚，走向更加美好的未来。而《天二哥》这部作品，正是通过对天二哥这个形象的塑造，为我们呈现了一个典型的旧中国农村人物形象，引发了我们对这个问题的深思。

　　《红灯》的故事从水井旁人们的低声议论中悄然展开。他们讨论的是村里汪家嫂子的不幸遭遇。汪家嫂子，一个普通的农村妇女，勤劳质朴，却饱受命运的摧残。她的儿子得银，曾是她生活中的全部希望和寄托，却不料被人引诱而走上了歧途，成了土匪，最终因"捶了人家的大门"案发后被驻兵捕获，惨遭开刀示众。汪家嫂子在得知儿子死讯的那一刻，心如刀绞。她好不容易将儿子养大，看着他一天天成长，却没想到会是这样的结局。她知道儿子死得冤枉，内心充满了无尽的悲痛和不甘。为了能给儿子最后的尊严，她想方设法借点钱为儿子做几件像样的衣服，让他在另一个世界能体面地生活。然而，愿望总是美好的，现实却是残酷的。汪家嫂子的愿望最终落空，她无法承受这样的打击，心中充满了无尽的绝望。在阴历七月十五的"鬼节"这天，她从破旧的墙上扯下一块红纸，精心制作了一盏小红灯。这盏灯，不仅仅是对儿子的思念和缅怀，更是她心中那份深沉的母爱的象征。小说生动地描绘了放河灯的场面。市上为了庆祝这个特殊的节日，热闹非凡，仿佛春灯时节的光景再现。人们从四面八方赶来，聚集在河的两岸，人声鼎沸。一些流氓和长工们兴致勃勃地参与其中，他们似乎已经将这个关于鬼灵的节日当作了人间的娱乐。而在这个喧嚣的场景中，汪家嫂子静静地放飞了她的小红灯。在那一刻，她的眼中闪烁着坚定的光芒，仿佛看到了儿子在另一个世界得到了超度。她想象着得银穿着崭新的大褂，面容安详而美丽，被那盏红灯引领着，慢慢地消失在了天际。这种深沉的母爱与虚幻的希望交织在一起，形成了一种令人压抑、郁闷的情感氛围，让人不禁感叹命运的无常和人生的悲凉。

《烛焰》这部作品深入揭露了农村地区那种古老且惨无人道的"冲喜"恶俗。故事中的吴家少爷，身患重病，家人为了驱除病魔，决定采取"冲喜"这一极端方式，希望能通过让少爷娶妻以带来好运。在这样的背景下，一个原本生活无忧、家境不错的年轻姑娘，被她的远亲表叔前来提亲，希望她能嫁给吴少爷。这位姑娘不仅家境殷实，还"颖慧而且美丽"，按常理来说，她完全有能力找到一个与之匹配的丈夫，过上幸福的生活。然而，她的父母却无法摆脱"女儿是人家人"的传统观念，再加上经济的压力，使得他们最终同意了这门婚事。出嫁那天，姑娘的母亲在香案上看到了令人不安的一幕：左边的烛焰竟然黯然萎谢了，仿佛被急风催迫一般。这一幕让她顿感不祥，心中充满了忧虑。当她听到女儿的哭声时，更是心如刀绞。那哭声，不仅仅是普通女儿出嫁时的娇柔之声，更是对即将面临的悲惨命运的绝望和惨痛。然而，命运似乎并没有因为母亲的担忧而有所改变。不久后，吴少爷因病去世，这位年轻的姑娘在一夜之间便失去了丈夫，成了一个寡妇。她的未来，原本应该是充满希望和憧憬的，但如今却变得一片黯淡无光。

台静农的《烛焰》以乡土小说的形式，深刻地揭示了乡村底层人民在经济和传统观念双重压迫下的无奈和悲哀。成亲，这本应是人生中的一件大事，是两个人共同走向未来的美好开始，然而，在乡村底层的人们看来，由于经济和传统观念的束缚，这件大事却往往被简化、被忽视，甚至被当作一种交换或牺牲。这种对人生大事的轻视和忽视，不仅是对个体命运的摧残，更是对整个社会价值观的扭曲和颠覆。

通过《烛焰》这部作品，我们可以看到台静农对乡土社会的深刻洞察和批判。他通过细腻的笔触和生动的情节，将乡村底层人民的苦难和无奈展现得淋漓尽致。同时，他也借此表达了对传统观念和社会制度的质疑和反思，呼吁人们关注乡村问题，推动社会进步和发展。

《负伤者》这部作品以深沉的笔触，勾勒出了主人公吴大郎的悲惨命运，以及他所遭受的种种不公与压迫。吴大郎原本是一个普通的农民，勤劳朴实，一心只想安安稳稳地过日子。然而，命运却对他进行了残酷的捉弄。在一次不幸的遭遇中，吴大郎的脚被乡绅恶霸残忍地砍伤，这不仅让他失去了劳动能力，更让他身心俱损。紧接着，他的妻子也被那些恶霸霸占，他无力反抗，只能眼睁睁地看着自己的妻子被夺走。更为悲惨的是，他还被平白无故地关押起来，遭受了身心的双重折磨。在监狱中，吴大郎经历了前所未有的绝望和痛苦。他本以为警察署长会为他主持公道，但令人震惊的是，警察署长竟然以十几块大洋的微薄代价，逼他在卖妻契约上画押。这一刻，吴大郎的尊严被践踏得体无完肤，他感到自己在这个世界上已经毫无价值可言。最终，吴大郎选择了背井离乡，逃离这个充满黑暗和压迫的社会。他带着满身的伤痕和心灵的创伤，踏上了未知的旅途。这些被黑暗社会逼到绝路上的农民，不仅要忍受物质上的窘迫和困境，更要在精神上承受无尽的痛苦和折磨。他们连最基本的做人尊严都丧失了，成为社会的弃儿和牺牲品。

《负伤者》这部作品不仅生动地展示了农村黑暗、闭塞、落后、恐怖的生活场面，更深刻地反映了"人间的辛酸和凄楚"。作者通过吴大郎的悲惨遭遇，愤怒地批判了那个时代社会的不公和黑暗，呼吁人们关注农民的苦难和困境，为他们的生存和尊严而战。这部作品具有强烈的现实意义和深远的历史意义，它让我们深刻地反思那个时代的种种问题，也让我们更加珍惜今天的幸福生活和美好时光。

《拜堂》这部作品以其独特的叙事手法和深刻的主题，展现了一个令人心酸的故事。当大哥不幸离世后，汪二面临着人生的重大抉择。面对父亲的建议，即将年轻的嫂嫂卖掉，汪二做出了一个出人意料的决定——他选择了与嫂嫂结为一家，共同面对未来的生活。这个决定在道德和法律上并无不妥，然而，他们却像做了什么见不得人的事情一样，选择了在半夜子时，只请了善良的田大娘和赵二嫂作为见证人，匆匆拜堂成亲。这种低调和匆忙的仪式，实际上反映了他们内心深处的挣扎和无奈。他们知道，这段关系在乡间可能会引发诸多非议和偏见，但他们仍然选择了勇敢地面对，因为他们知道，只有这样，才能给嫂嫂一个温暖的家，也才能让自己得到一丝心灵的慰藉。

小说通过叔嫂拜堂的旧风俗，巧妙地烘托出了这段"喜事"背后的深重苦难。在乡间，叔嫂之间的婚姻往往被视为不伦，会受到诸多非议和排斥。然而，在这个故事中，叔嫂的婚姻却成为一种无奈选择，是他们在苦难中相互扶持、共克时艰的一种方式。这种描绘方式，不仅展现了乡间社会的复杂性和矛盾性，也深刻地揭示了人性的光辉和伟大。

总体来说，台静农的小说总是以独特的视角和深刻的洞察力，描绘出中国宗法制度在乡间衍生出的一幕幕悲剧。他以朴拙、悲愤的笔触，生动地展现了乡野民间的凄凉与酸楚人生。

第四节　冰心等人的现代散文

我国散文拥有深厚的历史底蕴，其历史源远流长，历代名家层出不穷，他们在叙事与抒情之间各显神通，尽显才情。五四文学革命的浪潮汹涌而至，标志着中国现代散文的崭新篇章开启，而现代白话散文的萌芽则可追溯至《新青年》杂志所刊载的《随感录》。在这一时期，散文创作展现出文体品种的多样性与丰富性，风格流派各异，相互映衬，熠熠生辉。同时，其题材范围之广泛、作品数量之众多、名家之璀璨夺目，均呈现出前所未有的盛况。

在这一波澜壮阔的文学时期，陈独秀、鲁迅、钱玄同、周作人、冰心、朱自清、郁达夫、许地山、郭沫若等文学巨匠纷纷投身散文创作，共同铸就了这一时期散文领域的辉煌成就。他们的作品风格各异，各具特色，相互辉映，共同呈现出"百花齐放，百家争鸣"的繁荣景象。

本节将聚焦冰心与朱自清的散文创作，深入剖析其独特的艺术特色与卓越成就，以期全面展现这一时期散文创作的独特魅力与深刻内涵。

一、冰心的散文创作

冰心在"五四"运动时期的散文创作成果尤其显著，其中最为人所熟知的便是她的回忆性散文《往事》和书信体散文《寄小读者》。这些作品不仅展现了冰心独特的文学才华，更深入地体现了她对于人生和世界的深刻感悟。冰心坚信，爱是人类情感中最能使人摆脱痛苦、追求幸福的力量，同时爱也是永恒不变的真理。因此，她的散文作品无论是小说、诗歌还是散文，都充满了对自然、母爱和童真的赞美，以及对"爱的哲学"的深情诠释。

冰心的文字清丽脱俗，风格哀婉动人。在她的笔下，自然被赋予了极高的地位，成为她表达爱与美的重要载体。尤其是大海，作为冰心童年生活的重要背景，更是成为她散文中反复歌颂的对象。在《往事·一》中，冰心深情地描述了自己与大海的亲密关系，将自己的生命树比喻为在海边萌芽生长的树苗，吸收着山风海涛的滋养。她认为，每一株小草、每一粒沙砾，都是她最初的恋慕，是她生命中最初的守护者。在冰心的散文中，大海不仅仅是一片广阔的水域，更是她心灵的寄托和慰藉。她通过对大海的描绘，表达了对自然美的热爱和追求，同时也寄托了她对人生、对世界的深刻思考。在冰心的笔下，大海和大自然都是美的象征，它们既展现了自然的壮丽与神奇，也体现了爱的力量和美好。因此，冰心的散文作品不仅具有文学价值，更蕴含着深刻的人生哲理和人文情怀。

对母爱的歌颂在冰心的散文中占据了举足轻重的地位，她以独特的笔触和深挚的情感，将母爱升华为一种超越人伦亲情的"博爱"精神。在冰心的文字世界里，母亲的形象是那样崇高而伟大，她不仅是生命的摇篮，更是心灵的港湾。

在《往事·一》中，冰心以荷叶和红莲为喻，深情地表达了对母爱的感激和赞美。她写道："母亲啊！你是荷叶，我是红莲。心中的雨点来了，除了你，谁是我在无遮拦天空下的荫蔽？"这段文字将母亲比作荷叶，为红莲（即自己）遮挡风雨，形象地描绘了母爱的无私和伟大。无论遭遇多少困难和挫折，只要有母爱的庇护，我们就能安然无恙。

而在《寄小读者·通讯十》中，冰心对母爱的歌颂更是达到了新的高度。她写道："她的爱是不附带任何条件的，唯一的理由，就是我是她的女儿。"这句话直接点明了母爱的纯粹和无私，它不需要任何回报，只是源于母亲对子女的本能之爱。接着，冰心进一步描述了母爱的全面性和深刻性："她爱我的肉体，她爱我的灵魂，她爱我前后左右，过去，将来，现在的一切！"这段文字几乎涵盖了母爱的所有方面，从肉体到灵魂，从过去到未来，母亲的爱无处不在，无时不在。

在冰心的笔下，对母爱的描写和赞颂总是真诚而热烈的。她不仅是在歌颂自己的母亲，更是在讴歌时间中普遍存在的母爱。这种母爱是跨越时空的，它存在于每个人的生命中，是我们共同的财富和宝藏。通过赞美母爱，冰心表达了对生命的尊重和对人性的赞美，同时也传达了她对美好世界的向往和追求。

冰心在她的散文中，对童心赋予了极高的赞美和珍视。她深信，童心是世界上最纯净、最无邪的存在，它代表着善良、纯真和美好。因此，她常常通过回忆自己的童年往事或是记录与小朋友们的交流，来歌颂这份难得的童心。

在《可爱的》一文中，冰心直截了当地表达了她对童心的热爱和欣赏，她写道："除了宇宙，最可爱的只有孩子。"这句话简单却充满深情，将孩子与宇宙相提并论，足见冰心对童心的极高评价。

在《梦》一文中，冰心通过对自己童年生活的细腻回忆，向读者展现了一个充满童真、童趣的世界。她描述了自己在梦中的种种奇遇和幻想，让读者感受到了那份无忧无虑、自由自在的欢乐。通过这种对童年的怀念，冰心表达了她对童真的深深眷恋和赞美。

而在《寄小读者·通讯六》中，冰心更是将自己完全融入了孩子的世界中，与他们进行平等的对话和交流。这种亲切而自然的语气，让读者感受到了冰心与孩子们之间的深厚情谊。她进一步描述了大人与孩子之间在思想和行为上的差异，强调了孩子世界的独特性和珍贵性。她鼓励孩子们畅所欲言，不必顾忌大人的眼光和评判。这种对孩子童真的尊重和保护，展现了冰心作为一位作家的人文关怀和责任感。

冰心散文的风格是独树一帜的，她的作品深受读者喜爱，并赢得了文坛的广泛赞誉。郁达夫曾这样评价她的散文："冰心女士散文的清丽，文字的典雅，思想的纯洁，在中国好算是独一无二的作者了。"[1]这一评价准确地概括了冰心散文的独特之处。

冰心的散文风格清丽而自然，她并不刻意进行繁复的描写或抒情，而是让情感自然流露，这种自然流露的方式使得她的散文清新脱俗，仿佛一股清泉流淌在读者的心田。同时，她的散文笔调柔婉细腻，字里行间都透露出女性特有的温婉与细腻。

在句式上，冰心的散文既继承了文言文的精炼与典雅，又融入了白话文的灵动与流畅。她巧妙地运用了古典文学的意韵，同时又不拘泥于形式，使得句子呈现出自然、灵活而又富有韵律感的特色。这种独特的句式结构不仅增强了散文的艺术魅力，也使得读者在阅读时能够感受到一种和谐的音乐美。

以《往事·二》中的一段文字为例，我们可以更加具体地感受到冰心散文的风格特点：

> 船身微微的左右欹斜，这两点星光，也徐徐的在两旁隐约起伏。光线穿过雾层，莹然，灿然，直射到我的心上来，如招呼，如接引，我无言，久——久，悲哀的心弦，开始策策而动！

这段文字中，作者用简洁而富有诗意的语言描述了船上的情景和内心的感受。她通过"微微""徐徐""莹然""灿然"等词语，生动地描绘出了星光在雾层中闪烁的美景，同时也传达了作者内心的感慨和情绪。整个句子流畅而自然，既有古典文学的韵味，又不失白话文的生动与灵活。这种独特的风格使得冰心的

---

[1] 郁达夫.散文二集导言[M].上海：上海文艺出版社，1981：16.

散文在文坛上独树一帜，赢得了广泛的赞誉和喜爱。

　　除了清新自然和柔婉细腻的风格，冰心的散文还展现了一种典雅的气质。这种典雅气质源于她深厚的古文功底，使她的文字在清丽之中更添了一份古典的韵味。在冰心的笔下，无论是描写自然还是抒发情感，都能感受到那份独特的典雅之美。

　　以《往事·一》中对大海的描写为例，冰心用她独特的笔触将大海描绘得既磅礴又柔情。她写道：

　　　　她架着风车，狂飙疾转的在怒涛上驱走；她的长袖拂没了许多帆舟。下雨的时候，便是她忧愁了，落泪了，大海上一切都低头静默着。黄昏的时候，霞光灿然，便是她回波电笑，云发飘扬，丰神轻柔而潇洒……

　　这段文字中的句子和想象，充满了诗意和古典美，很容易让人联想到古代文人的作品，如屈原的《九歌》。

　　通过运用丰富的想象力和典雅的词汇，冰心成功地将大海描绘得栩栩如生，同时也为她的散文增添了一份古典的韵味。这种典雅气质不仅体现在她对大自然的描写中，也贯穿在她的整个散文创作中。冰心的散文作品，无论是表达情感还是抒发思考，都透露出一种深沉的古典美，使读者在阅读时能够感受到一种高雅的艺术享受。这种典雅气质使得冰心的散文在文坛上独树一帜，赢得了广泛的赞誉和喜爱。

二、朱自清的散文创作

　　朱自清（1898—1948），原名朱自华，江苏东海人。幼承庭训，深受中国传统文化熏陶，广泛涉猎古文、诗词等文学经典，为日后文学创作之路奠定了坚实基础。1916年，朱自清考入北京大学预科班，后转入哲学系深造。毕业后，他曾在江浙一带中学执教鞭，辛勤耕耘教育事业长达五年之久。1921年，朱自清加入"文研会"，积极投身于文学创作与研究。1925年，他受聘于清华大学中文系，开启了学术研究与散文创作的新篇章。1928年，朱自清发表散文集《背影》，以其真挚的情感与独特的艺术风格在文坛引起广泛关注和赞誉。1931年，朱自清远赴英国留学，就读于伦敦大学语言学专业，并借此机会游历欧洲诸国，开阔视野，丰富阅历。学成归国后，他继续执教于清华大学中文系，为培养更多优秀人才贡献力量。1934年至1936年间，朱自清相继发表《欧洲杂记》《你我》等散文集，进一步巩固了其在文学领域的地位。抗日战争爆发后，他随清华大学南迁昆明，担任西南联大教授，坚守教育阵地，为培养抗战人才倾注心血。抗战胜利后，朱自清随清华大学迁回北平，继续在中文系任教。在此期间，他以高昂的斗志积极投身于反对国民党的各项运动中，为国家的民主与进步事业贡献力量。1948年8月12日，朱自清因病在北京逝世，享年50岁。

朱自清，作为中国现代文学史上的杰出散文家，其独特之处在于他擅长用精致细腻的笔触描绘出充满诗情画意的抒情散文。他的代表性作品如《背影》《儿女》《给亡妇》《择偶记》等，无不展现了他对生活的深刻感悟和对人情的细腻洞察。

在这类散文中，朱自清总是巧妙地截取自己周围的生活片段，通过娓娓道来的方式，将那些看似琐碎的日常生活细节娓娓道来。他能够将这些小事与真挚的感情完美融合，使得读者在阅读过程中既能感受到生活的真实，又能体会到其中蕴含的深厚情感。这种真切而感人的表达方式，使得朱自清的散文具有一种独特的魅力。

在刻画人物形象方面，朱自清更是展现出了高超的艺术技巧。他善于抓住人物的主要特征，通过细腻的描绘，使得人物形象丰满而动人。在《背影》这篇散文中，他通过白描的手法，生动地描绘了父亲爬上月台为自己买橘子的情景。这个看似简单的动作，却蕴含了父亲对儿子的深深爱意。朱自清用简单的文字，将这份爱意传递给了读者，使得人们为之动容。

《背影》这篇散文虽然只有千余字，但它所蕴含的情感却异常丰富。朱自清通过描述车站离别前父亲为自己买橘子的这一小事，不仅抒发了自己对父亲的爱意，还展现了自己与父亲之间深厚的父子情。这种情感是真挚而纯粹的，读来令人为之感动。此外，《背影》中的"背影"不仅仅是对父亲老态形象的实写，更是人物命运的侧面投射。朱自清通过描绘父亲的背影，展现了他所面临的困境和无奈。同时，他也借此反映出了当时社会的凄冷和世态的炎凉。这种深刻的社会洞察力，使得《背影》不仅仅是一篇关于亲情的散文，更是一篇具有深刻社会意义的作品。

朱自清不仅以其精致细腻的抒情散文赢得了广大读者的喜爱，他的政论性散文同样展现了作为一位知识分子对社会现实的深刻关注和强烈责任感。朱自清的政论性散文，笔触犀利，直接指向了社会的阴暗面，对国民党的反动统治进行了毫不留情的揭露和批判。

作为一个正直的、有社会责任感的知识分子，朱自清始终以诚实的人生态度正视现实，他关心社会的每一个角落，同情那些弱者和被压迫者，对帝国主义、封建军阀及虚伪的封建伦理道德怀有深深的憎恨。他的政论性散文，正是他这种道义与良知的直接体现。

《生命的价格——七毛钱》《航船中的文明》《白种人——上帝的骄子！》《执政府大屠杀记》等作品，都是朱自清政论性散文的代表作。这些作品不仅展示了朱自清敏锐的社会洞察力，更体现了他对社会问题的深刻思考。

在《生命的价格——七毛钱》中，朱自清通过一个年仅五岁的孤女被其兄以七毛钱的价格贱卖的悲惨现实，深刻地揭示了社会底层人民的苦难和无奈。他愤怒地质问："这是谁之罪，谁之责呢？"这种悲愤的诘难，不仅是对"钱世界"的罪恶和不合理社会制度的控诉，更是对人性沦丧的深深忧虑。

而《执政府大屠杀记》则更是朱自清政论性散文中的巅峰之作。写于"三一八"惨案后，朱自清亲历了整个事件，目睹了爱国学生被军阀屠杀的血腥事实。在这篇散文中，他以冷静而沉痛的笔触，揭露了段祺瑞执政府"无仁无道，丧尽天良"的野蛮行径和凶残本质。他愤怒地指出："这种'无脸'的政府，正是世界的耻辱！"这种强烈的愤怒和谴责，不仅体现了朱自清对正义的追求和对弱者的同情，更展现了他作为知识分子的道义与良知。

朱自清的写景记游散文，代表性的作品有《荷塘月色》《桨声灯影里的秦淮河》《绿》等篇章。在朱自清的写景记游散文中，《荷塘月色》《桨声灯影里的秦淮河》《绿》等篇章无疑是其中的代表。这些作品以其明净而素雅的风格，为读者呈现了一幅幅生动逼真的自然画卷。在这些作品中，朱自清巧妙地运用各种修辞手法，将自然景观和物体状貌描绘得栩栩如生，让读者仿佛置身其中，感受到了大自然的神奇魅力。

以《荷塘月色》为例，这篇散文堪称朱自清写景记游散文的代表作。在这篇散文中，作者以细腻的笔触描绘了一幅幽美而迷离的"荷塘月色"图景。他从视觉、听觉、嗅觉、触觉等多个角度入手，将荷塘月色的美展现得淋漓尽致。那翠绿的荷叶、洁白的荷花、朦胧的月色、淡淡的荷香，以及微风拂过荷叶时发出的沙沙声，都让读者感受到了荷塘月色的独特韵味。然而，朱自清在文中并非单纯地描写美景，而是将之作为自己情感的载体，抒发了自己在当时社会中的惆怅与苦闷。文章开篇的第一句话便是"这几天心里颇不宁静"，这句话不仅为全文定下了基调，也暗示了作者内心的情绪波动。在描写荷塘月色的过程中，作者巧妙地将自己的情感融入其中，使得整篇散文既具有自然美的欣赏价值，又充满了深刻的人文关怀。

朱自清的散文在中国现代文学史上独树一帜，其艺术特色独具匠心。

第一，尤为引人注目的便是"真"这一核心特质。无论是写景状物还是抒情叙事，朱自清的散文都深深地烙印着"真"的印记，这使得他的作品具有极高的艺术价值和感染力。在朱自清的笔下，自然景物被赋予了鲜活的生命力和深刻的情感内涵。他擅长捕捉自然景物的细微之处，用细腻的笔触将其描绘得栩栩如生。以《春》一文为例，朱自清对春风和春雨的描写堪称经典。他写道："风里带来些新翻的泥土的气息，混着青草味儿，还有各种花的香，都在微微润湿的空气里酝酿。"这里，春风不仅带来了春天的气息，更似承载了大地复苏的生机与活力。读者仿佛能够闻到那泥土的芬芳，感受到那青草的清新，以及花朵的香甜。这种逼真的描写，让读者仿佛置身春天的怀抱之中，感受到了春天的美好与温暖。同样，朱自清对春雨的描写也充满了真实感与生命力。他写道："雨是最寻常的，一下就是三两天。可别恼。看，像牛毛，像花针，像细丝，密密地斜织着，人家屋顶上全笼着一层薄烟。"这里的春雨，不仅形态各异，而且充满了诗意和韵律感。读者仿佛能够看到那细密的雨丝在微风中轻轻摇曳，如同牛毛、花针、细丝一般，交织成一幅美丽的画卷。同时，那层薄烟也给人一种朦胧而神秘的感觉，让人仿佛置身一个梦幻般的世界。

第二，朱自清的散文不仅在情感表达上真挚动人，而且在结构布局上也展现出了极高的艺术造诣。他的散文往往具有缜密的结构，能够巧妙地运用首尾呼应的手法，使文章在形式上达到和谐统一。

首先，朱自清在散文创作中擅长运用首尾呼应的艺术手法。在名篇《绿》的起始段落，他巧妙地以"我第二次到仙岩的时候，我惊诧于梅雨潭的绿了"一句开篇，此句言简意赅且富有力量，直接揭示了文章的主旨，成功引发了读者的阅读兴趣与好奇心。而在文章的尾声部分，他又以"我第二次到仙岩的时候，我不禁惊诧于梅雨潭的绿了"一句作为收束。此举不仅与文章起始处形成巧妙的呼应，构建起了文章的完整闭环结构，更进一步深化了对梅雨潭绿的独特感受的强调，使得文章的主题更加鲜明且突出。

其次，朱自清在散文创作过程中，对结构布局的构思极为严谨，展现出了深厚的文法功底与精湛的构撰技巧。他的散文构思往往别出心裁，独具一格，展现出独特的艺术魅力。在散文结构上，朱自清追求严谨而精美的布局，同时又不失变化与灵活性，能够根据表达的需要精准提炼素材，巧妙探究布局谋篇。以《荷塘月色》为例，朱自清巧妙地从作者夜晚出门写起，直至游归结束，通过精心安排的行踪与视角转变，构建了一个清晰的时空顺序。在时间的流转与空间景物的更迭中，他含蓄而婉转地表达了自己的思绪与情感，使文章既条理分明，又充满了浓郁的艺术感染力。这种结构方式不仅体现了朱自清散文创作的匠心独运，也进一步提升了其作品的审美价值。

最后，朱自清在散文创作中展现出了卓越的才华，他擅长运用多元化的结构线索来构建和串联全文。在《冬天》这篇作品中，他精心描绘了三个与冬天相关的生活片段：儿时与父亲围坐共享白水煮豆腐的温馨画面，与友人共游西湖，于冬夜泛舟的惬意时光，以及在台州与妻儿共度天伦之乐的幸福场景。尽管这三个片段在表面上看似并无直接联系，但作者却巧妙地以温情这一核心线索将它们紧密相连。在文章的结尾部分，作者深情地写道："无论怎么冷，大风大雪，想到这些，我心头总是很温暖的。"这句话不仅是对全文的总结，更是对文章主题的升华。它使读者在领略冬天的寒冷与孤寂之余，更能深刻体会到亲情、友情和爱情所带来的温暖与力量，从而引发读者对于生活中美好瞬间的深刻反思与珍视。

第三，朱自清在散文语言的锤炼上展现出了极高的造诣。他深知文学语言的重要性，坚持认为文学语言首先应当自然，其次需要创新。他大力提倡使用"活的口语"进行写作，这使得他的散文语言既自然而朴素，又亲切而新奇，给读者一种贴近生活的真实感受。为了更好地表达情感与意境，朱自清常常巧妙地借鉴北京口语。这种独特的表达方式不仅使他的文章富有地方色彩，更赋予了其浓郁的北京味，让读者在阅读过程中能够深刻感受到北京的地域文化和风俗特色。在《给亡妇》一文中，他特意运用北京口语描绘了一些生动的句子，细腻地叙述了妻子生前对孩子的深切关心以及她身体日渐衰弱的情景。同时，他也表达了自己因为未能阻止妻子过度劳累而导致其去世的深深悔恨。这种口语化的表达方式，使得文章更加真实感人，让读者能够深切体会到作者的悲痛与愧疚。

此外，朱自清先生亦擅长运用多样化的艺术手法，精心雕琢出独具匠心、音韵和谐的文学语言。在《荷塘月色》一文中，他娴熟地运用了双声叠韵词，诸如"曲曲折折"的荷塘、"蓊蓊郁郁"的树林、"田田"的叶子、"缕缕"的清香、"脉脉"的流水以及"渺茫"的歌声等。这些词语不仅生动地再现了客观事物的情态特征，更增强了语言的韵律感和流畅度，使得整篇作品充满了优美的音乐感。

总体来说，朱自清凭借其敏锐的艺术触角和独特的艺术创造力，成功树立了白话美文的典范。他的作品不仅提升了现代散文的审美品位，更对中国现代散文的发展作出了杰出贡献。他的散文作品以真挚的情感、严谨的结构和优美的语言赢得了广大读者的喜爱与尊敬，也为中国现代文学史留下了宝贵的财富。

第五节　现代戏剧的蓬勃发展

在19世纪末期，话剧作为一种新兴的艺术形式，由欧洲和日本传入中国。鸦片战争失利后，中国沿海的一些城市陆续被开辟为通商口岸，外国侨民逐渐增多。为了满足他们的娱乐需求，这些外国侨民开始排演西方话剧，这些戏剧在当时被社会广泛称为"文明新戏"。随着辛亥革命的爆发和资产阶级的崛起，文明新戏在中国得到了迅猛的发展。然而，由于过度追求商业利益，文明新戏的艺术性逐渐降低，导致其由盛转衰。进入"五四"文学革命时期，在文明新戏的基础上，中国现代话剧应运而生。在西方戏剧与中国传统戏曲的双重熏陶下，中国现代话剧再次焕发新生。在这一时期，田汉和欧阳予倩等杰出的剧作家崭露头角，成为现代话剧发展的代表性人物。

一、田汉的戏剧创作

田汉（1898—1968），字寿昌，湖南长沙人。自幼受戏曲艺术熏陶，中学时代即在辛亥革命浪潮中创作出改良新剧《新教子》与《新桃花扇》，展现出非凡的文艺才华。1916年至1922年，他远赴日本东京深造，广泛吸收西方文化精华。1921年，他与郭沫若等志同道合者共同创建创造社，致力于文艺的探索与创新。归国后，田汉积极投身文艺事业，先后创办《南国》半月刊及南国电影剧社，并举办"鱼龙会"演出活动，引发社会广泛关注。1928年，他创办南国艺术学院，旨在培育戏剧领域的专业人才，同时创作出多部反映社会现实与人生百态的剧作，深受观众喜爱。1930年，田汉加入"左联"，以文字为武器，撰写了《我们的自己批判》等作品，深刻剖析时代弊端。1932年，他光荣地加入中国共产党，担任左翼戏剧家联盟党团书记等重要职务，其间创作出中华人民共和国国歌《义勇军进行曲》等经典作品，其激昂奋进的旋律激励了无数中华儿女。"七七事变"爆发后，田汉毅然投身文艺界救亡运动，创作了一批具有广泛影响力的抗日救亡剧作，以文艺之力唤醒民族意识。中华人民共和国成立后，他历任文化部戏曲改进局、艺术局局长等职务，创作了《关汉卿》《文成公主》《十三陵水库畅想曲》

等话剧佳作，并对《白蛇传》《谢瑶环》等传统戏曲节目进行改编创新，推动了戏曲艺术的繁荣发展。1968年，田汉逝世。

田汉先生作为一位才华横溢的剧作家，在20世纪20年代便创作出了众多话剧作品，数量多达20余部，为中国现代话剧文学的建设奠定了坚实基石，并作出了具有开创性的重要贡献。同时，田汉先生亦积极参与新文化运动与话剧运动，在其中发挥了重要的参与者与组织者作用。在"五四"运动时期，他作为"少年中国学会"的重要成员，于《少年中国》杂志上发表了一系列文章，与郭沫若、成仿吾等文化巨匠共同发起并组织了诸如"创造社"等文化团体。因此，田汉先生被誉为"五四"时期中国戏剧界创作剧目最为丰富、成就最为显著的戏剧家之一。以下将重点对田汉先生的代表作品，如《咖啡店之一夜》《名优之死》《获虎之夜》以及《苏州夜话》等剧作，进行深入剖析与解读，以展现其独特的艺术魅力与思想内涵。

《咖啡店之一夜》是朱自清笔下的一篇感人至深的作品，通过主人公白秋英的遭遇，深刻地揭示了当时社会背景下青年女性的悲惨命运和她们对于自由、平等、民主的渴望。

白秋英，一个身世不幸的女子，从小便失去了父母的庇护，而她的亲族更是对她冷酷无情，企图将她外嫁以换取金钱利益。在绝望之中，她选择了逃离，来到了咖啡店做侍女，以此为生。在这里，她遇见了曾与她有过心灵之约的负心人——盐商之子李乾卿。然而，当她发现李乾卿已另有新欢时，内心的痛苦与绝望如同潮水般涌来，她无法承受这样的打击，于是将李乾卿给她的1200元钱——这笔钱原本是她用来上学的——付之一炬，以此表达她内心的愤怒与决绝。

在经历了这场打击后，白秋英陷入了深深的痛苦与迷茫之中。然而，正是在这个时候，青年林泽奇走进了她的生活。他用自己的真诚和善良感动了白秋英，使她逐渐从痛苦中走出来。在林泽奇的劝慰下，白秋英开始反思自己的过去，她明白了"眼泪是不能解决任何问题的"，也领悟了"穷人的手和阔人的手始终是握不牢的"这一深刻道理。这些领悟让她开始重新审视自己的人生，她不再沉溺于过去的痛苦之中，而是勇敢地面对现实，努力追求自己的幸福和自由。

在白秋英的身上，我们看到了"五四"青年要求个性解放，要求民主、平等、自由的时代精神。她虽然出身贫寒，但她有着坚定的信念和勇气，敢于挑战命运的不公，追求自己的梦想和幸福。她的经历告诉我们，无论身处何种境遇，都不能放弃对自由、平等、民主的追求，只有勇敢地面对现实，才能赢得真正的幸福和自由。同时，白秋英的觉醒也反映了当时社会对青年女性的关注和反思，呼吁社会给予她们更多的关注和支持，帮助她们摆脱悲惨的命运，实现自己的人生价值。

《名优之死》是田汉在20世纪20年代创作的一部具有深远意义的作品，它不仅代表了田汉个人的艺术高峰，更是中国戏剧史上的一部杰作。这部作品源于田汉对晚清名优刘鸿声晚年凄凉境遇的听闻，他被这位名优在舞台上"长叹一声就那么坐在衣箱上死了"的悲惨结局深深触动，决心通过戏剧的形式，将这位名优的生平与悲剧呈现给世人。

1927年冬，这部精心创作的三幕悲剧在上海艺术大学鱼龙会上首次与观众见面。剧中主人公刘振声，其原型便是近代著名的京剧艺人刘鸿声。他正直刚强，坚守戏德与戏品，对自己的艺术怀有深厚的热爱。即便在贫病交加的困境中，他也矢志不渝，坚守着自己的艺术信仰。刘振声倾其一生心血培养女弟子刘凤仙，希望她能继承自己的衣钵，将京剧艺术发扬光大。然而，在流氓绅士杨大爷的诱惑下，刘凤仙渐渐忘却了恩师的教诲，在金钱的诱惑下走向了堕落。这一转变不仅让刘振声深感痛心，也揭示了当时社会风气对艺术界的冲击与腐蚀。弟子的背叛与反动势力的欺压，使得刘振声在演出中气极身亡，倒在了自己心爱的艺术舞台上。这一悲剧性的结局，不仅是对刘振声个人命运的哀悼，更是对那个时代艺术界困境的深刻反思。

《名优之死》一剧，其核心线索在于刘振声与杨大爷之间的三次交锋冲突，贯穿全剧始终。在此过程之中，刘振声与刘凤仙在人生艺术道路上的分歧逐渐凸显，并与主线情节紧密相连，共同构成了剧情的丰富内涵。剧情推进自然流畅，人物形象塑造丰满鲜明，各具特色，跃然纸上。刘振声的刚正不阿与内心的抑郁情绪、萧郁兰的泼辣性格与热情奔放、杨大爷的狂妄自大与无耻行径，均在剧情的自然发展之中得到了生动而深刻的展现。这些人物形象的塑造，不仅具有深刻的时代烙印，更展现了田汉先生对人物性格与命运走向的精准把握与深刻洞察。

全剧结构严谨，布局精巧，风格简朴而深沉。田汉运用丰富的戏剧手法和深刻的社会洞察力，将这部作品打造成了具有强烈感染力和深刻思想内涵的艺术精品。它不仅是对刘鸿声等名优的缅怀与致敬，更是对那个时代艺术界困境的反思与批判。通过这部作品，田汉向世人展示了中国戏剧艺术的独特魅力与深刻内涵，为中国现代戏剧的发展作出了杰出贡献。

《获虎之夜》是田汉在20世纪20年代创作的一出震撼人心的爱情悲剧，这部作品以其深刻的主题和独特的艺术魅力，塑造了一个极具个性的女性形象——莲姑。故事发生在一片宁静而富饶的乡村，讲述了富裕猎户的女儿莲姑与其表兄黄大傻之间缠绵悱恻的爱情故事。

莲姑与黄大傻自小青梅竹马，两人心中早已埋下了深深的爱情种子。然而，命运弄人，黄大傻家庭突遭变故，一夜之间沦为孤儿。面对黄大傻的落魄，莲姑的父亲却冷酷地阻挠女儿与他相爱，为了家族的利益和面子，他决意将女儿许配给一个富户人家。与此同时，他还残忍地将黄大傻逐出家门，断绝了两人的一切联系。然而，莲姑并不是一个贪图富贵荣华的女子。她心中只有黄大傻，那份至死不渝的爱情让她无法接受父亲的安排。她曾试图反抗，但在那个封建礼教束缚的时代，一个女子的力量是如此微薄。最终，在父亲的专制和威逼下，莲姑被迫嫁给了那个富户。

在出嫁的前夜，痴心的黄大傻独自一人在山上眺望心上人窗前的灯光。他渴望见到莲姑，渴望与她共度最后的时光。然而，命运再次捉弄了他。莲父为了猎虎而放置的抬枪意外打伤了黄大傻。当黄大傻被抬回家中，莲姑不顾一切地细心照顾了他一夜。在那个寂静的夜晚，两人彼此倾诉心声，莲姑紧握黄大傻的手，坚定地表达了自己的心声："生，死，我都不离你。"然而，这份深情却无法改变残酷的现实。

在莲姑被父亲强行拉走的那一刻，黄大傻的心彻底碎了。他无法接受这个残酷的事实，无法接受自己深爱的人被夺走。在毒打声、怒骂声和哭声中，黄大傻结束了自己年轻的生命。他用自己的生命来抗议这个不公不义的世界，来表达对莲姑深深的爱意。在此之前，莲姑曾想过与黄大傻私奔到城里去做工。她渴望逃离这个束缚她的家庭和社会环境，渴望与黄大傻共同追求自由和幸福。然而，这个愿望最终也没有实现。在封建门第等级观念的压迫下，莲姑和黄大傻的爱情注定是一场悲剧。

田汉在《获虎之夜》中以悲愤的笔调控诉了封建门第等级观念的罪恶。他通过莲姑和黄大傻的爱情悲剧来揭示当时社会的黑暗和残酷。同时，他也表达了青年男女自由恋爱、个性解放的理想愿望。这部作品不仅具有深刻的思想内涵和独特的艺术魅力，还具有较高的历史价值和社会意义。它让我们看到了那个时代青年人的爱情观和人生观，以及他们为追求自由和幸福所付出的努力和牺牲。

《苏州夜话》是一部充满深情与感伤的作品，它细腻地描绘了一位老画家刘康叔在带领学生写生时，意外与他失散多年的女儿重逢的感人故事。这部作品不仅展现了主人公刘康叔内心的痛苦与挣扎，也通过他女儿的话语，深刻揭示了战争与贫穷给人们带来的无尽苦难。

故事背景设定在一个动荡不安的年代，战争让刘康叔的家变得支离破碎。他的妻子和女儿在战乱中失散，这对他来说无疑是巨大的打击。失去亲人的痛苦让他痛不欲生，但他依然坚强地活着，用画笔记录下这个世界的美好与苦难。在带领学生写生的过程中，刘康叔意外地遇到了自己的女儿。当两人相认的那一刻，所有的委屈、痛苦和思念都化作了泪水。女儿的话语更是让人心痛："我的仇人一个是战争，一个是贫穷。要不是战争，我们一家人怎么会冲散，我的爸爸怎么会被人家赔死。要不是贫穷，我妈怎么会嫁人，她也怎么会死！"这段话充满了对战争和贫穷的控诉，也展现了女儿内心深处的痛苦与无奈。女儿的话语让刘康叔更加深刻地反思了战争与贫穷给人们带来的伤害。他意识到，这些痛苦不仅仅是他一个人的，而是无数人的共同经历。他决定用自己的画笔记录下这些苦难，让更多的人看到并思考。

《苏州夜话》这部作品以深沉的感伤情绪贯穿始终，它不仅是对主人公刘康叔及其女儿悲惨遭遇的同情与怜悯，更是对战争与贫穷这一时代背景的深刻反思。

田汉的戏剧艺术价值无疑是中国话剧史上的一颗璀璨明珠。他不仅在戏剧语言的运用上达到了炉火纯青的地步，更在创作形式和内容上展现了独特的艺术魅力和深刻的思想内涵。

第一，田汉在戏剧语言的运用上极为重视。他深知语言是情感表达的载体，因此他精心锤炼台词，熟练地运用比喻、比拟、对比、排比等多种艺术修辞手法，使得他的戏剧台词既富有诗意，又充满力量。这些独特的戏剧台词不仅增强了戏剧的感染力，也为观众提供了丰富的想象空间。

第二，在创作形式上，田汉同样展现了非凡的才华。他注重韵律的流转、音节的谐调、节奏的跌宕以及句式的参差，这些艺术手法使得他的戏剧作品在视觉上、听觉上都极具美感。同时，这些形式上的创新也为他的戏剧作品赋予了深刻的思想意蕴，使得观众在欣赏戏剧的同时，也能感受到作者对生活的深刻思考和感悟。

从整体视角审视，田汉的戏剧作品在流畅而富有诗意的语言、鲜明且浓烈的色彩以及抑扬顿挫的节奏之中，深刻蕴含了对于封建思想桎梏的坚决反对，同时热情呼唤并尊重人性的尊严与价值，大力彰扬个体自由与自主生活的人本主义理念。这些先进的思想理念在当时的中国社会背景之下显得尤为难能可贵，并对后续的中国话剧创作产生了深远影响，提供了宝贵的经验借鉴与启示。

田汉的戏剧艺术造诣深厚，既汲取了中西文化的精髓，又融合了古今艺术的优点，更以开放包容的心态、宽广的视野以及兼容并蓄的胸怀，开创了中国话剧

"诗化"传统的先河。他的戏剧作品不仅展现了卓越的艺术价值，也承载了重要的历史意义与文化价值。因此，他被誉为中国话剧史上的"话剧泰斗"之一，这一赞誉可谓实至名归。

二、欧阳予倩的戏剧创作

欧阳予倩（1889—1962），原名立袁，号南杰，湖南浏阳籍人士。欧阳予倩早年曾赴日本深造，归国后投身由曾孝谷等人倡导的春柳社，参与演出《黑奴吁天录》，此举标志着中国话剧运动的滥觞。自1916年起，欧阳予倩投身京剧表演艺术，形成了别具一格的表演特色。1919年，应张謇之邀，欧阳予倩赴南通主持伶工学校并积极参与更俗剧场的演出活动。他矢志不渝地致力于培养兼具传统戏曲技艺与现代文艺素养的新一代戏曲人才，然而因多方阻力，不得不中止了长达三年的戏剧改革与演员培育事业。此后，欧阳予倩积极参与戏剧协社活动并成为其核心成员；1923年秋至次年秋，再度登上新舞台，展现其卓越的艺术才华。1927年冬，欧阳予倩加入南国社，与田汉等共同策划并举办了"鱼龙会"，推动了话剧与戏曲的交融发展。1931年，欧阳予倩加入"左联"，在抗战时期创作了历史剧《忠王李秀成》等杰出作品。抗战胜利后，继续投身剧作的创作与整理工作。中华人民共和国成立后，欧阳予倩先后担任中国文联副主席等职务，为文艺事业作出了重要贡献。1962年，欧阳予倩逝世。

欧阳予倩在"五四"时期致力于话剧创作，其成果颇丰且影响深远。在这一时期，他创作了一系列话剧作品，包括《潘金莲》和《泼妇》等，这些作品都体现了其独特的艺术风格和深刻的社会思考。

《潘金莲》这出戏，在当时可谓"惊世骇俗"之作。在这部剧中，欧阳予倩以独到的视角，重新塑造了潘金莲这一角色。她不再是以往传统文化中那个负面形象，而是一位勇敢追求个性解放与婚姻自由的女性。这一全新的诠释，无疑是对传统文化观念的一次大胆挑战与颠覆。

欧阳予倩通过细腻的笔触，深入剖析了潘金莲在封建势力压迫下的无奈与挣扎。在剧中，潘金莲被刻画成一个受害者，她身处封建社会的重重枷锁之中，渴望自由与真爱，却不得不面对残酷的现实。这种深入人心的同情与理解，让观众对潘金莲产生了更多的同情。此外，《潘金莲》的说唱部分也堪称一绝。优美的旋律与深情的歌词相得益彰，进一步增强了剧情的感染力。这部剧在当时引起了极大的轰动，不仅观众反响热烈，还吸引了众多学习者纷纷效仿。然而，我们在同情潘金莲的同时，也必须正视她后来的行为。在剧中，潘金莲虽然曾是一个受害者，但她后来放纵自我的情欲，最终毒死了武大。这一行为无疑是道德和法律所不能容忍的。因此，我们在批判封建社会的同时，也要对潘金莲的这一行为进行谴责。

《泼妇》这部作品在呈现上虽以简洁的笔触勾勒出其主要人物和情节，但背后却蕴含着丰富的社会内涵和深刻的人性探讨。故事的核心围绕着因丈夫爱情不专而愤然离家，被封建势力贴上"泼妇"标签的于素心展开。

于素心这一人物形象，虽然简单却极具代表性。她在恋爱时全心投入，对爱情抱有纯真的期待；结婚后，她成了一个忠贞贤淑的妻子，全心全意地投入家庭生活中。然而，当她发现丈夫另组小家庭，背叛了他们的婚姻时，她的内心经历了巨大的痛苦和挣扎。最终，她选择带上儿子毅然出走，这一行为在当时的社会背景下无疑是勇敢和决绝的。

尽管作者在塑造于素心这一角色时，主要展现了她对爱情的执着和对婚姻的忠诚，但我们也应该看到，她的选择并非仅仅是出于个人的情感冲动，而是对封建婚姻制度和男权社会的有力反抗。在当时的社会背景下，女性往往被视为男性的附属品，她们的权利和选择被极度忽视。于素心的行为，实际上是对这种不公平待遇的一种挑战和抗议。然而，尽管《泼妇》在展现女性觉醒和反抗意识方面具有一定的价值，但作者在处理人物性格及挖掘社会根源方面仍有不足。于素心的形象虽然鲜明，但她的性格发展和社会背景的影响并未得到深入挖掘。这使得观众在理解她的行为时，可能只能停留在表面现象上，而无法深入她的内心世界和社会根源。

除了创作戏剧之外，欧阳予倩还以其对戏剧艺术的深刻理解和独到见解，为中国戏剧的发展贡献了一系列重要的理论见解。这些理论见解不仅具有前瞻性，而且对于当前和未来的戏剧发展依然具有深远的影响和借鉴意义。

第一，在戏剧语言方面，欧阳予倩主张使用浅显易懂的白话文来编写剧本。他认为，戏剧作为一种大众艺术，其语言应该贴近普通观众，易于理解和接受。这样的剧本不仅能够更好地传达作者的思想和情感，还能够激发观众的共鸣和思考。

第二，在演员培养方面，欧阳予倩提出了建立专业学校的建议。他认为，演员是戏剧艺术的灵魂，他们的专业素养和表演技能直接决定了戏剧作品的质量。

因此，应该通过专业的学校教育来大力培养演剧人才，提高他们的艺术水平和表演能力。

第三，在剧评方面，欧阳予倩强调剧评应该根据剧本的内容和表演技术来诱导演员摒弃顽梗主张，趋重于人情事理。他认为，剧评应该具有客观性和公正性，既要指出演员在表演中的优点和不足，又要引导他们更好地理解剧本和角色，从而提高表演质量。

第四，在戏剧研究方面，欧阳予倩提出了必须有精确的剧论来分析名剧本和研究舞台艺术。他认为，通过对名剧本的深入分析和研究，可以总结出戏剧艺术的规律和特点，为今后的创作和演出提供有益的借鉴。同时，对舞台艺术的研究也能够提高演出的质量和水平。

总之，欧阳予倩的这些改革主张，体现了他对中国戏剧艺术的深刻理解和独到见解。这些理论见解不仅在当时具有指导意义，而且在今天仍然具有重要的借鉴价值。

第三章　革命文学时期的中国文学

革命文学时期的中国文学体现出了强烈的时代感和历史感。作家们紧密关注社会现实，敏锐捕捉时代变迁中的每一个细微变化，将其融入作品中，使之成为记录历史、反映时代的重要文献。同时，他们也深入挖掘历史事件背后的深层原因与意义，揭示历史发展的规律与趋势，为后人提供了宝贵的历史经验与智慧。

第一节　现代诗的转型

在革命文学时代，诗歌创作呈现出多样化的演进态势。一方面，涌现出以时代重大事件为背景，紧密围绕"反帝反日"主题的现实主义诗歌，这些诗作以深邃的笔触描绘出时代的波澜壮阔。另一方面，现代诗歌亦逐渐崭露头角，其注重诗性思维与情感表达的深度探索，并深入剖析诗歌的内在韵律，为现代诗歌的演进注入了新的生机与活力。总体来看，这一时期的诗歌作品普遍呈现出悲哀、烦忧、沉郁、厌倦、彷徨与寂寞的情感基调，呈现出一种"青春的病态"特质。同时，这些诗歌作品摒弃了传统的诗歌格律化观念，不再过分追求形式上的整齐划一与韵脚的和谐，而是更倾向于采用自由的形式和口语化的表达方式，以更加精准地捕捉和展现情感的节奏。因此，这一时期的诗歌作品多以自由诗体为主，兼具散文的优美与诗意，为现代诗歌的发展提供了宝贵的艺术借鉴与启示。在这一时期，戴望舒、卞之琳和何其芳等杰出诗人以其独特的创作风格和深厚的艺术造诣，对当时的诗歌创作产生了深远而广泛的影响，推动了中国现代诗歌的繁荣发展。

一、戴望舒的诗歌创作

戴望舒（1905—1950），原名戴朝寀，祖籍浙江杭州。在上海大学与震旦大学求学期间，他广泛研读欧洲文学作品，积淀了深厚的文学素养。自1926年起，他与施蛰存等人共同致力于革命文艺事业，积极推动国家文化进步。抗日战争爆发后，戴望舒历经艰辛，由上海辗转至香港。抗战胜利后，他重返上海，既致力于教育事业，培育新一代人才，又积极投身解放战争的伟大事业，为国家的解放与新生作出了重要贡献。中华人民共和国成立后，戴望舒在新闻总署国际新闻局任职，继续以智慧和力量服务于国家的发展。然而，令人痛惜的是，1950年2月28日，戴望舒因病不幸离世，享年45岁。

戴望舒作为中国现代诗歌史上的杰出诗人，其诗歌创作具有显著的影响力和独特的艺术魅力。他广泛汲取并融合了西方多种现代主义手法，如象征主义、颓废主义、超现实主义等，为中国现代主义诗歌的繁荣与发展注入了新的活力，推动其迈向了一个崭新的历史阶段。在戴望舒的诗歌作品中，他尤其重视意象的精心构造。他的诗歌意象既蕴含着朦胧的美感，又避免了西方象征派诗歌中意象的晦涩和深奥，而是以一种自然、质朴的形式呈现出来，赋予其诗歌一种鲜明而独特的艺术风貌。

戴望舒在其漫长的文学创作生涯中，留下了多部影响深远的诗集。特别是在革命文学时期，他发表了两部备受关注的诗集——《我的记忆》与《望舒草》。这两部诗集不仅充分展现了戴望舒卓越的文学才华和深邃的思想，更为革命文学时期注入了新的活力与思想深度，对当时的文学界产生了深远影响。

诗集《我的记忆》如同一部情感丰富的音乐交响曲，其中收录的26首诗作宛如不同的乐章，每一首都充满了深沉的情感与独特的韵味。这些诗作所表达的情绪，大多数时候是消极的、颓废的，却也不乏对生命的执着追求与对理想的深深渴望。

以创作时间为线索，这部诗集可以清晰地划分为《旧锦囊》《雨巷》和《我的记忆》三辑。这三辑诗作，不仅展现了戴望舒诗歌艺术的逐渐成熟，也映射出他内心世界的复杂变化。

在《旧锦囊》一辑中，戴望舒收录了12首诗作，它们如同一颗颗破碎的心，流淌着伤感的情绪。这些诗作广泛借鉴了西方象征派的表现手法，大胆地探索自我与潜意识的奥秘，将诗人的灵魂和内心最深处的感受毫无保留地呈现在读者面前。这种勇于自我剖析的勇气，使得这些诗作充满了震撼人心的力量。

《雨巷》一辑则收录了6首诗作，它们如同江南的烟雨，朦胧而美丽。这些诗作深受法国象征派诗歌艺术的影响，同时又融入了英国颓废派诗歌的感伤与忧郁。其中，《雨巷》这首诗是这一辑的代表作。这首诗创作于1927年"四一二"反革命政变后，表达了诗人对于大革命失败的失望、愁怨和彷徨。诗中的"丁香一样地／结着愁怨的姑娘"是诗人心中理想的象征，她纯洁而美好，却又因为诗人的哀怨情绪而显得忧郁。诗人通过这一形象，深刻地揭示了青年一代在大革命失败后所经历的痛苦与抑郁。然而，即使面对这样的困境，诗人也没有放弃希望，他仍然坚信着自己的理想和追求。

《我的记忆》一辑，作为戴望舒诗集中的重要组成部分，收录了八首饱含深情与哲理的诗作。这些诗作以其独特的艺术魅力，展现了诗人内心的感受与情绪波动，同时也体现了戴望舒对于自由朴实诗风和口语化语言的追求。

《我的记忆》作为这一辑的代表作，不仅体现了戴望舒在诗歌创作上的高超技艺，更深刻地反映了他对于社会现实的独特看法和深沉情感。这首诗的诞生，正值大革命失败的艰难时期，戴望舒深感痛苦与无力，对黑暗的社会现实产生了深深的痛恨。然而，面对残酷的现实，他却感到无法找到出路，心情苦闷、颓废，甚至想要逃避这个残酷狰狞的世界。

在诗中，戴望舒选择逃离社会现实，将自己沉浸在往事记忆中。他试图通过回忆过去的美好时光，来寻找心灵的慰藉和片刻的宁静。然而，他也清楚地知道，这种逃避是徒劳的，自己的心灵无法在往事的记忆中找到真正的安宁。这种矛盾与挣扎，使得整首诗充满了伤感的意味，也深刻地揭示了诗人在大革命失败后所经历的痛苦与彷徨。

从艺术角度来看，《我的记忆》展现了戴望舒对于诗歌语言的独特运用和对于日常物象的深刻挖掘。他运用了许多日常生活中的物象，如"记忆""往事""岁月"等，这些物象不仅具有丰富的象征意义，而且通过口语化的表达方式，使得读者能够更自然地进入诗人的回忆之中，感受诗人灵魂所经受的创伤。

这种表达方式，既增强了诗歌的感染力，也使得戴望舒的诗歌具有了独特艺术魅力。

《望舒草》是戴望舒的一部重要诗集，收录了41首充满独特魅力的诗作。这些诗作不仅充分展现了戴望舒的诗歌风格，也通过多样化的艺术手法，深入描绘了诗人的内心世界。在《望舒草》中，戴望舒的诗歌技巧达到了一个新的高度，他巧妙地运用暗示、对比、烘托、联想等手法，将诗歌的韵味推向了极致。

在众多主题中，爱情是戴望舒尤为擅长的一个领域。爱情，这个永恒的主题，在不同的诗人笔下展现出了不同的风貌。戴望舒在表现爱情时，有着自己独特的方式和风格。他善于运用暗示的手法，将爱情的细腻情感巧妙地融入诗歌之中，让读者在品味诗歌的同时，也能感受到爱情的深刻与美好。《野宴》便是《望舒草》中一首典型的用暗示手法写成的爱情诗。

在这首诗中，戴望舒通过描绘一场野外的宴会，巧妙地暗示了爱情的甜蜜与美好。他并没有直接描述爱情的场景或情感，而是通过描绘宴会的欢乐气氛、人们的欢声笑语以及自然景色的美丽，来营造出一种浪漫而温馨的氛围。这种氛围让读者不由自主地联想到爱情的美好与甜蜜，仿佛自己也置身其中，感受到了爱情的温暖与幸福。同时，《野宴》中的暗示手法也展现了戴望舒对诗歌艺术的深刻理解和精湛运用。他通过巧妙的暗示和烘托，将爱情的情感融入诗歌的每一个细节，使得整首诗都充满了爱情的韵味和气息。这种写作方式不仅增强了诗歌的艺术效果，也让读者在欣赏诗歌的同时，更加深入地理解了爱情的内涵和意义。

二、卞之琳的诗歌创作

卞之琳（1910—2000），江苏海门人，系我国杰出文学家。1929年，卞之琳先生考入北京大学深造，其间广泛涉猎西方文学经典，深受象征主义、浪漫主义等文学流派之启迪，自此涉足诗歌创作之领域。毕业后，卞之琳先生在致力于教育事业的同时，积极投身诗歌创作，笔耕不辍。抗日战争爆发后，卞之琳先生毅然决然地深入抗日根据地，开展实地访问，了解民情民意，为抗战文化事业贡献智慧与力量。同时，他还在延安鲁迅艺术学院执教，培养了一批批优秀的文艺人才。战争胜利后，卞之琳先生转至天津南开大学任教，继续培育英才，为我国教育事业发展作出了重要贡献。随着中华人民共和国的成立，卞之琳先生重返北京大学，继续其执教生涯，为培养更多优秀人才而不懈努力。2000年12月2日，卞之琳先生因病不幸离世，享年90岁。

卞之琳的诗作以其深邃的哲理和独特的艺术风格，在诗坛上独树一帜。他的诗歌作品，不仅深刻挖掘了现代科学哲学与古老宗教哲学的内涵，更在传达这些哲理时，摒弃了传统的说明或议论方式，而是巧妙地运用了情与理、智与象的交融，使得诗歌既有深邃的哲理，又充满了动人的情感。

卞之琳在诗歌创作上的成就，离不开他对中国古典诗词的深厚底蕴和对西方诗歌现代主义手法的借鉴。他善于从中国古典诗词中汲取营养，将其与现代主义手法相结合，形成了独特的艺术风格。这种风格不仅体现在他对意象的运用上，更体现在他对诗歌结构和语言的掌控上。

在《归》这首诗中，卞之琳再次展现了他对智性和戏剧化特点的注重。诗人通过细腻的笔触，将自己内心的酸楚和迷茫描绘得淋漓尽致。诗中的"天文家离开了望远镜"，暗示了诗人从喧嚣的世界中抽离出来，开始审视自己的内心世界。而"听见了自己的足音"，则进一步强调了诗人内心的孤独和寂寞。

"莫非在自己圈子外的圈子外？"这一问句，充满了诗人对人生和未来的困惑和迷茫。他似乎在寻找一个属于自己的位置，但却发现自己在不断地徘徊和迷失。而"伸向黄昏的道路像一段灰心"，则更是将诗人的无奈和失望推向了极致。他找到的道路似乎并不通往希望，而是指向了黄昏和迷惘。

尽管诗人内心充满了酸楚和迷茫，但他并没有放弃寻找和追求。他仍然坚韧地走在自己的道路上，即使这条道路通向的是黄昏和未知。这种坚韧和执着正是卞之琳诗歌中智性和戏剧化特点的体现。

卞之琳，作为中国现代诗歌的代表人物之一，以其独特的艺术风格和深邃的思想内涵，在文学史上留下了浓墨重彩的一笔。他的诗歌创作不仅局限于传统的抒情方式，更在日常生活中寻找灵感，挖掘出平凡事物背后的诗意与哲理，引发读者的共鸣与思考。《断章》这首诗，正是卞之琳这种创作理念的典型体现。诗中，卞之琳巧妙地运用了人、明月、窗子、梦等意象，构建了一个充满哲思的艺术空间。这些看似简单的元素，在他的笔下相互交织，形成了一幅幅生动的画面，让读者在欣赏的同时，不禁思考人与自然、个体与宇宙之间的微妙联系。例如，诗中的"明月"不仅是夜晚的照明，更是诗人情感的寄托，它照亮了人们的内心世界，也映照出人与自然和谐共存的景象。而"窗子"则成了连接内外世界的桥梁，透过它，人们可以窥见外面的风景，同时也反映了内心的世界。至于"梦"，则是一种超脱现实的表达，它既承载着人们的愿望与理想，也反映了现实与理想的冲突与融合。

卞之琳在《断章》中，还巧妙地将西方的现代主义手法与中国的古典诗词相结合。他借鉴了现代主义的跳跃性、象征性等特点，使得诗歌的意象更加丰富，表达更加自由。同时，他又继承了古典诗词的意境美、音韵美，让古老的意象焕发出新的生命力。这种中西合璧的创作手法，不仅丰富了诗歌的艺术表现力，也拓宽了诗歌的思想深度。它让《断章》这首诗，既具有现代诗歌的开放性与创新性，又不失古典诗歌的韵味与内涵，真正达到了"古为今用，洋为中用"的艺术境界。

卞之琳在诗歌创作的道路上，一直以其独特的艺术手法和深刻的哲理思考吸引着读者。在《距离的组织》一诗中，他巧妙地运用了自由联想的手法，将自己的思想和心态进行了生动表达，使得诗歌充满了丰富的层次和深刻的内涵。

这首诗以主人公在寒冬里午睡时的梦境为线索，通过奇特的联想，构建了一个似睡非睡、亦真亦幻的梦境世界。在这个梦境中，主人公的思绪自由飘荡，与现实世界形成了鲜明的对比。通过这种对比，卞之琳巧妙地表达了一种特定的心情或意境，即青年知识分子在面对现实困境时，不应沉湎于白日梦中，而应积极面对现实，寻求解决之道。

在《距离的组织》中，卞之琳运用自由联想的手法，将实境与梦境进行了巧妙的切换。然而，这种从实境到梦境的跳跃显得过于突兀，意象间的阻断甚至在一定程度上扰乱了诗境的连贯性与完整性。然而，正是这种断裂和突兀，恰恰使得诗歌更具有张力和冲击力。它迫使读者在品味诗歌的过程中，不断思考、探寻诗歌背后的意义和价值。

卞之琳通过这种独特的艺术手法，成功地表达了自己对青年知识分子命运的关切和思考。他提醒青年知识分子，在面对现实困境时，不应逃避现实、沉湎于幻想之中，而应勇敢地面对现实、积极寻求解决之道。这种深刻的哲理思考，使得《距离的组织》一诗具有了更加丰富的内涵和深远的意义。

三、何其芳的诗歌创作

何其芳（1912—1977），原名何永芳，系四川万县籍人士。自幼便对中国古代文学怀有浓厚兴趣，广泛涉猎诗歌与小说之作，为其日后在诗歌创作领域的深入发展奠定了坚实基础。1929年，何其芳在中国公学预科学习期间，广泛接触并深入研究大量新诗作品，并开始尝试亲自进行诗歌创作。抗日战争初期，他毅然选择返乡，投身家乡教育事业，后转至鲁迅艺术学院执教，为培养更多文学人才贡献力量。中华人民共和国成立后，何其芳先生既承担学校教学任务，培育英才，又致力于诗歌创作，以其深厚的文学底蕴和卓越的才华，创作出了众多优秀的诗歌作品，成果丰硕。1977年7月24日，何其芳先生因病辞世，享年65岁。

何其芳在革命文学时期创作的诗歌，以其独特的艺术魅力和深刻的情感表达著称。他巧妙地糅合了中国古典诗歌的典雅手法与西方现代主义诗歌的创新元素，打造出一种既含蓄、优美又精致的诗风。这种独特的诗风不仅充分展现了何其芳深厚的文学造诣，更凸显出他作为一个小资产阶级知识青年的思想感情与鲜明个性。

何其芳的诗歌创作讲究形式、韵律，注重意象的营造。他善于运用细腻而精致的笔触，将日常生活中的点滴细节转化为富有象征意义的意象，进而表达出自己内心的情感和思考。这种对诗歌形式的追求，使得他的诗歌作品在形式上更加优美，更易于引起读者的共鸣。以何其芳的代表诗作《预言》为例，这首诗充分体现了他的诗歌创作特点。在《预言》中，诗人运用了中国古典诗词的意境，将一种可望而不可即的惆怅情感表达得淋漓尽致。同时，他也借鉴了西方的象征手法，将"年轻的神"这一意象赋予了多重象征意蕴。这个"年轻的神"既可以被解读为爱神，象征着诗人对爱情的渴望和追求；也可以被解读为理想和美的化身，代表着诗人对美好未来的向往和憧憬。

通过这种中国古典诗词意境和西方象征手法的融合，何其芳在《预言》中成功地表达了自己既甜美又哀怨的复杂心境。他将自己的情感融入诗歌的每一个细节之中，使得整首诗充满了深情和韵味。同时，这种融合也大大拓展了读者的想象空间，使得读者在品味诗歌的同时，也能够感受到诗人内心的情感波动和思考深度。

何其芳在革命文学时期的诗歌创作，以其独特的艺术视角和深邃的情感表达，塑造了一个个充满青春梦幻与凄美情感的诗歌世界。他的笔触不仅捕捉到了青春的活力与美好，更在描绘青春少女的死亡时，赋予了这一沉重主题以诗意和青春的凄美。

《花环》一诗，是何其芳为了纪念一位名为"小玲玲"的少女而创作的。在这首诗中，他并未陷入悲伤或惋惜的情绪中，而是通过优美的意象和明快的语言，赞美了"小玲玲"的外貌美和心灵美。他巧妙地运用象征和隐喻，将"花环"作为青春与美丽的象征，与"小玲玲"的形象紧密相连，使得整首诗充满了青春的芬芳和生命的活力。

在《花环》中，何其芳提出了"死亡是美丽的"这一观念，其观点实际上蕴含了他对生命和美丽的深刻思考。他认为，一切美好的事物都无法永恒，若在最美丽的时刻逝去，那么这份美丽便能永远保持。同时，他也看到了"小玲玲"所生活的社会环境的污浊与腐败，认为她的死亡是一种解脱，能够让她保持纯洁与美好，免受世俗的玷污。这种对死亡与美丽的独特解读，不仅展现了何其芳的哲学思考，也反映了他对青春和生命的珍视。

总的来说，何其芳在革命文学时期的诗歌创作具有明显的现代主义色彩。他善于运用各种艺术手法，将情感与哲理融为一体，创造出充满诗意和哲理性的诗歌作品。然而，随着抗日战争的爆发，社会环境的巨大变化也影响到了何其芳的诗歌创作。他开始转向批判现实主义，通过诗歌表达对抗争的支持和对时代的思考。这一转变不仅体现了他作为诗人的敏锐洞察力和社会责任感，也为中国现代诗歌的发展注入了新的活力。

第二节　现代小说的多元化发展

在革命文学时期，小说领域取得了尤为突出的成就。在此期间，众多杰出的长篇小说纷纷涌现，它们以鲜活生动的笔触，深刻揭示了当时社会的深刻变革。同时，受到多元社会思潮的深远影响，小说创作在这一时期展现出丰富多彩的发展态势。长篇小说、左翼小说、京派小说以及新感觉派小说等多种流派创作，均取得了显著且令人瞩目的重要成果，为文学的发展注入了新的活力与内涵。

一、长篇小说的创作

在"五四"文学革命时期，长篇小说的创作领域鲜有佳作问世。然而，进入20世纪30年代，长篇小说的创作呈现出了蓬勃的发展态势，涌现出一系列优秀的作品。这些长篇小说在题材上广泛涉猎，力求全面而深刻地反映时代的巨大变革；同时，它们在形式上也积极创新，如尝试采用"三部曲"等新型结构，从而有力地推动了中国现代小说的深化与发展。在这一时期的长篇小说创作领域，老舍、巴金和茅盾等作家取得了显著且重要的成就，为现代文学的发展作出了积极贡献。

（一）老舍的小说创作

老舍（1899—1966），本名舒庆春，原籍北京。他出身贫寒之家，自幼历经艰辛。九岁时，始得启蒙于小学之门，后得以进入北京师范学校，接受免费教育。毕业后，他毅然投身教育事业，积极创办小学，为培养新生力量倾注心血。1924年，老舍远赴英国伦敦大学执教，其间开始尝试长篇小说创作，展现其文学才华。1930年，他回国并先后担任济南齐鲁大学和山东大学教职，继续致力于文学与教育事业。在此期间，他亦不辍小说创作，为文坛贡献佳作。1936年，老舍决定专事写作，其长篇小说《骆驼祥子》一经发表，即在文坛引起广泛而深远的影响，奠定了其文学地位。抗战爆发后，他积极投身抗战文艺工作，用笔墨书写民族抗争精神，并坚持文学创作，为抗战胜利贡献力量。中华人民共和国成立后，老舍的创作重心逐渐转向话剧领域，发表了多部深受观众喜爱的优秀剧本，为话剧艺术的繁荣作出了杰出贡献。1966年8月24日，这位杰出的文学家、教育家不幸逝世。

老舍作为中国现代文学史上举足轻重的小说家，虽置身时代主流之中，却始终保持审慎的态度，不轻易盲从时尚潮流。正是这份独特的审慎与坚持，使得他能够以独特的视角和细腻的手法，描绘出北京市民日常生活的全景图，进而展现对"老中国儿女"国民性的深刻关怀。这份关怀在老舍的作品中得到了鲜明体现。他深入挖掘北京市民世界的丰富内涵，通过对其细致入微的刻画，呈现出了一幅幅生动鲜活的市民生活画面。在中国现代文学的发展历程中，鲜有作家能如老舍这般持之以恒地探寻北京城的文化底蕴，以及生活在这片土地上中下层人群的情感世界。老舍倾注大量心血，用其众多小说作品精心构建了一个多姿多彩的"市民世界"。在这个世界里，他巧妙地运用"文化"这一维度，对市民群体进行了深入的分析和剖析。他敏锐地捕捉到市民在特定文化背景下的复杂情感、生活状态以及命运变迁，从而为我们呈现出一个个真实而立体的市民形象群体。大致来说，老舍所刻画的"市民世界"涵盖四类市民形象：坚守传统的老派市民、追求新潮的新派市民、秉持正道的正派市民以及生活在社会底层的底层市民。这些形象各具特色，相互交织，共同构成了老舍笔下的市民生活画卷。通过这些丰富多彩的市民形象，老舍成功地展现了一幅幅生动鲜活的市民生活图景，为我们理解和认识那个时代的社会风貌提供了宝贵的资料。

在老舍的小说世界里，老派市民形象以其鲜明的个性特点和深刻的社会内涵，成为最为人熟知和深入人心的文学形象之一。这些老派市民，尽管身处繁华的都市之中，却往往带着浓重的乡土气息，仿佛他们的根始终深植于那片古老的土地。他们的人生态度、生活方式都透露出一种保守、闭塞的气息，这源自他们内心深处对封建思想的坚守和执着。

老舍对老派市民形象的刻画并非简单的批判或嘲讽，而是通过戏剧性的夸张手法，深入挖掘这些人物的精神病态，进而对中国传统文化中的消极落后内容进行批判。在《二马》中，我们可以看到老马那种根深蒂固的封建思想和对现代文明的排斥；在《牛天赐传》中，牛老四的形象则体现了传统道德观念在现代社会中的尴尬和无奈；而在《离婚》这部作品中，张大哥这一形象更是将老派市民的保守和固执推向了极致。

张大哥是一个典型的墨守成规、知足认命的小市民。他生活在一个相对稳定的小康环境中，对这种生活状态感到满足和安逸。因此，他极力反对任何形式的变革，尤其是离婚这种会打破既有社会秩序的行为。在他看来，离婚是一种不可容忍的破坏，会威胁到他的生活安宁和道德底线。因此，他常常在夫妻之间扮演调解人的角色，努力化解矛盾，让他们能够勉强维持着一种表面的和谐。然而，随着时代的变迁和社会的进步，张大哥这种墨守成规、知足认命的人生态度逐渐失去了立足之地。他开始感到迷茫和不安，甚至开始怀疑自己的价值观和人生选择。最终，他不得不面对现实的残酷和无情，陷入了欲顺应天命而不可得的悲剧之中。这种悲剧性的结局不仅是对张大哥个人命运的唏嘘，更是对整个老派市民阶层精神状态的深刻揭示和批判。

通过张大哥这一形象，老舍成功地展现了老派市民在现代化进程中的困境和挣扎。他们既无法摆脱封建思想的束缚，又无法适应现代社会的变革和发展。这种矛盾和冲突不仅导致了个人的悲剧，也加剧了社会的矛盾和冲突。

新派市民，作为老舍笔下市民世界的另一重要组成部分，他们以一种鲜明的"新"和"洋"的形象出现在读者的视野中。然而，这种"新"和"洋"并非如他们所愿的那样，带来了社会的进步和个人的成长，反而成为他们丧失人格、走向堕落的根源。老舍在塑造这一类市民时，采用了刻薄的手法，对他们进行了漫画式的描写，通过夸张和讽刺的方式，揭示了他们盲目追求"新"和"洋"背后的精神空虚和道德沦丧。老舍之所以会如此塑造新派市民，与其对传统文明和外来思潮的复杂态度有着密切关系。他深知传统文明中的糟粕需要被批判和摒弃，但同时他也认为传统文明中仍然有许多值得珍视和传承的精华。对于外来思潮，他既看到了其带来的新鲜血液和进步思想，也警惕着其可能带来的负面影响和道德沦丧。因此，在塑造新派市民时，他通过批判他们的盲目逐"新"、求"洋"，来表达自己对传统文明和外来思潮的审慎态度。在《离婚》中，张天真便是一个典型的新派市民形象。他追求时尚、崇尚洋货，甚至不惜牺牲自己的道德和尊严来迎合这种"新"和"洋"的生活方式。他的行为不仅引起了周围人的反感和嘲笑，也让他自己陷入了深深的孤独和迷茫之中。老舍通过对张天真的描写，揭示了新派市民在追求"新"和"洋"的过程中所付出的代价和所承受的痛苦，同时也表达了自己对这种盲目追求的不满和批判。

正派市民，作为老舍笔下的一类理想化市民形象，不仅是他文学创作的瑰宝，更是他内心对于理想社会的憧憬与追求的具体体现。在一个政治变迁、文化分裂的时代背景下，老舍虽然目睹了社会的种种不公与黑暗，但他从未放弃对人性中美好、正义一面的追求和描绘。

在老舍的笔下，丁二爷（《离婚》）和李子荣（《二马》）等正派市民形象，成为读者心中的楷模。他们不仅具备坚定的实干精神，勇于面对生活的种种挑战和困难，还具备一种侠义精神，敢于为百姓挺身而出，惩奸除恶，维护社会的公平正义。他们的行为，不仅体现了个人品德的高尚，也展现了一个理想化市民应有的责任与担当。

这些正派市民的结局，往往都是"大团圆"式的。他们通过自己的努力和坚持，不仅实现了个人的价值和梦想，也为社会带来了希望和光明。这样的结局，无疑是老舍对于理想社会的一种期待和向往。然而，从另一个角度来看，这样的结局也反映了老舍思想的局限。一方面，老舍对于理想社会的描绘过于理想化，忽略了现实社会中存在的种种复杂问题和矛盾。他笔下的正派市民，虽然具备了种种美好的品质和精神，但往往缺乏对于现实问题的深刻洞察和批判能力。这使得他们在面对现实挑战时，往往显得力不从心，难以真正改变社会的现状。另一方面，老舍对于"大团圆"结局的偏爱，也反映了他对于人性中美好一面的过分强调和美化。在现实生活中，许多问题的解决并非一蹴而就，需要付出长期的努力和斗争。而"大团圆"结局的设定，往往使得读者忽略了问题的复杂性和长期性，从而产生一种虚幻的满足感和安慰感。因此，虽然老舍通过塑造正派市民形象表达了自己对于理想社会的追求和憧憬，但他思想的局限也使得这些形象难以真正触及现实社会的核心问题。这既是老舍文学的遗憾之处，也是我们在阅读其作品时需要深思的问题。

底层市民，作为老舍笔下最为丰富和深刻的市民形象群体，承载了老舍对于社会底层人民生存状态和精神世界的深刻洞察。这些市民不仅生活贫困，而且在精神上饱受匮乏之苦，每个人都背负着各自的不幸与悲剧命运。老舍在《骆驼祥子》中对底层市民的刻画堪称经典，将他们的苦难与挣扎展现得淋漓尽致。

小说的主人公祥子，是一位典型的底层市民形象。他原本生活在宁静的农村，然而，家庭的不幸变故使他失去了双亲与赖以生存的薄田，无奈之下，他背井离乡，踏上了前往城市的道路，以谋求生计。祥子怀揣着对生活的美好憧憬与向往，深信在城市中，拥有一辆车就如同在农村拥有土地一样，能够让他自力更生，过上安稳的生活。因此，进城后的他，立下誓言，定要拥有属于自己的车辆。为了实现这一目标，祥子每日起早贪黑，不辞辛劳地投身人和车厂的工作之中。经过三年的辛勤付出与不懈努力，他终于实现了自己的梦想，购得了一辆属于自己的车辆。然而，命运似乎并未给予他应有的眷顾。不到半年的时间，他的车辆便被匪兵强行夺走，他虽竭尽全力逃脱，但过程中却意外获得了匪兵的三匹骆驼，并将其变卖获得了三十五块大洋。这次遭遇使祥子初次体会到了现实的残酷与无情。尽管遭受打击，祥子并未放弃自己的理想。他重新振作，回到人和车厂继续从事拉车的工作，期望能够再次积攒足够的资金购买车辆。然而，就在他即将实现第二个梦想之际，孙侦探却将他辛苦攒下的钱财悉数夺走。这次打击使祥子对社会的黑暗与残酷有了更深刻的认识，他开始预感到自己前途的黯淡无光。

尽管祥子在生活的道路上遭遇了无数艰难险阻，他依然怀揣着对生活的憧憬和希望。他努力振奋精神，积极投身工作之中，怀揣着再次购置第三辆车的梦想。然而，在此时，人和车厂老板之女虎妞却对他产生了浓厚的兴趣。尽管虎妞相貌平平且年岁已长，但她凭借自己的智慧和手段成功吸引了祥子，并使他娶她为妻。

婚后，虎妞运用自己的积蓄助力祥子实现了购买第三辆车的愿望。然而，命运再次给祥子以残酷的打击。先是祥子本人身染重病，随后虎妞又因难产而不幸离世。在生活的重压下，贫困潦倒的祥子无奈只得将车辆变卖，以筹集资金办理虎妞的丧事。这一连串的沉重打击彻底摧毁了祥子的意志，他最终彻底失去了对生活的所有期望。

老舍在描写祥子的悲剧命运时，不仅表达了对他的同情和怜悯，还对他自身的缺陷进行了揭露和批判。祥子虽然勤劳、善良，但他过于天真和固执，对社会的黑暗和残酷缺乏足够的认识和准备。他的悲剧命运，既是他个人命运的悲剧，也是底层人民在黑暗、腐朽社会中挣扎求生的缩影。通过祥子的故事，老舍生动地反映了底层人民在旧社会的悲惨遭遇和苦难生活。他揭示了劳动人民想要通过个人奋斗实现"独自混好"的道路是行不通的，必须依靠集体的力量和社会的进步才能真正改变自己的命运。

老舍的长篇小说中，所构建的市民世界几乎无一例外地扎根于北京城这片深厚的文化土壤，这使得他的作品散发出独特的"京味"。这种"京味"不仅仅是一种地域特色，更是一种文化的烙印，它用浸透着北京文化的语言，生动地记录了这座城市的风土人情以及北京人民的生活百态。

在现代文学史上，没有哪位作家能够像老舍那样，对北京这座渐趋颓败的千年"皇城"有着如此深厚的情感与熟悉。他凭借自己在北京的生活经历，将这座城市的每一个角落、每一个细节都融入自己的创作中，塑造了一群深受"北京文化"影响的人物形象。这些人物或贫穷或富有，或善良或狡黠，但无一例外地都带有浓厚的北京味道，他们的一言一行、一举一动都透露出北京人的独特气质。

老舍的长篇小说不仅以其丰富的内容和深刻的主题吸引了读者，更以其独特的语言风格赢得了广泛的赞誉。他创造性地运用了北京市民俗白浅易的口语，这种语言既通俗易懂，又富有地方特色，让人一读便能感受到浓浓的北京风情。同时，老舍又在俗白中追求讲究、精致的美，他的语言虽然平易近人，但绝不粗俗，反而充满了文学性的精致与细腻。这种将语言的通俗性与文学性有机融合的艺术手法，使得老舍的作品在平实中见深刻，在朴素中显高雅。

老舍通过他的长篇小说，不仅为我们描绘了一幅丰富多彩的北京风俗画卷，更深入地挖掘了这座城市背后的文化内涵和历史底蕴。他的作品让我们看到了北京这座城市的繁华与衰败、变迁与发展，也让我们感受到了北京人民的坚韧与乐观、热情与豁达。老舍的"京味"小说，不仅是中国现代文学史上的瑰宝，更是我们了解和认识北京这座城市的重要窗口。

（二）巴金的小说创作

巴金（1904—2005），原名李尧棠，出生于四川成都一封建世家。他在此家族中度过了长达十九年的时光，深刻洞察了家族掌权者的虚伪自私与腐朽堕落，这一经历对其日后的文学创作产生了深远的影响。1917年，巴金进入成都外国语专门学校进行深造，为日后的文学创作奠定了坚实的基础。在"五四"运动时期，他广泛接触并吸收各种新兴思潮，从而激发出强烈的社会责任感，踏上了文学创作之路。1923年，巴金毅然决然地离开了腐朽的封建家庭，孤身一人前往南京、上海等地求学，以寻求更为广阔的视野与人生经历。1927年，他远赴法国深造，在此期间，他完成了其处女作《灭亡》，这部作品充分展现了他的文学才华与深刻的社会洞察力。1928年底，巴金归国后，一方面积极参与进步的社会活动，为国家的繁荣与进步贡献自己的力量；另一方面，他坚持进行小说与散文的创作，通过文字表达自己对社会的关注与思考。中华人民共和国成立后，巴金将文学创作的重心转向了散文领域，以更为细腻、深沉的笔触记录时代变迁与个人感悟。2005年10月17日，巴金先生与世长辞。

巴金作为中国现代文学史上的卓越小说家，其创作生涯中累计撰写了20余部中长篇小说以及13部短篇小说集。在革命文学时期，其长篇小说作品始终秉持着真挚的情感基调，展现了深厚的艺术魅力。从题材上来看，巴金先生的作品主要分为两大类别：其一，对青年与革命者的正面描绘，展现了他们的奋斗与追求；其二，对封建家庭戕害青年的罪恶以及封建家庭逐步走向衰亡的轨迹进行深入揭示。这些作品不仅具有深刻的思想内涵，也体现了巴金先生对于社会现实的敏锐洞察与深刻反思。

巴金在其长篇小说中，特别擅长于对青年和革命者进行深刻而正面的描绘。《灭亡》《新生》和《爱情三部曲》是其中最具代表性的作品，通过这些作品，巴金不仅展示了革命青年的英勇形象，也揭示了他们在追求理想过程中的心路历程。

《灭亡》这部作品，背景设定在北伐前夕的军阀专制时期。主人公杜大心身患重病，肺结核使他身体虚弱，但精神上却充满了对正义的渴望和对社会的责任感。他对个人前途感到迷茫，对当时社会的黑暗和专制深感绝望。尽管如此，他依然怀揣着对革命的信仰，对朋友李冷的妹妹李静淑怀着深厚的感情。然而，革命信仰和虚无的心态使他最终未能把握住爱情，而朋友张为群的牺牲更是激发了他对社会的愤怒和仇恨，促使他走上了刺杀戒严司令的复仇之路。虽然刺杀未遂，杜大心白白地牺牲了自己的生命，但他的献身精神和对社会的抗争精神却让人深感震撼。

《新生》则可以被视为《灭亡》的续篇。在这部作品中，主人公李冷经历了从个人主义到集体主义的转变。在"爱的精神"鼓舞下，他找到了生命的意义和价值，将自己的生命与人类的命运紧密相连。虽然最终他同样为革命献出了生命，但李冷的死却与杜大心截然不同。他的死充满了革命乐观主义的情绪，他相信"这种爱是不会死的，它会产生新的爱"。这种信念不仅感动了他的朋友和战友，甚至连刽子手也为之动容。李冷的牺牲，不仅是对个人信仰的坚守，更是对革命事业的忠诚和奉献。

通过《灭亡》和《新生》这两部作品，巴金展现了革命青年在追求理想过程中的心路历程。他们虽然面临着种种困难和挑战，但始终坚守着对革命的信仰和对社会的责任感。他们的献身精神和抗争精神，不仅是对个人命运的抗争，更是对整个社会的呼唤和期待。巴金通过这些作品，向读者传达了一种积极向上的精神力量，鼓舞着人们为了理想和信仰而奋斗不息。

《爱情三部曲》由《雾》《雨》《电》三部小说构成，这三部作品共同呈现了知识青年在革命道路上的探索与爱情问题的深度剖析。巴金以其精细入微的笔触，生动描绘了这群从家庭步入社会的知识青年在纷繁复杂的爱情纠葛、丰富多彩的社会活动，以及艰苦卓绝的革命斗争中所经历的种种挑战与考验。这些作品不仅展现了他们追求理想和信仰的曲折道路，更深刻揭示了知识青年在时代洪流中的成长与蜕变。

在《雾》中，主人公周如水性格优柔寡断，虽怀有革命理想却未曾参与团体活动。他曾在日本留学，回国后偶遇曾经的倾慕对象张若兰，却因已婚身份而未能表白。在朋友吴仁民和陈真的鼓励下，张若兰得知了真相，并主动向周如水示爱，试图将他从家庭的束缚中解救出来。然而，一封家书将周如水拉回了现实，他最终选择了家庭，放弃了爱情。一年后，当他回到与张若兰相遇的旅馆时，张若兰已离开，周如水在悔恨中结束了自己的故事。

《雨》作为《雾》的续篇，继续描绘了张若兰婚后的生活场景，同时展现了周如水对李佩珠产生的深深情愫。然而，命运似乎对周如水并不宽容，他的爱情再次遭受重创，李佩珠的婉拒使他陷入了深深的绝望之中。在无法承受爱情幻灭带来的巨大痛苦之际，周如水选择了以死亡作为解脱。在这部作品中，巴金不仅聚焦于周如水的情感波折，还通过吴仁民的爱情经历及其投身"充满生命的土地"的坚定决心，巧妙地预示了"革命之雨"的即将来临。这一安排不仅丰富了小说的内涵，也进一步彰显了巴金对于时代变革的敏锐洞察和深刻思考。

在《电》这部鸿篇巨制中，革命的闪电犹如破晓之光，在"漆黑的夜空里熠熠生辉"。李佩珠，这位矢志不渝的革命战士，已投身革命的滚滚洪流之中长达三载有余。在此期间，她于福建地区与一群志同道合的同志共同创立革命团体，共谋国家大事，以期实现民族解放与国家振兴的宏伟目标。此时，历经风雨洗礼、已成长为成熟革命战士的吴仁民亦辗转抵达福建，与李佩珠不期而遇。两位同志怀揣着共同的革命信仰，在频繁的接触与深入的交流中，逐渐产生了深厚而真挚的情感。他们彼此扶持，共同前行，为革命事业贡献着自己的力量。然而，随着革命斗争的日益激烈与深入，形势愈发严峻。团体成员相继被捕，革命力量遭受重创。李佩珠亦收到消息，得知其父在上海失踪，下落不明。面对这一突如其来的变故，她并未动摇革命信念，而是毅然决定让吴仁民返回上海，寻找失踪的父亲。自己则坚守福建阵地，继续投身未竟的革命事业之中，为民族的解放与国家的进步不懈奋斗。在这场波澜壮阔的革命征程中，李佩珠展现出了坚定的革命信念和无畏的斗争精神。她以实际行动诠释了革命者的责任与担当，为后人树立了光辉的榜样。

《爱情三部曲》的独特性，在于其真实且生动地描绘了20世纪二三十年代那些尚未纳入中国共产党领导的知识青年所历经的革命道路与情感轨迹。该作品深刻剖析了他们对于人生、爱情与革命所持的不同立场与抉择，并展现了他们为追求理想与信仰所付出的艰辛努力，从而引发了广大青年读者的深刻共鸣。然而，在创作层面，该小说也存在一定的不足。具体而言，其在描绘人物生活的社会背景时相对单一，未能充分展现复杂现实世界中青年们的内心世界与情感波动。这一缺陷使得人物形象略显单薄，难以全面展现那个时代的青年风貌。

尽管如此，《爱情三部曲》依然是一部承载着深远历史意蕴与卓越艺术价值的杰出作品。该作品凭借其独到的视角和鲜活的笔触，深刻而真实地描绘了那个特殊历史时期知识青年的生活风貌与坚定的革命精神，具有重要的历史文献价值和独特的艺术魅力。

相较于《爱情三部曲》，《激流三部曲》中的《家》《春》《秋》在人物刻画上展现出更为卓越的艺术成就。巴金大师以其独到的笔法，巧妙地将青年人物形象镶嵌于错综复杂的社会矛盾之中，既全方位地呈现了他们与封建思想、封建家庭及封建家长之间所爆发的激烈交锋，又深入剖析了封建家庭对青年一代所造成的深刻伤害与摧残。这种处理方式不仅丰富了作品的艺术内涵，更深刻地揭示了封建家庭终将走向衰亡的历史必然性。

在《激流三部曲》系列作品中，《家》以其深远的影响力与卓越的艺术成就脱颖而出。该作品以20世纪20年代初的成都作为故事背景，精心刻画了封建家庭中数位青年在爱情与生活道路上面临的抉择，从而展现了丰富多彩的思想内涵。小说深刻剖析了封建制度对青年一代的残酷压迫，同时生动地再现了青年们在"五四"运动精神引领下的觉醒与勇敢反抗，并对他们的反抗精神给予高度的肯定与赞扬。此外，作品还借助高老太爷的逝世这一情节，预示了专制制度终将走向崩溃的历史必然。

在人物刻画方面，《家》一书展现出了精湛的艺术造诣。作品成功地塑造了多个生动且富有层次的人物形象，其中最为引人注目的当属觉慧与觉新。觉慧，作为封建大家族的叛逆者，以其热情奔放、勇敢无畏的性格特征脱颖而出。他敢于直面封建长辈的丑恶，积极投身学生运动，传播新思想，最终毅然决然地与封建家庭和封建制度决裂。其形象深刻体现了"五四"时期的民主精神，同时也折射出觉醒青年在思想层面的局限。

与觉慧的叛逆精神形成鲜明对比的是觉新，他无疑是封建家族制度和旧有礼教的沉重受害者。虽然受到"五四"时期新思潮的洗礼，觉新对自己悲剧性的命运有着清晰而深刻的认知。然而，由于深受封建礼教的束缚以及肩负长房长孙的身份责任，他并未能勇敢地反抗自己的命运，而是选择了妥协与退让的道路。这种妥协与退让不仅导致他个人幸福的破灭，更间接地导致周围人命运的悲剧。尽管如此，值得肯定的是，在经历瑞珏的悲惨离世后，觉新开始逐渐觉醒，对封建制度和封建礼教的弊端有了更加深刻的认识。他转而支持觉慧离家出走，这一转变不仅表明了他内心的觉醒，也预示着封建制度和封建礼教即将走向终结的历史命运。

《家》在结构层面的呈现，充分彰显了其卓越的艺术匠心。巴金大师精妙地融汇了《红楼梦》《布登勃洛克一家》等中外文学经典的艺术精华，通过家族兴衰的悲剧情缘，深刻剖析了时代的风起云涌。小说中人物众多，事件纷繁复杂，但巴金构思缜密，线索简明扼要，情节发展流畅自然，首尾相互呼应，形成了浑然一体的艺术格局。

在语言表达方面，巴金亦展现出其独特的艺术风格。他运用朴实无华却又不失雅致清新的语言，辅之以排比、反复、倒装等多种散文句式，使得整部小说焕发出勃勃生机，呈现出独特的美学魅力。

总体而言，巴金始终坚守着战士般的坚定立场，怀揣着一种深沉而炽热的情怀，致力于探寻一条既能拯救他人，又能拯救世界，同时也能拯救自我的道路。他向旧社会、旧制度发出了振聋发聩的真实呐喊，展现出了坚定不移的勇气和决心。

（三）茅盾的小说创作

茅盾（1896—1981），原名沈德鸿，字雁冰，系浙江桐乡乌镇籍人士。自幼，他便致力于深入研习中国古典文学，为日后在文学创作领域的造诣奠定了坚实基础。1913年，茅盾先生获准进入北京大学深造，其间亦对西方文学领域进行了广泛的涉猎与探索。在完成学业后，他在繁忙的工作之余，依然积极投身小说创作的实践之中。1927年，茅盾先生的首部小说作品《蚀》正式出版问世，这一力作迅速在小说界引起了广泛的关注与赞誉。此后，他陆续发表了多部备受读者喜爱的小说及散文集，为我国的文学创作事业作出了杰出贡献。1981年3月14日，茅盾先生离世。

茅盾作为中国现代文学史上的一位重要作家，其长篇小说在选择题材时展现出了独特的敏锐性和深刻性。他不仅仅关注题材的时代性，更追求题材背后的思想深度以及能够产生的广泛社会影响。他的作品，如同一面镜子，生动地反映了不同时期中国社会的真实面貌，以及人们在社会变革中的心路历程。《霜叶红似二月花》这部小说，通过细腻的笔触，对"五四"时期中国社会的一角进行了生动的描绘。茅盾以独特的视角，捕捉了那个时代的氛围，展现了青年人的追求、困惑和挣扎，为读者呈现了一幅丰富多彩的历史画卷。在《虹》中，茅盾以知识女性梅行素的生活经历为线索，从"五四"时期到"五卅惨案"后的岁月，生动反映了知识分子从个人主义走向集体主义的苦难历程。这部作品不仅展现了梅行素的成长与变化，更深刻地反映了当时社会思潮的变迁和知识分子在时代浪潮中的挣扎与奋斗。《蚀》是一部具有宏大气势的长篇小说，茅盾以广阔的场面和细腻的心理描写，真实而迅速地反映了大革命的历史以及大革命失败后人们生活和心理的变化。这部作品不仅展现了历史的波澜壮阔，更深入地探讨了人性在逆境中的挣扎与成长。《第一阶段的故事》以抗日战争初期为背景，以上海从"八一三"事变至陷落时期的社会生活为题材，展现了各阶层人民在战火中的生活与思想变化。茅盾以独特的视角和深邃的洞察力，捕捉了那个特殊时期的社会风貌和人们的精神面貌，为读者呈现了一幅生动而深刻的历史画卷。在《腐蚀》中，茅盾以"皖南事变"为背景，通过生动的故事情节和人物塑造，揭露了国民党反动派的黑暗统治和腐败无能。这部作品不仅具有深刻的历史意义，更对后来的历史进程产生了深远的影响。《清明前后》这部作品则通过讲述主人公的觉醒过程，指出了建立新中国的必然趋势。茅盾以独特的叙事方式和深刻的思想内涵，展现了那个时代人们的追求和信仰，以及他们对于新中国的热切期待和坚定信念。

茅盾的小说在结构层面，无疑彰显出其独特的艺术魅力。他致力于营造宏大且条理分明的布局，在应对众多角色和复杂情节时，展现出高超的驾驭能力。他巧妙地将纷繁的线索交织在一起，使之既丰富多样又条理清晰，最终构筑起一个逻辑严密、结构完整的故事世界。以《子夜》为例，这部小说无疑是茅盾在结构艺术上的杰出之作，充分展现了他在这方面的深厚造诣。

《子夜》一书开篇，便借助吴老太爷的生动故事，精准而巧妙地将20世纪30年代民族资本家的历史脉络与中国共产党领导下的土地革命紧密相连。这一开篇为全书奠定了时代背景和主要矛盾。随着故事的展开，第二章和第三章以吴老太爷的丧事为中心，让主要人物纷纷登场，并全面铺开了人物之间的各种矛盾。这种布局不仅让读者对人物关系有了初步的了解，也为后续情节的发展打下了坚实的基础。从第五章到第八章，茅盾主要描写了吴荪甫为发展自己的民族企业而进行的种种努力。他不仅要面对来自买办资本家赵伯韬的竞争压力，还要应对企业内部的各种问题和挑战。这些描写不仅展现了吴荪甫的才能和勇气，也揭示了他所面临的困境和挑战。第九章到第十二章则主要聚焦于吴荪甫与赵伯韬之间的斗法。这两人的斗法实质上代表着民族资本家与买办资本家之间的斗争，是全书情节发展的高潮部分。茅盾通过紧张的情节安排和细腻的心理描写，将这场斗争展现得淋漓尽致。第十三章到第十六章，茅盾将视线转向了工人阶级的反抗运动。这一部分的描写不仅为全书增添了新的矛盾冲突，也将吴荪甫置于两面作战的困境之中。他既要对抗买办资本家赵伯韬，又要镇压工人运动，这使得他的性格和命运得到了更加深刻的揭示。从第十七章到第十九章，茅盾描写了吴荪甫决定与赵伯韬进行最后的斗争，但他最终失败了。这一结局不仅是对吴荪甫个人命运的总结，也是对当时社会背景下民族资本家命运的深刻反思。

整体来看，《子夜》的情节安排十分恰当，不仅有张有弛，而且很有节奏。茅盾通过巧妙的情节设置和人物塑造，将众多矛盾纠缠在一起，使得故事更加紧凑和引人入胜。同时，他也通过对吴荪甫性格的多方面描写与刻画，使得这一人物更加立体、更加丰满。

茅盾的长篇小说在人物形象的塑造上展现出了卓越的才华和深刻的社会洞察力。他精心塑造的人物形象丰富多彩，各具特色，既反映了当时社会的复杂面貌，也展示了人性的复杂性和变化性。

茅盾小说中塑造的民族资本家形象，如《子夜》中的吴荪甫，是一个具有鲜明时代特色的形象。他既积极对抗买办资产阶级，又残酷剥削工人、疯狂镇压共产党领导的农民运动。这种复杂的性格特征使得吴荪甫成为一个既让人敬佩又让人憎恶的角色。在《第一阶段的故事》中，茅盾又塑造了一个在抗战初期为了推动人民的斗争而加入斗争行列的资本家何耀先的形象，展现了民族资本家在不同历史时期的不同面貌。

茅盾的小说中塑造的时代新女性形象也是其人物塑造的重要方面。他笔下的新女性形象可以分为两类：一类是与中国传统女性有着较多精神联系的女性，如静女士、陆梅丽等；另一类则是深受西方新思潮影响、迥异于中国传统女性的女性，如慧女士、孙舞阳、章秋柳、梅行素、张素素等。这些新女性形象在茅盾的笔下各具特色，她们追求自由、独立和爱情，勇于挑战传统观念和社会束缚，展现了新女性的风采和力量。

此外，茅盾的小说中还塑造了许多生动的农民形象。如《春蚕》中的老通宝，他是一个受尽了压迫和剥削的江南蚕农，但在困境中仍保持着坚韧和乐观。又如《秋收》中的阿多，他是一个日渐觉醒的农民，开始认识到自己的力量和价值，并勇敢地参与到反抗斗争中去。这些农民形象在茅盾的笔下被赋予了深刻的社会内涵和人性光辉。

在塑造人物时，茅盾注重将人物放在错综复杂的社会关系之中，并注意对人物的性格进行多方面的表现。他善于运用幻觉、错觉、联想跳跃等多样化的手法来展现人物复杂、变化的心理。这种描写方式使得人物形象更加立体、生动，也让读者能够更深入地理解人物的内心世界。

总之，茅盾在长篇小说中的人物塑造上展现出了卓越的才华和深刻的社会洞察力。他通过精心塑造的人物形象，不仅反映了当时社会的复杂面貌和人性的多样性，也展示了人性的复杂性和变化性。

二、左翼小说的创作

在20世纪30年代之后的历史阶段，左翼作家联盟的诞生，标志着左翼文学在中国现代文学发展进程中占据了举足轻重的地位。在此期间，左翼作家所创作的左翼小说尤为引人瞩目，形成了一幅蔚为壮观的文学画卷。这些左翼小说以展现无产阶级革命理想为核心，深入刻画了无产阶级工农大众的生活图景，对于推动文学与时代的紧密结合发挥了重要作用。然而，我们必须正视一个不容忽视的问题，那就是左翼作家在小说创作过程中，对文学的审美特质有所忽视。这种忽视导致作品在表达上呈现出较为明显的公式化和概念化倾向，使得作品的艺术性受到一定程度的削弱。这无疑是左翼小说创作中存在的显著缺陷，值得我们深入反思和探讨。在众多杰出的左翼小说家中，丁玲的作品具有极高的研究价值。

丁玲（1904—1986），原名蒋伟，出生于湖南临澧一显赫官僚地主之家。其父系清末秀才，曾留学东瀛；其母则是一位秉持民主理念、自强不息的教育工作者，对丁玲反封建及民主思想之形成具有深远的影响。在"五四"运动风起云涌之际，丁玲积极投身学生运动，广泛涉猎新文学作品，对文学产生了浓厚的兴趣，并尝试涉足文学创作领域。1922年，丁玲入读上海平民女校，后考入上海大学文学系，在此期间结识了瞿秋白、茅盾等共产主义先驱。1927年，她发表了处女作《梦珂》，引起读者与评论界之广泛关注。随后，其成名作《莎菲女士的日记》问世，震动文坛，丁玲继冰心之后，成为最受文坛瞩目之女作家之一。1930年，丁玲加入左翼作家联盟，并发表了《韦护》《母亲》《一九三〇年春在上海》《一天》《田家冲》《水》《奔》等一系列作品，展现了左翼革命文学之卓越成就。在抗日战争时期，她毅然奔赴延安，在投身革命工作的同时，坚持文学创作，发表了《我在霞村的时候》《在医院中》等小说作品。抗战胜利后，丁玲积极投身华北边区土地改革运动，并于1948年完成了反映农村土地改革的长篇小说《太阳照在桑干河上》。中华人民共和国成立后，她历任中国文联委员、全国作协副主席、《文艺报》《人民文学》主编、中央文学研究所所长等职务，继续致力于文学创作事业。1986年3月4日，丁玲因病逝世，享年82岁。

丁玲是中国新文学史上一位杰出的女作家，她的作品不仅以其独特的艺术魅力吸引了广泛的读者，更以其深刻的社会洞察力和独立的女性意识影响了整个文坛。作为第一个以革命女作家的姿态创作大量革命题材小说的作家，丁玲为左翼文坛注入了蓬勃的生机。

丁玲的早期小说深刻揭示了"五四"运动落潮后，新女性对于"个性解放"理念的幻灭情绪，同时细腻刻画了她们在追求个性自由过程中所遭遇的精神困惑与反叛性格。她以独到的视角和敏锐的笔触，精准捕捉了这一时期女性群体复杂多变的内心世界，并以一种独立且深刻的女性意识，对20世纪30年代现代女性的人生体验进行了全面而深入的描绘与阐述。

丁玲的小说处女作《梦珂》便是一个典型的例子。这部作品讲述了一个败落的封建家庭女儿在社会中挣扎求生的故事，通过主人公的遭遇，揭示了封建家庭对女性命运的束缚以及女性在社会中的困境。这部作品一经发表便引起了广泛的关注，展现了丁玲作为一位新锐作家的才华和潜力。

1928年，丁玲凭借其著作《莎菲女士的日记》一举成名。该作品以细腻且大胆的笔触，成功塑造了一位深受新思想启迪的知识女性——莎菲。在莎菲的形象中，读者能够洞察到她对于封建礼教的反叛精神，以及对于"真挚爱情"与个性自由解放的强烈渴望。然而，因大革命失败后的特殊社会背景及小资产阶级在追求幻灭后的心灵纷扰，莎菲在探寻生命真谛的征途上陷入了深深的苦闷。她虽对世俗持有鄙视态度，但同时又无法抵御其中的诱惑，她重感情、热衷幻想与狂想，使得她的生活显得尤为错综复杂。

通过塑造莎菲这一人物，丁玲不仅深刻反思和批判了当时的社会环境，更表达了她对女性命运的深切关怀与同情。她积极倡导女性应勇敢地追寻自己的幸福与理想，同时也要直面社会现实与自身存在的问题，努力挣脱内心的桎梏，实现真正的自我解放。

自丁玲加入左翼作家联盟以来，其思想历经深刻转变，逐步接纳并深入理解了革命思想。在此期间，她先后发表了多部革命文学作品，包括《韦护》《母亲》《一九三〇年春在上海》《一天》《田家冲》《水》《奔》以及《一颗未出膛的枪弹》等。其中，《韦护》和《水》两部作品在读者中产生了广泛而深远的影响，成为她文学创作的代表作之一。

《韦护》是丁玲文学创作生涯中具有重要意义的一部作品，它不仅标志着丁玲开始向革命文学领域迈进，也通过细腻的笔触揭示了革命者与小资产阶级女性之间复杂的情感纠葛和冲突。在这部小说中，丁玲通过韦护与丽嘉的恋爱故事，展现了她在革命浪潮中的挣扎与成长，同时也表达了她对革命的向往与支持。

故事发生在上海S大学，韦护作为一位革命者，肩负着主持学校工作的重任。在这里，他遇到了丽嘉，一个被描绘为"新型的女性"的年轻女子。丽嘉聪明、独立，对韦护的才华和革命精神深感钦佩。经过一段时间的相处，两人逐渐产生了深厚的感情，并最终走到了一起。

然而，韦护沉浸在爱情的同时，也逐渐忽略了自己的工作。他开始更多地关注与丽嘉的相处，而不是革命事业的推进。这种变化引起了韦护最敬重的同志陈实的注意。陈实看到韦护的迷茫和沉沦，决定与他进行一次深入的谈话。在这次谈话中，陈实提醒韦护，作为革命者，他的首要任务是投身革命事业，而不是沉溺于个人的情感纠葛。

在陈实的劝告下，韦护开始反思自己的行为。他意识到，自己的确在爱情和事业之间失去了平衡。最终，他做出了艰难的决定，选择了革命事业，放弃了与丽嘉的爱情。这个决定对于韦护来说无疑是痛苦的，但他知道，这是自己作为革命者必须承担的责任。

丽嘉在得知韦护的决定后，虽然感到失望和痛苦，但她并没有沉沦下去。相反，她在时代浪潮的冲击下逐渐醒悟，也意识到作为女性，她同样可以在革命事业中发挥重要作用。于是，她决定放下过去的情感纠葛，去"好好做点事业"。

尽管丁玲在创作《韦护》时确实受到小资产阶级情感的影响，且由于未能深入革命者的实际生活，导致韦护形象的刻画尚显模糊，对革命思想的表达亦欠深刻。然而，这部作品依然展现出了一定的真实性，它真实反映了当时社会背景下革命者与小资产阶级女性之间复杂而微妙的情感纠葛与冲突。通过韦护与丽嘉的故事情节，丁玲不仅表达了对革命的憧憬与支持，同时亦凸显了她对女性在革命中扮演角色的积极肯定与深切期待。因此，《韦护》在发表后引发了广泛的社会反响，成为丁玲文学创作道路上的一座重要里程碑。

《水》是丁玲文学创作中的又一力作，它以1931年全国范围内发生的特大水灾为创作背景，将这场波及十六省的灾难作为小说叙述的核心，展开了一幅惊心动魄的历史画卷。这部小说不仅深入描绘了中国农民在灾难面前的悲惨遭遇，更展现了他们在苦难中最初的觉醒、团结和反抗，从而成为丁玲在现实题材开拓中的又一重大发展。

在《水》中，丁玲以细腻的笔触和深刻的洞察力，将农民的性格刻画得栩栩如生。她通过描绘农民在灾难面前的种种反应，展现了他们坚韧不拔、勤劳勇敢的品质。同时，她也敏锐地捕捉到了农民在苦难中的觉醒，以及他们对不公不义的反抗精神。这种反抗精神，虽然最初可能只是出于生存的本能，但随着时间的推移，它逐渐发展成为一种集体意识，一种对不公不义的强烈不满和抗争。

然而，值得注意的是，尽管丁玲在小说中尽力展现了农民的集体反抗性格，但相较于20世纪30年代乡村土地革命中农民所展现出的那种轰轰烈烈、壮烈激昂的反抗精神，小说中的描写似乎还不够充分、不够壮烈。这可能是因为丁玲在创作时更注重对农民个体性格的刻画，以及对他们内心世界的深入挖掘，从而在一定程度上忽略了对农民集体反抗性格的充分展现。

尽管如此，《水》依然是一部具有深刻意义和历史价值的作品。它不仅记录了那段历史的真实面貌，更通过农民的苦难和反抗，展现了人性的光辉和力量。同时，它也为我们提供了一个反思和启示：在面对灾难和不公时，我们应该如何保持自己的觉醒和团结，以更加坚定的信念和更加有力的行动去抗争和改变。

三、京派小说的创作

京派小说，作为一种地域文学流派，其核心纽带在于20世纪30年代北平的大学、文学刊物及文艺沙龙。该流派汇聚了诸多杰出的小说家，如沈从文、杨振声、凌淑华、何其芳、萧乾、师陀、俞平伯、林徽因及废名等，他们共同构成了京派小说的璀璨群星。在此，重点对沈从文与废名两位著名京派小说家的创作进行深入剖析。

（一）沈从文的小说创作

沈从文（1902—1988），原名沈岳焕，系湖南凤凰县一旧军官家庭之裔。沈从文幼时受教于小学，遵循当地习俗，继而投身军旅，随土著部队遍游湘、川、黔、鄂四省交界之地，深刻体会湘兵之英勇精神及军旅生涯之严峻现实，此段经历为其日后文学创作提供了丰富之素材与灵感。1922年，沈从文受"五四"运动思潮之启迪，毅然赴京求学深造。虽曾有意投考燕京大学，然未能如愿录取。面对生活之艰辛与挑战，沈从文并未气馁，转而于文学创作中寻求慰藉与突破。1926年，沈从文发表处女作《鸭子》，自此在文坛崭露头角，备受瞩目。至20世纪30年代，其创作进入高峰，相继推出《萧萧》《柏子》《丈夫》《边城》《长河》等小说佳作，以及《湘西散记》《湘西》等散文精品。这些作品既彰显其卓越之文学才华，又深刻反映当时社会风貌与人民情感。中华人民共和国成立后，沈从文逐步将创作重心转向文物与服饰研究，为国家文化遗产保护事业作出重要贡献。1988年5月10日，沈从文因病在北京逝世，享年86岁。

沈从文，作为京派作家的杰出代表，其文学创作深深扎根于他的精神之乡——湘西。他凭借温情的笔调和独特的视角，将湘西这片土地上的奇异自然风光和人文风情描绘得栩栩如生。在他的笔下，湘西的自然风光不仅是一幅幅美丽的画卷，更是他表达对人性和生活深刻理解的重要载体。

沈从文通过对湘西人的生存状态与人生形式的细腻描写，赞美和讴歌了湘西人的人性美。在他的小说中，湘西人虽然生活在艰苦环境中，但他们依然保持着对生活的热爱和向往，展现出一种坚韧不屈、积极向上的精神风貌。

在《柏子》中，沈从文巧妙地描写了妓女和水手之间短暂的生命欢愉和真诚的情爱期待。这种情感虽然短暂，但却充满了真挚和热烈，让人感受到人性的美好和温暖。

在《丈夫》这篇作品中，沈从文以湘西农民为视角，深刻描绘了他们在妻子为生计所迫而卖身的严酷现实面前，由最初的隐忍到最终奋起的心理转变过程。这一叙述生动展现了边地底层民众在生存困境中所面临的无奈与悲凉。这种无奈与悲凉，既源自生活的艰辛与困苦，更深刻地反映了社会的不公与道德的沦丧。然而，正是在这样的逆境之中，人们展现出的坚韧不拔与抗争精神，更加凸显了人性的光辉与力量，彰显了人类精神的伟大与崇高。

在《萧萧》这部小说中，沈从文深刻而生动地描绘了湘西底层女子的命运轨迹。萧萧，作为一位自幼失去父母的童养媳，于十二岁之龄便懵懂地嫁予尚未满三岁的丈夫。然而，面对生活的这一安排，她并未流露出恐惧或羞涩之情，而是以平和的心态坦然接受。随着时间的推移，萧萧逐渐成熟，与幼小的丈夫之间的差异逐渐显现。尽管如此，她并未因此而丧失对生活的热爱与向往，反而在困境中积极寻求自我救赎与成长。某日，萧萧在上山采集猪草时，因被花狗的歌声所吸引，与其发生了亲密关系并怀有身孕。怀孕后，萧萧面临着沉潭或被发卖的严峻命运。然而，因她后来诞下一子，得以幸免于难。十年后，萧萧的丈夫长大成人，两人终于圆房，并育有第二子。然而，令人唏嘘的是，当这个幼子仅三个月大时，萧萧的婆家便已开始筹备为其十二岁的大儿子迎娶一位年仅六岁的媳妇。这一荒诞的结尾，深刻揭示了湘西底层女子无法主宰自身命运的悲哀。在小说结尾部分，作家着重刻画了萧萧在姻亲唢呐声传入家门时的举止与神态。她怀抱心爱的儿子，在屋前榆蜡树篱笆间驻足观看热闹场景，与十年前怀抱幼小丈夫时的情景如出一辙。这一描写不仅凸显了萧萧对自身及同类人悲剧命运的浑然不觉与冷漠态度，更展现了她对生活现状的无奈接受。

值得注意的是，作家在描绘萧萧的命运时，并未对其进行指责或批评，而是以宽容与平和的态度，对其合乎自然的生命追求以及坚韧不屈的生命精神给予高度评价。

在沈从文的笔下，萧萧这个形象不仅是一个受害者，更是一个具有坚韧生命力和顽强抗争精神的代表。她虽然无法改变自己的命运，却在困境中寻求自我救赎和成长。这种精神风貌不仅体现了湘西人的坚韧不屈和积极向上，更彰显了人性的美好和力量。通过萧萧这个形象，沈从文构建了他心目中爱与美的"人性的希腊小庙"，展现了他对人性深刻的理解和赞美。

沈从文在1934年推出的《边城》，以湘西边陲的小镇为背景，用他独特的诗意笔法，将湘西的风情美和人性美展现得淋漓尽致。这部作品不仅是他对故乡的深情回望，更是他对于善良人性和理想生活方式的赞美与追求。

小说的主人公翠翠，是一个善良、清纯、可爱的少女。她因父母早逝，只能与以摆渡为生的外祖父相依为命。在这个充满自然美的小镇，翠翠与外祖父过着简单而宁静的生活。然而，这份宁静很快被打破，因为船总顺顺的两个儿子——天保和傩送，都对她产生了深厚的感情。

天保和傩送都是出类拔萃的青年，他们不仅有着英俊的外表，更有着善良的心地。一次，当地的龙舟竞赛吸引了众多人的目光，而翠翠也在其中。比赛中，傩送的英勇表现让翠翠心生敬意，而傩送也对翠翠的美丽和纯真产生了好感。然而，天保也对翠翠情有独钟，他并不愿意放弃这段感情。于是，天保与傩送约定，谁能唱出最动人的山歌，打动翠翠的心，谁就能与她交往。

经过激烈的竞争，翠翠最终选择了傩送。然而，这个结果对于天保来说却是沉重的打击。他无法接受自己的失败，决定驾船远走他乡，寻找新的生活。然而，命运却对他开了一个残酷的玩笑，他在旅途中遭遇了意外，不幸离世。

在获悉兄长不幸离世的消息后，傩送深感内疚与哀伤。他自觉对兄长的离世负有不可推卸之责，因此毅然决定亲自驾船，踏上寻找兄长遗体的征途。这一别便是长久，翠翠则始终坚守在渡口，期盼着傩送的归来。然而，关于傩送是否会归来，以及归来的确切时刻，小说并未明确揭示。此种开放式的结局赋予了读者无尽的遐想空间，同时亦流露出一种淡淡的哀愁与怅惘之情。

总体而言，沈从文的小说以地域特色、民族风情及文化底蕴为切入点，精心构筑了一个独特而富有魅力的湘西生命世界。他笔下的各色人物，无论是辛勤劳作的农民、漂泊江湖的水手、坚守岗位的士兵，还是历经磨难的童养媳、勤劳朴实的店伙计，以及生活在社会底层的娼妓，均在困境中展现出坚韧不拔的精神风貌。他们虽然身处原始古朴的环境中，却能够保持恬淡自守的生活态度，在女性的柔美与男性的雄强之间，凸显出生命的真实底色。然而，沈从文并非一位单纯的理想主义者或狭隘的保守主义者。他在歌颂美好人性和淳朴人情的同时，也深刻洞察到乡土乡民所承受的苦难与无奈，因此在作品中时常流露出对这片土地和这里人们的一份感伤与哀婉之情。

（二）废名的小说创作

废名（1901—1967），本名冯文炳，原籍湖北，家境优渥。早年求学于武昌湖北第一师范学校，毕业后投身教育事业，担任小学教师。随后，他进入北京大学深造，并在求学期间开始涉足文学创作。中华人民共和国成立后，废名先生在高等学府执教，同时亦持续致力于文学创作。1967年10月7日，废名先生辞世，他的一生致力于文学与教育事业，成绩斐然，贡献突出。

废名的小说以其独特的田园牧歌风味在文学界独树一帜。他的笔下，封建宗法制农村的生活被细腻地勾勒出来，而且这片土地并未受到西方文明和现代文明的侵染，依然保持着原始的纯净和宁静。废名以他特有的敏感和洞察力，捕捉到了农村中那些平凡而又真实的生活片段，将它们化为文字，呈现出一种超脱尘世纷扰的宁静和美好。

废名小说中的角色，不论男女，普遍展现出一种天真无邪、善良淳朴的特质。他们的内心宛如一泓清泉，未经尘世玷污，具备净化人心的力量。在《竹林的故事》这部作品中，废名以其从容不迫的笔触和凝练质朴的文字，将那些看似平凡普通、微不足道的人生细节刻画得如此引人入胜。在这片宁静的竹林中，人们过着与世无争、恬淡自在的生活，所有的景致与情感都融入了一种深沉而和谐的静谧之中。农村少女三姑娘更是被精心塑造为一个纯洁无邪、完美无瑕的形象，她的出现不仅为这片竹林增添了一抹绚丽的光彩，更使整个故事充满了浓厚的诗意。

《桥》乃废名又一力作，尽显乡野田园之风情。该小说以片断式场景为骨架，构筑了一幅以男主人公程小林与两位女主人公琴子、细竹之间形成的三角恋爱图景。然其情感纠葛与《红楼梦》中宝、黛、钗之复杂关系相较，更显纯粹与简明。废名于作品中致力于营造一种深邃的诗美气息与淡泊的人生韵味，使得《桥》之乡野田园气息愈显浓郁，仿佛将现实社会之苦难隔绝于外。故事情节在此被淡化处理，若隐若现的情节发展被散文与诗的意境所取代，更融入了废名受佛教与禅宗影响而在小说意境上追求的禅趣。

《菱荡》作为废名又一独具风韵的力作，在其创作脉络中呈现出异于前作的特质。在这部作品中，废名似乎刻意摒弃了过往作品中常见的哀婉情绪，转而以更为平和的心态洞察生活百态。然而，即便是在这种看似淡泊的叙述中，人生的哀愁亦在不经意间悄然流露。该小说的显著特色在于其并无明确的故事线索与核心人物，整体结构与意蕴宛如一首意蕴深长的绝句。作品大量篇幅聚焦自然风光的细腻描绘，间或点缀着一两个写意的人物形象，如洗衣妇、陈聋人以及二老爹等。这些人物本身并非承载过多的内涵与意义，然而他们的出现却为自然景色注入了更为生动的气息。

整体来看，《菱荡》宛如一幅富含人情风俗之美的山水田园画卷，笔触清逸淡远，余韵悠长，令人回味无穷。

废名在进行小说创作时，展现出了他对于小说与诗结合的深刻追求，这种独特的艺术理念在他的代表作《桥》中得到了淋漓尽致的体现。这部作品不仅仅是一部小说，更是一部融合了诗歌精髓的诗化小说，为读者呈现了一种别具一格的文学体验。

《桥》全书共分为43章，前18章细腻地描绘了主人公程小林年少时与史家庄琴子的相遇、相知到最终缔结婚姻的浪漫过程。这段青春岁月中的点滴回忆，被废名以诗意的笔触娓娓道来，使得每一个场景都充满了浓厚的情感色彩和动人的诗意。而在后25章中，废名将时间线拉到了十年后，讲述了程小林回到家乡的生活与感悟。这部分内容并没有过多的情节转折和冲突，而是通过一系列独立的场景和片段，展现了主人公对家乡、对亲人的深深眷恋以及对过往岁月的追忆。废名巧妙地运用了散文化的结构，将每一个场景都融入整部小说的诗意氛围，使得读者在阅读时仿佛置身于一幅幅美丽的画卷之中。

值得注意的是，《桥》并没有一个统一连贯的故事情节，每一章都可以作为一个独立的单元来阅读。这种独特的叙事方式使得小说摆脱了传统小说的束缚，更加注重情感和意境的传达。废名通过这种手法，将小说的诗意和散文化的结构完美地结合在一起，创造出了一种全新的文学形式——"散文诗"。

四、新感觉派小说的创作

20世纪30年代，上海的社会与经济展现出显著的扩展与进步态势，这一时代背景催生了现代都市文化的繁荣崛起。正是在此背景下，中国首个现代派小说创作群体应运而生，他们依托《无轨列车》《新文艺》《现代》等杂志平台，汇聚了一批卓越的"新感觉派"小说作家，包括施蛰存、穆时英、刘呐鸥、杜衡、徐霞村等文学巨擘。这些作家身处繁华喧嚣的大都市上海，深切感受到现代都市物质与商业文明的强烈冲击，同时受到西方现代主义文学的深刻影响，致力于追求文学的先锋性与创新性。在创作实践中，他们直接受到日本"新感觉派"的启迪与影响，作品多聚焦于病态的城市生活现象，深刻揭示灯红酒绿中人与人关系的冷漠与疏离，以及人们精神层面的疲惫与灵肉的堕落。此外，他们还积极探寻个体的自我价值，寻求在复杂社会结构中个体的定位与价值意义。以下对施蛰存和穆时英两位具有代表性的作家的小说创作进行具体而深入的剖析与探讨。

（一）施蛰存的小说创作

施蛰存（1905—2003），原名施青萍，籍贯归属浙江杭州。其教育生涯始于上海大学，在校期间，他便踏上了文学创作的征途，不断探索与实践。随后，他转入震旦大学继续深造，以求在学术上更上一层楼。毕业后，施蛰存先生既在大学担任教职，传授学问，又全身心投入文学创作，用笔墨书写人生百态。2003年11月19日，施蛰存先生安详离世，享年99岁。

施蛰存，作为新感觉派中的杰出代表，其在小说体式与手法上的探索精神及其取得的显著成就，备受瞩目。他敢于挑战传统，勇于尝试，并熟练地运用弗洛伊德精神分析方法，深入剖析人物内心世界的奥秘。特别是对潜意识和性心理的细腻描绘，为文坛注入了一种新颖且深刻的心理分析小说模式。施蛰存的代表作《将军底头》《李师师》《梅雨之夕》及《善女人的行品》等，均以其独特的艺术风格和对人物心理的深刻剖析，赢得了广大读者的广泛赞誉与认可。他的创作实践不仅丰富了现代小说的表现手法，也为后来的文学创作提供了宝贵的启示与借鉴。施蛰存的成就与贡献，对于推动文学艺术的繁荣发展具有深远的意义。其中，《将军底头》与《梅雨之夕》更是广受赞誉，对后世产生了深远的影响。

《将军底头》这部小说，以严谨而深刻的笔触，精心描绘了一位身陷矛盾与挣扎的将军形象——花惊定。他身为大唐武官，肩负着保卫国家的崇高使命，然而其独特的血统背景却让他陷入了深重的身份认同危机。他的祖父是吐蕃人，这一血缘关系使他对汉族及汉族士兵怀有一种难以名状的疏离与厌恶，甚至滋生了他反叛大唐、回归吐蕃的隐秘念头。这种念头在他的内心深处不断盘旋，成为他挥之不去的心魔。正是在这样的矛盾与挣扎中，花惊定邂逅了一位来自巴蜀的汉族少女。她的美丽如同璀璨的明珠，照亮了他内心深处的阴霾。他被她的美貌深深吸引，对她产生了强烈的爱欲与占有之念。这份爱欲，如同一股暖流，暂时驱散了他心中的身份认同危机，也让他暂时搁置了反叛大唐的念头。为了守护心爱的少女，花惊定不惜与那些觊觎她的士兵为敌，甚至挥剑斩首那些敢于挑衅的敌人。然而，命运却似乎并不眷顾这位身陷困境的将军。在小说的结尾处，花惊定在一场与吐蕃的激战中，不幸被敌方砍去了头颅。这一结局既惊人又富有象征意义，它揭示了花惊定内心的挣扎与痛苦，也预示了他命运的悲剧性终结。尽管花惊定已身首异处，但他的灵魂却依然执着于对那位汉族少女的思念与渴望。他策马来到她的身边，即便生命已逝，那份深沉的爱意却仍旧在他心中萦绕不散。这一情节既体现了花惊定对爱情的坚贞不渝，也凸显了小说主题的深刻与悲凉。

这部小说的情节看似荒诞，却深刻地揭露了将军灵魂深处固执的欲念，以及至死也无法摆脱的强悍力量。花惊定的命运，是一个关于身份、欲望和爱情的悲剧。他的故事，让我们思考什么是真正的忠诚、什么是真正的爱情，以及什么是真正的自我。他的形象，成为一个永恒的象征，让我们在历史长河中，感受到那份深沉而复杂的情感力量。

《梅雨之夕》细腻地描绘了一个都市人在繁忙的生活中，经历的一段美丽却又带着淡淡失落的"白日梦"。那是一个平凡的下班日，天空突然下起了雨，仿佛是命运之手的轻轻拨弄，让"我"在雨中邂逅了一位美丽动人的少女。她孤独地站在店铺檐下，没有带伞，只能无助地望着淅淅沥沥的雨丝。少女的美丽姿色如同磁石一般，牢牢地吸引了"我"的目光。那一刻，"我"心中涌起一股强烈的冲动，想要走过去为她遮雨，但都市的矜持和陌生人的距离感又让"我"犹豫不决。雨越下越大，仿佛在催促"我"做出决定。终于，"我"鼓起勇气，走上前去与她同伞结伴。在雨中的行走过程中，少女的面庞让"我"想起了在苏州时那段青涩的初恋。她的眼神、她的微笑，都如此熟悉，仿佛就是"我"心中那个挥之不去的影子。然而，当"我"鼓起勇气询问她的姓名时，她却轻描淡写地说自己姓刘。这个答案让"我"心中一紧，开始怀疑这是否是初恋情人故意向"我"隐瞒姓氏的玩笑。在接下来的路途中，"我"的思绪开始飘飞，脑海中涌现出许多与初恋相关的图画和诗句。那些美好的回忆如同潮水般涌来，让"我"重温着初恋的清新感受。然而，当"我"仔细观察少女的嘴唇时，却发现它过于厚实，与记忆中初恋的薄唇大相径庭。这一发现让"我"心中的疑惑得到了解答，她并不是"我"的初恋。这个意外的发现让"我"感到一阵轻松，仿佛卸下了心中的重担。连呼吸都变得顺畅起来，仿佛整个世界都变得更加明亮。在与少女分别后，"我"独自走在回家的路上，心中充满了淡淡的惆怅和感慨。当回到家听到妻子的声音时，"我"甚至错觉地以为是那位少女在说话。

整部小说的情节虽然简单，但作者通过主人公的幻想和内心独白等心理描写，生动地传达了都市人在繁忙的生活中，偶尔产生的一种渴望逃避现实、追求美好的"白日梦"。这种幻美既带有青春的浪漫与激情，又充满了对现实的无奈和自我抑制。

（二）穆时英的小说创作

穆时英（1912—1940），祖籍浙江慈溪，银行家世家子弟。1912年，他进入上海光华大学中文系求学，自此开启文学创作之旅。1932年，穆时英凭借首部小说集《南北极》的发表，荣获"普罗小说中之白眉"的殊荣。随后，他的创作风格发生显著转变，创作了一系列新感觉派小说，被誉为"中国新感觉派圣手"。在1934年至1935年间，穆时英相继推出了两部小说集，即《白金的女体塑像》和《圣处女的感情》。然而，随着抗日战争的爆发，穆时英曾流亡至香港。1939年，他选择重返上海。但遗憾的是，1940年6月28日，穆时英不幸遭遇国民党特工人员的暗杀，终年28岁。

穆时英的新感觉派小说以其独特的文学技艺，将感觉主义、印象主义、电影蒙太奇及意识流等多种手法巧妙地融为一体，精准捕捉并深入剖析了都市中那些新奇且独特的印象与感受。其作品通过对大都市中腐败现象的精细描绘，以及对于现代人在纷繁复杂的都市生活中所遭遇的精神危机、心理畸形与变异的生动表述，充分展现了其独特的艺术魅力。其中，尤以《上海的狐步舞》一作最为人称道，展现了作者深厚的文学功底与对都市生活的深刻洞察。

《上海的狐步舞》无疑是新感觉派小说中的璀璨明珠，它以独特的艺术手法和深刻的主题内涵，为读者呈现了一个五光十色、纷繁复杂的现代都市画卷。这部小说巧妙地运用了电影蒙太奇的手法，将不同时空下的街头、公馆、洋房、舞厅、赌场、饭店、工地等众多场景和线索巧妙地剪辑拼接在一起，形成了一幅既混乱又有序的都市画卷。

在这幅画卷中，现代都市人的畸形人生、心理和生活被生动地呈现在读者面前。小说中的每个场景都仿佛是一个独立的镜头，通过快速的切换和拼接，形成了一种独特的节奏感和动感，使人仿佛置身繁华的上海街头，感受着这座城市的喧嚣和繁华。

阅读《上海的狐步舞》，人们首先会被小说所带来的强烈视觉冲击所震撼。小说中描述的街头、公馆、舞厅等场景，都充满了五光十色的色彩和光怪陆离的景象，仿佛是一幅幅生动的油画在眼前展开。这些场景不仅展现了上海的繁华和现代化，也揭示了现代都市人内心的空虚和迷茫。同时，小说中的狐步舞也给人留下了深刻的印象。这种快速旋转的舞步和疯狂舞动的人群，不仅象征着现代都市人追求刺激和快感的生活方式，也暗示了这座城市本身的节奏和韵律。狐步舞的节奏与上海这座城市的节奏相互呼应，共同构成了一种独特的城市文化景观。

此外，小说还巧妙地运用了夜晚这一时间背景，进一步增强了小说的氛围感和感染力。夜晚的上海仿佛被笼罩在一层神秘的面纱之下，各种霓虹灯和灯光交相辉映，营造出一种既浪漫又诡异的氛围。这种氛围不仅与小说的主题相得益彰，也使读者更加深入地感受到了现代都市的魅力和危险。

总的来说，《上海的狐步舞》通过电影蒙太奇的手法、丰富的场景描绘和独特的主题内涵，成功地呈现了一个充满魅力和危险的现代都市画卷。这部小说不仅让人们感受到了现代都市的繁华和喧嚣，也揭示了现代都市人内心的空虚和迷茫。它是一部具有深刻意义和高度艺术价值的作品，值得人们反复品味和欣赏。

第三节　犀利的杂文和具有灵性的小品文

一、犀利的杂文

在20世纪30年代，随着社会矛盾的日益激化，民众的政治热情得以充分激发，为杂文创作的蓬勃兴盛提供了坚实的社会基础。杂文作为一种独特的文学形式，在这一时期得以在文坛上广泛流行。鲁迅先生以其卓越的文学才华和敏锐的社会洞察力，成为杂文创作领域的杰出典范。他不仅积极投身杂文创作实践，为推动这一文体的发展作出了重要贡献，还大力倡导杂文的价值，对杂文在社会和文学领域的重要地位给予高度评价。鲁迅先生的积极贡献在当时对杂文的发展产生了深远的积极影响，推动了杂文艺术的进一步繁荣。

在鲁迅思想最为成熟的阶段，他倾注了巨大的生命力和心血于杂文创作之中。鲁迅的杂文以其别具一格的诗学韵味、深邃的思索和广泛的社会影响，成为无法被替代且难以超越的独特艺术形态。鲁迅深信杂文能够突破各类文学形式的局限，成为以文字精准表达思想的最佳载体。他曾在著作中明确指出："我们若翻阅美国的'文学概论'或中国各大高校的讲义，确实难以找到一种名为Tsa-wen的文体。"同时，他也强调："我深知近年来中国的杂文作者们，他们在创作过程中并未受到'文学概论'的束缚，也未刻意追求文学史上的地位，而是深感唯有如此表达才能真实传达内心所思，便自然而然地付诸笔端。"

鲁迅的杂文创作具有极高的自由创造性，不受任何文体形式的限制。在他生命的最后十年里，他将大部分精力都倾注于杂文之中，充分展现了其在文学创作中的深厚造诣。鲁迅的杂文不拘一格，运用了各种形式与手法。其重要之处在于文章所反映的时代背景，而非单纯的题材或文体选择。鲁迅通过杂文，深刻揭示并反映了不同历史时期的社会现实与思想风貌。

在20世纪30年代，中国的历史画卷上展开了一幅充满矛盾与复杂的画面。那是一个动荡不安、风云变幻的年代，而杂文，作为一种独特的文学形式，记录下了这个时代的种种细节与情感。特别是鲁迅的杂文，更是独树一帜，将个人的心血和灵魂与时代紧密地交融在一起，形成了一种独特的时代诗学。

鲁迅的杂文不仅具有极高的文学价值，更蕴含着他对时代、对社会的深刻洞察和批判。他通过杂文的形式，对现实和历史进行了深入的剖析和反思，其穿透力和杀伤力之强，让一些现代知识分子都感到震惊。在他们看来，鲁迅的杂文似乎有违于中国文化与士大夫的中庸传统，因为它充满了反叛性和异质性，不断地挑战着传统的价值观和道德观。然而，正是这种反叛性和异质性，使得鲁迅的杂文具有了极高的历史价值和社会意义。它不仅记录了一个时代的真实面貌，更揭示了一个时代的深层次问题。因此，一些文人试图否定和抹杀鲁迅的杂文，他们试图通过各种手段来贬低和攻击鲁迅，但他们的努力最终都未能成功。因为鲁迅的杂文已经深深地扎根于人们的心中，成为一种无法忽视的存在。

尽管有人总是希望"终结"鲁迅的杂文，甚至有人提出鲁迅杂文已经过时，但在有识之士看来，这种看法是极其错误的。鲁迅的杂文不仅没有过时，反而更加具有现实意义和时代价值。它对于我们理解那个时代、认识那个时代的问题和矛盾，以及对于我们反思现代社会仍然具有重要的启示作用。因此，鲁迅的杂文在现代中国仍然具有不可替代的地位和价值。

鲁迅先生将杂文赞誉为"感应的神经，攻守的手足"，深刻体现了杂文在批判与反思中所占据的核心地位。因此，以鲁迅先生为代表的中国现代作家群体，在积极投身于"社会批评"与"文明批评"的实践中，成功构建了以批判锋芒为鲜明特征的现代杂文体系。自鲁迅先生于1918年崭露头角于文坛，直至1936年不幸辞世，这长达18年的岁月里，他始终保持着对杂文创作的执着追求与坚定信念。在此期间，他先后推出了《坟》《热风》《华盖集》《华盖集续编》《而已集》《三闲集》《二心集》《南腔北调集》《伪自由书》《准风月谈》《花边文学》《且介亭杂文》《且介亭杂文二集》以及《且介亭杂文末编》等一系列杂文作品集，为后世留下了极为珍贵的文化遗产。

总体而言，鲁迅的杂文涉猎领域极为广泛，其思想深邃且充满理性力量，可概括为以下几个主要方面。

第一，鲁迅的杂文，无疑是一部鲜活的近现代中国社会史。它们是时代的印记、历史的见证。这些杂文，如同一面镜子，真实而生动地反映了中国近现代社会的变迁与发展。鲁迅，作为新文化运动的先驱，他的杂文始终站在时代的前沿，敏锐地捕捉着社会的脉搏。他以其独特的视角和深刻的洞察力，对当时的中国社会进行了广泛而深入的批评。无论是对于封建礼教的批判，还是对于社会陋习的揭露，鲁迅的杂文都充满了鲜明的时代特色和深刻的思想内涵。"五四"运动以后，中国进入了新的历史时期，社会变革的浪潮风起云涌。鲁迅作为新文化运动的重要代表，他的杂文更是成为那个时代的标志性作品。他通过杂文的形式，对当时的社会现象进行了深入的剖析和反思，其宏富精深的思想内容，不仅在中国现代思想史上留下了浓墨重彩的一笔，也为中国现代文学史增添了宝贵的财富。

第二，鲁迅的杂文不仅是对外部世界的深刻剖析，更是他自我人格的真实写照。他曾在《写在〈坟〉后面》中坦言："我的确时时解剖别人，然而更多的是更无情地解剖自己。"这句话道出了鲁迅写作的一个重要特点，即他对于自我反思和自我批评的坚持。鲁迅深知，要准确地解剖他人，首先要能够无情地解剖自己。这是因为，只有通过深入剖析自己的内心世界，了解自己的优点与不足，才能更好地理解他人，洞察社会的种种现象。因此，鲁迅的杂文不仅是对社会现实的批判，更是他自我反思、自我批评的过程。在鲁迅的杂文中，我们可以看到他对于自身性格、思想、行为等方面的深刻剖析。他勇于面对自己的弱点，敢于揭露自己的缺点，这种自我批评的勇气，使得他的杂文更加真实、深刻。同时，这种自我解剖的精神也影响了他的文学创作，使他在解剖中华民族的国民灵魂时，能够更加准确、深刻。

第三，鲁迅对"国民性"病根的顽强探索是其文学和思想创作中不可忽视的重要部分。作为一位具有深远影响力的思想家与文学家，鲁迅在观察、分析与表现中国历史进程时，他的目光始终聚焦近代中国社会历史巨变中的人们身上。他敏锐地捕捉了不同阶级、阶层以及整个民族在这一过程中的社会心理，深入剖析了其内含的历史经验教训。鲁迅的作品中，常常能够看到他对于"国民劣根性"的批判与改造的渴望。他通过细腻的笔触，摄取了人物的灵魂，勾画出了社会世态的丰富多样性。这些作品不仅展现了人们的生存状态，更深刻地揭示了其背后的社会根源和文化背景。鲁迅认为，只有深入了解和剖析"国民劣根性"，才能真正实现社会的改造和进步。在《准风月谈·后记》中，鲁迅明确表示："'中国的大众的灵魂'，现在是反映在我的杂文里了。"这句话凝聚了他对于"国民性"病根探索的执着与坚定。他希望通过自己的文字，能够唤起人们对于自身劣根性的认识，进而推动社会的变革与进步。

中国现代杂文文体之所以能够盛行，与当时特定的时代背景以及鲁迅先生的倡导密不可分。在动荡不安、变革频发的年代，杂文作为一种短小精悍、针对性强的文学形式，迅速成为人们表达思想、批判现实的有力工具。而鲁迅先生，作为中国现代文学的巨擘，更是以其卓越的杂文创作，为这一文体注入了深刻的内涵和独特的魅力。

在鲁迅先生的直接影响和感召下，20世纪30年代涌现出了一批青年杂文作者。他们中的佼佼者，如徐懋庸、唐弢等，纷纷以杂文为武器，投身揭露社会矛盾、抨击政治黑暗的战斗之中。徐懋庸的《不惊人集》和《打杂集》以其犀利的笔触和独到的见解，揭示了社会底层人民的苦难和挣扎；唐弢的《推背集》和《海天集》则以其深沉的思考和独特的文风，展示了作者对时代变迁的敏锐洞察和深刻反思。这些作家们虽风格各异，但都展现出了蓬勃的朝气和战斗的锐气，他们的作品在当时的社会产生了广泛而深远的影响。

鲁迅先生的杂文，不仅仅是对社会现实的反映和批判，更是对中国社会思想和社会生活的艺术记录。他的杂文作品犹如一部活生生的历史长卷，记录了那个时代的点点滴滴，展现了那个时代人们的真实面貌。在《准风月谈·后记》中，鲁迅先生曾这样评价自己的杂文："我的杂文，所写的常是一鼻，一嘴，一毛，但合起来，已几乎是或一形象的全体。"他的杂文作品正是通过这些看似琐碎的细节，勾勒出了那个时代的社会风貌和人们的内心世界。同时，他也深信："'中国的大众的灵魂'，现在是反映在我的杂文里了。"他的杂文作品，不仅仅是对社会现实的反映，更是对人性、对民族精神的深刻剖析和反思。

鲁迅先生的杂文创作，不仅是对中国议论性散文的创造性发展，更是为中国文学创造了一种新的文体范式——杂文。这种文体既具有散文的灵活性和抒情性，又具有议论文的针对性和深刻性。它不仅能够容纳丰富的内容，表达复杂的思想，还能够以短小精悍的形式迅速传播开来。鲁迅先生的杂文创作，不仅影响和造就了一批杂文作家，更在中国文学史上留下了浓墨重彩的一笔。

鲁迅先生的杂文创作，以其"意识到的历史内容"和超越往古的艺术成就，在杂文创作领域开辟了一条革命现实主义的广阔道路。他的杂文作品，既是对社会现实的深刻剖析和批判，又是对人性的深入挖掘和反思。他的杂文创作，不仅具有鲜明的时代特色和历史价值，更具有超越时空的普遍意义。鲁迅先生的杂文创作，成为杂文史上一座难以逾越的高峰，也成为中外杂文史上的罕见奇观。

二、具有灵性的小品文

"小品"一词在中国文化中具有源远流长的历史，最早可追溯至晋代时期。当时，在佛经译本的文献中，简本被称之为"小品"，相对而言，详本则被称为"大品"。然而，历经时代的变迁，"小品"一词的内涵也逐渐发生了转变。在当代汉语的语境下，"小品"一词往往用于指代那些书写自由、篇幅精练的杂记随笔类文字。此种文体乃是在借鉴西方Essay（随笔）、日本随笔以及中国古代小品、笔记等多种文学形式的基础上，经过深入的整合与创新，最终形成的一种新型散文文体。

"小品"与"随笔"虽有一定的相似性，但两者在表现形式和风格上仍有明显区别。随笔的涵盖面相对较广，可以涉及各种主题和风格，而小品文则更侧重于一事一物一观念的深入挖掘和细致描写。此外，小品文与"美文"和"杂文"也有所不同。美文强调文字的秀丽和修辞的华美，而小品文则更注重落意的巧妙和思想的深刻。杂文通常较为锋利，具有鲜明的观点和立场，而小品文则崇尚淡雅，追求一种自然、平和的文学风格。

中国现代小品文的兴起和发展，与20世纪20年代的社会文化背景密切相关。在这一时期，小品文作为一种新兴的文学形式，开始受到越来越多作家的关注和喜爱。到了30年代，小品文更是盛极一时，出现了多种以刊登小品文为主的刊物。其中，林语堂等人在其创办的《论语》《人间世》《宇宙风》等刊物上发表了大量的小品文，成为当时小品文创作的重要推动者。

林语堂等人提倡的"以自我为中心，以闲适为格调"的小品文风格，具有鲜明的个性特征和独特的文学魅力。这种风格不仅继承了晚明小品和20世纪20年代美文的特点，还吸收了西方随笔的精髓，形成了一种独特的"幽默闲适"风格。这种风格的小品文在表达上更加自由灵活，不拘一格，能够更好地抒发作者的个性和情感。林语堂不仅是幽默文风的倡导者，还是推介者。

林语堂（1895—1976），祖籍福建漳州，系哈佛大学文学硕士、莱比锡大学语言学博士，曾执教于清华大学、北京大学、厦门大学，对教育事业贡献卓越。自1924年起，他成为《语丝》杂志之重要撰稿人，以其深厚的文学造诣为刊物赋予独特魅力。进入20世纪30年代，林语堂作为论语派之代表人物，独树一帜地开创了以幽默闲适为特色的小品文风格，广受读者赞誉。林语堂一生著作颇丰，共撰写六十余部作品，其中三十余部在海外以英文形式发表，充分展现其卓越的跨文化交流能力。1935年，他在美国出版英文著作《吾国吾民》，该书在短短四个月内连续印行七版，引起广泛关注和赞誉。美国著名女作家赛珍珠在该书序言中高度评价，认为林语堂的笔触既骄傲又幽默，既严肃又欢快，此书堪称迄今为止关于中国最真实、最深刻、最完备、最重要的著作之一。随后，林语堂将《吾国吾民》中的"生活的艺术"一章进行扩充，撰写成同名著作并于1937年出版。该书一经问世，即在社会各界引起热烈反响，荣获美国"每月读书会"1937年12月"特别推荐书"称号，并于1938年荣登美国畅销书排行榜榜首。此后，该书更被译成多种语言，广泛传播，对全球读者产生深远影响。尤为值得一提的是，1989年，美国前总统乔治·布什在准备访问东南亚之际，特地将《生活的艺术》列为必读之作，以深化对中国文化与智慧的理解。这一事实充分彰显了林语堂作品在跨文化交流中的重要地位与深远影响，亦是对其文学造诣与贡献的极高认可。

林语堂的小品文独具匠心，其取材之广泛令人叹为观止，宇宙间的万物皆可成为他笔下灵动的素材。《脸与法治》这篇小品文便是其中的佳作，作者从中国人日常生活中常见的"脸"出发，巧妙地探讨了"脸与法治"这一看似不相关却内涵丰富的主题。在文章中，"脸"这一词汇被赋予了多重含义。它原本仅指人的面部，但在中国文化的语境下，"脸"被赋予了更多的文化含义，如"面子""情面"等。这些引申义不仅体现了中国人对于"脸"这一概念的独特理解，也折射出中国人的文化心理和社会习俗。正如林语堂所幽默地描述的那样，"中国人的脸，不但可以洗，可以刮，并且可以丢，可以赏，可以争，可以留。"这些生动的词汇和表述，既揭示了"脸"在中国社会中的重要地位，也展现了林语堂对于社会现象的敏锐洞察和深刻思考。

在探讨"脸与法治"的关系时，林语堂巧妙地将"脸"的两面性融入其中。一方面，"脸"在中国社会中具有"平等精神"的象征意义，人们追求公平和尊重；另一方面，"脸"又常常与特权和优待联系在一起，导致"脸"在某种程度上"太不平等"，甚至能够超脱法律，享受特殊待遇。这种矛盾的现象让林语堂深感忧虑，他通过幽默而犀利的笔触写道："中国若要真正平等法治，不如大家丢脸。脸一丢，法治自会实现，中国自会富强。"这句话既是对中国社会中

"脸"文化的讽刺，也是对法治社会建设的深刻反思。

在文章的后半部分，林语堂通过两则生动的小故事，进一步揭示了某些中国贵人如何滥用"脸"这一特权，以至于"脸"大于法的丑陋现象。这些故事不仅令人捧腹，也让人深思。它们生动地展现了那些手握重权、身居高位的人，如何利用自己的"脸"来谋取私利、践踏法律，从而破坏了社会的公平和正义。

整篇小品文以幽默闲适的笔调贯穿始终，体现了林语堂独特的文学风格。他善于从日常生活中发掘出深刻的社会问题，用浅显易懂的语言进行阐述，同时又不失幽默和风趣。这种风格不仅让读者在阅读过程中感到轻松愉快，也能够引发读者对于社会问题的深刻思考。因此，《脸与法治》这篇小品文不仅是一篇优秀的文学作品，也是一篇具有深刻社会意义的杂文。

林语堂所倡导并身体力行的以"幽默闲适"为显著特征的小品文，无疑为中国现代散文的"花圃"注入了一股清新的活力，增添了一种别具一格的崭新文体。他独具慧眼地首次将"幽默"这一文学质素引入中国现代文学之中，并巧妙地将其与中国传统"公安派"的"性灵文学"相融合，从而开创了一种既充满"性灵"之韵，又流露出清淡平和、闲适之美的散文文体。这一创新实践为中国现代散文的发展注入了新的活力，丰富了散文的艺术表现力。

在林语堂的小品文中，"幽默"不再仅仅是一种简单的文字游戏或取乐手段，而是一种深刻的文学质素，它承载着作者对于生活的独特理解和感悟。林语堂通过幽默的方式，将生活中的点滴琐事、社会现象以及人性的复杂面貌展现得淋漓尽致，使读者在轻松愉快的氛围中感受到生活的真谛和人生的智慧。同时，林语堂的小品文也深受中国传统"公安派"的"性灵文学"影响。他强调散文应该"语出性灵"，即表达作者真实的情感和思想，不受任何外在因素的束缚。这种"语出性灵"的文学观念，使得林语堂的小品文具有一种独特的清新和真挚，能够直接触动读者的心灵。

此外，林语堂的小品文还追求一种清淡平和闲适的文学风格。他善于从日常生活中发现美、感受美，用细腻的笔触描绘出那些平凡而美好的瞬间。这种风格不仅让读者在阅读过程中感受到一种宁静和舒适，也促进了现代散文多样化风格和多元化格局的形成。

第四节　现代戏剧的振兴

在革命文学时期，戏剧创作领域取得了令人瞩目的显著成果。这一时期，涌现出了一批既具有深刻思想内涵，又展现高超艺术造诣的戏剧作品，它们共同构筑了戏剧艺术的辉煌篇章。这些作品不仅丰富了戏剧创作的内涵，更在推动中国现代戏剧的繁荣与进步方面发挥了举足轻重的作用。

在这一历史阶段，曹禺、夏衍、洪深等杰出的剧作家以其非凡的创作才能和独特的艺术风格，成为革命文学时期戏剧领域的代表性人物。他们的作品不仅反映了时代的风云变幻，更在思想和艺术层面为后世留下了宝贵的财富。

一、曹禺的戏剧创作

曹禺（1910—1996），原名万家宝，祖籍湖北潜江，出生于天津。自幼在其父的熏陶下，曹禺对文学产生了浓厚兴趣。其父常邀请文人墨客至家中吟咏诗词，这样的家庭氛围为他日后的文学创作奠定了坚实基础。1922年，他就读于天津南开中学期间，对文学表现出浓厚兴趣，广泛涉猎国内外戏剧名家作品，为日后从事戏剧创作积累了丰富的素材与灵感。中学毕业后，他先后就读于南开大学、清华大学，专攻戏剧学。然而，因家庭经济条件所限，他未能完成大学戏剧课程的系统学习。此后，曹禺相继在天津河北女子师范学院及南京国立戏剧专科学校执教，其间亦开始涉足戏剧创作，发表多部深受读者喜爱的剧作。自中华人民共和国成立之后，曹禺先生一直致力于戏剧创作事业，佳作频出，为我国的戏剧艺术事业作出了杰出贡献。1996年12月13日，曹禺先生逝世。

曹禺的戏剧作品以其深刻而集中的笔触，深入触及了反封建与个性解放的核心议题，对封建主义与黑暗社会构成了强有力的冲击。在1933年，于清华园这一学术圣地，曹禺凭借其敏锐的洞察力和卓越的创作才华，完成了其首部剧作《雷雨》。此部作品一经问世，便迅速在社会各界引起了广泛关注，从而昭示了一位杰出的年轻戏剧家崭露头角。此后，曹禺又相继创作了《日出》等作品，这些剧作不仅充分展现了他在革命文学时期所形成的独特戏剧风格和卓越的悲剧艺术造诣，更标志着我国话剧文学样式的成熟与进步，为我国戏剧事业的蓬勃发展作出了重要贡献。

《雷雨》这部作品的主题无疑是丰富而深刻的，它不仅仅是一个简单的家庭悲剧，更是对20世纪20年代初期中国社会深层次矛盾的揭示和批判。以煤矿公司董事长周朴园为中心，这部作品在一天之内，从早到晚，在周公馆和鲁家两个场景之间，巧妙地编织了一个跨越三十年的复杂矛盾纠葛。

三十年前，周朴园与女仆梅妈的女儿侍萍之间发生了一段情感纠葛，并育有两个孩子。然而，在金钱和门第的诱惑下，周朴园选择了抛弃侍萍和她的孩子们，转而迎娶一位"有钱有门第的小姐"。这种冷酷无情的行径，不仅让侍萍和孩子们陷入了绝境，更暴露了当时社会金钱至上、门第观念深重的现实。被遗弃的侍萍在绝望中选择了自杀，但命运似乎并不打算放过她。她在大风雪中跳河，却被救起。为了生存，她嫁给了鲁贵，并生下了女儿四凤。然而，命运的巧合让鲁贵和四凤再次成为周家的仆人，而侍萍的大儿子鲁大海也成为周家的煤矿工人。这种错综复杂的人物关系，为后续的剧情发展埋下了伏笔。在周家，各种违反伦常的性爱关系交织在一起，形成了一幅扭曲的家庭图景。继母蘩漪与周萍之间的私通、同母异父的兄妹周萍与四凤之间的爱情、周冲对四凤的追求以及周朴园与鲁大海父子之间的敌对关系等，这些矛盾冲突不仅加剧了家庭内部的紧张氛围，也揭示了当时社会道德沦丧、伦理失范的严峻现实。

随着剧情的发展，这些矛盾冲突逐渐激化，最终导致了悲剧的发生。周萍在得知自己与四凤是同母异父的兄妹后，无法承受这种打击，选择了自杀。而四凤和周冲在试图阻止周萍自杀的过程中，不幸触电身亡。蘩漪在经历了一系列的打击后，精神崩溃，发疯。侍萍在目睹了这一切后，选择了离开这个充满罪恶的家庭。

《雷雨》以这一悲剧性叙事为载体，深刻而精准地揭示了半殖民地半封建的上流社会所充斥的罪恶与黑暗。该剧详尽展现了封建思想的残余如何依然根植于其他阶级剥削者的心中，并继续发挥其窒息人性的恶劣作用。同时，作品也敏锐捕捉并展现了觉醒的青年男女对于个性解放的迫切渴望，以及他们在面对困境时所展现出的挣扎与反抗。此外，《雷雨》还进一步揭示了劳动群众在旧社会制度下所遭受的剥削与压迫，以及这种压迫在他们心灵深处所形成的无形思想枷锁。同时，作品也积极展现了工人阶级在政治与经济层面上的反抗精神，凸显了他们对社会不公的强烈不满和改变现状的坚定决心。

总之，《雷雨》以其独特的洞察力和剖析能力，深刻展示了资产阶级的罪恶行径以及人们在面对压迫与不公时所展现的觉醒与斗争精神。该作品通过细腻描绘一个家庭的崩溃与毁灭，生动揭示了当时社会的腐朽、畸形以及注定走向灭亡的历史命运。这部作品不仅是对单一家庭悲剧的叙述，更是对当时社会深层次矛盾的深刻揭示和有力批判，展现了作者对于社会现实的敏锐洞察和深刻反思。

在《雷雨》这部戏剧中，人物形象的塑造堪称典范，展现了曹禺对人性深刻的洞察力和对悲剧艺术的独特理解。他擅长描绘那些平凡生活中受压迫、受摧残，遭压抑、遭扭曲的悲剧人物，通过他们的命运和内心斗争，反映出悲剧背后丰富的社会意义。曹禺不仅仅满足于展现人物外在的苦难，更致力于深入探索悲剧人物的内心世界，揭示他们精神追求方面的深刻痛苦。

周朴园，作为本剧的核心角色，同时也是戏剧悲剧的直接缔造者，其形象刻画尤为出色。他是一位深受封建思想影响的资本家，同时也是一位专横的封建家长。他出身封建世家，自幼接受正统的封建教育熏陶，留学德国期间又受到西方资产阶级文化的浸染。这种多元而复杂的背景赋予了他既追求"自由""平等"的理念，又深受封建伦理道德桎梏的双重性格。

周朴园对侍萍的情感是复杂的。他曾经深爱着侍萍，并与她育有两个儿子。这种情感在当时的社会背景下显得尤为珍贵。然而，当这种情感与他的个人利益发生冲突时，他选择了背叛和遗弃。这种极端自私、残忍的行为，反映了他性格中封建性与资产阶级性的矛盾。

周朴园在家中是一个绝对的权威，他的话就是命令。他冷酷无情地压制、摧毁家中一切人的个性、尊严和自由思想，使公馆成为一个能窒息人的黑暗王国。他对妻子的"关心"和"体贴"，实际上只是一种表面的伪装，他强迫繁漪喝药，目的是树立一个"服从的榜样"。这种对家庭成员的专制和压迫，进一步揭示了他性格中的封建性和残忍性。

周朴园这个人物的典型意义在于，他揭示了中国特定社会环境中资产阶级与封建阶级的密切联系。他的性格中既有资产阶级的自私和冷酷，又有封建家长制的专制和残忍。这种矛盾的性格反映出了中国几千年封建意识对社会的深刻影响，即使是在资本主义发展的初期阶段，封建意识仍然有着根深蒂固的统治力量。

曹禺的杰出之处不仅在于他成功地塑造了一个具有封建性的资产阶级形象，更在于他深刻地揭露了中国资产阶级的封建性。这种揭露使《雷雨》具有了现实主义的深刻性，使观众和读者能够更加清晰地看到当时社会的真实面貌和存在的问题。

在《雷雨》这部戏剧中，除了周朴园之外，繁漪的形象塑造同样堪称精彩绝伦。繁漪作为"五四"运动之后觉醒的资产阶级女性，她身上闪耀着个性与思想的火花，对自由、爱情和幸福有着执着的追求。然而，命运似乎与她开了一个残酷的玩笑，将她束缚在了周朴园这个封建家庭的枷锁之中。

在周家，繁漪度过了长达十八年的折磨岁月。这十八年，成为她性格形成的典型环境。她身处这个封建家庭的中心，却感受到无尽的压抑和束缚。直到周萍的出现，她仿佛看到了希望的曙光，重新燃起了对生活的热情。她爱上了周萍，不顾一切，真挚而深沉。

繁漪是一个敢于蔑视和反叛封建制度和封建礼教的女性。她敢于追求自己的幸福，敢于表达自己的爱意。然而，她的爱情之路却充满了坎坷和挫折。周萍对她的感情逐渐冷淡，甚至想要摆脱与她的关系，这让她感到绝望和痛苦。为了维护和追求自己的爱情，她不惜采取极端的手段，试图将周萍绑在自己身边，阻止他与四凤在一起。

繁漪所展现的反抗精神，无疑是剧作中最鲜明地体现了"雷雨"性格特质的部分。她以尖锐犀利的言辞，勇于揭露周朴园及整个周家的罪恶行径，让他们的虚伪面目在众目睽睽之下无所遁形。她多次与权势滔天的周朴园进行正面较量，毫不畏惧强权压迫，始终坚守自己的立场，展现出坚定不移的抗争精神。

正是繁漪的这种反抗精神，推动了剧情的不断发展，使其逐渐推向了高潮。然而，令人遗憾的是，繁漪的反抗最终未能扭转其悲剧性的命运走向。在当时的社会大背景下，她作为一位备受侮辱与损害的个体，注定无法获得真正的自由与爱情。她的爱情最终转化为深重的仇恨，使她沦为一个疯狂的复仇者，最终走向了悲剧的终结。

这样的结局不仅令人扼腕叹息、深感悲痛，更深刻地凸显了剧作所蕴含的现实主义意义。通过对繁漪这一角色的深入刻画，剧作深刻揭示了当时社会的种种不公与黑暗，展现了个体在强大社会势力面前的无奈与挣扎，进而引发观众对于社会现实的深刻反思。

繁漪的形象塑造展示了曹禺对女性命运的深刻关注和对封建制度的无情批判。她不仅是一个追求自由与爱情的资产阶级女性形象，更是一个具有强烈反抗精神和社会责任感的现代女性形象。她的悲剧命运揭示了当时社会制度的黑暗和腐朽，也反映了当时女性所面临的困境和挑战。繁漪的形象塑造，使得《雷雨》这部戏剧更加具有现实意义和时代价值。

《日出》这部戏剧以其独特的视角和深刻的主题内涵，通过精心构建的上流社会与三流妓院两个截然不同的场景与故事线索，深刻地向观众展现了都市中上流社会的道德沦丧与下流社会的不幸遭遇。这部作品不仅是对半殖民地半封建社会都市畸形状态的生动写照，更是对那个"充满不公与兽性的世界"发出的振聋发聩的控诉。在戏剧的演绎过程中，观众能够深切感受到作者对光明未来的热切向往与期盼，以及对现实社会问题所进行的深刻剖析与反思。

陈白露的形象塑造尤为典型且富有代表性。其内心所蕴含的深刻悲剧性冲突，不仅构成了全剧戏剧冲突的坚实骨架，更是构成了这部戏剧交响乐章的主旋律。曾经的陈白露是一位"纯真无邪的少女"，怀揣着对个性解放的执着追求，对自由与幸福的热切向往。然而，随着资产阶级生活方式的诱惑与侵蚀，她逐渐丧失了那份纯净无瑕的灵魂。身为一位身份显赫的社交名媛，陈白露的生活中充斥着抽烟、打牌、饮酒等看似光鲜亮丽的社交活动，但她的内心深处却是一片荒芜与空虚。她不得不在男性世界的纷繁复杂中游走，既被玩弄又玩弄着他人，过着一种寄人篱下的生活。尽管如此，在陈白露的内心深处，依然蕴藏着诸多美好的情感与追求。她怀念着青春的岁月，保持着不灭的诗情画意。当陈白露目睹了"小东西"所遭受的悲惨命运时，她毅然决然地伸出了援手，展现出了她果敢而坚定的个性。在这一刻，她的反抗精神达到了顶峰，让观众深刻感受到了她内心所蕴含的坚韧与力量。陈白露的自杀，无疑是本剧的高潮所在，同时也是她矛盾性格发展的必然结果。她的离去，既是一个沉沦于风尘之中的女子因生活绝望而选择的悲怆结局，又是一个宁死不屈、拒绝屈服于黑暗势力的英勇抗争。这种双重意义使得陈白露的自杀具备了更为深刻的悲剧内涵。她的悲剧，既是性格上的悲剧，更是社会背景下的悲剧。她的命运，既是黑暗社会对个体精神的摧残与毁灭，也是那个时代无数女性命运的缩影与写照。

陈白露的形象塑造，是剧作家在继蘩漪之后，为中国现代戏剧贡献的又一杰出的悲剧艺术典型。她不仅代表了那个时代的女性形象，更代表了那个时代的社会现状。通过她的形象，观众可以更加深刻地理解那个时代的社会问题，以及那些被社会边缘化、被忽视的人们的悲惨命运。同时，她的形象也激发了观众对光明未来的渴望和追求，让人们在黑暗中看到了一线希望。

该剧在戏剧结构方面，巧妙地运用了"片断的方法"，通过描绘"人生的零碎"来深刻揭示社会内涵，全面展示众多人物的形象，并生动呈现他们各自的精神风貌。在戏剧色调的处理上，该剧将悲剧与喜剧元素巧妙地交织在一起，使得整部剧作在悲剧氛围的烘托下，喜剧人物陆续登场，喜剧乃至闹剧场面也间或出现，形成了悲剧与喜剧情态的相互转换，使得讽刺与诗意抒情相互映衬，从而营造出丰富多样的戏剧色彩。

二、夏衍的戏剧创作

夏衍（1900—1995），原名沈乃熙，系浙江省杭州市郊一没落小地主家庭之子。1915年，他顺利考入浙江省甲种工业学校，以深造学业。1920年，怀揣着"工业救国"的崇高理想，他远赴日本，就读于明治专门学校机电工程专业。然而，他在日本留学期间，对文学与哲学产生了浓厚兴趣，并深受国内外革命思潮的影响，积极参与进步文艺运动，自此开启了他的文学创作生涯。1927年，夏衍毅然决定回国，加入中国共产党，并投身"左联"组织，积极领导并推动左翼文化运动的蓬勃发展。1929年，他与郑伯奇等同志共同创立了"艺术剧社"，致力于戏剧艺术的创作与探索，为文艺事业贡献了自己的力量。抗日战争爆发后，夏衍义无反顾地投身于抗日救亡的伟大事业，同时坚持文学创作，以笔墨为武器，抒发爱国情感，鼓舞民族斗志，为抗战胜利作出了积极贡献。中华人民共和国成立后，夏衍历任上海市委常委、上海市委宣传部部长、上海市文化局局长、上海人民艺术剧院院长等职务，致力于推动上海市的文化事业繁荣发展，为国家的文化建设作出了卓越贡献。1995年2月16日，夏衍因病在北京医院逝世，享年95岁。

夏衍始终秉持着对革命事业的忠诚与奉献，严格按照党组织的指示，毅然决然地放弃了原本的工业领域，转而投身文学艺术的广阔天地。正是基于这样的背景，他的每一部作品都毫无保留地彰显出其明确的创作主旨：深刻反映时代变迁，积极鼓舞革命精神，充满了强烈的时代气息和鲜明的政治立场。夏衍的戏剧创作生涯起始于1935年，而在革命文学时期，他的杰出代表作无疑是《上海屋檐下》，这部作品以其深刻的内涵和独特的艺术魅力，赢得了广泛的赞誉与关注。

《上海屋檐下》是一部充满深刻内涵的现实主义经典之作，其剧情背景精心设定于抗日战争前夕的上海，即那个弥漫着沉闷与压抑氛围的黄梅天。该剧以独特视角聚焦于一幢普通上海弄堂内的生活横截面，通过细腻入微的笔触，生动描绘了五户人家在一天之中的真实经历与情感体验。作品深刻而真实地展现了抗战爆发前小市民阶层所经历的痛苦而平庸的生活状态，为观众呈现了一幅鲜活而感人的社会画卷。

在剧本中，作家巧妙地将思想主旨融入对群像的精细刻画与生活场景的逼真描绘之中。在这如同黄梅天般变幻莫测、阴郁沉闷的政治气候下，每个家庭都面临着各自难以言说的困境与挑战。其中，"廉价的摩登少妇"施小宝因丈夫出海、生活无依，被迫陷入困境，受尽屈辱却得不到同情与援助；老报贩"李陵碑"因思念战死的儿子而精神失常，尽管生活困顿，仍怀揣着对儿子的美好幻想；失业大学生黄家楣为报答父恩，不得不卖掉妻子的衣物以款待老父；而天性乐观的小学教员赵振宇一家虽努力维持生计，却仍难免为生活琐事所困。此外，纱厂职员林志成一家虽生活相对安稳，但亦隐藏着难以言说的隐痛。杨彩玉作为林志成的同居伴侣，曾与革命者匡复有过一段感情，但因生活所迫而选择了与林志成共同生活。这种选择让她失去了往日的朝气，沦为平凡的家庭主妇。而林志成则在帮助朋友家属的过程中陷入了爱情旋涡，同时承受着沉重的负罪感。为维持生计和照顾彩玉母女，他不得不忍受资本家的剥削与压迫，心中充满抑郁与无奈。

该剧通过细腻入微的笔触，真实地展现了这些人物在都市社会底层所经历的种种艰辛与无奈。尽管剧中没有直接提及国民党反动统治与帝国主义侵略压迫的台词，也没有强烈的政治事件作为背景，但作家却凭借其精湛的艺术功力，使作品在平凡的生活细节中流露出鲜明的时代感与明确的政治倾向。剧中人物所经历的种种磨难与挣扎，正是当时千千万万普通市民命运的缩影。最后，"太阳反正总要出来的"这一寓意深刻的台词，预示着即将到来的光明与希望，为观众留下了深刻的思考空间。

这部剧作之所以在艺术上受到高度评价，是因为它在多个层面上展现了其独特性和深刻性。首先，剧作采用了严谨的现实主义创作方法，这不仅体现在对现实生活的深刻洞察，也体现在对人物性格和情感的细腻刻画上。通过这种方法，剧作成功地调动了舞台艺术的各种手段，如灯光、音乐、服装和道具等，共同营造出一个充满艺术魅力的舞台世界。

在题材的选择上，作者并没有追求那些充满传奇色彩的故事或戏剧性的情节，而是选择了那些看似平凡，却蕴含着深刻社会意义的小人物和他们的生活。这样的选择使得剧作更加贴近观众的生活经验，更容易引起观众的共鸣。作者通过对人物性格和相互关系的深入挖掘，构建了戏剧冲突，从而揭示了人物内心世界的复杂性和他们之间关系的悲剧性。

在人物描写上，剧作体现了剧作家对于戏剧应以塑造性格为主的观点。剧作家通过展现人物真实而复杂的思想感情，与观众建立了情感上的联系，激发了观众的共鸣。例如，剧中的林志成、杨彩玉和匡复三个人物，他们的内心世界充满了痛苦和创伤，剧作通过他们的动作和台词，生动地展现了他们的内心挣扎和情感变化。

在剧情的精心布局与结构设计上，该剧巧妙地融汇了五户人家的生活脉络，以林志成一家为核心主线，辅以其他各家的日常生活为辅助线索，从而构建了一个既条理清晰又富有变化的叙事框架。这一结构安排不仅确保了剧情发展的紧凑性与自然流畅，更通过不同家庭间的互动交织，生动展现了社会的多元面貌与内在复杂性。

在舞台空间的运用与转换方面，该剧巧妙借鉴了电影艺术中的蒙太奇手法，通过截取生活的不同横截面，巧妙地将多个独立的生活场景并置展现于观众眼前，从而有效拓展了舞台的空间维度，显著增强了戏剧的感染力与表现力。这种技法的运用，使得舞台呈现更加丰富多彩、立体饱满，为观众提供了更加广阔的想象空间与审美体验。

此外，该剧在环境气氛的营造上也颇具匠心，善于通过细腻的环境描绘来渲染特定的时代氛围与人物心境。无论是黄梅时节的阴晴不定，还是屋檐下的拥挤压抑，都并非仅仅作为背景存在，而是与特定的社会政治背景紧密相连，深刻揭示了人物精神面貌的社会根源。这种对人物与环境关系的深入刻画，为剧情增添了更为深刻的社会内涵与人文关怀。

总的来说，这部剧作通过其深刻的主题、细腻的人物刻画、精巧的结构布局以及创新的舞台表现手法，充分展现了剧作家夏衍的创作个性和艺术风格。它不仅为观众提供了一次难忘的艺术体验，也为我们提供了对人性和社会的深刻思考。

三、洪深的戏剧创作

洪深（1894—1955），字浅哉，祖籍江苏武进。自幼在私塾接受教育，后负笈求学于上海。1912年，他成功考入清华大学深造，其间对戏剧艺术产生浓厚兴趣，并开始涉足戏剧创作领域。毕业后，他远赴美国深造，专注于戏剧编撰之学。在美国期间，洪深广泛阅读西方戏剧名著，并与著名戏剧家奥尼尔建立了深厚的友谊，奥尼尔的戏剧创作理念对洪深的戏剧观产生了深远影响。归国后，洪深致力于戏剧创作与教育事业，一方面在大学执教，传授戏剧知识，另一方面则勤奋笔耕，积极创作戏剧作品。1930年，受无产阶级革命思想的感召，他毅然加入"左联"与"剧联"，其戏剧创作思想亦随之发生深刻变化，更加贴近时代和人民的需求。抗日战争爆发后，洪深积极投身救亡演剧运动，通过文艺创作激发民族精神，坚定人民抗战信心。中华人民共和国成立后，洪深备受党和人民的信任与重托，先后担任中国文学艺术界联合会主席团委员、中国戏剧家协会副主席、中国作家协会理事等职务，为我国文学艺术事业的繁荣发展作出了杰出贡献。1955年8月29日，洪深先生因病在北京逝世。

洪深的剧作始终肩负着"为苦难人生发出振聋发聩之声"的崇高使命，紧密贴合时代变迁的脉搏，深刻体现了作家所具备的高度社会责任感。他在1931年至1932年这一重要时期所创作的"农村三部曲"——包括独幕剧《五奎桥》、三幕剧《香稻米》以及四幕剧《青龙潭》——无疑是洪深创作生涯中的璀璨瑰宝。这三部作品在现代文学史上占据着举足轻重的地位，它们率先从被压迫阶级的视角出发，全面且深刻地剖析了农村生活的斗争图景与农民所承受的深重苦难。尤为值得一提的是，《五奎桥》一剧，以其独树一帜的艺术风采和深远的社会价值，尤为引人瞩目，并收获了卓越的成就。以下对这部作品进行深入的分析与探讨。

《五奎桥》这部戏剧深刻描绘了江南某乡村中农民与封建地主之间围绕五奎桥的存废问题而展开的激烈斗争。五奎桥，这座由地主周乡绅的祖先所建的古桥，不仅是乡村的水陆交通要冲，更是封建统治和地主阶级权力的一种象征。然而，在这一年，当地遭遇了大旱，农民的庄稼急需灌溉，而抗旱打水船却因五奎桥狭矮的桥洞而无法通过，农民的生计岌岌可危。面对这一困境，以李全生为代表的农民们不再沉默。他们深知，要挽救庄稼，保证来年的正常生活，就必须拆除这座阻碍他们生计的五奎桥。这不仅仅是一场简单的拆桥行动，更是对封建地主阶级长期压迫和剥削的反抗和斗争。然而，周乡绅作为地主阶级的代表，自然不会轻易放弃自己的利益。他视五奎桥为家族荣誉和"风水"的象征，不惜动用反动军警和法律手段来威胁农民，企图阻止他们拆桥。这使得斗争的形势更加严峻和复杂。在这场斗争中，李全生展现出了惊人的机智和勇气。他深知与地主阶级的斗争不会一帆风顺，但他没有退缩，而是勇敢地站在了斗争的最前沿。他带领农民们与周乡绅进行了多次较量，不仅成功地拆除了五奎桥，还巧妙地应对了周乡绅的种种诡计和威胁。最终，在李全生的带领下，农民们赢得了这场斗争的胜利。五奎桥的拆除不仅为农民们解决了抗旱打水的难题，更象征着封建地主阶级对农民的长期压迫和剥削的终结。这场斗争的胜利不仅为农民们带来了实际利益，更激发了他们反抗封建统治、争取自身权益的勇气和信心。

《五奎桥》这部剧作所描绘的斗争，虽然最初是由一桩看似偶然的乡村事件触发，但其背后却深刻反映了农民与封建地主两大阶级之间长期积压的矛盾和斗争的必然性。这种必然性不仅体现在历史长河中两大阶级之间的对立与冲突，更在剧作中通过具体的事件和人物命运得到了生动的展现。

从全剧的结构来看，其布局紧凑，条理明晰，每个情节都紧密相扣，推动着剧情的发展。这种结构使得观众能够清晰地看到斗争的起承转合，更加深入地理解农民与封建地主之间的复杂关系。同时，剧作的语言朴素而富有力量，既贴近农村生活，又能够准确地传达出人物的情感和内心世界。

在人物塑造方面，《五奎桥》中的人物形象生动而又内涵深沉。无论是以李全生为代表的农民，还是地主周乡绅，他们的性格、情感和行为都被刻画得栩栩如生，使得观众能够深入地感受到他们的喜怒哀乐和命运变迁。同时，剧作中的人物语言也极富个性化，每个人的话语都符合其身份和性格，使得人物形象更加立体和真实。

在舞台艺术效果方面，《五奎桥》展现出了自然而生动的表现力。通过精心设计的场景、服装和道具，以及演员们精湛的演技，剧作成功地营造出了一个充满真实感和代入感的乡村世界。这使得观众仿佛置身于剧中，与人物同呼吸、共命运，更加深刻地感受到斗争的激烈和残酷。

《五奎桥》不仅深受广大观众的喜爱，更标志着洪深剧作开始走向成熟。在这部作品中，洪深展现了他严谨、朴实的艺术风格，通过对农民与封建地主斗争的深入描绘，揭示了社会现实的复杂性和矛盾性。这种艺术风格不仅使得剧作具有深刻的思想内涵，更使得其具有较高的艺术价值和观赏性。

第四章　战争时期的中国文学

历史的巨轮滚滚向前，在战火纷飞的年代里，文学作为一种精神力量，在硝烟中绽放着独特的光彩。战争时期的中国文学，不仅记录了民族的苦难与抗争，更塑造了无数英勇无畏、坚韧不拔的英雄形象，成为激励人民前进的不灭火炬。在这一章中，我们将深入探讨战争时期中国文学的发展历程及其独特魅力。

第一节　爱国主义诗歌的创作

在战火纷飞的年代，抗战无疑是时代的核心命题。在这一宏大的历史背景下，诗人的诗歌理念与创作实践均发生了显著变化。他们积极担当起时代鼓手的角色，肩负起引领时代风潮的重任，致力于创作出大量具有深刻时代烙印和战斗精神的爱国主义诗歌。这些作品以高亢的旋律和激昂的情感，高扬了民族独立与解放的旗帜，为抗击外敌、捍卫国家尊严和民族利益注入了强大的精神动力。在这一历史进程中，艾青、七月派诗人以及九月派诗人均成为爱国主义诗歌创作的中坚力量。他们以诗歌为武器，以文字为弹药，用艺术的力量激励人民勇往直前，为国家的独立和民族的解放而浴血奋战。他们的作品不仅丰富了中华文化的内涵，也为抗击外敌、捍卫国家尊严和民族利益贡献了宝贵的艺术力量。

一、艾青的诗歌创作

艾青（1910—1996），原名蒋海澄，籍贯为浙江金华。他曾在巴黎深入研习绘画艺术，在此期间，因与欧洲现代派诗歌的接触而产生了对诗歌创作的浓厚兴趣。归国之后，艾青积极参与中国左翼美术家联盟的活动，在投身革命文艺事业的同时，亦开启了他的诗歌创作生涯，并迅速在诗坛上崭露头角，赢得了广泛的社会关注。抗日战争爆发后，艾青在艰难的时局中展现出坚定的信念和毅力。他一方面积极参与抗日救亡运动，为国家和民族的解放事业贡献自己的力量；另一方面，他坚持诗歌创作，发表了一系列深受读者喜爱的优秀作品，从而进一步巩固了他在中国现代诗坛的重要地位。中华人民共和国成立后，艾青继续投身诗歌创作事业，多部诗集相继问世，为诗歌的发展和繁荣作出了卓越的贡献。1996年5月5日，艾青先生因病不幸逝世，享年86岁。

艾青，这位在中国新诗史上留下浓墨重彩一笔的卓越民族诗人，他的诗歌创作与中华民族的命运紧密相连。他生活在一个动荡不安的时代，一个民族惨遭外敌蹂躏，却又顽强抗争、奋力奔向光明的时代。在这样的历史背景下，艾青用他独特的笔触，创作了一系列具有深厚民族感情和民族精神的现代诗。在战争的硝烟中，艾青的诗歌成为反映民族解放战争进程和民族精神风貌的生动写照。他的诗歌不仅记录下了民族苦难的历程，更传达了民族不屈不挠、勇往直前的抗争精神。艾青的诗篇中，始终回荡着悲愤的倾诉、绝望中的抗争和热烈的憧憬，这些声音凝聚成一股强大的力量，激励着中华民族在苦难中崛起，在黑暗中寻找光明。在艾青的"北方组诗"中，《我爱这土地》尤为引人注目。这首诗创作于抗日战争爆发后的第二年，当时的中国正处于水深火热之中，民族危机四伏，民众苦难深重。艾青在亲身参与抗日救亡运动的过程中，对现实有了更加深刻的认识，对土地和民族的感情也愈发浓烈。

在《我爱这土地》中，艾青以一只鸟的视角，深情地表达了对土地的热爱和敬仰。他将自己想象成一只鸟，用鸟的语言倾诉着对土地的眷恋和依赖。诗人笔下的土地虽然遭受了战争的摧残和苦难，但它依然坚韧不屈，始终在进行着反抗和斗争。这种精神深深地感染了诗人，使他更加坚定了对土地的热爱和对民族的忠诚。

在诗歌的结尾部分，诗人更是直抒胸臆，表达了自己愿意为这片土地付出一切的决心。他写道："为什么我的眼里常含泪水？因为我对这土地爱得深沉。"

这句话成为该诗的点睛之笔，也是诗人爱国主义情感的集中体现。他愿意将自己的生命和热血献给这片土地，与土地共同经历风雨、迎接黎明。

《我爱这土地》不仅是一首表达爱国主义情感的诗歌，更是一首具有深刻思想内涵和时代意义的作品。它记录了中华民族在苦难中崛起的历程，展现了民族精神的伟大力量。

艾青的诗歌，如同一幅幅深沉而壮丽的画卷，不仅细腻地描绘了祖国大地在战火中遭受的苦难，同时也深情地展现了他对自己民族命运的深沉忧患。这种情感常常被一种忧郁的情调所笼罩，而这种忧郁并非源于他对生活或民族的失望，而是源自他在苦难时代所经历的特殊人生体验。

艾青的忧郁，其实是他内心深处对生活执着追求和对民族前途坚定信念的一种外化。他的这种忧郁，不是消极的沉沦，而是一种深沉的"力"，一种能够扫荡旧世界、迎接新生活的力量。这种力量在他的诗歌中得到了充分的体现，使得他诗歌不仅充满了对苦难的控诉，更充满了对光明和未来的热切期盼。在"太阳组诗"中，这种光明主题得到了最为鲜明的体现。这组诗歌包括《太阳》《煤的对话》《向太阳》《吹号者》《火把》等，它们如同一曲曲壮丽的赞歌，歌唱着太阳、火把、黎明和光明。这些诗歌就像是战斗的号角，激励着人们在黑暗中奋起反抗，追求自由和解放。

艾青在创作过程中，始终坚守着以真实的、直接的社会生活经验为基础的原则，这使得他的诗歌作品展现出了强烈的现实主义倾向。他深谙现实生活的复杂性和多样性，因此他的诗作不仅仅是个人情感的抒发，更是对整个社会、时代、民族和阶级的深刻反映。艾青诗歌中的抒情主体——"我"，并非仅仅代表诗人个体，而是作为整个时代、民族和阶级的代言人出现。他通过"我"这一角色，传达出了广大人民在特定历史时期所共有的感情与愿望。这种情感表达的方式，使得艾青的诗歌具有了超越个人的普遍意义，成为一个时代、一个民族共同的心声。

以《北方》一诗为例，艾青在诗中写的是"我"的感受与情思，但这里的"我"并非狭隘地指代诗人自己，而是泛指所有的爱国儿女。在残酷的战争时期，整个国家和民族都面临着巨大的苦难和挑战，而艾青正是通过"我"这一角色，将广大人民的痛苦、挣扎和期待表达得淋漓尽致。他的诗歌中充满了对祖国的深深眷恋和对民族未来的坚定信念，这种情感不仅属于他个人，更属于那个时代、那个民族的所有儿女。

艾青的诗歌在追求写实主义的同时，亦强调与象征手法的精妙结合。他娴熟地运用丰富而深沉的意象组合，生动地描绘出广阔的社会生活场景，并巧妙地将情理融为一体，赋予诗歌深刻的内涵。如在《雪落在中国的土地上》与《北方》等作品中，艾青以"北方严寒冰雪覆盖的土地"为象征，深刻地揭示了中华民族所历经的苦难与磨砺；而在《火把》一诗中，他则借助"火把"这一象征符号，形象地表达了中国广大民众对于建立强大中华人民共和国的迫切期望与坚定信念。

艾青的诗歌在艺术形式上展现了他独特的追求和品味。他特别注重散文美的自由体，这种自由体不仅赋予了他的诗歌独特的韵律和节奏，还使得他的诗作在表达上更加自由、灵活。艾青的自由体形式与同时代的其他诗人有着明显的区别。一方面，艾青的自由体并非郭沫若那种"绝端的自由"、毫无节制的表达。他深知，过度的自由可能会使得诗歌失去其应有的韵律和美感，因此在追求自由的同时，他依然注重诗歌的整体结构和节奏。另一方面，艾青也反对现代诗派那种完全摒弃音乐美的自由体。他认为，音乐性是诗歌不可或缺的一部分，它能够增强诗歌的感染力和表现力。因此，在艾青的诗歌中，我们依然能够感受到一种内在的音乐韵律。艾青也反对新月诗人们对形式格律的刻意追求。他认为，诗歌的形式应该是为内容服务的，而不应该成为束缚诗歌表达的枷锁。因此，他在诗歌创作中追求的是自然、流畅的表达方式，使得诗歌更加贴近生活、贴近人民。

在艾青的诗歌中，他通过口语化的表达方式，实现了自然美和散文美的结合。这种表达方式不仅使得他的诗歌更加易于理解和接受，还使得他的诗作具有更加浓郁的生活气息和时代感。以《火把》为例，这首诗就是艾青有意识地用经过提炼的口语写成的。诗中表现了小资产阶级知识分子在新的民主浪潮冲击下，感受到人民坚持团结、坚持抗战的真正力量，从迷茫、徘徊中看到时代的光明，并决心摆脱个人的痛苦去追求光明。这首诗的语言生动、自然，充满了口语化的特点，使得读者能够更加深入地理解诗人的情感和思想。此外，《火把》这首诗在体式上也进行了创新。艾青为了强调诗句中某一成分，有意识地把它另起一行等，这种处理方式不仅增强了诗歌的节奏感和韵律美，还使得诗歌的表达更加突出和鲜明。这种创新不仅体现了艾青对诗歌形式的不断探索和尝试，也展现了他对诗歌艺术的独特追求和品味。

艾青的诗歌中，色彩的运用是其艺术魅力的重要组成部分。他巧妙地将色彩与诗意融为一体，使得诗歌不仅具有深刻的情感内涵，还展现出独特的视觉美感。艾青对色彩的敏感和精准把握，使得他的诗歌作品在传达情感的同时，也带给读者丰富的视觉体验。

在《旷野》一诗中，艾青通过色彩的运用，生动地描绘了北方乡村的破落与衰败。他写道："在广大的灰白里呈露出的／到处是一片土黄，暗赭／与焦茶的颜色的混合啊"。这里的"灰白""土黄""暗赭"和"焦茶"等色彩，不仅准确地描绘出了北方乡村的自然环境，还传递出一种荒凉、萧瑟的氛围。这种氛围与诗人对遭遇了重大苦难的祖国、民族和人民的关切之情相互呼应，使得诗歌的情感表达更加深沉、动人。在《北方》一诗中，艾青也运用了丰富的色彩来描绘北方的景象。他写道："一片暗淡的灰黄／蒙上一层揭不开的沙雾／……村庄呀，山坡呀，河岸呀／颓垣与荒冢呀／都披上了土色的忧郁"。这里的"灰黄""沙雾""土色"等色彩，不仅生动地描绘了北方乡村的破败景象，还传达出诗人对这片土地和人民的深深忧虑。这种忧虑与诗人对祖国的深厚情感相互交织，使得诗歌的情感表达更加真挚、感人。而在《向太阳》《火把》等诗中，艾青则通过火红的色彩来传达诗人的民族自信心。他写道："火红的太阳／从东方升起／照亮了大地／也照亮了我们的心灵"。这里的"火红"不仅是对太阳颜色的描绘，更是对诗人内心情感的象征。它象征着希望、光明和力量，表达了诗人在苦难中坚持信念、追求光明的决心和勇气。这种火红的色彩与诗人的民族自信心相互映衬，使得诗歌的情感表达更加鲜明、强烈。

总体而言，艾青不仅是中国现代诗歌领域的杰出代表之一，更是20世纪诗歌史上具有深远影响力的关键诗人。他承袭了20世纪20年代"五四"新诗的精神传统，为后来的诗歌艺术大众化运动奠定了坚实基础。通过其独特的诗歌创作理论及实践，艾青成功地将新诗的发展推向了一个崭新的高度，为诗歌艺术的繁荣与进步作出了不可磨灭的贡献。

二、七月派诗人的诗歌创作

七月诗派，作为在20世纪40年代崭露头角的诗歌创作流派，其影响力颇为显著。该流派的杰出代表诗人包括鲁藜、绿原、冀汸、阿垅、曾卓、孙钿、牛汉、邹荻帆、彭燕郊、杜谷等。这一流派在诗歌创作实践中，展现出鲜明的现实主义倾向，其诗歌内容以重大政治题材为主，积极弘扬民族的坚定意志和不屈的斗争精神，从而赋予了诗歌创作鲜明的政治立场。在此，我们特别选取鲁藜和阿垅的诗歌作品进行深入剖析，以揭示其艺术魅力与思想内涵。

（一）鲁藜的诗歌创作

鲁藜（1914—1999），原名许图地，籍贯福建同安。他在幼年时期便随父母迁居越南，并在年满18岁之际返回祖国。回国后，他毅然加入"左联"，积极投身革命文学活动，为推动革命文化的发展贡献了自己的力量。在此期间，他也开始了诗歌创作的探索与实践。抗日战争期间，他的诗歌作品在诗坛上引发了广泛的关注和热烈的反响，成为当时文学界的一股清流。战争胜利后，他既在大学执教，又坚持诗歌创作，以其独特的艺术风格和深刻的思想内涵赢得了广大读者的喜爱和尊敬。1999年1月20日，鲁藜先生因病逝世，享年86岁。

鲁藜在战争时期的诗歌创作，是他心中炽热爱国主义情感的直接体现，每一字每一句都饱含着对革命事业的坚定信念和对胜利的热切期盼。他的诗作不仅是个人情感的抒发，更是对那个时代人民共同心愿的深刻反映。

以《延河散歌·河》为例，鲁藜通过细腻而富有象征意义的笔触，将山泉水慢慢汇集到延河的过程，巧妙地比喻为革命力量的逐渐汇聚与团结。延河，作为革命圣地延安的象征，承载着无数革命先烈的梦想和期望。在鲁藜的笔下，山泉水就像是来自四面八方的革命力量，它们虽然起初分散、微小，但随着时间的推移，逐渐汇聚成一股强大的力量，最终汇入延河这一革命的洪流之中。这种力量的汇聚与团结，不仅仅是物理意义上的聚集，更是精神层面的凝聚。它象征着革命战士们对共同目标的追求和对革命事业的忠诚。在鲁藜的诗中，我们仿佛能够感受到那种坚定的信念和昂扬的斗志，它们如同延河之水一般汹涌澎湃，势不可挡。更为难得的是，鲁藜在《延河散歌·河》中，不仅仅是对革命力量的汇聚进行了描绘，更是发出了革命一定会取得胜利的呐喊。这种呐喊，是基于对革命事业的深刻理解和坚定信念之上的，它充满了对未来的希望和信心。在鲁藜看来，革命的力量是无比强大的，只要我们团结一心、坚定信念，就一定能够战胜一切困难，迎来革命的最终胜利。因此，鲁藜的《延河散歌·河》不仅是一首描绘革命力量汇聚与团结的诗歌，更是一首充满爱国主义激情和革命必胜信念的赞歌。它激励着人们在战争年代坚定信念、团结奋斗，共同为革命事业贡献力量。同时，它也让我们在今天依然能够感受到那种革命精神的力量和魅力，激励我们在新的时代条件下继续前行、追求更高的目标。

鲁藜在进行诗歌创作时，展现出了他独特的艺术视角和深刻的情感洞察力。他善于从日常生活中寻找灵感，捕捉那些看似平凡却充满意义的瞬间，通过细腻的笔触和独特的构思，将这些瞬间转化为富有诗意的画面，并在其中蕴含深刻的哲理。

小诗《泥土》正是鲁藜这一创作特点的生动体现。这首诗虽然只有短短的四行，却犹如一幅生动的画面，展现出了丰富的内涵和深刻的情感。诗人通过珍珠和泥土这两个截然不同的元素进行对比，揭示了人生的某种真谛。在诗中，珍珠被赋予了"时时怕被埋没的痛苦"的情感色彩。这反映了珍珠作为珍宝的特性，它渴望被人们发现、欣赏和珍视。然而，这种渴望也带来了它的痛苦，因为它害怕被埋没，失去光彩。这种情感与人的某些心理有着共通之处，即人们往往渴望被认可、被重视，但过度的渴望也可能带来内心的焦虑和不安。与珍珠形成鲜明对比的是泥土。泥土没有珍珠那样闪耀的外表，它默默无闻，但却承载着万物的生长。在诗中，泥土被描述为"被众人踩成一条道路"，这体现了泥土的奉献精神和实用价值。泥土虽然平凡，但它却为人们提供了前行的道路，承载着人们的步伐和希望。

通过珍珠和泥土的对比，鲁藜巧妙地揭示了人应具有的一种精神品质，即踏实奉献的精神。他告诫人们，不要过分追求个人的荣耀和地位，而应该像泥土一样，默默无闻地为社会和他人做出贡献。同时，他也提醒人们要警惕内心的虚荣和浮躁，不要因为个人的私欲而置民族、阶级利益于不顾。

《泥土》这首诗虽然短小精悍，但却蕴含着丰富的哲理和深刻的情感。它让人们从平凡的生活中发现美、感悟人生，也激励人们在新的时代条件下继续传承和发扬踏实奉献的精神。

鲁藜的诗作中，象征手法的运用可谓别具一格，他擅长通过具象的自然元素或日常物品来隐喻和揭示深层意义。在《延河散歌·山》这首诗中，鲁藜便巧妙地运用了象征的手法，对现实的生活场景进行了深情的描写，并对延安在中国革命中的伟大意义进行了热情的歌颂。诗中，鲁藜以"山花"和"天上的星星"这两个富有自然美的元素为象征，巧妙地隐喻了延安窑洞的灯光。山花在山间绽放，虽然微小，却以其独特的美丽点缀着山间，给人以希望和生机。同样，延安的窑洞灯光，虽然不如大城市的霓虹灯那样耀眼，但却在黑暗的夜晚中为人们照亮了前行的道路，指引着革命的方向。"天上的星星"则象征着延安在中国革命中的崇高地位。星星在夜空中闪烁，虽然遥远，却以其坚定的光芒指引着方向。延安作为中国革命的圣地，同样以其坚定的信念和光辉的历史地位，在中国革命的进程中起到了举足轻重的作用。延安的灯光，就像天上的星星一样，虽然微小，却具有引领和启迪的力量。鲁藜通过"山花"和"天上的星星"这两个象征，将延安窑洞的灯光与中国革命的伟大意义巧妙地联系起来。他赞美了延安在中国革命中的领导意义，同时也表达了对延安的深深眷恋和敬仰之情。这种象征手法的运用，不仅使得诗歌的意境更加深远，也使得诗歌的情感表达更加真挚和动人。

《延河散歌·山》这首诗，以其独特的象征手法和深情的描写，展现了鲁藜对延安的热爱和对中国革命的坚定信念。它让我们更加深刻地理解了延安在中国革命中的重要地位，也让我们更加珍惜和铭记那段光辉的历史。

（二）阿垅的诗歌创作

阿垅（1907—1967），本名陈守梅，原籍浙江杭州。自中学时代起，他便对文学领域怀有浓厚兴趣，尤其是诗歌创作，并致力于诗歌作品的创作与发表。1939年，他前往延安，在抗日军政大学接受系统的学习，并兼任党的地下刊物《呼吸》的编辑工作，然而不幸遭到国民党当局的通缉。中华人民共和国成立后，阿垅积极投身文学事业，担任天津市文协编辑部主任一职，继续为文学领域的繁荣与发展贡献自己的力量。然而，令人痛惜的是，1967年，阿垅因病离世。

阿垅作为七月诗派的杰出代表，其诗集《无弦琴》不仅展现了他深厚的文学造诣，更体现了他对现实主义创作原则的坚持与对西方现代主义艺术经验的独特借鉴。这部诗集中的每一首诗，都仿佛是无弦的琴音，虽无声却充满力量，用象征意象诉说着时代的沧桑与民族的坚韧。

阿垅深切地感受到了民族生存与发展的艰辛与悲壮，他目睹了古老民族在苦难中不屈不挠的韧性精神和顽强的生命力。这种感受深深地烙印在他的心中，成为他诗歌创作的灵感之源。在《无弦琴》中，他用气势雄阔、不可阻挡的诗句，描绘了一个在苦难中缓缓前行的中国形象，展现了中华民族历经风雨而愈加坚韧的英雄本色。其中，《纤夫》作为阿垅的代表作之一，更是将这种精神展现得淋漓尽致。这首诗通过描绘纤夫在艰难环境中拉纤前行的场景，表达了中国人民捍卫祖国领土、在"一寸一寸"的搏斗中前进的坚韧和顽强。纤夫这一形象，不仅是社会进步力量的象征，更是中华民族历经苦难而永不衰竭的英雄斗志和进取精神的集中体现。

在《纤夫》中，阿垅运用了长短不齐、节奏多变的诗行，营造出一种雄壮而激昂的气氛。这种诗行结构不仅增强了诗歌的韵律感，更使得诗歌的情感表达愈加真挚而强烈。读者在阅读时，仿佛能够感受到那种刚毅、遒劲、豪放、粗粝的力量之美，那种除旧布新、振发战斗力与反抗意志的鼓动力。

《纤夫》一作中，还透露出一种倔强而近乎疯狂的美学特质。这种所谓的"疯狂"，并非指真正的精神失控，而是艺术家对于压迫者的无力反击与深沉控诉，是内心痛苦、炽热情感与强大力量的积聚与表现。它宛如一股蓄势待发的山洪，低沉而有力地咆哮着，急切地寻觅着释放的出口。在这份"疯狂"之中，我们得以窥见一种独特而鲜明的意志力之美，那是一种坚韧不拔、永不屈服的精神风貌的彰显。

三、九叶派诗人的诗歌创作

在战争时期的特殊背景下，九叶诗派的诗歌创作显得尤为耀眼。该诗派在诗歌艺术的探索中，深刻关注着复杂多变的现实世界，将诗人的内心体验与现实世界的纷繁复杂相互交融，致力于在诗歌艺术与现实之间找到和谐的平衡点。同时，九叶诗派在诗歌创作的过程中，不仅充分汲取了中国古典诗歌的深厚底蕴，更巧妙地融入了西方现代派诗歌的独特表现手法，为中国现代诗歌的繁荣发展注入了新的生命力。九叶诗派的核心成员包括辛笛、陈敬容、杭约赫、穆旦、郑敏、唐湜、杜运燮、唐祈、袁可嘉等杰出诗人，其中穆旦的诗歌成就尤为显著，对后世产生了深远的影响。

穆旦（1918—1977），本名查良铮，籍贯浙江海宁。自中学时期起，他便矢志于诗歌创作。穆旦曾求学于清华大学，然因抗日战争之烽火连天，遂转学至西南联大继续求知之路。毕业后，他选择留校执教，致力于现代主义诗歌及其理论的深入研究，并将其精髓巧妙融入个人创作之中，使其诗作独具匠心，光彩夺目。中华人民共和国成立后，穆旦转至南开大学执教，其间仍笔耕不辍，新作频出，为诗坛不断注入新的生机与活力。遗憾的是，1977年2月26日，穆旦因病辞世，诗坛失去了一位璀璨的星辰。

穆旦，作为九叶诗派中独树一帜的诗人，其诗歌创作在中国现代诗坛上留下了深刻的印记。他不仅是九叶诗派中最具特色、影响最大的诗人之一，更是早期就有意识地借鉴西方现代主义诗歌技巧的先行者。穆旦的诗歌之路，从早期受到英国浪漫派诗人的影响，到抗日战争爆发后风格的转变，都展现了他独特的艺术追求和深刻的思想内涵。

穆旦早期的诗歌，作为他青春岁月的真实写照，充分展现了一种浓郁的青春气息与浪漫的情怀。在这些诗歌的字里行间，流露出对美好生活的热切渴望，对爱情的深切向往，以及对自由与理想的执着追求。然而，随着抗日战争的骤然爆发，穆旦的诗歌风格发生了显著而深刻的转变。他的诗作逐渐摆脱了早期浓厚的浪漫主义色彩，转而展现出一种更为深沉、凝重的特质。这种转变并非一蹴而就的突变，而是在感性与智性相互交融、相互作用的过程中，逐渐孕育并发展出一种独具特色的智性之美。

穆旦的抗战时期诗作，不仅具有鲜明的现实主义倾向，还充满了强烈的民族意识。他深知民族的苦难与艰辛，因此在诗歌中表达了对民族苦难的痛切感知。这种感知并非空洞乏味的情绪宣泄，而是深深地植根于他的心灵之中，通过诗歌这一艺术形式得以抒发和升华。《旗》这首诗，正是穆旦抗战时期诗歌创作的代表作之一。这首诗创作于1945年5月，距离日本最后投降还有三个月的时间。当时，穆旦可能已经预感到抗日战争即将取得胜利，因此他怀着激动的心情创作了这首诗。诗中，"旗"这一意象，不仅象征着胜利的到来，更象征着国家和民族的领导力量。它代表着一种精神寄托，一种信念的支撑。

在《旗》中，穆旦通过描绘英雄以自己的壮烈牺牲来换取旗的光荣，表达了自己对抗战胜利的信心。这种信心并非盲目乐观，而是建立在对历史发展趋势的深刻洞察和对民族精神的深刻理解之上。穆旦用诗歌的形式讴歌了那些为了国家和民族利益而英勇奋斗的英雄们，他们的牺牲是光荣的，他们的精神是永存的。

此外，《旗》这首诗还展现了穆旦诗歌艺术的独特魅力。他巧妙地运用象征、隐喻等修辞手法，将"旗"这一意象与国家和民族的命运紧密相连，使得诗歌具有了更加深邃的思想内涵和更加丰富的艺术表现力。同时，穆旦在诗中还注重节奏和韵律的把握，使得诗歌读起来朗朗上口、富有感染力。

穆旦的诗作，如同一面镜子，不仅映照出他深厚的民族意识，更深刻揭示了现代知识分子在复杂社会背景下多思敏感的心灵冲突与搏斗。在战火纷飞的年代，穆旦的身体与心灵遭受了双重的摧残和考验。这些经历让他的诗作中充满了难以言说的矛盾心态，既有对战争的厌恶与无奈，又有对和平的渴望与期盼。在这一系列的挣扎与抗争中，穆旦不断对自我进行深入剖析，探寻着内心的真实与完整。

在研读穆旦的诗歌时，人们往往能够深刻体验到一种深沉而丰富的焦灼情感。以《我》一诗为例，该诗塑造了一个既复杂又多元的"我"的形象。这一形象既展现出一种残缺不全、封闭自守的内心世界，充满了孤独与迷茫的情感色彩，又透露出一种渴望从分裂走向整合、追求内心和谐与完整的强烈愿望。

通过深入剖析"我"这一形象的内心世界，穆旦对置身历史洪流、现实困境以及个体存在境遇中的中国现代知识分子进行了深刻思考与灵魂拷问。他试图揭示这些知识分子在时代变迁的洪流中所经历的种种困惑与挣扎，以及他们如何在面对自我的过程中寻求与世界和解的可能途径。穆旦以其独特的诗歌语言，为我们呈现了一个真实而深刻的中国现代知识分子群像，引发了人们对个体命运与时代变迁之间复杂关系的深入思考。

穆旦的诗篇中，亦常显露出玄学传统的深沉底蕴。以《春》这首诗作为例证，其中蕴含了丰富的玄思妙想。在诗篇的开篇，穆旦赋予绿草以人性化的特质，将其刻画成充满爱欲的生灵。他进而将"火焰"比拟为绿草对花朵的炽热爱欲，这种爱欲如同熊熊燃烧的火焰，热烈而激昂。随后，诗人又将花朵赋予了人格化的形象，将其成长过程描绘为对土地束缚的顽强抗争。满园春色在诗人的妙笔之下，化作绚烂的"欲望"画卷，这种欲望成为推动万物生长、繁衍不息的源泉。最后，诗人将人的"爱欲或性"喻为纸一般轻薄易变的物质，可以被轻易"点燃"并发生"卷曲"。这一奇特的想象，既展现出人的欲望与情感的纷繁复杂，又暗示了它们与自然世界之间的紧密交织与相互影响。

在《春》这首诗中，穆旦将人和自然中的花草视为同一的东西。他认为它们都是因为有欲望的驱动才得以蓬勃发展。这种思想体现了穆旦对人与自然关系的独特理解，也反映了他对生命力和创造力的深刻洞察。通过玄学传统的运用，穆旦的诗作不仅具有深刻的哲理内涵，还充满了丰富的艺术表现力。

穆旦的诗，在艺术的殿堂里，无疑是一颗璀璨的明珠。他的作品不仅情感深邃，而且在结构上展现出了鲜明的戏剧主义特色，为诗歌创作带来了新的风貌。

首先，穆旦的诗歌结构具有戏剧化的倾向，这种戏剧化不仅体现在诗歌的形式上，更体现在其内在逻辑和情感张力上。他巧妙地运用对白、独白等戏剧元素，将诗歌中的情感冲突和内心挣扎表现得淋漓尽致。这种戏剧化的处理方式，使得穆旦的诗作在沉静的气质下，蕴含着巨大的情感张力，让读者在阅读时能够感受到诗人内心的波动和情感的冲击。

在《从空虚到充实》这首长诗中，穆旦通过戏剧性的手法，将"无处归依"的生命体验生动地呈现了出来。他运用对白和独白的方式，将主人公内心的挣扎和困惑展露无遗。这种戏剧化的处理方式，不仅使得诗歌的情节更加紧凑，而且更加深入地挖掘了人物的内心世界，让读者能够更加深刻地感受到主人公的情感变化。

其次，穆旦的诗歌在抒情方式上也有其独特之处。他的抒情是有节制的、智性化的，他常常借助于内心直白与抽象进行抒情。这种抒情方式使得他的诗歌在表达情感时更加深沉、内敛，同时也更具思考性和哲理性。在《诗八首》中，穆旦借爱情思索人生真谛、探索生命奥秘，通过内心分析的方式，将情感体验直白地呈现给读者。这种抒情方式不仅展现了诗人的深邃思考，也让读者在阅读时能够感受到诗人内心的沉静和理性。

最后，穆旦的诗歌语言也是其艺术魅力的重要体现。他的语言充满了现代生活的气息，同时又几乎完全拒绝了中国古典诗词的语言，创造了一种别有韵致的"新的抒情"。在《春》一诗中，穆旦的语言就充满了张力，节奏紧张、意象饱满。他运用丰富的想象和生动的比喻，将春天的景象描绘得栩栩如生，同时也表达了诗人对生命和自然的深刻感悟。这种语言风格不仅使得诗歌更加生动、形象，也更具现代感和时代感。

综上所述，穆旦的诗歌在艺术方面有着诸多值得称道之处。他独特的戏剧化结构、有节制的抒情方式以及充满现代气息的语言风格，都使得他的诗歌具有独特的魅力和深刻的内涵。他的诗作不仅是对个人情感的抒发，更是对生命、自然和社会的深刻思考和感悟。

第二节　市民小说和乡土小说的创作

一、市民小说的创作

在战争年代，国统区实施了一套周密细致的审查机制。鉴于外部敌人的侵略与国内局势的动荡，尽管国统区亦涌现出若干揭示国民党黑暗统治的文艺佳作，然而文学创作的主流方向仍聚焦刻画市民大众的日常生活风貌。因此，市民小说无疑成为这一时期国统区小说创作领域的核心组成部分。而在市民小说这一关键领域，张爱玲与钱钟书两位作家凭借其卓越的文学才华与成就，尤为引人注目，成为该领域的杰出典范。

（一）张爱玲的小说创作

张爱玲（1920—1995），原名张瑛，祖籍河北丰润，生于繁华的上海。她出身清末没落的贵族世家，是中国现代文学史上一位杰出的女作家。自幼便展现出非凡的文学天赋，年仅七岁便涉足小说创作，十二岁起便在校刊及杂志上发表作品，展现出其卓越的文学才华。在1943至1944年间，张爱玲创作并发表了多部脍炙人口的小说作品，其中包括《沉香屑·第一炉香》《沉香屑·第二炉香》《茉莉香片》《倾城之恋》以及《红玫瑰与白玫瑰》等。这些作品以其独特的文学风格和深刻的思想内涵，赢得了广大读者的喜爱与赞誉。1955年，张爱玲远赴美国定居，并在此期间创作了多部英文小说，尽管仅有一部作品得以出版。然而，这并未影响她在文学领域的地位与影响力。自1969年起，张爱玲将主要精力投入古典小说的研究之中，尤其致力于红学的研究，并著有红学论集《红楼梦魇》，为红学研究作出了重要贡献。1995年9月，张爱玲在美国洛杉矶逝世。

张爱玲尽管出生于显赫的名门望族，其生活却历经孤独与凄凉的磨砺。正是这份传奇的身世，赋予了她独特的人生体验与生活视角，对其日后成为作家产生了深远的影响。她性格中蕴含的敏感、敌意、怀疑与否定的特质，使她对于生与死、自我与世界、男人与女人等议题有着别具一格的感悟。这种感悟深刻影响了她小说的创作视角，使张爱玲能够以"人世挑剔者"的独特眼光，敏锐地透过日常社会生活，深入挖掘并揭示人性的阴暗面。

张爱玲的作品常常聚焦两性关系与婚姻生活的复杂纠葛，深刻揭示人性的脆弱与病态。她运用华美而绚烂的文辞，生动描绘了上海与香港这两座城市中的男女之间错综复杂、千疮百孔的情感与生活历程。其作品，犹如一曲曲人性的哀歌，深刻反映了在衰落的文化背景与时代变迁的冲击下，中国封建文化所经历的日渐式微与衰微。以下对张爱玲女士的几部代表作品《倾城之恋》《金锁记》及《封锁》进行简要的分析，以期进一步揭示其作品中蕴含的深刻内涵与独特艺术魅力。

《倾城之恋》作为张爱玲的成名作，不仅讲述了一个扣人心弦的爱情故事，更深刻地揭示了人性、社会以及文明的复杂面貌。小说中的女主人公白流苏，原本是上海封建旧式大家庭中的大家闺秀，却因所嫁非人，离婚后回到娘家，遭受了封建家族中的冷漠和排挤。她身陷困境，面临着生存和尊严的双重挑战。

白流苏在娘家感受到的世态炎凉，让她意识到唯有婚姻才能给她带来稳定的生存环境和社会地位。因此，她结识了华侨富商范柳原后，决定拿自己做赌注，争取赢得他的爱情和婚姻。然而，范柳原虽渴望爱情，却对婚姻持保留态度，他看穿了世情的虚伪，不愿被婚姻束缚。

在这场恋爱中，白流苏和范柳原都各自打着算盘，小心翼翼地试探着对方的心意。白流苏更是受到了家庭内部压力的重重困扰，她必须在追求爱情和婚姻的同时，应对来自家庭的指责和讥讽。然而，香港战争的爆发彻底改变了他们的命运。在战争的硝烟中，他们感受到了生命的脆弱和文明的毁灭。这场战争让他们意识到，在生命和文明的脆弱面前，所有的算计和计较都变得毫无意义。他们开始相互珍惜和理解，最终走到了一起。

《倾城之恋》这篇小说，不仅是对白流苏和范柳原命运的描绘，更是对张爱玲在港战中感受到的"文明的毁灭"这一思想背景的深刻反思。战争让张爱玲突然体会到生命和文明的脆弱，她意识到在一个失去了根基的世界上，再美好的生活也不过是"苍茫变幻的浮世"。这种对生命和文明的深刻思考，使得其小说具有更为深广的社会意义和历史价值。

《倾城之恋》也揭示了人性中的复杂性和矛盾性。白流苏和范柳原在追求爱情和婚姻的过程中，都表现出了自私、算计和犹豫的一面。然而，在战争的考验下，他们也展现出了人性中的善良、真诚和勇敢。这种对人性复杂性的揭示，使得小说具有了更为丰富的内涵和深刻的艺术价值。

张爱玲以其独特的笔触，擅长于描绘那些蕴含着深厚"家族史"韵味的故事。《金锁记》作为她最出色的中篇小说，不仅在中国现代文学史上留下了浓墨重彩的一笔，更为我们塑造了一个性格极端、命运多舛的女性形象——曹七巧。

《金锁记》的故事背景设定于1943年，七巧，这位原本性格泼辣且风情万种的麻油店老板之女，因命运的曲折，被贪财的兄嫂强行嫁入显赫的姜公馆。由于出身低微，她在姜家饱受冷眼与排斥，长期生活在压抑与孤寂的氛围之中。她的丈夫长期卧病在床，无法自理，这使得她的爱情生活遭受了极大的束缚与压抑。在这样的环境中，七巧曾暗自倾心于她的小叔子季泽，然而，受限于家族严格的规矩和传统的人伦道德观念，她只能将这份深情默默藏在心底，不敢轻易表露。

长期的煎熬使七巧的心理逐渐走向变态。她意识到，在这个金钱至上的社会中，只有金钱才能给她带来真正的安全感。因此，她开始疯狂地积聚财富，将金钱视为她唯一的立身之本。在这个过程中，她的人性逐渐被欲望之火所吞噬，所有的温情和善良都被消磨殆尽。

当姜家分家后，七巧终于有了足够的财富来掌控自己的生活。然而，她的内心却充满了空虚和失落。她开始通过制造别人的不幸来填补自己内心的空虚，这种扭曲的心理在她与儿女、媳妇的冲突中表现得尤为明显。

她的儿子长白在姜季泽的影响下逐渐堕落，这使七巧感到恐慌。为了管住儿子，她不惜破坏儿子的婚姻生活，让儿子与妻子不和，甚至强迫儿子娶妾。她的女儿长安，一个瘦弱的忧郁女子，在三十岁时还未出嫁。当长安与童世舫订婚时，七巧的嫉妒和不满情绪达到了顶点。她编造各种理由破坏女儿的婚姻，最终导致女儿的幸福破灭。

七巧的行为已经彻底暴露出她扭曲的心理和变态的人性。她将自己对幸福的渴望和对爱情的向往转化为对金钱的狂热追求，并将这种追求投射到她的儿女身上。她不仅剥夺了他们的幸福和快乐，还让他们承受了巨大的痛苦和不幸。

《金锁记》通过曹七巧这一形象，深刻地揭示了人性中的复杂性和矛盾性。在金钱和欲望的驱使下，人们往往会失去理智和良知，走向极端和毁灭。同时，小说也反映了当时社会的封建礼教和道德观念对人性的束缚和压抑，以及个体在这种束缚和压抑下所经历的挣扎和痛苦。

《金锁记》是一部深刻揭示旧式家族衰落、旧文化衰微背景下人物病态心理的杰作。张爱玲以其独特的视角和细腻的笔触，将主人公曹七巧从性格刚强的普通女子到心理变态的豪门怨妇的转变过程，展现得淋漓尽致。小说中，七巧戴着情欲和黄金的枷锁，一步步走向心理的扭曲和变态，最终对下一代疯狂地进行折磨和报复，令人不寒而栗。然而，张爱玲并没有简单地将七巧的故事呈现为一个市井女子嫁入豪门后的心理变态，而是深入挖掘了七巧一步步变态背后的心理逻辑。她通过细腻的描写和精准的心理刻画，展现了七巧内心的挣扎、痛苦和绝望，让读者能够深入理解她的变态心理并非一蹴而就，而是在旧式家族和旧文化的双重压力下逐渐形成的。

这种对人物深层心理的洞察性发现，使得《金锁记》不仅仅是一个令人毛骨悚然的故事，更是一个引人深思的启示。它揭示了旧式家族和旧文化对人性的压抑和束缚，以及在这种压抑和束缚下个体所经历的痛苦和挣扎。同时，它也提醒我们，在追求物质和金钱的过程中，我们不应忽视人性的尊严和精神的追求，否则，我们可能会像七巧一样，走向心理的扭曲和变态。

《封锁》这篇小说以其精致绝妙的笔触和寓意深刻的内涵，成为张爱玲文学创作中的一颗璀璨明珠。全文虽然不足八千字，但每一个字都凝聚了作者的匠心独运，使得题目"封锁"本身也蕴含了多重意蕴。

从最直观的角度来看，"封锁"显然指的是战时背景下，吕宗桢与吴翠远之间发生的特殊而短暂的恋情。然而，深入探究，我们不难发现，张爱玲巧妙地利用了"封锁"这一战时特有的现象，将人们从庸常的市民生活中暂时隔离出来，赋予了这个短暂时空以非凡的传奇色彩。

更进一步地，小说的核心寓意在于通过这场小小情事，讽刺和揭示了人们日常在世的生存真相。在"封锁"期间，虽然行动受到限制，但人们的心灵却可能获得了前所未有的"自由"。相反，日常规范化的生活，那种日复一日、单调乏味的生活状态，实则是一种更为深刻的"封锁"。只是，人们往往对这种"封锁"习焉不察，即使有所察觉，也往往无力挣脱这张无形的世俗之网。

在小说核心章节中，随着封锁的铃声骤然响起，吕宗桢与吴翠远偶然在密闭的车厢内邂逅。两位主人公之间瞬间迸发出的情感火花，仿佛一幕幕银幕上的传奇，充盈着令人心驰神往的虚幻美感。然而，当封锁的铃声再次响起，标志着这一特殊时刻的终结，那段曾如火如荼的爱情也如同幻影般迅速幻灭。这令读者不禁陷入沉思，对这段爱情的真实性产生了深深的疑虑。

这样的构思不仅精巧独特，而且寓意深刻。它蕴含着张爱玲在战乱时期留守孤岛——上海的切身体验，以及对人的复杂情性的深刻洞察。在那个极度不安全的时代，人们渴望抓住一丝温暖的本能被无限放大。张爱玲通过这篇小说，将这种本能和复杂情性展现得淋漓尽致，同时也为凡俗人生涂抹上了一层"苍凉"的底色。这种底色不仅贯穿于小说的始终，也深刻地反映了人们在面对困境和选择时所展现出的真实面目。

《封锁》作为张爱玲的杰出作品，其独特的艺术魅力主要源于其特异的梦幻般叙述。这种叙述风格的形成，与张爱玲对电影的深入借鉴和独特理解有着密不可分的内在联系。电影作为一种视觉和听觉相结合的艺术形式，其独特的叙事方式和表现手法为张爱玲的小说创作提供了丰富的灵感来源。

在《封锁》中，我们可以清晰地看到张爱玲对电影技法的借鉴和运用。首先，小说以虚化为线的封锁铃声作为切换时空的总体构想，这一手法巧妙地将读者带入了一个封闭而又充满变数的世界。随着铃声的响起和消失，小说中的时空得以自由切换，使得整个故事充满了梦幻般的色彩。

其次，张爱玲在叙述车厢世界里市民们的举止风貌时，采用了冷静客观的长镜头手法。这种手法让读者仿佛置身电影镜头之中，能够直观地感受到车厢内人们的一举一动和他们的内心世界。这种客观冷静的叙述方式，使得小说中的场景和人物更加真实可信，同时也为小说增添了浓厚的现实主义色彩。

最后，张爱玲还运用了对比蒙太奇的表现方式来进行意象描写。她通过对不同场景、不同人物之间的对比和冲突，展现了人性的复杂和多样。这种表现方式不仅使得小说中的意象更加鲜明生动，也深化了小说的主题和意蕴。

这些现代技法的尝试无疑具有先锋性，它们为张爱玲的小说创作注入了新的活力和创造力。通过这些技法的运用，张爱玲成功地强化了个体生命孤独、绝望、荒诞、悲凉的意蕴，使得这部短篇小说在现代性探索上更具特色。同时，这些技法也凸显了张爱玲的创新意识和对传统文学的创新性继承，使得《封锁》成为一部具有深刻内涵和独特魅力的文学作品。

总体来说，张爱玲的创作理念深植于市民读者群体之中，在题材选择、核心主旨以及艺术表现手法上均力求与之契合。其小说作品与同时代的社会背景保持着适度的疏离感，并未涉及启蒙与革命、民族与国家等宏阔的议题，而是聚焦于乱世背景下普通男女间的微妙情感纠葛、旧式家庭内部的纷争矛盾，以及小市民平淡无奇的生活点滴。张爱玲的笔触始终聚焦世俗百态，细致入微地刻画了人们的衣食住行等日常琐事以及他们朴素真实的情感世界。尽管其创作题材相对局限，透露出对冷漠琐碎生活的洞察态度，但她对都市小说现代化的探索无疑为后世提供了宝贵的启示与借鉴。

（二）钱钟书的小说创作

钱钟书（1910—1998），祖籍江苏无锡，原名仰先，字哲良，后更名钟书，字默存，号槐聚，曾使用笔名中书君。作为中国现代文学界的杰出作家与文学研究家，他展现了卓越的学术造诣和深厚的文学底蕴。1929年，他成功考入清华大学外文系，开启了学术生涯的新篇章。1932年，在清华大学的古月堂前，他与杨绛女士相识，共同谱写了学术与情感的双重佳话。在学术道路上，钱钟书不断追求卓越。1937年，他凭借论文《十七十八世纪英国文学中的中国》荣获牛津大学学士学位，展现了其深厚的学术功底。此后，他相继完成了《谈艺录》和《写在人生边上》等著作，为文学研究领域贡献了新的视角和思考。1947年，钱钟书的长篇小说《围城》由上海晨光出版公司正式出版，这部作品以其独特的艺术风格和深刻的社会洞察，赢得了广泛的赞誉。1958年，他创作的《宋诗选注》被列入中国古典文学读本丛书，进一步彰显了他在古典文学研究领域的卓越成就。在20世纪六七十年代那个动荡不安的时期，钱钟书依然坚守学术阵地，克服重重困难，完成了皇皇巨著《管锥编》四卷本的撰写工作。这部著作以其博大精深的内容和独特的学术价值，成为学界的一部重要经典。1998年12月19日，钱钟书先生因病在北京逝世。

　　《围城》作为钱钟书的代表作，以其独特的叙事模式和深刻的社会洞察，为我们呈现了一个丰富多彩而又复杂多变的世界。作者巧妙地采用了西方"流浪汉"小说的叙事模式，通过主人公方鸿渐的恋爱悲喜剧，以及他的一系列行迹，透视出社会的病态和知识分子本身存在的弱点。

　　方鸿渐，作为中国现代知识分子的典型代表，其人生经历犹如一幅波澜壮阔的历史画卷，详尽地展现了一位知识分子从中国迈向世界，再由世界回归中国的复杂心路历程。这一跨越空间的历程，不仅深刻影响了他的思想情感立场，更使他在中西文化的交汇碰撞与相互融合中，展现出了丰富多彩的行为表现与价值选择。然而，无论他如何竭尽全力，尝试不断突破与探索，却往往陷入一种看似无解、出路渺茫的"围城"人生困境之中。

　　小说以方鸿渐的恋爱经历为主线，穿插了他与四个女人之间的情感纠葛。与妖冶风流的鲍小姐的短暂鬼混，让他尝到了爱情的甜头，却也陷入了受骗的境地。他与谙于情场斗法的留法文学博士苏文纨的"恋爱"，本以为是真爱，却最终落得身败名裂的下场。当他终于遇到了心仪的唐晓芙时，却因为苏文纨的挑拨离间而错失了真爱。在无奈与绝望中，他接受了内地三间大学的邀请，与赵辛楣等人一同前往当教授。然而，这一路上的勾心斗角和尔虞我诈，让他更加深刻地认识到了社会的黑暗和复杂。

　　到了应聘学校后，方鸿渐成为派系斗争的牺牲品，他的才华和抱负被无情地埋没。在这个陌生的环境中，他感到了前所未有的孤独和无助。此时，他遇到了同样孤独和失落的孙柔嘉小姐。两人因为孤独和思乡之情而走到了一起，开始了一段恋爱和婚姻生活。然而，当真实的自我逐渐暴露出来时，两人之间的感情也开始出现裂痕。孙柔嘉不满方家的人和事，而方鸿渐则显得优柔寡断、懦弱无能。加上孙小姐姑母的从中作梗，两人的婚姻最终走向了破裂。

　　《围城》中的人物形象鲜活而丰富，作者钱钟书巧妙地塑造了一系列性格各异的新儒形象，从传统的绅士、淑女，到现代的独立女性、知识女性，再到文化领域的教授、作家等，每一个人物都独具特色，栩栩如生。在这些人物中，方鸿渐和孙柔嘉无疑是两位极具代表性的角色。

　　方鸿渐，一个留学归国的知识分子，他身上融合了西洋文化和中国传统文化的双重影响。他的性格复杂多面，既有虚浮、软弱、动摇、无能的一面，追求物质享受，容易受外界诱惑；又有善良、机智、诚实的一面，有着强烈的正义感和民族气节。他对待恋爱婚姻的态度更是充满了矛盾和优柔寡断。在回国的船上，他因经不起鲍小姐的诱惑而与之同居；对苏文纨的感情既不喜欢又无法拒绝；深爱唐晓芙却又因误会而无奈分手；对孙柔嘉本无好感，最终却因她的追求而步入婚姻殿堂。方鸿渐身上的这种矛盾和复杂性，使他成为一个充满争议的形象，但也正是这种矛盾性，让他成为20世纪40年代中国病态社会的一个典型代表。

与方鸿渐不同，孙柔嘉是一个极具中国文化内涵的女性形象。她聪明、机智、独立，不仅掌控着自己的婚姻、生活和命运，还巧妙地影响着方鸿渐的人生轨迹。孙柔嘉在爱情上勇敢追求，敢于突破封建思想的束缚，展现出了她强烈的个性和对自由爱情的渴望。她的婚姻观念也体现了女性独立意识的觉醒，她不再是被动的接受者，而是成为自己命运的掌控者。孙柔嘉的形象不仅具有独特的魅力，也反映了当时社会女性地位的提高和女性自我意识的觉醒。

《围城》这部作品深刻地揭示了抗战时期中国这座巨大的围城下，中国社会和文化所经历的迷茫与困顿，以及中国人民在面对前途未知时所感到的苦闷与挣扎。小说通过其独特的叙事方式和细腻的人物描绘，不仅传递出一种深邃的绝望感，更引发读者对人生产生深刻的哲理性思考。

在这部作品中，"围城"的隐喻具有多层含义。它不仅仅指代着外部的战争和社会环境，更象征着人生的一种生存困境。生活中的每一个人，都仿佛置身一座座难以逃离的城中，这些城可能是职业、家庭、情感等各种关系的束缚，也可能是内心对于欲望和成功的追求。我们因为各种欲望和追求，一次次地冲进这些围城，却又因为自身的庸常和懦弱，一次次地想要逃离。这种循环往复的困境，正是人生无法摆脱的宿命。

《围城》通过对生活万象的描绘，对社会、文化进行了深刻的反思和批判。它揭示了当时社会的种种弊端和矛盾，如封建思想的束缚、官僚主义的腐败、知识分子的软弱等。同时，小说也展现了中国传统文化在现代化进程中的尴尬处境和困境。这种困境不仅仅体现在外部的社会环境中，更体现在人们的内心深处。人们在追求现代化的过程中，往往迷失了自我，忘记了自己的根和魂。

因此，《围城》的伟大之处在于它不仅仅是一部反映抗战时期中国社会和文化的小说，更是一部揭示人生困境、引发哲理性思考的作品。它让我们深刻地认识到，人生就是一场围城，而我们每个人都需要在其中寻找自己的出路和归宿。

二、乡土小说的创作

在"深入工农兵群众、深入实际斗争"的艺术政策引领下，并在《讲话》精神的明确指引下，解放区群众性文艺领域中，工农兵群众的创作活动逐渐崭露头角，成为一股不容忽视的重要力量。与此同时，专业的文艺工作者亦积极响应号召，深入群众生活，从群众中汲取灵感与养分，将质朴有力的民间语言和生动活泼的艺术形式融入创作之中，从而诞生了一批又一批歌唱农民在党的正确领导下迈向新生活的小说佳作。这些作品不仅凸显了鲜明的时代特色，更极大地丰富了革命文艺的创作实践。在这一时期的文艺繁荣中，孙犁等小说作家以其卓越的创作成就，作出了重要贡献。

孙犁（1913—2002），系河北省安平县人士。自中学时代起，他便对文学写作怀有浓厚兴趣，展现出了对文字的深厚情感与执着追求。1937年，孙犁毅然投身抗日洪流之中，同时肩负起了编辑晋察冀边区最早的文艺刊物——《文艺通讯》的重任，并持续发表文学佳作，为抗日救亡运动贡献了文艺力量。1944年，孙犁有幸进入延安鲁迅艺术学院深造，其间他不仅致力于教学研究工作，积极培养文艺人才，更积极投身文学创作，以笔墨书写时代风云。至1949年，孙犁累计创作了30余篇小说以及众多散文作品，这些佳作被收录在《荷花淀》《芦花荡》《嘱咐》《采蒲台》《农村速写》等小说、散文合集中，充分展现了他的文学才华与深厚底蕴。1958年，孙犁精心辑成小说、散文特写集《白洋淀纪事》，共收入60篇作品，集中展现了其文学创作的精华与独特风格。中华人民共和国成立后，孙犁继续笔耕不辍，发表了长篇小说《风云初记》、中篇小说《铁木前传》以及大量散文作品，为新中国文艺事业的繁荣发展作出了积极贡献。

在解放区的短篇小说创作领域，孙犁以其独到的审美理念与艺术创新，为解放区文学赋予了新的生命力，成功开辟出一片独具匠心的文学天地。在审美理想层面，孙犁极力颂扬日常生活中的人性之美与人情之美，矢志不渝地追求至善至美的和谐境界与卓越的艺术魅力。在艺术风格的构建上，他巧妙地将现实主义写实手法与浪漫主义诗意抒情手法融为一体，形成了朴素而不失妩媚、简约而内涵丰富的独特艺术风格。《芦花荡》《荷花淀》等杰出作品，充分彰显了孙犁的文学造诣与审美追求，成为其文学创作生涯中的璀璨明珠。

《芦花荡》这部作品，以其独特的笔触，深情地描绘了抗日战争时期白洋淀一个普通老头的英勇形象。这位老头，没有显赫的名字，却以一颗炽热的爱国之心，成为革命工作中不可或缺的一员。他虽年近六十，却仍旧保持着无穷的干劲儿，穿梭在敌人的眼皮下，运送粮草，护送干部，像一名无畏的战士，默默地为苇塘里的队伍坚持斗争贡献着自己的力量。

老头子虽然身处险境，但他的心情却始终悠闲自得。他"像一个没事人"一样，在敌人的严密监视下出入自如，甚至在紧张的工作之余，还能"编算着使自己高兴也使别人高兴的事情"。这种从容不迫、乐观向上的精神，正是白洋淀人民英勇抗争的生动写照。

然而，在运送两位名为大菱、二菱的女童至部队的途中，老头子遭遇了意想不到的挫折。在穿越封锁线之际，敌人突然发动射击，致使大菱不幸负伤。此次意外令老头子深感懊悔与自责，他自觉在"阴沟中翻了船"，颜面无存。为了挽回颜面与尊严，老头子毅然决定策划报复行动，誓要让敌人付出更为沉重的代价。这种果敢与坚定的态度，再次彰显了他不屈不挠的抗争精神。

在塑造老头子这一形象时，作者并没有过多地描绘他的外貌特征，而是通过对他行为的描写，突出了他的主要性格特点。老头子就像一只鱼鹰，敏锐、果敢、坚定，他的"短短的花白胡子"和"尖利明亮的眼睛"都透露出他矍铄干练的内在气质。而他几句精简的语言描写，如"等明天我叫他们十个人流血"和"等到明天，你们看吧"，更是生动地展现了他自信自强、爱憎分明的性格特征。

作者通过这部作品，不仅赞美了白洋淀人民英勇抗争的精神，也展示了他们的人性美和灵魂美。在艰苦卓绝的抗战岁月里，这些普通的人们用他们的智慧和勇气，谱写了一曲曲壮丽的赞歌。他们虽然身处逆境，但始终保持着对生活的热爱和对未来的信心。这种精神力量，不仅激励着他们自己不断前行，也鼓舞着后人为建设更加美好的家园而努力奋斗。

《荷花淀》乃孙犁之佳作，与《芦花荡》齐名，共同成就了其在文学创作上的辉煌成就。尽管该作品以战争为叙事主题，但从其整体艺术构思与话语构建来审视，实则是一部洋溢着浓郁诗意的小说。作品以战争作为背景，细致入微地刻画了一场扣人心弦的伏击战，同时亦深情地讴歌了中国农民与农村妇女所展现出的独特人情美与人性美，彰显了他们坚韧不屈、淳朴善良的精神风貌。

在孙犁的《荷花淀》中，他精心描绘了荷花那独特的清秀与淡雅幽香，翠绿茂密的芦苇，以及随风摇曳的芦花，它们与沁人心脾的清风交织在一起，共同编织出一幅充满诗情画意的水乡画卷。尽管这部作品的主题聚焦抗日战争的严峻现实，但孙犁并没有选择直接展示硝烟弥漫、枪林弹雨的战争场面，而是巧妙地通过描绘水乡生活的细腻画面，将读者带入了一个充满生活气息和乡土情怀的世界。

在这个世界里，我们见证了水生和水生嫂这对普通农村夫妻在乱世中同甘共苦、共患难的深情厚谊。他们的感情淳朴而真挚，没有华丽的言辞和浮夸的举动，却在生活的点滴中流露出深沉而动人的情感。当水生因为抗日形势的变化，不得不离开家乡和妻子，加入地区队前往前线时，他内心的担忧和不舍溢于言表。他吞吞吐吐、犹豫不决，生怕妻子承受不了这个突如其来的消息。然而，水生嫂虽然内心不舍，但她深知丈夫的责任和使命，她强忍着心中的不舍，鼓励丈夫勇敢前行。

水生妻子的深明大义和坚强勇敢令人敬佩。她不仅默默地承受着丈夫离去的痛苦和生活的重压，还以积极的心态支持丈夫的抗日事业。她将对丈夫的爱、对乡土的眷恋升华为对民族、对国家的深沉之爱。她的美好心灵在逆境中绽放出夺目的光彩，成为支撑她前行的强大力量。

在丈夫离开后，水生妻子和其他几位年轻媳妇们开始坐立不安。她们虽然担心丈夫的安危，但为了不影响抗日大局，她们选择了默默支持。然而，当她们得知有机会前往荷花淀探望丈夫时，她们毫不犹豫地踏上了征程。

在荷花淀的战斗中，她们表现出了非凡的勇气和智慧。她们沉着冷静地应对敌人的进攻，机智勇敢地与敌人周旋，展现了新时代女性的坚强和勇敢。这场战斗，不仅让女人们体验到了战争的残酷和无情，也让她们更加深刻地认识到了抗日事业的重要性和紧迫性。她们目睹了丈夫们神速、彻底地消灭日本鬼子的情景，感受到了胜利的喜悦和自豪。这场战斗成为她们人生中的一次重要转折点，让她们更加坚定了支持抗日事业的决心和信念。

孙犁通过《荷花淀》这部作品，展示了水乡人民在抗日战争中的英勇斗争和坚定信念。他以日常生活画面为背景，通过细腻而富有抒情意味的语言展现了水乡人民的精神风貌和民族风格特色。这部作品不仅具有很高的文学价值，也具有重要的历史意义和社会意义。它告诉我们，只要普通人都有了视死如归的牺牲精神，那么我们就能够战胜一切困难和挑战，迎来民族的复兴和国家的繁荣。

在孙犁的这部小说中，他巧妙地塑造了一组以水生嫂为代表的农村妇女群像。这些妇女们不仅仅是传统的家庭主妇，更是具有新时代精神的革命者。她们勤劳、朴实、善良，是乡村生活中不可或缺的力量。在抗日战争的艰难时期，她们识大体、顾大局，积极投身到民族自卫战争中，成为战争年代成长起来的一代新人。

水生嫂作为这些妇女中的佼佼者，她的成长经历尤为引人注目。从一个普通的农村妇女，到积极参与抗日斗争的战士，她的转变不仅是个人的成长，更代表了整个冀中人民在战争中的巨大变化。她勇敢地支持丈夫参加抗日队伍，独自承担起家庭的重担，同时还要应对战争带来的种种困难和挑战。她的坚韧和毅力，成为周围妇女们的榜样和力量源泉。

作者通过塑造以水生嫂为代表的妇女群像，展现了冀中地区抗日军民在党的领导下英勇抗战的革命斗志。这些妇女们虽然身处后方，但她们用自己的实际行动支持着前方的战士，为抗日战争的胜利做出了重要贡献。她们不仅是家庭的支柱，更是社会的中坚力量。她们的爱国精神和革命精神，成为激励人们前进的不竭动力。

此外，这些妇女群像的塑造，也体现了孙犁对女性形象的深入理解和刻画。他通过细腻而真实的笔触，描绘了她们在战争中的坚韧和勇敢，以及她们在家庭和社会中的多重角色和责任。这些妇女们既是妻子、母亲，也是战士、同志，她们用自己的方式书写着属于自己的传奇故事。

第三节 报告文学和鲁迅风格的杂文创作

一、报告文学的创作

报告文学，作为一种独特的散文体裁，源于新闻报道与纪实散文的交融与独立发展。它巧妙地将新闻与文学相结合，以文学的手法及时反映并深入评论现实生活中的真实人物与事件。报告文学具备鲜明的及时性、纪实性以及文学性特征，从而在新闻文体中独树一帜。

报告文学作为一种独特的文学形式，最初在中国的国统区蓬勃发展，其焦点多集中在前方将士的英勇奋战和敌人的残暴行径上。在这一时期，众多作家通过纪实小说和人物通讯等形式，以报告文学的手法呈现了20世纪40年代中国社会的种种面貌。其中，丘东平、骆宾基和曹白等作家以其独特的笔触和深刻的洞察力，为我们留下了许多珍贵的文学遗产。

丘东平，作为七月派的杰出代表作家，他以其独特的笔触，较早地将上海"八一三"事变的激烈战斗场景生动地展现在广大读者面前。他的纪实小说与文学性通讯相得益彰，紧密相扣，展现了他对战争的深刻理解和精湛的文字驾驭能力。其中，《第七连》《我们在那里打了败仗》《我认识了这样的敌人》等作品，以其独特的视角和深刻的内涵，赢得了广泛的赞誉和深远的影响。

在创作中，丘东平不仅突破了传统的事件描述方式，更在深入挖掘战场人物的内心世界方面取得了显著成就。他善于通过细腻的笔触，刻画出人物在战争中的复杂情感与心理变化，使得作品更具深度和感染力。同时，他还擅长烘托气氛，将外部的战争场面与人物内在的思想情感紧密结合，营造出一种震撼人心的艺术效果。

骆宾基以战地报道之精湛技艺著称于世。其所著之《救护车里的血》《我有右胳膊就行》及《在夜的交通线上》等佳作，均生动地勾勒了上海军民英勇抗日之恢弘画卷。尤为值得一提的是，骆宾基所创作之中篇报告《东战场别动队》，其文辞铿锵有力，情节跌宕起伏，篇幅之宏大在当时亦属罕见。骆宾基凭借细腻入微的观察，成功地展现了抗日战士之英勇无畏与坚定信念。

曹白则以报告文学的形式，展现了"八一三"战事中上海难民的悲惨遭遇和不屈精神。他的《这里，生命也在呼吸》等作品，真实地揭露了国统区抗日战争的阴暗面，令人触目惊心。同时，曹白还创作了两部具有较大影响的人物通讯——《杨可中》和《纪念王嘉音》，这两部通讯的素材均源于他在难民收容所的工作经历。后来，曹白参加了游击队，并写出了《在敌后穿行》等作品，这些作品都收入他的《呼吸》集中。曹白的报告文学作品具有独特的风格，笔调感情色彩浓烈，语言富有力度，让人在阅读中感受到强烈的情感冲击。

这些作家通过报告文学的形式，不仅记录了那个特殊时期的历史事件和人物，更深刻地反映了中国人民在抗日战争中展现出的英勇、顽强和不屈不挠的精神。他们的作品不仅具有文学价值，更具有重要的历史意义。

在这一时期，报告文学的发展不仅得益于一些文人的杰出贡献，职业记者也起到了举足轻重的推动作用。他们凭借敏锐的新闻嗅觉和扎实的写作功底，将真实而动人的故事呈现在读者面前，极大地丰富了报告文学的内涵和形式。

范长江，作为一位资深的职业记者，自抗日战争爆发之初，便积极投身战地报道。他的《台儿庄血战经过》和《西线风云》等作品，以其翔实的内容、生动的描写和深刻的分析，在广大读者中产生了深远的影响。范长江的作品不仅传播了战争的残酷和战士的英勇，更展现了中国人民在抗日战争中展现出的坚定信念和顽强斗志。

另一位杰出的报纸记者萧乾，在《大公报》担任记者期间，凭借其广泛的采访经验和深厚的文学功底，写下了大量的报告文学作品。他的代表作《血肉筑成的滇缅路》便是其中的佼佼者。这部作品以滇缅公路的修建为背景，生动地描绘了数百万民工在极其艰苦的条件下，用血肉之躯铺就的这条国际通道。萧乾在作品中不仅展现了民工们的辛勤付出和无私奉献，更揭示了这条公路在抗日战争中的战略意义和历史价值。

萧乾的报告文学作品具有鲜明的新闻性和真实性。他善于从丰富的材料中采撷典型事例，通过细腻的笔触和生动的描写，将读者带入那个战火纷飞的年代。同时，他又是一位作家，善于运用艺术性的叙写手法，对读者产生强烈的诱导作用。他的语言干净利落，手法变化多样，使得作品具有很强的可读性和感染力。

可以说，萧乾等职业记者的报告文学作品，不仅记录了历史的真实面貌，更传递了人性的光辉和民族的力量。他们的作品不仅是文学上的瑰宝，更是中华民族宝贵的精神财富。

随着我国国内形势的不断演变和深化，国统区的报告文学逐渐扩大了其揭示和批判的视野，进一步揭露了战争给中国社会带来的深刻影响。在这一时期，众多作家通过他们的笔触，真实而生动地描绘了中国在战争中的面貌，展现了人民在苦难中的坚韧与不屈。

黄钢的《开麦拉之前的汪精卫》，通过深入剖析汪精卫的背叛行为，揭示了其背后的政治动机和道德沦丧。宋之的的《从仇恨生长出来的》则通过描述人们在战争中的苦难和仇恨，展现了人性中的复杂情感。塞先艾的《塘沽的三天》和草明的《遭难者的葬礼》，则以细腻的笔触，描绘了战争给普通人带来的巨大灾难和痛苦。于逢的《溃退》和李乔的《饥寒褴褛的一群》，则进一步揭示了战争给国家和社会带来的混乱和破坏。

特别值得一提的是，老舍的《五四之夜》以其独特的视角和深刻的思考，将"五四"运动与抗日战争相联系，展现了中国人民在国难之际的觉醒和抗争。这部作品不仅具有深刻的历史意义，也体现了老舍作为一位伟大作家的敏锐洞察力和深厚情感。

随着抗日战争进入相持阶段，人们的速胜心态逐渐冷静下来，对于战争的认识和态度也发生了深刻的变化。此时，担负传递战争信息和进行抗日战争宣传的报告文学写作相对减少，但介绍解放区或苏联的文学性通讯却逐渐增多。这一转变反映了人们对于战争的认知从简单的胜负观念转向更为深入的思考和反思。在这一背景下，报告文学的中心也逐渐转向了解放区。赵树理的《孟祥英翻身》便是一个典型的例子。这部作品以真人真事为素材，通过故事的叙事框架，生动地展现了边区妇女在解放区的翻身历程。这部作品不仅具有很强的现实性和真实性，也体现了赵树理对于报告文学的深刻理解和独特运用。

二、杂文的创作

在战争期间，杂文创作再度掀起高潮。在这一特殊的历史时期，无论是国统区、解放区还是上海"孤岛"，都曾引发过一场激烈的论争。论争的核心议题聚焦两个核心问题：鲁迅的时代是否已经远去？在当前的抗日战争背景下，我们是否仍有必要重新激发杂文创作的活力？这些深入的讨论，实质上是对如何在新的历史条件下继承与发扬鲁迅散文所体现的现实主义精神这一重大课题的深入探讨。最终，这场论争以双方共同署名并发表《我们对于鲁迅风杂文的意见》一文的方式，画上了圆满的句号。

鲁迅杂文战斗传统的弘扬，始终是这一时期杂文创作所秉承的核心精神。在此期间，以《鲁迅风》等刊物为阵地，汇聚了一批具有鲜明个性的"孤岛"杂文作家群体，他们共同致力于杂文创作的探索与实践。而在国统区，则以《野草》杂志为中心，集结了一批才思横溢的"野草"杂文作家群体，共同为杂文艺术的繁荣贡献力量。相比之下，解放区的杂文创作略显单薄，且多数优秀作品主要集中在延安整风运动之前的一段历史时期内。

《鲁迅风》创刊于上海，在创刊初期，巴人就写了一段发刊词，这也能显著地看出该刊的办刊宗旨：

> 生在斗争的时代，是无法逃避斗争的。探取鲁迅先生使用武器的秘奥，使用我们可以使用的武器，袭击当前的大敌；说我们这刊物有些"用意"，那便是唯一的"用意"了。

正是在这种"用意"下，该刊刊登了大量有关抗战的杂文。

除了《鲁迅风》之外，当时亦有诸多刊物纷纷刊载杂文作品，其中《译报》副刊《大家谈》,《文汇报》副刊《世纪风》以及《申报》副刊《自由谈》等，在影响力上尤为显著。这些杂文作品，因置身于"孤岛"这一特殊地域环境之中，普遍展现出强烈的现实批判精神，笔锋犀利，言辞真切，淋漓尽致地揭示社会现象。

在此领域，主要代表作家包括巴人、唐弢、柯灵、阿英、周木斋、文载道等诸位作家，他们各自以独特的风格和视角，为杂文领域的发展注入了新的活力。尤为值得一提的是，巴人的创作尤为活跃，其作品深受读者喜爱与推崇，为杂文创作树立了典范。

巴人（1901—1972），自1922年起便投身杂文创作之领域。在抗战时期，他先后发表了《扪虱谈》《生活、思索与学习》《边风录》等一系列杂文作品集，并与同仁共同编纂了《边鼓集》《横眉集》等合集，标志着其杂文创作进入了高峰期。在此期间，巴人先生的杂文作品主要围绕对日本侵略者的愤慨与对敌伪汉奸的抗议展开，以犀利的笔触抨击时弊，生动地勾勒出了社会百态的纷繁复杂图景。

巴人先生的杂文体裁丰富多样，他擅长从特定的论调或社会现象出发，结合个人的生活体验与感悟进行细致入微的描绘。作品中融入了他鲜明的爱憎情感与独到的见解，虽涉猎广泛却条理清晰，形式自由却主旨明确，呈现出一种杂而不乱、形散而神不散的艺术风貌。例如其《说笋之类》这篇文章，起自对日本人无端指责中国人喜爱食用竹笋之行为的反驳，进而引发作者对童年时挖掘竹笋的深刻回忆。随后，作者结合自身经验，以独到的见解指出："一般而言，我挖掘竹笋的方法，主要依赖于观察地面上的裂缝。由于竹笋肩负着成长为竹子的使命，因此它们展现出非凡的顽强精神。无论土地多么坚硬，甚至受到巨石的重压，竹笋都会顽强地向上生长；它们起初会在地面上裂开缝隙，最终这些缝隙会不断扩大，即便是巨石也会被它们推开。"文章由竹笋的生长特性引申至民族性的探讨，以痛斥日本人对中国民族性的歪曲诬蔑为开端，以振奋民族精神、肯定抗日精神为终结，充分展现了作者杂文的独特风格。

在国统区艰苦卓绝的环境中，一群杂文作家坚定地秉承鲁迅的杂文传统，他们紧密围绕文学杂志《野草》而集结。《野草》是一份致力于杂文创作与发表的小型刊物，于1940年8月在大后方桂林正式创刊，经过一段时期的稳步发展，至1943年6月成功出版第5卷第5期后，因种种原因暂时休刊。然而，在1946年10月，该杂志在香港得以恢复出版，继续传承杂文之光。

在反对日寇侵略、坚守民族尊严，以及反对投降卖国、维护国家利益的斗争中，"野草"杂文作家群体积极发声，集中展现了他们的坚定立场与强烈爱国情怀。同时，在批判周作人及"战国策"派等反动势力的过程中，他们更是笔锋犀利、见解独到，发表了大量具有深刻思想内涵和社会批判价值的杂文作品。在这些杂文作家中，聂绀弩、秦似、冯雪峰等作家以其卓越的文学才华和深刻的社会洞察力脱颖而出，成为该群体中的杰出代表。

聂绀弩（1903—1986），作为20世纪30年代崭露头角的杰出文学家，其文学创作才华广受赞誉。自抗日战争爆发以来，他积极投身于杂文创作领域，并发表了众多作品。其杂文集包括《历史的奥秘》《蛇与塔》《早醒记》以及《血书》等，均展现了他深厚的文学造诣。

这些作品在深刻揭示社会腐朽现象与黑暗现实的同时，亦对旧的伦理道德观念进行了犀利的批判。聂绀弩以其独特的笔触和深刻的洞察力，旨在推动中国社会的变革进程，激发国人积极向上的精神力量。其中，《我若为王》更是其代表作之一，以其独特的艺术魅力和深刻的思想内涵，赢得了广泛的赞誉和关注。

这篇杂文构思新颖，寓意深刻。作者巧妙设想，若身居王位，或许会陷入无尽的贪婪与欲望之中，渴望他人的臣服与谄媚，从而陷入一个听不到真实声音、无所畏惧的虚妄世界。文中所述种种荒诞设想，实则是作者对当时专制统治的生动描绘和深刻揭露。聂绀弩先生通过此文，不仅有力批判了专制主义的弊端，对寡头政治进行了严厉的斥责，更深入挖掘了封建专制主义的根源所在。他深刻指出，封建专制主义的滋生，并非仅仅源于个别统治者的个人行为，而是根植于整个社会土壤之中，与封建奴性文化紧密相连。因此，提升民众的民主意识，培育健康的社会风尚，成为推动社会改革、实现社会进步的关键所在。聂绀弩先生的杂文以其独特的风格，通过冷嘲热讽的手法，激发读者对现实社会的深刻反思，从而达到批判和启示的目的。其文笔犀利，思想深刻，对于推动社会进步具有积极的现实意义。

在战争年代的文坛中，秦似作为"野草"杂文作家群的一员，以其独特的文学风格和深刻的思想内涵，赢得了广泛的赞誉。他的杂文作品，不仅展现了广博的生活与历史知识，更在字里行间透露出一种深厚的文化底蕴和人文关怀。秦似的杂文，往往以平实的语言、舒缓的节奏，将读者带入一个个生动的场景中。如他的《随谈两则》便以中国人的时间观念为切入点，深入剖析了"浮生若梦的人生哲学"的局限性，并对国民性中的普遍弱点进行了批判。他的行文风格如同拉家常、说闲话一般，亲切自然，却又不失诙谐与智慧，让人在轻松愉快的氛围中感受到深刻的思想启迪。在秦似的杂文中，我们可以看到他对抗战时期官僚统治积弊的深刻揭露和批判。他通过对当时社会现象的敏锐观察和深入分析，揭示了官僚主义、腐败无能等问题的严重性和危害性。这些文字不仅具有强烈的现实意义，也体现了秦似作为一名作家的社会责任感和历史使命感。秦似的主要杂文集包括《感觉的音响》《时恋集》《在岗位上》等。这些作品不仅记录了他对抗战时期社会现实的观察和思考，也展现了他作为一名作家的独特风格和思想追求。在这些作品中，秦似以深邃的洞察力和敏锐的笔触，捕捉到了时代的脉搏和人民的呼声，为我们留下了宝贵的文学遗产。

冯雪峰，一位与鲁迅有过密切交往的杰出作家，同时也是20世纪40年代"野草"杂文作家群中的璀璨之星。他不仅是一位诗人，还是一位评论家，其作品广泛触及社会政治问题的核心，用尖锐而深邃的笔触剖析时代症结，展现了一位作家对于社会现实的深刻洞察与批判精神。

冯雪峰的杂文作品独具特色，文笔曲折而深透，既有诗人的细腻与敏感，又有评论家的理性与深刻。他的文字亲切而质朴，仿佛与读者进行面对面的交谈，将读者带入一个充满智慧与启迪的文学世界。冯雪峰善于运用绵密的说理方式，使文章逻辑严密、条理清晰，同时又不失生动与活泼。他偶尔运用比喻，总能巧妙地将抽象的概念具象化，让读者在形象的描绘中感受到深刻的哲理。

冯雪峰的杂文作品具有强烈的历史感与哲理性，他善于从历史的角度审视现实，从哲学的层面探讨人生。这使得他的作品不仅具有文学价值，更富有思想深度与智慧启迪。他的语言浑厚有力，思想锋利如刀，能够准确地揭示社会问题的本质，唤起人们的思考与反思。然而，冯雪峰的文字有时也显得不够明快，这或许是因为他在追求深刻与细腻的同时，对文字的锤炼还不够精炼。

冯雪峰的杂文集如《乡风与市风》《有进无退》《跨的日子》等，都是他文学创作的瑰宝。这些作品不仅记录了他对抗战时期社会现实的观察与思考，更展现了他作为一位诗人的独特才情与作为评论家的深邃思想。在这些作品中，我们可以看到冯雪峰对于社会问题的敏锐洞察与深刻剖析，也可以感受到他对于人生与世界的独特理解与思考。

解放区的杂文创作在抗日战争和解放战争期间显得较为稀少，并且主要集中在1942年延安整风之前的一段时间。在这个特殊的历史时期，尽管战火纷飞、条件艰苦，但文学工作者们依然努力通过各种渠道发表自己的杂文作品，以期对革命和社会产生积极的影响。

当时，《解放日报》《谷雨》《抗日战争文艺》等报纸杂志，成为解放区杂文发表的重要平台。这些作品或深入剖析社会现象，或揭露革命队伍中的不正之风，都充满了时代的气息和战斗的精神。

　　其中，由中央青委为主的一批年轻作者主办的墙报《轻骑队》，更是成为解放区杂文创作的一个重要阵地。这个墙报上发表了许多有影响力的杂文作品，不仅受到读者的广泛欢迎，也引起了社会各界的关注。

　　在解放区的杂文作品中，不少作品都针对当时革命队伍内部的不正之风进行了尖锐的批评。这些作品敢于直言不讳，敢于揭露问题，体现了作家们对于革命事业的忠诚和对于社会正义的追求。例如，丁玲的《三八节有感》就深刻地揭示了当时延安存在的一些问题，批评了某些领导干部的不正之风和官僚主义作风。艾青的《了解作家与尊重作家》也表达了对于作家权益的关注和对于文化人才的尊重。

　　尽管这些杂文作品在批评语言上有时显得较为偏激，但它们的本意都是出于对革命事业的忠诚和对社会正义的追求。作家们希望通过自己的笔触，帮助已经有了初步民主的抗日根据地铲除几千年遗留下来的根深蒂固的封建恶习，推动革命的深入发展。

　　在延安整风之后，批判性的杂文在解放区就很少有人再写了。这不仅是因为政治氛围的限制，也是因为作家们在经历了之前的批判后变得更加谨慎和保守。他们担心自己的作品会再次受到不公正的对待，因此选择了更加稳妥和保守的创作方向。

　　总体来看，20世纪40年代的杂文创作数量颇为可观，鲜有作家未曾涉足此领域。这一现象的形成，主要源于当时战争频繁、社会动荡的时代背景。在如此多舛的时期，杂文以其短小精悍、针砭时弊的特点，能够更直接地与现实进行对话，满足读者的迫切需求。然而，相较于其他散文文体，杂文在展现独特的艺术个性方面却面临较大的挑战。此外，此时期的杂文大多聚焦对现实的批判，而缺乏对深层次文化批判与思想批判的深入探讨，鲜有如鲁迅先生那样的经典之作。因此，尽管有人曾提出"超越"鲁迅的目标，但真正实现这一目标却显得尤为艰难。综上所述，战争时期的杂文主要呈现出以下显著特点。

　　第一，杂文创作向全国扩展。随着抗日战争的爆发和全面抗战的推进，大批文化人因战争和政治原因纷纷向内地和香港转移。这一转移不仅打破了20世纪30年代以上海为中心的杂文创作格局，更将杂文的火种撒播到了全国各地。在香港这片文化交流的桥头堡，杂文创作尤为活跃，成为当时文学界的一股清流。而在国统区的桂林、重庆、昆明、成都等地，杂文创作也呈现出蓬勃发展的态势，它们与当地的社会风貌、文化氛围紧密相连，共同书写了那个特殊时期的文学篇章。即使是在抗日根据地的延安，也在1940年前后出现过杂文创作的高潮，这些作品以独特的视角和笔触，记录了革命根据地的生活点滴和革命战士的精神风貌。

第二，杂文数量大大增加。随着杂文创作的全国扩展和作者队伍的壮大，杂文数量也呈现出井喷式的增长。许多作家纷纷出版了自己的杂文集，如《杂文精选》《战时杂文》等，这些作品不仅内容丰富、风格各异，更以其深刻的思想内涵和独特的艺术魅力，吸引了大量读者的关注。同时，散见于国内各报纸杂志上的杂文数量更是惊人，《新华日报》《华商报》等主流媒体在数年间刊发的杂文数以万计，它们或针砭时弊、或抒发情感、或探讨哲理，成为当时社会舆论的重要载体。

第三，作者队伍迅速壮大。杂文创作的繁荣离不开作者队伍的壮大。在抗战期间和战后恢复时期，老作家郭沫若、茅盾、闻一多、朱自清、冯雪峰、夏衍、冯至、张恨水、梁实秋等人继续或转而开始从事杂文创作。他们以其深厚的文学功底和丰富的社会阅历，为杂文创作注入了新的活力和内涵。同时，也涌现出了一批新人作家，如田仲济、王力、丁易、秦牧、黄裳、秦似等，他们在杂文创作上展现出了独特的才华和风格，成为杂文界的新星。这些新人的加入不仅壮大了杂文创作的队伍，也为杂文创作注入了新的思想和活力。

第四，在风格流派上更趋多样化。杂文创作的繁荣不仅体现在数量和作者队伍上，更体现在风格流派的多样化上。许多杂文作家自觉继承以鲁迅为代表的20世纪30年代左翼杂文的战斗传统，他们针砭时弊、犀利深刻，以笔为剑、以文为矛，对当时社会的种种弊端进行了无情揭露和批判。同时，也出现了许多讲究鼓动性、思辨性、知识性、趣味性的杂文作品。这些作品或以激昂的笔触呼唤民众的觉醒和团结，或以深邃的思考探讨人生的意义和价值，或以丰富的知识拓宽读者的视野和认知，或以幽默诙谐的笔触带给读者轻松愉快的阅读体验。这些多样化的风格流派共同构成了杂文创作的丰富多彩和繁荣景象。

第四节　戏剧的传承与创新

一、戏剧的传承

作为抗日战争时期中国文艺领域的一支重要力量，戏剧在推动国家抵抗侵略、鼓舞民族斗志方面发挥了至关重要的作用。然而，随着抗日战争的深入，尤其是在1941年皖南事变之后，国统区的文艺事业，特别是戏剧艺术，遭受了前所未有的重创。在此期间，诸多秉持进步理念的作家不幸被捕甚至遭受暗害，使得文艺界元气大伤。同时，国民党当局对剧本进行严格审查，对演出场地施加限制，并对戏剧演出征收高额"娱乐费"，意图对进步戏剧实施全面打压。

在这样严酷的政治环境下，国统区的戏剧工作者承受着巨大的失业威胁与生活压力，但他们仍然坚守阵地，努力保持创作活力。正是这股不屈不挠的精神，使得国统区的戏剧在困境中仍能保持一定的创作势头，为中国现代戏剧的发展贡献了一批具有深刻历史内涵和艺术价值的上乘之作。其中，历史剧尤为引人注目，郭沫若、阳翰笙等杰出代表的作品更是成为这一时期的经典之作。

郭沫若先生于1942年至1943年间相继创作了《孔雀胆》《虎符》《屈原》《高渐离》及《南冠草》等一系列杰出作品。这些作品以其深邃的思想内涵与卓越的艺术表达形式，充分展现了他面对黑暗势力的顽强抗争精神，同时坚决反对侵略与专制，积极追求民族民主的主题思想。这些作品不仅标志着中国现代历史剧的创作达到了巅峰状态，更以其里程碑式的意义，在中国文学史上留下了浓墨重彩的一笔。尤为值得一提的是，《屈原》一剧在这些作品中脱颖而出，以其独特的艺术魅力与深刻的思想内涵，赢得了广泛的赞誉与关注。这部作品不仅深刻反映了当时社会的矛盾与冲突，更以其深刻的历史洞察力和人文关怀，为后世留下了宝贵的文化遗产。

《屈原》一剧，作为郭沫若历史剧中的璀璨明珠，在中国现代文学史的历史剧创作领域具有举足轻重的地位。该剧以战国时期楚国爱国诗人屈原的生平事迹为创作蓝本，以精妙之笔，深入描绘了楚国统治集团内部爱国与卖国两条纷繁复杂的路线斗争，从而成功地塑造了屈原这一不朽的伟人形象。在剧中，屈原热爱祖国、坚决反抗外敌侵略的坚定立场，以及他光明磊落、正直无私的高尚品格，得到了全面而深刻的展现。这一剧作不仅彰显了屈原卓越的历史地位，更凸显了其不朽的文化价值，对于后世具有深远的影响和启示。

整个剧本共分为五幕，每一幕都巧妙安排了紧凑而富有深意的情节发展，逐步揭示了屈原悲剧命运的必然性和深层次的社会原因。

第一幕作为故事的开端，通过屈原在橘园中的诵诗情景，初步展示了他的思想境界和人格魅力。这里，屈原不仅向自己的学生宋玉传授诗歌，更重要的是传达了一种坚韧不屈、大公无私的精神理念：

> 在战乱的年代，一个人的气节很要紧。太平年代的人容易做……但在大波大澜的时代，要做一个人实在是不容易的事、要独立不依，凛冽难犯。要虚心，不要作无益的贪求。要坚持，不要同乎流俗。要把你的志向拿定，而且要抱着一个光明磊落、大公无私的心怀。

这种理念不仅为后面的剧情奠定了人物性格和思想的基础，也预示了屈原未来命运的不平凡。

第二幕则将故事推向了高潮，发生在后宫的一场阴谋戏码中，南后郑袖与张仪的勾结，精心设计的圈套陷害屈原，使他被楚怀王误解并罢官。这一幕不仅展现了宫廷政治的复杂和险恶，更凸显了屈原对于个人荣辱的超脱和对国家利益的坚定维护。尽管遭受打击，但他仍然坚持劝谏楚怀王，最终被当作疯子逐出宫廷，这进一步加深了观众对他的同情和理解。

第三幕回到屈原家中的橘园，这里成为他精神寄托和情感宣泄的场所。面对背叛和自己的忧愤之情，屈原怒视一切，但谣言和陷害却让他身陷囹圄。忠贞的婵娟则坚定地相信他的清白无辜，疾呼他是"楚国的栋梁"和"灵魂"。这场戏既表现了屈原内心的矛盾和挣扎，也突显了他的坚定信念和崇高精神。

第四幕中，屈原在城外偶遇楚怀王一行人，他痛斥张仪揭露其奸细身份，并试图唤醒楚怀王的觉悟。然而，楚怀王却执迷不悟，导致屈原遭受更大的凌辱。与此同时，婵娟因揭露真相而被关押，这也使得剧情更加紧张和扣人心弦。

最后一幕即第五幕是故事的高潮部分，在东皇太一庙中，屈原的愤怒情绪达到了顶点。他通过一首震撼人心的"雷电独白"，将个人的悲愤之情升华为对黑暗势力的诅咒和对光明的歌颂。这不仅是对当时社会现实的深刻反映，更是对中华民族不畏强暴、争取解放心声的强烈呼唤。

总体来看，《屈原》这部剧作不仅艺术地再现了屈原的悲剧人生和精神风貌，更重要的是它赋予了作品鲜明的现实意义和深刻的主题内涵。通过屈原的命运变迁和抗争历程，作者有力地抨击了分裂投降、主张团结御敌的正义立场，同时也表达了对黑暗势力的诅咒和对民族解放事业的坚定信心。这使得《屈原》成为具有深远影响和重要价值的经典之作。

阳翰笙，这位才华横溢的剧作家，其历史剧作总是与时代紧密相连，深刻地呼应着时代的风云变幻。他善于从历史中寻找灵感，借古喻今，以古讽今，将历史与现实巧妙地融合在一起。其中，《天国春秋》便是一个典型的例子。这部作品借用了太平天国运动内部分裂的失败过程，巧妙地隐喻了当时中国社会的种种矛盾和问题。在剧中，阳翰笙将矛头直指"皖南事变"，通过艺术的手法揭示了当时政府内部的种种腐败和黑暗，表达了对于国家命运的深切忧虑和关切。这部作品不仅具有很高的历史价值，同时也具有很强的现实意义，为当时的民众提供了深刻的思想启示。另一部备受赞誉的作品是《李秀成之死》。阳翰笙以太平天国忠王李秀成为主角，生动地描绘了他率领军民保卫天京的英勇事迹，以及最终以身殉国的悲壮场景。这部作品不仅展现了李秀成作为一位民族英雄的崇高形象，更通过他的事迹鼓舞了国人的抗日斗志，为当时的抗战事业注入了强大的精神力量。此外，阳翰笙还创作了《草莽英雄》等作品，通过对四川保路运动的生动演绎，讽刺了清政府的卖国行径，表达了对于国家命运的深切忧虑和关切。这些作品都体现了阳翰笙强烈的现实主义创作宗旨，他积极挖掘反映民族精神、寻找民族出路的历史题材，创作出了许多具有很强的艺术感染力、能够唤起沦陷区民众爱国热情和抗敌意识的作品。

在抗日战争时期，阳翰笙更是创作了《碧血花》《海国英雄》等八部宣传民族精神的历史剧。这些作品被称为"南明史剧"，通过讲述南明王朝的兴衰历程，展现了中华民族不屈不挠、顽强抗争的精神风貌。这些作品不仅为当时的抗战事业提供了强大的精神支持，也为后来的历史研究留下了宝贵的文化财富。

阳翰笙的历史剧作，以其深刻的思想内涵、独特的艺术风格和高超的创作技巧，赢得了广大观众的喜爱和赞誉。他的作品不仅具有很高的艺术价值，更具有重要的历史意义和现实意义。通过他的作品，我们可以更加深入地了解中国的历史和文化，更加深刻地认识中华民族的精神风貌和民族命运。

在历史长河中，除了波澜壮阔的历史剧之外，战争时期同样见证了一批具有深刻社会意义的讽刺戏剧的诞生。这些作品直截了当地揭露了反动统治的黑暗面，强烈呼吁人民民主的实现。它们以明快犀利的笔触，深刻剖析了国民党统治下的腐败现象，以及官僚资本对中小企业的残酷压榨与勒索。同时，这些戏剧也揭示了官场内部的丑恶现象，生动地展现了人民力量的逐渐壮大与反动势力的日渐衰败。此外，这些讽刺戏剧还细腻地描绘了人民的苦难生活以及他们不屈不挠的反抗斗争，深刻体现了民众对于正义与自由的渴望。这些作品不仅有力地鼓舞了民众的抗争热情，更为后人留下了宝贵的历史记忆。其中，陈白尘先生的《升官图》便是这一时期的杰出代表作之一，它以其独特的艺术魅力，成为讽刺戏剧的经典之作。

《升官图》是一部三幕讽刺喜剧，这部作品无疑展现了陈白尘卓越的讽刺天赋和深邃的社会洞察力。在这部戏剧中，他以两个强盗的"升官梦"为线索，巧妙地将一个小县城中那些肮脏、腐败的官场交易一一呈现在观众眼前。舞台上，陈白尘用生动的笔触勾勒出一幅贪赃枉法、鲜廉寡耻的群丑图。这些官员们不仅个人道德败坏，更是将"关系"之学运用得炉火纯青，真理和良心在他们的世界里早已荡然无存。他们为了个人利益，不惜出卖国家、出卖人民，这种腐败现象已经渗透到整个统治机构的每一个角落。

《升官图》的深刻之处，不仅在于它揭示了国民党统治区官僚政治的腐朽和反动，更在于它明确指出这种腐败并非个别现象，而是整个统治机构已经彻底糜烂。这种全面性的揭露和批判，无疑给当时的反蒋爱国民主运动注入了强大的动力，发挥了极大的战斗作用。

在剧本创作上，陈白尘运用了夸张、变形、漫画、讽刺等多种手法，将丑角们的罪恶灵魂刻画得淋漓尽致。这种手法的运用不仅增强了戏剧的观赏性和艺术感染力，更使得观众在笑声中感受到深深的讽刺和批判。此外，这部戏剧在剧情、构思、场景、技巧和风格等方面都借鉴了果戈里的讽刺性小说《钦差大臣》。这种跨文化的借鉴和创新，不仅丰富了《升官图》的艺术内涵，也体现了陈白尘作为一位杰出剧作家的开放视野和创新精神。

二、戏剧的创新

在战争期间，解放区在戏剧领域取得了尤为显著的成绩，相继成功发起了新秧歌运动、新歌剧运动以及旧剧改革运动，为推动戏剧艺术的创新与发展作出了重要贡献。

新秧歌运动是延安文艺座谈会召开后，各抗日民主根据地文艺工作者与广大群众紧密合作，共同创作并呈现的一大批富有创新精神的秧歌作品及其精彩纷呈的演出活动。在此过程中，他们对秧歌戏的音乐、表演、装扮进行了深入的改革与提升，创造性地将边区广为流传的旧秧歌形式与民歌曲调相互融合，从而精心编排并演出了一系列集戏剧、音乐、舞蹈于一体的新型小型广场歌舞剧。这些作品生动展现了广大群众积极投身生产学习及与敌人斗争的壮丽场景，其中尤以《兄妹开荒》等作品为代表，深受人民群众的喜爱与赞誉。

《兄妹开荒》这部小戏，在形式上选择了传统的秧歌，但并非简单地重复旧有的模式。相反，它以一种创新的姿态，摒弃了旧秧歌中常见的丑角表演和男女间的轻浮调情，为观众呈现了一种全新的、更为健康、积极向上的艺术形象。

在这部作品中，我们看到的不再是那些令人捧腹的滑稽角色，而是栩栩如生的新型农民形象。他们充满活力和朝气，充满了对生活的热爱和对劳动的尊重。与此同时，舞台上展现的劳动场面也充满了欢乐和活力，观众仿佛能够感受到那份从心底涌出的喜悦和对未来的憧憬。

虽然《兄妹开荒》的歌词篇幅不长，加起来只有270多字。但每一个字都饱含深意，都充满了农民的智慧和生活的哲理。这些歌词既简洁又富有节奏感，让人一听就能记住，同时也能深深地感受到其中所蕴含的浓厚情感。

这部作品最吸引人的地方，莫过于它所散发出的那种浓郁的乡土气息和农民特有的诙谐。这种气息仿佛让人置身于广袤的田野之间，呼吸着新鲜的空气，感受着大地的脉动。而农民们的诙谐和幽默，则像一股清泉，为这部作品增添了无限的生活情趣和活力。

新歌剧是一种独特的艺术形式，是解放区文艺工作者在深厚的民族土壤中汲取了秧歌戏等传统艺术的精髓，同时勇敢地探索与西洋歌剧以及传统戏曲的交融与碰撞，最终孕育出的民族新型歌剧。这种新型歌剧的诞生，不仅是对中国传统艺术的继承与发扬，更是对西洋歌剧元素的吸收与融合，展现出了独特的艺术魅力和深刻的时代价值。

新歌剧在内容上紧密贴合时代，深入百姓生活，反映他们的生产劳动和农村生活的真实面貌。这种贴近生活的创作理念，使得新歌剧在内容上更加接地气，更加容易引起观众的共鸣。通过描绘百姓的喜怒哀乐，新歌剧不仅展现了他们的勤劳与智慧，更传递了他们对美好生活的向往和追求。

在表现方法上，新歌剧大胆借用西洋歌剧中的舞蹈、美术、音乐、灯光等现代表达技巧，为传统艺术注入了新的活力。这些现代元素的加入，使得新歌剧在视觉效果和听觉效果上都得到了极大的提升，更加符合现代观众的审美需求。同时，新歌剧也注重吸收地方和民间艺术中的精华，如合韵的口语、生动的对白、引人入胜的故事等，这些元素都为新歌剧的表达方法增添了新的元素，使其更加丰富多彩。

此外，新歌剧还积极借鉴地方剧种的器乐、腔调等艺术特色，将其融入自身的创作之中。这种跨地域、跨文化的艺术融合，不仅丰富了新歌剧的艺术表现力，也展现了中国传统艺术的博大精深和包容性。通过吸收和借鉴不同地域、不同文化的艺术元素，新歌剧在保持自身独特性的同时，也展现出了更加多元和开放的艺术风格。

《白毛女》是中国新歌剧发展史上的重要里程碑之作，其创作灵感源于在河北平山县广为流传的"白毛仙姑"民间故事。经过细致入微的改编，作品成功摒弃了原故事中封建迷信的元素，同时深入剖析其内在核心，使之与现代社会的精神风貌相契合。作品通过深刻刻画社会矛盾和阶级压迫的尖锐问题，鲜明地展现了"旧社会使人沉沦为鬼魅，新社会则将鬼魅拯救为人"的深刻主题，具有深远的社会价值和历史意义。

《白毛女》是一部扣人心弦的多幕歌剧，全剧共分为五幕十六场，以其深邃的故事情节和鲜明的人物形象，在中国歌剧史上留下了浓墨重彩的一笔。故事背景设定在抗日战争时期，以贫农杨白劳和其女儿喜儿的不幸遭遇为主线，描绘了一幅旧中国尖锐阶级矛盾下的农民悲惨遭遇的画卷。

在剧情中，地主黄世仁为谋求私欲，于农历除夕之日冷酷无情地催促租税，逼迫还债。杨白劳因无法承担巨额债务的重压，无奈在女儿卖身契上按下手印，此举令他痛悔不已，最终选择含恨离世。随后，喜儿被迫进入黄家，饱受非人待遇，身心遭受严重摧残。在绝望之中，她不顾一切逃离黄家，藏匿于深山之洞窟。由于长期缺乏食盐及阳光照射，其发丝尽白，被世人称为"白毛仙姑"。然而，命运并未把喜儿彻底遗弃。当八路军进驻此地时，她重获自由，并踏上了复仇之路。她以自身之力，向昔日欺凌侮辱她之人展开复仇，展现出惊人的勇气与坚定的信念。

《白毛女》中塑造了三个人物形象，各具特色，深入人心。首先是杨白劳这一角色，他代表了旧中国广大农民的悲惨命运。他们忍辱偷生，委曲求全，却仍然无法逃脱命运的枷锁。杨白劳的自杀，是他对现实绝望的表达，也是对整个社会不公的控诉。其次是以王大春、大锁、张二婶为代表的一类人。他们虽然身处社会底层，但始终保持着对生活的热爱和对不公不义的反抗精神。大春和大锁为了救出喜儿，一个被抓进监牢，一个逃出后参加了八路军。他们用自己的行动，为喜儿的复仇之路提供了支持。张二婶在黄家做女工，虽然饱受压迫和折磨，但她始终保持着对喜儿的关心和照顾，用解救、放出喜儿作为自己对地主压迫的反抗。最后是以喜儿为代表的一类人。她们面对社会的压迫和剥削，没有选择逃避或屈服，而是勇敢地站了出来，用自己的方式反抗不公不义。喜儿是这部作品的核心人物，她的苦难遭遇是旧社会农村妇女生活磨难的缩影。她的复仇不仅是对自己的救赎，更是对整个农民阶级、劳苦大众的抗争精神的体现。在山洞中的那段日子，她认识到了自己与地主阶级有着不共戴天之仇，她勇敢地表达了自己要复仇的坚强意志。她的抗争是对自己为人的起码抗争，更是与地主阶级及封建制度的拼死反抗。

《白毛女》通过这三个人物形象的塑造，深刻地反映了旧中国尖锐的阶级矛盾，真实地表现了旧中国农民的悲惨遭遇。这部作品不仅具有很高的艺术价值，更是中国歌剧史上的一部经典之作。

歌剧《白毛女》在我国歌剧史上具有里程碑式的地位，其问世标志着我国歌剧成功探索出了一条独具特色的发展道路，并在此过程中形成了独特而鲜明的美学品格。

旧剧改革，作为解放区戏剧运动中的一项重要任务，其背后是《在延安文艺座谈会上的讲话》精神的深刻影响。这一改革旨在通过对传统剧目的重新诠释和创作，将古老的戏剧艺术与现代相结合，以更好地服务于人民大众。旧剧改革主要包含两个方面的内容。

第一，是对传统剧目的改编。这一过程中，艺术家们不仅深入挖掘了传统剧目的历史价值和艺术价值，更结合现代社会的时代背景，进行了新的创作和演绎。他们通过改编，使得这些传统剧目焕发出新的生命力，成为反映时代精神、传递社会正能量的重要载体。同时，艺术家们还结合时代特点，创作了一系列新编历史剧，这些剧目以历史为题材，通过艺术的手段展现了历史的波澜壮阔和人民的英勇奋斗，深受观众喜爱。

第二，是利用传统戏剧样式创作新的戏剧作品。这一过程中，艺术家们不仅保留了传统戏剧的精髓和特色，更注入了新的元素和理念，使得这些新作品既具有传统戏剧的韵味，又充满了现代气息。这些新的戏剧作品不仅丰富了戏剧艺术的表现形式，更拓宽了观众的视野，让人们在欣赏传统戏剧的同时，也能感受到现代社会的魅力和活力。

在旧剧改革的浪潮中，不仅有专业的戏剧工作者积极参与创作和演出，还有各根据地的群众也自发地进行了业余演出。这些群众演出虽然规模不大、水平有限，但却充满了对生活的热爱和对艺术的追求。他们用地方、民间的戏曲艺术形式表现新生活，用真挚的情感和朴实的表演打动了观众的心。

在旧剧改革的进程中，京剧与秦腔均取得了显著成就，并对广大观众产生了深远影响。京剧改革的杰出作品包括《逼上梁山》和《三打祝家庄》等，其中，《逼上梁山》更是脱颖而出，成为改革中的佼佼者。

这部三幕二十七场的剧目，由延安中央党校大众艺术研究社集体精心创作，并由杨绍萱、齐燕铭等才华横溢的艺术家共同执笔完成。作品取材自古典名著《水浒传》，以林冲被逼上梁山、投身革命的故事为主线，展现了一幅波澜壮阔的历史画卷。

在剧中，人物形象栩栩如生，情节设置紧凑有力，语言运用生动传神，具有强烈的艺术感染力和深厚的文化底蕴。1943年底，延安平剧院成功排演了这部剧目，赢得了观众们的热烈欢迎和高度评价。《逼上梁山》的成功排演，不仅充分展示了传统京剧的独特魅力，更通过艺术的形式，传递了革命的理念和精神，为旧剧改革注入了新的活力与内涵。

总的来说，旧剧改革是解放区戏剧运动中的一项重要任务，它不仅使传统戏剧焕发出新的生命力，更通过艺术的手段传递了社会正能量和革命精神。这一改革不仅是对传统戏剧的一次重要创新和发展，更是对人民大众文化生活的一次重要贡献。

第五章　新中国十七年时期的中国文学

新中国成立后的十七年是中国文学史上一个独特而重要的时期。这段时期，伴随着新中国的成立、社会主义制度的确立以及国家建设的全面展开，中国文学在新的政治导向下开始呈现出新的风貌。社会主义现实主义成为文学创作的主要指导思想，文学作品紧密围绕社会主义建设、抗美援朝、土地改革等重大历史事件和人民生活进行创作。在这一时期，大量优秀的文学作品涌现，这些作品以其鲜明的主题、丰富的内容和深刻的思想内涵，为新中国文学的发展注入了新的活力。

第一节　政治抒情诗和生活抒情诗并存

一、政治抒情诗

政治诗，指的是在诗歌的题材选择与视角展现上呈现出鲜明的政治化倾向。从广义的角度来看，自20世纪50年代至70年代，中国涌现出的众多诗歌作品均可归类为政治诗范畴。而政治抒情诗，则是在政治诗这一宏观背景下所形成的一种独特诗歌体式。具体而言，政治抒情诗起源于中国20世纪五六十年代，它是在政治力量的引导与规范之下，继承了延安时期所开创的诗歌创作的新颖手法与深厚传统，并沿用了战时的运作机制。这种创作模式使得政治因素能够深入地融入诗歌之中，实现了简洁、明快且有力的宣传效果。在此过程中，诗歌始终坚守其服务于政治的定位，借助强烈的政治色彩与激昂的情感表达，有效地实现了在新时代背景下的合法化表达。在这一时期，众多诗人积极投身政治抒情诗的创作实践之中，如李瑛、闻捷、严阵、阮章竞、张志民、韩笑等。其中，郭小川与贺敬之的作品尤为引人瞩目，他们的创作常被视为政治抒情诗领域的典范之作，为后世的诗歌创作提供了宝贵的借鉴与启示。

（一）郭小川的诗歌

郭小川（1919—1976），本名郭恩大，河北丰宁人。他于1919年诞生于此，后于1937年毅然投身八路军，致力于国家的解放事业。自1941年起，他先后进入延安马列学院和中共中央党校深造，不断充实自己的思想理论水平。1945年，郭小川返回故乡，担任丰宁县县长等职务，投身于实际工作之中。在此期间，他与人合作，以"马铁丁"的笔名发表了一系列思想杂谈，展现出其深厚的理论素养和敏锐的观察力。1955年，郭小川被任命为中国作协党组副书记、书记处书记兼秘书，他以此为契机，创作了大量优秀的诗篇，如长诗和诗集《白雪的赞歌》《一个与八个》《将军三部曲》《致青年公民》等，这些作品以其独特的艺术风格和深刻的思想内涵，赢得了广大读者的喜爱和尊敬。随后，他又创作了《团泊洼的秋天》《秋歌》等诗篇，这些作品壮志凌云，激情澎湃，隐含着对当时主流意识形态的批判与反思，展现了他作为一位诗人和知识分子的责任与担当。1976年，郭小川因一场意外火灾离世，令人痛惜不已。他的一生，是奋斗与追求的一生，他的诗歌作品，是他留给后人的宝贵精神财富。他的诗集《郭小川诗集》更成为后人研究和欣赏他诗歌艺术的重要资料。

郭小川，一位在抗日战争烽火中锤炼出的革命者，他的历史背景和革命经历赋予了他独特的身份———一个久经考验的革命战士。这一身份不仅塑造了他的政治忠诚，更深深影响了他的诗歌创作方向。他的诗，是新中国的见证者，也是变革的记录者。在新中国经历的每一次重大社会变革中，郭小川的诗歌都如影随形，他用文字捕捉时代的脉搏，歌颂变革的伟大，同时也哀悼那些随着变革远去的岁月。

郭小川的诗歌展现出了别具一格的风格特征，他独辟蹊径地运用了一种被誉为"楼梯式"的抒情手法。然而，这种抒情方式与马雅可夫斯基的抒情手法在本质上存在显著差异。郭小川的抒情并非旨在颠覆或反叛，而是积极服务于主流政治，致力于传递核心的价值观念。因此，他的诗歌作品被恰如其分地誉为"主流政治的抒情诗"，抑或简称为"主旋律"，充分展现了其严谨、稳重、理性的艺术追求和官方风格。以《在社会主义高潮中》为例。这首诗就是郭小川主旋律诗歌的典型代表。在这首诗中，他并未过多描绘个人的情感体验，而是着重强调政治的正确性和时代的激情。诗歌的语言明朗，词语充满力量，仿佛将读者带入了那个充满热情与希望的社会主义高潮时代。这首诗不仅是那个时代政治抒情诗的标本，更是郭小川对新中国、对社会主义的深情告白。

郭小川，这位久经考验的革命者，其实更是一个内心敏感、充满思想深度的知识分子。他的身份虽以革命者而著称，但他的情感和思考却常常超越这一身份，触及更为广泛的人生与宇宙。他既会因天安门上飘扬的红旗而心潮澎湃，也会因抬头仰望深邃永恒的星空而陷入沉思，这一点在他的诗歌《望星空》中得到了充分的体现。《望星空》这首诗歌，从内容上看，可以清晰地划分为两个部分。第一部分，诗人以革命战士的身份，面对浩瀚无垠的星辰，开始了对人生、对宇宙的深沉思考。他感受到了自己的渺小与无力，也对人生和宇宙的意义产生了深刻的疑问。这种忧郁而深沉的自我反省，实际上是他对20世纪50年代后期"大跃进"运动深刻思考的一种体现。他通过仰望星空，试图找到一种对现实社会、对人生价值的重新认识和解读。而到了第二部分，笔触转向了现实，诗人描绘了人民大会堂的灯火辉煌。这里，他仿佛从星空的幻想中回到了人间，将思绪从对宇宙、对人生的思考拉回到了对人间建设事业的关注上。他表达了对人间建设事业的热情与坚定，也展现了一个战斗者应有的坚韧与不屈。这种转变，不仅体现了郭小川作为一个知识分子的敏锐与深邃，也展现了他作为一个革命战士的坚定与执着。

整首诗，前抑后扬，情感深沉而复杂。它既是郭小川个人情感与思想的真实写照，也是他对社会、对人生、对宇宙深刻思考的一种体现。通过这首诗歌，我们可以看到郭小川超越时空限制的广阔视野，也可以感受到他作为一个知识分子和革命战士的独特魅力。他的诗歌，不仅具有深刻的哲理意义，更富有强烈的时代感和历史感，是值得我们深入品读和思考的佳作。

20世纪60年代，对于郭小川而言，是他诗歌创作生涯中最为成熟和辉煌的时期。这一时期，他担任《人民日报》的特约记者，这个身份赋予了他深入中国社会各个角落的机会。他足迹遍布广袤的中国大地，从内蒙古的草原到东北抚顺的矿区，从大兴安岭的茂密林区到北大荒的广袤田野，再到西北昆仑山的巍峨山脉，以及福建的丘陵和云南的热带雨林，每一处都留下了他深深的足迹并获得了丰富的诗歌素材。

在这些旅程中，郭小川写下了大量的政治抒情诗，其中《甘蔗林——青纱帐》尤为引人注目。这首诗巧妙地运用了两个具有鲜明地域色彩的意象——青纱帐和甘蔗林，它们分别代表了不同的革命时代和背景。青纱帐，象征着北方平原上生长的大片高粱、玉米等农作物，这些作物是革命战争年代农民们的主要食物来源，也见证了革命战士们艰苦卓绝的斗争历程。而甘蔗林，则是生长在南方的一种农作物，它代表着新中国成立后，特别是和平建设时期，人民生活的甜美和富饶。

通过这两个意象的对比和融合，郭小川巧妙地抒写了过去和现在两个不同革命时代之间的必然联系。他写道，"青纱帐里的艰辛"酿造了"甘蔗林里的芳芬"，这句话既是对革命战争年代艰苦斗争的缅怀，也是对和平时期人民幸福生活的赞美。同时，它也表达了诗人对于革命精神传承和发扬的强烈愿望。

在诗歌中，郭小川进一步强调了革命精神在今天和平年代的重要意义。他提醒人们，虽然时代已经发生了巨大的变化，但昔日的英勇革命精神仍然是我们前进的动力和源泉。昔日的战友们，在面对今天全新的生活时，仍然需要保持警惕，警惕那些险恶的潜流和威胁。他呼吁人们"唤回自己的战斗的青春"，以更加饱满的热情和更加坚定的信念，为新的时代拼搏和奋斗。

通过《甘蔗林——青纱帐》这首诗，郭小川不仅展现了他对革命历史的深刻理解和感悟，也表达了他对新时代人民生活的美好祝愿和期望。他的诗歌充满了激情和力量，具有强烈的感染力和号召力，是中国现代诗歌史上不可多得的佳作。

总体而言，郭小川的政治抒情诗以其激昂向上的精神风貌，展现了伟大时代的雄浑壮丽，进而铸就了那个特定时期无可替代的诗歌表达范式。

（二）贺敬之的诗歌

贺敬之（1924— ），祖籍山东省峄县（今枣庄市），出身贫寒农家。年少时，得益于亲友资助，得以顺利完成中学及师范教育。抗日战争爆发后，他毅然离家，流亡至湖北，并进入国立中学继续深造。1939年，他随校迁徙至四川，投身抗日救亡的伟大事业，并涉足诗歌与散文创作。1940年，贺敬之辗转至延安，进入鲁迅艺术学院学习。次年，他光荣地加入了中国共产党，开启以自由体诗为主要形式的新诗创作历程。这一时期的主要作品后被集结成《并没有冬天》《乡村的夜》等诗集，广受好评。延安整风运动之后，贺敬之于1945年与丁毅等文艺界同仁共同创作了具有深远影响力的大型歌剧《白毛女》，为我国新歌剧的创作发展开辟了新纪元。抗战胜利后，他随文艺工作团赴华北开展工作，其间创作的诗作后多数收录于《朝阳花开》诗集中。中华人民共和国成立后，贺敬之长期担任文艺领域领导职务，历任中国作家协会理事、中国戏剧家协会理事、《剧本》及《诗刊》编委、中国剧协书记处书记、中国作协副主席等职务，为推动我国文艺事业的蓬勃发展作出了卓越贡献。他相继发表了长诗《中国的十月》和《八一之歌》。1979年，他更是出版了自选集《贺敬之诗选》，充分展现了他坚韧不拔的艺术追求与卓越才华。

在"十七年"文学史的璀璨篇章中，贺敬之以其别具一格的艺术风格，独树一帜地致力于政治抒情诗的创作。他怀揣着激昂豪迈的情怀，创作出了一系列脍炙人口的诗作，其中包括《回延安》《西去列车的窗口》《三门峡歌》《桂林山水歌》《放声歌唱》《十年颂歌》《东风万里》《雷锋之歌》以及《三门峡—梳妆台》等经典之作。这些诗作后来集结成《放歌集》和《贺敬之诗选》两部诗集，深受读者喜爱，广为传颂。

贺敬之的政治抒情诗，以激昂的情感为内核，深刻挖掘并阐释其政治理想、坚定信念以及敏锐捕捉的时代精神。这些诗作中，一条清晰而鲜明的感情与思想脉络贯穿始终，充分展现了作家对政治命题的深入洞察与独到见解。在审美追求方面，贺敬之致力于达到和谐共融的艺术境界。他巧妙地将个人与集体、民族与国家等抽象概念，通过高度抒情化的艺术手法，转化为鲜活而富有生命力的艺术形象，使得政治命题的深刻阐释与抒情方式的巧妙传达相互融合，互为补充，相得益彰。在诗歌形式的创新探索上，贺敬之积极汲取并借鉴其他艺术资源，为我所用，不断拓宽创作视野，实现艺术形式的创新突破。他善于吸收各种艺术形式的优点，丰富并拓展自己的创作手法，使得诗作在形式上也呈现出丰富多样、独具匠心的特点。例如《西去列车的窗口》这首诗歌，巧妙地运用了陕北地区特色的"信天游"形式，呈现出节奏匀称、旋律悠扬的艺术效果。诗人匠心独运，选取"西去列车的窗口"作为诗歌的切入点，其用意颇为精妙。通过这一窗口，读者得以窥见外部世界的壮丽景致——辽阔的大地与绚丽的朝霞交相辉映，激发出无尽的豪情壮志；同时，亦可洞察内部世界的生动画面——老战士与新战友并肩前行，共赴建设之路，展现出坚定的忠诚与宏大的志向。

贺敬之的政治抒情诗以其独特的艺术魅力，在诗歌领域独树一帜。他的诗歌不仅充满了对时代脉搏的敏锐捕捉，更以生动的形象和丰富的内涵，深深打动着读者的心灵。贺敬之善于将自己的知识、见闻和斗争经历融入诗歌创作，使得每一首诗都如同一个具体且富有个性的艺术形象，色彩明朗，生动鲜活。

在《雷锋之歌》这首诗中，贺敬之将这种艺术特色发挥得淋漓尽致。诗歌以生动的笔触描绘了全国人民掀起的学习雷锋高潮，每一个细节都仿佛跃然纸上，让读者能够身临其境地感受到那种热烈而庄重的氛围。

诗中，贺敬之通过细腻的观察和深入的体验，捕捉到了学习雷锋活动中的每一个感人瞬间。他描绘了雷锋同志无私奉献、助人为乐的精神风貌，以及广大人民群众对雷锋精神的敬仰和追随。同时，他还巧妙地运用各种修辞手法，如比喻、拟人等，使得诗歌形象更加鲜明，情感更加真挚。

在色彩运用上，《雷锋之歌》同样表现出色。贺敬之通过丰富的色彩描绘，为读者呈现出一幅幅生动而明朗的生活画面。这些画面不仅展现了学习雷锋活动的热烈场面，更传递出了一种积极向上、充满希望的精神氛围。这种色彩明朗的诗歌画面，使得读者在阅读过程中能够感受到一种强烈的视觉冲击力和情感共鸣。

贺敬之的诗歌充满了浓郁的浪漫主义色彩，他的每一篇作品都如同绚烂的画卷，充满了对革命理想的热切追求和对未来的无限憧憬。他的诗歌中，革命理想主义、夸张的想象、奇特的构思以及宏观鸟瞰式的图景表现，共同构筑了一个充满豪情与激情的浪漫主义世界。以《放声歌唱》为例，这首诗无疑是贺敬之浪漫主义诗风的集大成者。在诗中，他对现实和理想的表现充满了浪漫主义色彩。他通过细腻的笔触和生动的描绘，将读者带入了一个充满激情与理想的世界。

在描绘现实时，贺敬之并没有简单地停留在表面现象上，而是深入挖掘了现实背后的深层含义。他看到了社会的不公与黑暗，但同时也看到了人民的坚韧与希望。这种对现实的深刻理解和独到见解，使得他的诗歌具有更加深邃的思想内涵。而在表现理想时，贺敬之更是发挥了他独特的浪漫主义想象力。他通过夸张的想象和奇特的构思，构建了一个充满阳光和希望的理想世界。在这个世界里，人们不再受到束缚和压迫，而是能够自由地追求自己的梦想和幸福。这种对理想的热切追求和坚定信念，使得他的诗歌充满了激励人心的力量。

在《放声歌唱》中，贺敬之还运用了宏观鸟瞰式的图景表现。他站在一个高远的角度，俯瞰整个时代和社会，用诗歌描绘了一幅壮丽的历史画卷。这种宏大的视野和深邃的思考，使得他的诗歌具有了更加广阔的时空感和历史感。

二、生活抒情诗

在20世纪五六十年代，与政治抒情诗同步发展的，乃是生活抒情诗崭露头角。在波澜壮阔的政治大背景下，生活的涓涓细流仍在默默流淌，生活的诗意亦在顽强地展现其独特魅力。在政治抒情诗磅礴之势的间隙中，悠扬的生活抒情诗悄然浮现，这源自诗人个体内心深处那份细腻而敏锐的情感体验。尽管这些诗歌不可避免地受到政治关切的影响，但它们却以更为从容、缓慢、细腻的笔触，展现了民间朴素而真挚的情感与生动的话语表达。

这些诗歌宛如真实的绿色，为粗犷的沙漠增添了一抹生机；又如清风拂面，在寂静的角落中慰藉了无数敏感而温柔的心灵，甚至触及了革命者内心深处那份难以割舍的情感。这些诗歌源于生活的点滴细节，从自然、劳动和爱情中汲取灵感，通过人与人之间的交流与呼应得以诞生。它们含蓄而隐约地点染着人性的光辉，成为1949年后生活抒情诗的重要代表。李瑛和闻捷等诗人以其卓越的生活抒情诗创作，赢得了广泛的关注和赞誉。

（一）李瑛的诗歌

李瑛（1926—2019），原籍河北丰润。在中华人民共和国成立之初，他曾亲赴朝鲜，深入体验志愿军战士所展现出的坚定意志与崇高品格，并据此创作出诗集《战场上的节日》。随后，他又相继发表了《红柳集》《难忘的一九七六》《我骄傲，我是一棵树》《春的笑容》等十余部诗集，展现了他对诗歌艺术的执着追求与深厚造诣。

在中国当代诗坛上，李瑛的名字无疑熠熠生辉。他的诗歌创作，不仅跨越了漫长的时间长河，更在文学史上留下了不可磨灭的印记。作为一位在民国时期成长起来的北大中文系学生，李瑛不仅学识渊博，而且有着深厚的文化底蕴。他更是一个充满理想主义的战士，带笔从戎，以文字为武器，抒发内心的激情与理想。

李瑛的诗歌风格独特，他的内心充满激情而又敏感细腻，这种特质使得他能够捕捉到生活中的每一个细节，并将其转化为诗意的语言。他的目光所及之处，都是生活的细节和质地，他用细腻的笔触，描绘出一幅幅生动的生活画卷。他的生活抒情诗，鲜亮、细密、精致，每一首都像是精心雕琢的艺术品，让人读后回味无穷。

《戈壁日出》是李瑛的代表作之一，也是他在十七年文学生涯中的一篇巅峰之作。这首诗从抒情主人公的角度出发，细腻描绘了在奔赴勘测队途中所亲历的戈壁滩上的一次震撼人心的日出景象。李瑛的笔触，宛若一部灵活精准的纪录仪器，详尽捕捉了日出前后戈壁滩上的风物景致、色彩变幻、温度升降、湿度波动以及光影流转的微妙细节。其描绘手法既充满张力，又不失局部之戏剧性处理，使读者仿佛身临其境，深切感受到日出时的壮美与震撼。然而，李瑛并未止步于单纯展现日出的自然美景。他深知，新时代的脉搏呼唤着更为丰富的精神内涵。因此，在诗篇的收束之处，他巧妙地融入了新时代的审美倾向与精神昭示。那雄浑的歌声，不仅象征着新时代的力量与激情，更寓意革命精神的崇高与激昂。这种将生活细节的精致描绘与革命时代的宏大主题相结合的诗歌风格，使得《戈壁日出》不仅在艺术上熠熠生辉，更在思想上深邃而富有时代价值。

李瑛的诗歌创作，既是对生活的深情讴歌，也是对时代的深刻反思。他用自己的笔触，记录下了时代的变迁和人民的疾苦，也表达了对美好生活的向往和追求。他的诗歌，是中国当代文学宝库中的瑰宝，值得我们细细品读和传承。

（二）闻捷的诗歌

闻捷（1923—1971），原名赵文节，江苏丹徒县人。1938年，他在汉口投身抗日救亡演剧工作，同年加入中国共产党，后于1940年抵达延安。1949年，他随军至新疆，先后担任新华社西北分社采访部主任及新疆分社社长。在新疆新华社记者岗位上，他积累了丰富的生活和艺术经验，对其日后的创作取向和艺术风格产生了深刻影响。1955年，闻捷发表了《吐鲁番情歌》等一系列诗作，后集结为《天山牧歌》出版。1957年，他调至中国作家协会，专职从事文学创作。1958年，他担任中国作家协会兰州分会副主席，并在甘肃河西走廊一带生活，其间出版了诗集《祖国，光辉的十月》《东风催动黄河浪》及《河西走廊行》等作品，同时推出自选集《生活的赞歌》。这些作品题材广泛，诗情豪放，展现了他独特的艺术风格。1959年，闻捷开始发表长篇叙事诗《复仇的火焰》，该作品是一部具有史诗性质的鸿篇巨制，反映了哈萨克民族的生活与斗争。全诗分为三部，即《动荡的年代》《叛乱的草原》和《觉醒的人们》（未完成）。此作品格调高昂热烈，地方特色鲜明，充分展示了闻捷卓越的文学创作才华。然而，1971年，闻捷自杀身亡。

20世纪50年代，闻捷的诗集《天山牧歌》犹如一股清新的风，席卷了文坛，引起了广泛的关注和热烈的讨论。这部诗集不仅代表了闻捷个人文学创作的巅峰，更在中国当代诗歌史上留下了浓墨重彩的一笔。

《天山牧歌》中，闻捷巧妙地融合了多样化的主题，虽然其中不乏对东南沿海水兵生活和农业合作化运动的描绘，但更多的篇幅则是献给了新疆这片神秘而富饶的土地。他的笔触深入新疆少数民族的日常生活，用诗歌捕捉他们欢笑、劳动、爱情的瞬间，展现了一个个鲜活、生动的民族形象。可以说，闻捷是中国当代诗歌史上第一位如此深入并成功表现新疆少数民族生活的诗人，他的诗歌极大地丰富了中国当代诗歌的题材和内涵。

这些诗歌以清新的笔调、火样的激情、优美的语言和鲜明的形象，从不同角度展现了新疆各兄弟民族新的生活、新的精神面貌和理想。每一首诗都像是一幅精美的画卷，将读者带入一个五彩斑斓、充满生机的新疆世界。在这里，我们看到了各民族人民勤劳智慧的身影，感受到了他们积极向上、乐观豁达的精神风貌，也领略到了他们追求美好生活的坚定信念和无限憧憬。

在《天山牧歌》中，最为人称道的要数描写爱情的两组诗——《吐鲁番情歌》和《果子沟山谣》。这些诗歌中，闻捷用他独特的视角和细腻的笔触，描绘了新时代里健康、欢乐、明朗的爱情。这些爱情场面既含蓄又充满魅力，如同天山上的清泉，纯净而甘甜。在《吐鲁番情歌》组诗中的《葡萄成熟了》一诗中，闻捷更是将爱情与吐鲁番的葡萄相结合，用生动的比喻和丰富的想象展现了一幅幅美妙的爱情画面。

除了爱情，闻捷在诗中描摹的异域风光、浪漫风情以及少数民族青年追求爱情的炽热大胆，也对汉文化地区的读者构成了一种吸引和震撼。他让我们看到了一个与我们日常生活截然不同的世界，感受到了不同的文化和风俗所带来的新奇和刺激。这些诗歌不仅拓宽了我们的视野，也让我们对新疆这片神奇的土地产生了更多的好奇和向往。

闻捷的诗歌《金色的麦田》无疑是他抒写生活情趣与时代氛围的又一力作。在这首诗歌中，他巧妙地以金色麦田为背景，描绘了一幅充满生机与活力的爱情画卷。巴拉汗和热依木，两位主人公在这片广袤的麦田中相遇、相知、相恋，他们的爱情不是空洞的幻想，而是深深扎根于现实生活的土壤中。

在闻捷的笔下，巴拉汗和热依木的爱情不是"空谈"，而是充满了实质性的行动。这个行动，就是劳动。他们一同耕耘、一同收割，用辛勤的汗水浇灌着爱情的花朵。劳动成为他们恋爱合法性的基础，也为他们充满情趣的恋爱抒写提供了遮风避雨的泥土墙壁和茅草屋顶。这种将爱情与劳动紧密结合的写法，不仅使诗歌更加贴近生活，也赋予了爱情更加深厚的内涵。

闻捷的笔触是如此的细微而深入，他善于捕捉生活中的每一个细节，用诗意的语言加以描绘。在巴拉汗的歌声和脚步中，我们仿佛能够感受到她对生活的热爱和对爱情的憧憬；在热依木起伏的胸脯和含蓄的话语中，我们又能感受到他内心的激动和对爱情的珍视。这种对人物内心世界的深入挖掘，使得诗歌中的人物形象更加鲜活、生动。

《金色的麦田》所展现的爱情，不仅具有甜美的情调，还充满了边地色彩和异域风情。在金色的麦田中，巴拉汗和热依木的爱情故事像是一首动人的边塞歌谣，简约而又丰富，风趣而又深情。这种独特的地域特色和文化氛围，使得诗歌更具吸引力和感染力，让读者在阅读的过程中仿佛置身于那片金色的麦田之中，与主人公们一同感受着爱情的甜蜜与幸福。

在闻捷写作新疆的生活抒情诗、描绘吐鲁番情歌的那个时代，生活与爱情并非能够完全脱离政治而独立存在，它们总是与政治紧密相连，相互交织。那个时代，政治氛围浓厚，影响着社会的方方面面，包括人们的日常生活和情感表达。因此，闻捷的诗歌在描绘新疆的风土人情和人们的爱情故事时，也不可避免地融入了政治的元素。

闻捷的诗歌从最初的唯美抒写逐渐走向政治进步的主题，他通过诗歌表达对社会变革的期待和支持。在诗歌中，他将政治进步作为爱情实现的前提条件，展现了那个时代特有的爱情观念。比如，在诗歌中，他写道："等我成了青年团员，等你成了生产队长。"这样的表达既体现了个人对政治进步的追求，也暗含爱情与政治进步的紧密联系。

一个时代有一个时代的文学，每个时代都有其独特的文学风格和表达方式。闻捷的诗歌正是那个时代文学风格的体现，他通过诗歌表达了对生活的热爱和对爱情的向往。同样地，一个时代也有一个时代的爱情。每个时代的爱情都有其独特的表达方式和情感体验。闻捷的诗歌准确地捕捉了那个时代爱情的特点，他通过诗歌歌咏了那个时代的爱情，展现了人们追求爱情、向往美好生活的愿望。同时，他的诗歌也反映了那个时代的生活抒情，表达了对生活的热爱和对未来的期待。

第二节　百花齐放的小说创作

在长达十七年的文学演进历程中，小说创作在继承"五四"新文学传统的同时，紧密结合时代政策导向，以深刻笔触描绘了中国人民在共产党领导下所展现出的坚韧不拔、艰苦奋进的辉煌画卷。作品全面呈现了中国农民在文化、道德及心理层面的深刻变革与巨大提升，凸显了时代的鲜明特色与深刻内涵。

这一时期的小说创作呈现出题材丰富多样的特点，每一种题材均以其独特的艺术魅力取得了显著的艺术成就，共同构建了一幅百花齐放、生机勃勃的文学盛景。其中，农村生活题材作品真实反映了农民的生活状态和精神风貌；革命战争题材作品展现了革命英雄的英勇事迹和革命精神的伟大力量；工业题材作品则揭示了工业建设的艰辛与成就；爱情题材作品则通过细腻的描绘展现了人性的美好与复杂；干预生活题材作品则对社会现象进行了深刻的剖析和反思。

接下来，我们将进一步深入探讨这些小说创作的独特风格与卓越成就，以期更好地展现其在中国文学发展史上的重要地位与贡献。

一、农村生活题材小说的创作

在十七年时期，农村生活题材小说在文学领域占据着举足轻重的地位，其创作数量与质量均显著突出，成为当时文学创作的主流。这些作品广泛而深刻地反映了农村生活的多个层面，然而，在乡村日常细节的描绘上却显得相对匮乏。此外，农村生活题材小说的创作者在塑造农民形象时，其立场、观点和情感往往与所描绘的对象高度契合，这在一定程度上限制了小说的取材范围，并削弱了其艺术表现力。

在这一历史阶段，众多杰出作家，诸如赵树理、马烽、柳青、李准、周立波、骆宾基、王汶石、丁玲、李束为等，均全身心投入农村生活题材小说的创作之中，其中赵树理与柳青的作品尤为突出，广受赞誉。接下来，我们将对赵树理和周立波所创作的农村生活题材小说进行深入细致的剖析与探讨，以期能够进一步挖掘并展现这一时期农村生活题材小说所蕴含的独特魅力及其深远价值。

（一）赵树理的农村生活题材小说创作

在长达十七年的文学创作历程中，赵树理所著的农村生活题材小说，始终恪守现实主义原则，坚守民间叙述的立场，深刻剖析农村现实生活中的诸多复杂问题。与此同时，他的小说作品亦展现出浓郁的地域特色，将山西乡村的风土人情融入创作之中，成为其小说创作不可或缺的重要元素。赵树理擅长以农村生活中那些看似平凡却蕴含深意的小事为切入点，通过细腻描绘邻里、姻亲之间纷繁复杂的人事纷争，生动展现农村社会变迁中农民命运的起伏跌宕以及思想感情的微妙变化。

《三里湾》《"锻炼锻炼"》《套不住的手》《实干家潘永福》《买烟叶》等作品，均系赵树理农村生活题材小说的杰出代表。其中，《三里湾》与《"锻炼锻炼"》更是广为流传，影响深远。这些作品不仅展现了赵树理扎实的文学功底和深厚的艺术造诣，更体现了其对农村生活的深刻洞察与人文关怀。

《三里湾》作为中国当代文学史上的一部重要著作，以其独特的艺术魅力与深刻的历史内涵，是首部深入描绘农村社会主义改造这一历史性变革的杰出小说。该作品以华北老解放区一个典型的农村——三里湾为故事舞台，细致入微地描绘了在秋收、整党、扩社、开渠等一系列重大运动中，三里湾所发生的一系列扣人心弦的故事。这些故事生动而真实地展现了农村农业合作化运动的宏大历史背景与波澜壮阔的历程，同时也深刻且细腻地刻画了农民群众在这一伟大历史进程中经历的迷茫、挣扎与思想觉醒的历程，为后人留下了宝贵的历史记忆与文化财富。

在浩如烟海的中国现代文学作品中，这部小说以其独特的视角和深刻的描绘，为我们展示了一幅农村生活与农业合作化运动的生动画面。与众多同时期聚焦农民与地主阶级尖锐矛盾的文学作品不同，它选择了一个更为细腻的切入点——农民内部的矛盾与思想的变迁。

在这部小说中，我们看到了四类典型的农村成员。首先是以老中农马多寿为代表的农民，他们曾是村里的土地"大户"，心怀着对新富农生活的憧憬。然而，随着农业合作化运动的推进，他们因为害怕失去自己的土地和利益，对扩社和开渠运动持反对态度，成为改革的阻力。

接着是以村长范登高为代表的农民，他们具有明显的个人主义倾向，坚信只有个人发家致富才是正道。他们不愿意将自己的命运与集体捆绑在一起，因此对农业合作化运动持消极态度，甚至暗中阻挠。

再来看以党员袁天为代表的农民，他们表面上支持农业合作化运动，但实际上却受到家庭的影响，总是想方设法为自己谋取更多利益。这种"两面人"的形象，揭示了农业合作化运动在农民心中的复杂性和矛盾性。

最后是以党支部书记王金生为代表的农民，他们是农村中的先进分子，坚决拥护党的政策，积极推动农业合作化运动。他们以身作则，带领农民们共同走向富裕的道路，成为农村社会主义改造的领军人物。

在塑造这些人物形象时，作者赵树理采用了白描的手法，通过日常的生活情境和故事细节来展现人物的性格特征和心理变化。这种写法使得人物更加真实、生动，仿佛就生活在我们身边。同时，小说的结构也非常严密紧凑，情节连贯、曲折有致，让人读起来欲罢不能。

此外，这部小说的语言也充满了浓郁的农村生活气息。它用平实、朴素的语言描绘了农村的生活场景和人物对话，让人仿佛能够闻到泥土的芬芳、听到稻田的蛙鸣。同时，小说中还融入了许多幽默的元素，使得阅读过程更加轻松愉快。然而，这部小说也存在一些不足之处。在塑造人物形象时，有时过于强调其代表性和象征意义，导致人物形象显得过于概念化、缺乏个性。在展现人物的思想转变过程时，描写得过于简单、不够深入，使得转变过程显得不够自然、真实。在塑造正面人物时，有时过于美化、忽略了其缺点和不足，使得人物形象显得不够立体、全面。

尽管如此，这部小说仍然以其独特的视角和深刻的描绘，为我们展示了农村生活与农业合作化运动的真实面貌。它让我们看到了农民在改革中的挣扎与奋斗、困惑与希望，也让我们更加深入地理解了农业合作化运动在农村社会中的意义和价值。

《锻炼锻炼》是一部深入反映农村人民内部矛盾的"问题小说"，其独特之处在于它紧紧围绕农业合作化过程中的具体事件，对两位落后女社员——"小腿疼"和"吃不饱"的批评与教育进行了细腻而生动的描绘。这部小说不仅揭示了农业合作社干部在推进合作化过程中的两种截然不同的工作方法，还借此探讨了农村社会在变革中面临的各种挑战和困境。

　　故事中的两位女社员"小腿疼"和"吃不饱"是合作社中的落后分子，她们以各自的"病痛"为借口，逃避集体劳动，追求个人利益。面对这样的局面，合作社中的两位干部王聚海和杨小四采取了截然不同的处理方式。王聚海是一个温和而朴实的老干部，他主张"和事不表理"，希望通过平息争端来维护合作社的和谐与稳定。然而，这种做法在一定程度上纵容了落后分子的行为，使得合作社的秩序和效率受到了影响。

　　相比之下，杨小四等青年干部则采取了更为积极和果断的措施。他们主张通过"整风运动"来整治这些落后分子，通过巧妙地设下圈套，让"小腿疼"和"吃不饱"在众目睽睽之下检讨自己的落后行为。这种方式虽然严厉了一些，但却有效地打击了落后分子的嚣张气焰，维护了合作社的纪律和秩序。

　　在小说的结尾部分，通过支书的口吻对王聚海那种平息事端的做法进行了肯定，这似乎是在当时的意识形态背景下对老干部的一种肯定。然而，如果我们从更广阔的历史视角来审视这部小说，就会发现其中的内涵远比作者当时所赋予的意义要丰富得多。

　　从艺术角度来看，《锻炼锻炼》无疑是一部非常成功的小说。情节曲折而完整，通过一系列生动的事件和细节展现了农业合作化过程中的种种矛盾和冲突。人物的塑造也非常成功，作者通过对比、衬托的方式来展现不同人物的性格特征，使得每个人物都栩栩如生、跃然纸上。此外，小说的语言也充满了口语化色彩，简洁、通俗、幽默风趣，使得读者能够轻松地理解并产生共鸣。

（二）周立波的农村生活题材小说创作

　　周立波（1908—1979），原名周绍仪，湖南益阳人，是中国左翼作家联盟的成员之一。在抗日战争的艰难岁月里，他积极投身文艺救亡运动，并以此为契机，开启了文学创作的新篇章。中华人民共和国成立后，他奉调前往北京，担任文化部编审处的重要职务。与此同时，他仍坚守文学创作阵地，笔耕不辍。1979年9月25日，周立波因病辞世。

　　在十七年时期，周立波以其深刻的洞察力与细腻的笔触，专注于农村生活题材小说的创作。他致力于生动而真实地反映当代农村生活的变迁，其中最具代表性的作品便是《山乡巨变》。该作品以其独特的艺术魅力和深刻的社会内涵，赢得了广大读者的喜爱与赞誉。

　　《山乡巨变》一书，以其严谨而稳重的笔触，细腻而生动地描绘了1955年至

1956年间，在中国农业合作化运动高潮时期，湖南清溪乡这片古老而静谧的山乡中，农民们内心深处所经历的思想、情感以及人际关系的深刻变革。这部作品以团县委副书记邓秀梅乘船缓缓驶入这个宁静的南方山乡，开始着手开展"农业合作化运动"为开篇，巧妙地展现了从县委、省委直至党中央的决策如何层层贯彻、深入至每一个乡村的宏大历史背景。

在船上，邓秀梅与一众男女干部并肩而立，他们均是刚刚参加完县委举办的"三级干部会"后，被精挑细选、满怀热忱地派遣至各个乡镇的骨干力量。他们肩负着重大的历史使命，承载着省委会议的精神和党中央的坚定决议，准备自上而下地推动这片古老的乡村，开启一轮崭新的、前所未有的深刻变革和全面改造。这些干部带着对未来的憧憬和对乡村的深情厚谊，准备用他们的智慧和力量，为这片土地和这里的人民书写一段崭新的历史篇章。

《山乡巨变》这部作品构思精妙，分为上、下两卷，每一卷都深入描绘了农业合作化运动在湖南清溪乡所引发的波澜壮阔的历史画卷。

上卷以生动的笔触着重叙述了县派干部们如何克服重重困难，在清溪乡这片古老的土地上成功建立起初级合作社的艰辛历程。这些干部带着省委和党中央的坚定决议，深入乡村，与农民们并肩作战，共同面对各种挑战和困难。他们不仅要在物质上帮助农民们改善生产条件，更要在精神上引导他们树立新的思想观念，让他们真正认识到合作化运动的重要性和必要性。在这个过程中，干部们与农民们建立了深厚的感情，共同见证了乡村合作化运动的初步成功。

下卷则详细描绘了常青农业生产合作社在升级为高级社后，农民们的日常生产与生活场景。作者通过细腻的笔触，展现了农民们在新的生产组织形式下，如何团结协作、共同奋斗，创造出更高的生产效益。同时，作品也揭露了阶级敌人对合作化运动的破坏活动，以及农民们如何坚定信念、团结一致，最终战胜敌人的故事。这些情节不仅丰富了作品的内容，也增强了作品的现实意义和时代感。

全书以庆祝建社后首次大丰收的"欢庆"一章作为结尾，这一章节将全书的情感推向了高潮。农民们欢聚一堂，共同庆祝这一历史性的时刻。他们脸上洋溢着幸福的笑容，心中充满了对未来的美好憧憬。这一场景不仅展现了乡村合作化运动带来的丰硕成果，也表达了作者对农民们深深的敬意和祝福。同时，它也预示着中国农村将在合作化运动的推动下，迎来更加美好的明天。

这部小说在艺术方面的造诣颇为深厚，具有多重可取之处。首先，在对农业合作化运动这一重大历史事件及其深远影响进行叙述时，作者并未选择直白的史实性描述，而是巧妙地运用了曲笔和侧笔的手法，将这一历史进程巧妙地融入清溪乡的自然风光、丰富多彩的风土人情以及农民的日常生活之中。这样的写作方式不仅生动地展现了农业合作化运动的具体场景，而且真实地反映了农民在这一历史变革中的思想变化和心理波动。同时，小说还以细腻而精准的笔触，勾勒出一幅幅优美的乡村风景和风俗画，使读者在阅读过程中仿佛置身那个时代的乡村，感受着那里的宁静与美好。

在人物塑造方面，小说也展现出了高超的艺术水平。特别是在对农村基层干部和农民形象的刻画上，作者深入现实生活，从多角度、多层次出发，既展现了他们的优点和长处，也揭示了他们的不足和缺陷。例如，清溪乡的党支部书记李月辉这一角色，在合作化运动初期因犯下错误而备受争议。然而，作者并没有简单地将他塑造成一个反面人物，而是在指出其错误的同时，深入挖掘其性格内涵和成长经历，展现出一个有血有肉、真实可信的基层干部形象。这样的处理方式不仅使人物形象更加立体和生动，也增强了小说的感染力和说服力。

此外，小说在塑造农民形象时，也充分考虑到了他们的历史背景和性格特点。例如，盛佑亭这一角色就经历了新旧两个时代的变迁，在性格上呈现出复杂而多元的特征。作者通过对其思想性格的深入分析，展现出一个既乐观善良又胆小怕事、既爱吹牛又喜欢占小便宜的农民形象。这样的塑造方式不仅使人物更加立体和真实，也让读者能够更深入地理解那个时代农民的生活状态和心理变化。

在语言方面，这部小说同样表现出色。作者采用了介乎雅俗之间的语言风格，既自然淳朴又流畅细腻，既符合人物的背景和身份又能够准确地表达他们的思想和情感。这样的语言风格不仅增强了小说的可读性和感染力，也使读者能够更加深入地感受到那个时代的气息和氛围。

当然，这部小说也存在一些不足之处。例如，在某些情节的展开上，作者可能过于注重情节的推进而忽略了与生活逻辑的契合度；在人物塑造上，有些角色可能由于篇幅限制而未能得到充分的展现和挖掘；此外，在揭示生活内涵和表达主题思想方面，小说也可能存在一些不够深入和全面的问题。然而，这些不足并不影响这部小说作为一部优秀文学作品的价值和地位。

二、革命战争题材小说的创作

在中国当代小说领域中，革命战争题材一直占据着举足轻重的地位，尤其在十七年小说创作时期，其重要性更是不言而喻。在十七年时期，革命战争题材小说以丰富的内容和深刻的思想内涵，广泛而深刻地揭示了新中国在艰难岁月中英勇奋斗的历程以及那些震撼人心的英雄事迹。这些作品不仅数量众多、质量上乘，而且其影响力深远持久，为后世留下了宝贵的文化遗产。在形式上，这些革命战争题材小说也展现出了多样化的特点。既有精巧细腻的中短篇小说，以独特的视角和细腻的笔触，展现了革命战争中的英勇与牺牲；也有具有史诗气质的长篇小说，以宏大的叙事结构和深刻的主题思考，描绘了革命战争的波澜壮阔和英雄人物的丰满形象。在这一时期的革命战争题材小说创作中，杨沫、峻青、王愿坚、梁斌、吴强、杜鹏程、茹志鹃、曲波、孙犁等作家均展现出了卓越的才华和深厚的艺术造诣。他们的作品不仅丰富了革命战争题材小说的内涵和外延，也为后来的文学创作提供了宝贵的经验和启示。接下来重点对吴强的革命战争题材小说创作进行深入分析，以揭示他在这一领域的独特贡献和艺术成就。

吴强（1910—1990），原名汪大同，籍贯江苏涟水。在抗日战争时期，他毅然投身军旅生涯，并光荣加入中国共产党，全身心投入政治与文化宣传的崇高事业。在紧张繁忙的工作之余，他亦不断致力于文学创作，笔耕不止，展现出对文学艺术的深厚热爱与执着追求。解放战争时期，吴强亲身参与并见证了众多重要战役的激烈交锋，这些宝贵的经历为他日后创作革命战争题材的小说提供了丰富的素材和深刻的灵感。中华人民共和国成立后，他继续深耕文化领域，为国家的文化建设事业贡献自己的力量，并始终保持对文学创作的热爱与坚守。1990年4月10日，吴强在上海安详离世。

在十七年文学时期，吴强所著的《红日》堪称一部具有显著影响力的革命战争题材小说，继《保卫延安》之后，以其独特的叙事视角和深沉的文学笔触，再次引领读者重温那段波澜壮阔的国内革命战争历程。

《红日》这部作品以其丰富的内涵、宏伟的结构和壮观的场面，成功地刻画了解放战争时期人民军队的英勇形象与坚定的革命信念。全书以解放战争为历史背景，深入描绘了陈毅、粟裕所率领的华北野战军与国民党整编七十四师在山东战场上展开的激烈较量。

经过深入细致的描绘，该小说以生动鲜活的笔触，重现了涟水、莱芜、孟良崮这三大战役的雄伟气势，精确勾勒出了华东野战军如何以智取胜，成功粉碎国民党东线重点进攻的历史轨迹。此外，作品亦以深邃的笔触，揭示了我军从弱小逐步壮大，从战略防御阶段稳健过渡到战略反攻阶段的波澜壮阔的历史进程，充分展现了革命战争所蕴含的伟大历史意义。

这部名为《战火辉煌》的小说，在艺术构思上展现出极为独特的魅力。它以三场战役为主线，巧妙地以有主有次、张弛有度的笔触描绘了战争的残酷与壮烈。其中，每一场战役的描绘都如同精心雕琢的画卷，使读者仿佛身临其境，感受到烽火连天的震撼。

值得一提的是，《战火辉煌》的叙述手法堪称一绝。作者并没有仅仅停留在对大规模战役的宏观描述上，而是深入连排班这些最基层的作战单位，通过点面结合的方式，既展现了战争的磅礴气势，又细腻地描绘了战争中的每一个细节。这种叙事方式不仅使得作品在视野上开阔而层次分明，更在结构上显得宏大而紧凑。无疑，这充分体现了作者高超的叙事能力和对生活深刻的洞察力。

除了战争场面，小说中的人物塑造也尤为出色。例如，我军军事将领沈振新这一角色，作者在塑造他时赋予了他丰富的性格层次和立体的人物形象。他的出生背景、成长经历以及革命远见，都使他成为一个有血有肉、充满魅力的英雄人物。同时，小说中也通过对沈振新的情感生活进行描写，进一步丰富了他的性格特点，使他在严格自律的同时，也展现出人性的温暖一面。此外，作者对国民党军整编七十四师师长张灵甫的形象塑造也十分成功。作者没有简单地将其丑化或美化，而是以理性客观的态度来呈现这个人物的性格特点。通过对张灵甫心理活动的生动描写，作者成功地揭示出他刚愎自用、色厉内荏的本质。

在作品的日常生活描写中，作者独具匠心，恰到好处地融入了一系列轻松惬意的场景。这些画面与紧张激烈的战争场面相互映衬，形成了鲜明而强烈的对比效果，共同构成了一幅幅绚丽多彩、极具艺术价值的图画。这一创作手法不仅极大地丰富了作品的结构层次，更深刻地展示了作者对生活的独到见解和深刻体验。

尽管《战火辉煌》在多个方面都表现出色，但它也并非完美无缺。作品中存在一些不足之处，比如未能充分揭示和展开我军内部的思想矛盾和斗争，导致作品的深度有所欠缺；另外，对于我军政治思想工作的正面描写也相对较少，这在一定程度上影响了作品的全面性和完整性。但无论如何，《战火辉煌》依然是一部值得一读再读的优秀战争小说。

三、工业题材小说的创作

在十七年时期，工业建设题材的长篇小说创作取得了显著成绩，生动而真实地展现了新中国十七年工业发展的壮丽画卷。在此期间，艾芜和周而复两位作家以其卓越的创作才能，成为工业题材长篇小说领域的杰出代表。

（一）艾芜的工业题材小说创作

艾芜（1904—1992），本名汤道耕，祖籍四川清流镇，曾就读于成都省立第一师范学校。毕业后，他游历了云南边疆、缅甸及马来西亚等地，丰富的人生经历为其日后的文学创作提供了宝贵的素材。1931年，艾芜返回国内，并于次年正式加入中国左翼作家联盟，标志着其文学创作生涯的正式开启。历经数十年的辛勤耕耘，艾芜的文学成就备受瞩目。他于1992年12月5日离世，享年88岁。

艾芜在十七年时期创作的工业题材小说中，以《百炼成钢》这部作品最为引人注目，堪称其代表作。这部小说巧妙地将故事背景设定在中华人民共和国成立后的第一个五年计划时期，那是一个充满变革与活力的时代。在这个时代背景下，国家的各个领域都在经历着翻天覆地的变化，工业领域更是如火如荼地进行着改造与发展。

《百炼成钢》以一家具体的炼钢厂作为叙事的舞台，通过对这家炼钢厂改革历程的描绘，生动展现了当时工业改革的现实状况。小说中的炼钢厂不仅是工业发展的缩影，更是时代变革的见证者。在这里，工人们积极响应国家的号召，投身于工业建设的热潮之中，他们的汗水与智慧铸就了工业发展的基石。

在改革的过程中，人们不可避免地会遇到各种矛盾与斗争。小说通过细腻的笔触，生动地描绘了工人们在改革中所经历的种种挑战与困境。他们不仅要面对技术上的难题，还要应对思想上的冲突与观念的转变。然而，正是这些矛盾与斗争，激发了他们的斗志，让他们更加坚定地走在工业建设的道路上。

《百炼成钢》不仅是一部反映工业改革的小说，更是一部展现人性光辉的作品。小说中的工人们虽然面临各种困难和挑战，但他们始终保持着坚定的信念和顽强的毅力。他们用自己的实际行动诠释了什么是真正的英雄主义，什么是真正的奉献精神。这些人物形象不仅让读者感受到了工业建设的艰辛与不易，更让他们感受到了人性的伟大与美好。

小说《百炼成钢》开篇便定格在炼钢厂新任党委书记上任的庄重时刻。这位新任领导一踏入工厂，便与厂长进行了一场深入的对话。在对话中，他们明确了当前国家面临的两大紧迫需求：一是国家基础设施建设的飞速发展对钢铁资源的巨大需求，二是朝鲜战争前线对钢铁的迫切渴望。这两个需求都指向了一个共同的目标——必须加快炼钢速度，以满足国家和前线的紧急需求。

紧接着，小说便围绕着"快速炼钢"这一主线，展开了一场波澜壮阔的叙事。在这个过程中，工人们不仅要面对技术上的挑战，还要处理与同事之间、与领导干部之间以及潜在的敌对势力之间的矛盾与冲突。这些矛盾与冲突构成了小说的核心情节，推动着故事的发展。

在解决矛盾与冲突的过程中，工人们展现出了顽强的斗志和坚定的信念。他们不惧艰难，不惧挑战，凭借着对国家和人民的忠诚，以及对社会主义事业的热爱，成功地克服了重重困难，实现了快速炼钢的目标。同时，他们也在这个过程中得到了锻炼和成长，逐渐从一名普通的钢铁工人成长为具有坚定信仰和高度责任感的社会主义新人。

因此可以说，《百炼成钢》这部小说表面上是在写炼钢的过程，但实际上它的真正意旨是写人——写那些在新中国的革命熔炉中经受锻炼和考验，成长为社会主义新人的钢铁工人们。通过他们的奋斗历程，我们看到了新中国工人阶级的坚韧不拔和无私奉献，也看到了社会主义事业的伟大力量和光明前景。

（二）周而复的工业题材小说创作

周而复（1914—2004），原名周祖式，祖籍安徽旌德，出生于南京。在上海光华大学就读期间，他便开始涉足文学创作领域，展现出了对文学的浓厚兴趣和卓越才华。毕业后，他长期致力于文化事业，直至生命的最后一刻。2004年1月8日，周而复先生与世长辞。

在十七年时期，周而复创作的工业题材小说中，《上海的早晨》是最为引人注目的佳作。该作品以其独特的大跨度、多线索的艺术结构，深刻且生动地展现了改造民族工商业者这一重大的历史课题。作品不仅详尽地揭示了改造民族资产阶级的必要性和所面临的种种困难与挑战，更进一步预示了工人阶级力量不断壮大、逐步成为社会中坚力量的必然趋势。

《上海的早晨》的成功之处，在于对资本家形象系列的精彩塑造。周而复在描绘这些资本家时，展现出了非凡的文学功力。他既注重体现资本家作为同一阶级所共有的特点，如追求利润、注重商业利益等，又巧妙地展现了他们各自的差异性，使每个资本家形象都鲜活、独特。

在塑造资本家形象时，周而复特别注重对其思想性格的深入挖掘。他通过细腻的笔触，展现了民族资产阶级在新旧交替时期所经历的思想冲突和性格变迁。

这些资本家在新中国成立初期，面对新的社会制度和政策，不得不进行思想上的转变和适应。他们中的一些人能够顺应时代潮流，积极接受改造，成为社会主义建设的积极力量；而另一些人则固守旧有的思想观念，试图与新的社会制度相抗衡，最终走向衰败。

周而复通过对资本家形象的成功塑造，不仅揭示了民族资产阶级转变的复杂性和艰巨性，也展示了工人阶级在改造民族资产阶级过程中所发挥的重要作用。他们以其坚定的信念和不懈的努力，逐步引导民族资产阶级走向正确的道路，共同为社会主义建设贡献力量。

总之，《上海的早晨》以其独特的艺术结构和深刻的思想内涵，成为十七年时期工业题材小说的杰出代表。它不仅生动地描绘了改造民族工商业者的历史过程，更展现了工人阶级不断成长壮大的必然趋势，具有重要的历史意义和文学价值。

四、爱情题材小说的创作

在十七年时期，受"双百"方针的深刻影响，涌现出一批以爱情为主题、深入展现人性丰富复杂面貌的小说作品。接下来对宗璞在爱情题材小说创作方面的实践进行深入分析。

宗璞（1928—　），原名冯钟璞，祖籍河南唐河，自幼在北京生活成长。她先后求学于天津南开大学和清华大学，正是在这两所高等学府的学术熏陶下，她踏上了文学创作之路。毕业后，她毅然投身文化与文学领域，长期致力于相关工作，同时矢志不渝地坚守着文学创作之路，笔耕不辍，持续为文学事业贡献自己的力量。

在十七年时期，宗璞创作的爱情题材小说中，《红豆》堪称其中的佼佼者，极具代表性。这部小说在题材上与当时广泛描绘工农兵风貌的20世纪50年代作品有所区别，它聚焦于知识分子之间的爱情故事。更为重要的是，作品深入剖析了知识分子如何通过自我改造，最终走上革命道路的心路历程，为读者展现了一个真实且富有深度的时代画卷。

在《革命的旋律》这部小说中，主人公是两位年轻的知识分子，他们分别是纯真善良的大学生江玫和拥有清秀面庞与迷惘神气的齐虹。江玫，一个内心纯净、充满理想的姑娘，在前往练琴的途中偶然遇到了齐虹。那一刹那，齐虹那独特的气质和深邃的眼神，如同磁石一般吸引了她。不久之后，两人在琴房再次相遇，这一次的邂逅更加深了两人之间的缘分。

随着时间的推移，江玫和齐虹逐渐熟悉起来。他们发现彼此在性格、爱好以及生活情绪上都有着惊人的相似性，这种相似性让他们迅速拉近了彼此的距离，最终陷入了热烈的恋爱之中。然而，他们的爱情之路并不平坦，因为他们正处于解放前夕这一重大的历史巨变时期。

江玫和齐虹虽然相爱，但他们的政治立场却逐渐产生了分歧。江玫在地下工作者萧素的影响下，逐渐产生了无产阶级革命立场，她积极投身各种民主运动，为革命事业贡献自己的力量。而齐虹，作为大银行家之子，他对革命的态度却是极端仇恨的。他认为革命会破坏社会的稳定和秩序，会给他所熟悉的生活带来翻天覆地的变化。

这种政治立场的分歧逐渐在两人之间产生了裂痕。他们开始为了一些政治问题而争吵，甚至冷战。最终，在革命的浪潮下，他们选择了分手。江玫在其他革命者的引导下，逐渐成长为一名合格的革命者，她用自己的行动践行了革命的信仰。而齐虹则在全国解放前选择了逃离祖国，他无法忍受这里的变化，也无法接受自己的失败。

江玫的经历，真实地反映了一个知识分子在历史关键时刻的痛苦抉择。她必须在爱情和革命之间做出选择，这是一个艰难的决定。然而，她最终选择了革命，选择了为国家和民族的未来而奋斗。通过江玫的艰难抉择，作者烘托出了她对革命事业的向往和对革命即将成功的盼望。同时，也展现了她在革命过程中的成长和蜕变，从一个单纯的大学生逐渐成长为一个坚定的革命者。

五、干预生活题材小说的创作

经过十七年不懈的耕耘与努力，王蒙在干预生活题材小说创作领域取得了显著成就。所谓"干预生活题材小说"，即指作者以积极勇敢的姿态直面现实，深入挖掘生活中各类纷繁复杂的问题，并侧重于批判社会中的落后现象，以期推动新生事物的茁壮成长与进步。以下对王蒙在干预生活题材小说领域的创作实践进行全面而深入的剖析。

　　王蒙（1934—　），祖籍河北南皮县，于北京出生。他曾积极投身中国共产党领导的进步学生运动，这段经历为其日后的文学创作提供了宝贵的素材与深刻的灵感。自20世纪50年代起，他便矢志不渝地投身文学创作事业，至今已发表多部广受好评的小说作品，充分展现了他卓越的文学造诣。

　　作为一名自少年时期便积极投身革命事业的作家，王蒙在其创作过程中始终秉持着深厚的政治责任感与坚定的社会使命感。正因如此，他的文学作品始终紧密围绕现实生活，致力于揭示和剖析重大且尖锐的社会矛盾冲突。在十七年时期，王蒙以其干预生活题材的小说创作而备受瞩目，其中尤以《组织部新来的年轻人》这部作品为代表，充分展现了他对于社会问题的深刻洞察与批判精神。

　　在这部小说中，作者巧妙地将故事背景设定在区委组织部，通过新来的年轻干部林震的独特视角，深入剖析了社会主义现代化建设在推进过程中所面临的一系列挑战。林震，这位有理想、有朝气、原则性和正义感兼具的年轻人，他的到来为组织部注入了新的活力，同时也为读者提供了一个观察社会主义现代化建设中思想僵化、官僚主义等问题的独特窗口。

　　当林震被调往北京某区委组织部时，他内心充满了期待和激动。他相信自己可以在这片广阔的天地里施展才华，实现自己的理想。然而，当他真正踏入组织部，开始深入了解其日常工作时，却发现这里存在着许多他之前未曾预料到的问题。

　　林震发现，尽管组织部在表面上看起来秩序井然，但实际上却隐藏着许多思想僵化和官僚主义的现象。这些问题不仅阻碍了组织的正常运作，也制约了社会主义现代化建设的顺利推进。面对这些问题，林震并未选择退缩或逃避，而是坚定地站在了改革的前沿。

　　他开始努力寻找解决这些问题的途径，试图通过自己的努力来匡正组织部中的不合理现象。在这个过程中，林震展现出了惊人的毅力和决心。他不仅敢于直面问题，更勇于承担责任，用自己的行动去影响和改变周围的人。

　　然而，改革之路从来都不是一帆风顺的。林震在推进改革的过程中也遇到了许多困难和挑战。他需要与那些固守旧有观念和利益的人进行斗争，需要不断学习和提升自己的能力以应对复杂多变的局面。但正是这些挑战和困难，让林震更加坚定了自己的信念和决心。

　　可以说，《组织部新来的年轻人》这部小说通过林震这一角色，生动地展现了社会主义现代化建设中存在的思想僵化、官僚主义等问题，并深刻揭示了解决这些问题的必要性和紧迫性。同时，林震的形象也体现了作者对生活的深刻感受、认识和理想。

这篇小说以其鲜明的反官僚主义主题脱颖而出，它通过细腻而深刻的人物塑造，尤其是官僚主义形象的刻画，成功地揭示了官僚主义对社会主义现代化建设的危害。其中，韩常新和刘世吾这两个角色成为官僚主义形象的典型代表，他们的行为和心态都深刻地反映了官僚主义的种种弊端。

韩常新作为组织部的新任副部长，他的行为作风鲜明地体现了官僚主义的特征。他过于注重数字而忽视了实际情况，这导致他在做决策时往往缺乏深入的思考和全面的考虑。他擅长的是听汇报、下命令和作报告，这种工作方式虽然表面看似高效，但实际上却难以真正解决问题。韩常新的形象，让读者对官僚主义有了更为直观和深刻的认识。

而刘世吾这一角色则更为复杂和引人深思。他曾是参加过革命的老革命者，拥有能力、魄力和丰富的经验，一度被视为组织部的灵魂。然而，多年的政治生活却让他逐渐疲倦，人性也发生了异化。他不再具有顽强的革命意志，对许多事情都抱着"就是那么回事"的消极态度。这种态度的转变，不仅体现了他个人的疲惫和失望，更揭示了官僚主义对整个社会和人民的潜在危害。

通过对刘世吾这一人物蜕变的深入描写，作者成功地揭露了官僚主义对党和人民的危害。刘世吾的蜕变，实际上是一个从革命者到官僚的转变过程，这个过程中，他逐渐失去了对革命事业的热情和信念，变得冷漠和麻木。这种转变不仅损害了他个人的品质，更对党和人民的事业造成了极大威胁。

作者通过这篇小说，进一步指出了新政权必须谨防旧官场陋习的侵蚀。在中华人民共和国成立初期，虽然面临着种种困难和挑战，但党和人民都充满了希望和信心。然而，官僚主义的滋生和蔓延，却可能会破坏这种希望和信心，阻碍社会主义现代化建设的顺利进行。因此，作者呼吁全党全社会都要高度警惕官僚主义的危害，积极采取措施加以防范和打击。

第三节　抒情散文与报告文学的创作

一、抒情散文的创作

在十七年时期，散文创作步入了社会主义时代的崭新阶段。这一时期的散文作品在继承延安文学优秀传统的基础上，进一步升华了"五四"文学革命所倡导的"美文"理念，为其注入了鲜明的时代精神内涵。此阶段的散文创作以讴歌与赞颂为主导，形成了一种独具魅力的"抒情散文"风格，并成为当时散文创作的主流趋势。其中，杨朔等杰出作家以其卓越的创作成果，成为这一时代散文领域的代表性人物。

杨朔（1913—1968），祖籍山东蓬莱，生于文化世家，自幼便对古典诗文有深厚造诣。少年时期，他怀揣诗人情怀，以酒助诗兴，抒发内心情感，展现非凡艺术天赋，为其日后诗化散文创作奠定坚实基础。1939年，杨朔毅然投身革命事业，随军转战各地战场，以战地记者身份撰写众多通讯及中、短篇小说。新中国成立后，他推出抗美援朝题材长篇小说《三千里江山》，因主题深刻、叙述生动而广受瞩目。自1956年发表《香山红叶》起，杨朔全身心投入散文创作，成果卓著。其散文集《雪浪花》更是被誉为1961年"散文年"的重要标志之一，赢得极高声誉。杨朔的代表作包括《香山红叶》《荔枝蜜》《雪浪花》《茶花赋》《海市》《蓬莱仙境》《泰山极顶》《画山绣水》等，以其独特的艺术风格和深刻的思想内涵，广受读者喜爱与尊敬。1968年，杨朔先生不幸离世。

从题材内容来看，杨朔散文主要表现在两个方面。

第一，对普通劳动者的深入关注与赞美。这些作品不仅描绘了他们在日常生活和工作中展现出的诚挚朴素的情怀，更是歌颂了他们为建设伟大社会主义事业所付出的辛勤努力与高尚情操。在这些作品中，普通劳动者成为作者笔下不可或缺的主角，他们的形象生动而饱满，充满了生活的气息和时代的色彩。在《荔枝蜜》中，养蜂人老梁的形象跃然纸上。他默默无闻地穿梭于花海之间，以勤劳的双手和辛勤的汗水培育着甜美的荔枝蜜。老梁的形象体现了普通劳动者对事业的热爱与执着，他的诚挚与朴素感染了每一位读者。作者通过老梁的形象，传达了对普通劳动者的敬意和赞美，同时也展现了他们与时代之间的紧密联系。在《茶花赋》中，养花人普之仁的形象同样令人难忘。他精心照料着每一株茶花，用心感受它们的生长与变化。普之仁的辛勤付出，不仅让茶花绽放出绚烂的花朵，更让人们在欣赏茶花的同时，感受到了普通劳动者所散发出的美好情怀。作者通过普之仁的形象，再次强调了对普通劳动者的赞美与尊重。《香山红叶》中的老向导，则是另一位值得称赞的普通劳动者。他用自己的智慧和经验，为游客们提供着贴心的服务。老向导的形象充满了智慧和温暖，他的存在让人们感受到了旅游的乐趣和人生的美好。作者通过老向导的形象，展示了普通劳动者在旅游事业中的重要作用，同时也传递了对他们的敬意和感激之情。在《雪浪花》中，老泰山的形象更是深入人心。他是一位坚韧不拔的渔民，面对恶劣的海上环境和艰苦的捕鱼生活，他从未退缩过。老泰山的形象展现了普通劳动者在困境中的坚韧与毅力，他的故事让人们感受到了生活的艰辛与美好。作者通过老泰山的形象，再次强调了对普通劳动者的赞美与尊重。《戈壁滩上的春天》中的王登学则是另一位令人钦佩的普通劳动者。他在戈壁滩上艰苦创业，用自己的双手开垦出一片绿洲。王登学的形象体现了普通劳动者在艰苦环境中所展现出的顽强拼搏精神和高尚情操。他的故事让人们感受到了戈壁滩上的春天和希望，同时也传递了对普通劳动者的敬意和赞美之情。在这些作品中，作者通过对普通劳动者形象的塑造和赞美，展现了他们与时代之间的紧密联系和重要作用。这些普通劳动者虽然不是顶天立地的英雄和领袖，但他们的存在却为时代的发展和社会的进步注入了强大动力。作者在他们身上寄寓了一种普遍存在的与时代的关系，并附加了某种主观的启示色彩，让读者在欣赏作品的同时，也能感受到一种积极向上的精神力量。

第二，杨朔的文学作品不仅仅局限于描绘新中国普通劳动者的生活，更展现了他对亚非拉第三世界人民的深厚情谊，以及他对和平友爱的崇尚和对霸权主义的坚定反对。在《埃及灯》《赤道雪》《生命泉》《印度情思》《巴厘的火焰》等一系列散文中，杨朔用深情的笔触描绘了他对这些遥远国度风土人情的观察和感受，字里行间流露出浓厚的国际主义情怀。这些作品不仅展示了亚非拉地区独特的自然风光和人文景观，更深入地探讨了国家独立和民族解放的潮流趋势。杨朔通过这些作品，传达了他对各国人民争取自由和尊严的坚定支持，同时也表达了他对和平、友爱和合作的渴望。在《金字塔夜月》这部作品中，作者通过细腻描绘埃及父子两代老看守的坎坷遭遇，深刻揭露了美帝国主义的丑恶行径，进而凸显了埃及人民捍卫家园、捍卫国家尊严的坚不可摧的决心。在革命与冷战交织的时代背景下，杨朔的作品无疑具有鲜明的时代烙印。

他的笔下，万事万物均被赋予深刻的时代意义，诸如蜜蜂、茶花、浪花、雪花，乃至灯塔、山脉等自然物象，均被他巧妙地融入特定的政治内涵之中。这些物象，已不再是单纯意义上的自然景色，而是成为杨朔表达政治立场、抒发个人情感的重要媒介。

通过对这些物象的精心刻画与描绘，杨朔不仅表达了对革命事业的坚定支持与拥护，更强烈地传达了对霸权主义的深切痛恨与坚决反对。他的作品，既是对时代的深刻反思，也是对人民意志的坚定颂扬，展现了作者严谨、稳重、理性的创作风格与官方立场。

综上所述，杨朔在散文创作过程中，虽在一定程度上仍受到十七年散文颂歌式表现模式的影响，但其在创作中始终秉持着对散文艺术表现规律的充分尊重与关注。他秉持着清晰的自我创作理念和独到的艺术主张，并通过个人在散文创作领域的不断实践与深入探索，逐步积累了丰富的创作经验，进而形成了独具匠心、别具一格的艺术风格和鲜明的创作特色，主要表现在以下几方面。

第一，杨朔在散文创作领域独树一帜，提出了"诗化散文"的艺术主张。他坚信"好的散文就是一首诗"，这一理念贯穿其整个创作生涯，并在其作品中得到了充分体现。杨朔所追求的"诗意"，不仅是对古典诗词文化的深厚底蕴的借鉴，更在于他如何将这些元素巧妙地融入散文创作中，使之焕发出独特的艺术魅力。在杨朔的散文中，古典诗词文化的介入是随处可见的。他善于运用古典诗词中的意象、典故和修辞手法，为散文增色添彩。同时，他在谋篇布局上也讲究寓情于景、借物咏怀，将情感融入自然景物之中，营造出一种诗一般含蓄的审美境界。这种境界让读者在阅读过程中仿佛置身一个充满诗意的世界，感受到作者所传递的情感和思考。杨朔在散文创作中特别注重艺术构思的见微知著。他善于从细微处入手，通过丰富的想象和联想，在平凡事物中选出富有象征意义的意象来升华主题思想。这种手法使得他的散文作品能够在有限的篇幅内展现出深刻的内涵和广阔的视野，实现"寓大于小，寓远于近"的审美原则。例如，在《荔枝蜜》中，杨朔通过对"蜜蜂"这一意象的细腻描绘，展现了普通劳动者无私奉献、毫不索取的可贵精神品质。这种手法不仅使散文的主旨得到了自然的流露，更使得作品在形式上充满了诗意的审美特色。

第二，杨朔在散文创作上开创了独特的"自我置换"模式，这一模式不仅丰富了中国现代散文的表现手法，也深化了散文的情感内涵和社会意义。在杨朔的散文中，他巧妙地实现了由主体向客体、由自我向他者、由个体向整体的主题置换。这种置换并非简单的角色转换，而是通过深入观察和体验，将作家的视角和情感融入普通劳动者的生活，从而以他们的视角去观察和感受世界。这种置换使得杨朔的散文具有更强的代入感和共鸣感，读者能够更加真切地感受到普通劳动者的情感和体验。在《荔枝蜜》中，杨朔就成功地运用了"自我置换"的散文模式。他通过对养蜂人老梁的深入观察和体验，将自己置身养蜂人的角色中，去感受他们的辛苦和付出。他细腻地描绘了老梁在采蜜过程中的艰辛和不易，同时也展现了老梁身上所体现出的勤劳、朴实和坚韧的品质。这种置换让读者能够更加真切地感受到养蜂人的辛勤付出和无私奉献，从而引发读者对普通劳动者的尊重和敬爱。杨朔的"自我置换"模式，不仅是对普通劳动者的赞美和歌颂，更是对人性深处的一种探索和挖掘。他通过将自己置身普通劳动者的角色中，去感受他们的情感和体验，从而发现他们身上所闪耀的人性光辉。这种光辉是平凡的，但又是伟大的，它代表着人类对于生活的热爱和追求，对于美好事物的向往和追求。

第三，杨朔的散文以其独特的"园林风格"行文模式而著称。他善于运用文字营造出一种疏密有序、峰回路转的艺术效果，使得他的散文作品张弛有度，引人入胜。这种行文模式与建筑上曲径通幽、流连婉转的苏州园林有着异曲同工之妙。在杨朔的笔下，文字如同园林中的小径，引领读者穿梭于各种意象和场景之间，体验着不同的情感与审美。以《雪浪花》为例，杨朔先为我们描绘了一个浪花冲击礁石的自然画面，画面中的浪花汹涌澎湃，与礁石相互碰撞，产生出美丽的艺术效果。紧接着，他巧妙地引入老泰山这一角色，通过一句未见其人、先闻其声的答话"是叫浪花咬的"，为老泰山的出场营造出一种神秘而迷离的气氛。老泰山仿佛是从那汹涌澎湃的雪浪花中幻化出来的，他的出现为文章增添了几分神秘感和诗意。同时，这句答话也尽显老泰山天真率直的本性，让读者对他产生了浓厚的兴趣。在《雪浪花》中，杨朔的行文模式如同园林中的小径，引导读者在文字间穿梭，从自然景象过渡到人物形象，从视觉体验深入情感共鸣。这种行文模式使得文章一开头就充满了诗意，引人入胜，让读者产生强烈的阅读欲望。

杨朔的散文作品不仅结构严谨，语言精练含蓄，而且充满了革命激情。他善于将个人的情感与时代的主题相结合，通过细腻的描绘和深刻的思考，传达出对革命事业的坚定支持和对美好生活的向往。他的散文作品被公认为中华人民共和国成立后第一流的散文作品，为中国现代散文的发展作出了重要贡献。

二、报告文学的创作

在20世纪50年代初，报告文学类的纪实性散文蓬勃兴起，这种文学形式通过"艺术地报告新事实"的方式，有力地推动了时代精神的传承与发展，其发展迅速，影响深远。其中，魏巍作为该领域的代表作家，以其卓越的创作才华和深刻的社会洞察力，为报告文学的发展作出了重要贡献。

魏巍（1920—2008），原名魏鸿杰，笔名红杨树，河南郑州人。他于1937年毅然投身八路军，并于次年光荣加入中国共产党。在1950年至1958年期间，他先后三次赴朝鲜进行实地采访，创作出《谁是最可爱的人》《故土与祖国》及《在汉江南岸的日日夜夜》等一系列脍炙人口的作品，这些作品在社会各界产生了广泛而深远的影响，为他在报告文学创作领域树立了卓越的地位。1978年，他成功创作完成抗美援朝题材小说《东方》，该作品于1983年荣获茅盾文学奖。2008年，魏巍因病在北京逝世，享年88岁。

魏巍的文学创作风格独树一帜，其显著特色在于"通讯+散文"的巧妙融合。他的散文作品深刻而细腻地反映了时代变迁，情感表达既热烈奔放又刚柔并济，充分展现出强烈的艺术感染力。除了脍炙人口的《谁是最可爱的人》外，魏巍还创作了诸如《依依惜别的深情》《年轻人，让你的青春更美丽吧》《我的老师》《路标》《怀仁堂随笔》以及《春天漫笔》等一系列经典报告文学作品，这些作品均深受读者喜爱与推崇。

《谁是最可爱的人》这篇报告文学，以严谨细致的笔触，深入刻画了1950年至1951年间抗美援朝战争最为艰苦时期，我国志愿军战士们英勇无畏、顽强抗击美国侵略者的辉煌历史画卷。该作品以其深刻的思想内涵和生动的艺术表现，在当时引起了强烈的社会共鸣与广泛反响。自此以后，解放军战士们便普遍被广大民众以亲切而崇高的称谓——"最可爱的人"所铭记与赞美。

魏巍的报告文学作品有着独特的审美追求，主要有以下几个方面的特点。

第一，魏巍的报告文学作品在主题层面，显著地表达了对志愿军指战员所彰显的崇高爱国主义、国际主义及革命英雄主义精神的热烈颂扬。他深入剖析革命战士的言行举止，致力于揭示他们内心世界中的丰富情感与炽热意志。在抗美援朝、保卫祖国的激烈战场上，战士们所展现出的英勇无畏和悲壮牺牲精神，正是他们铸就辉煌英雄业绩的强大动力源泉。魏巍深刻感悟到的，并不仅仅是战士们外在的英勇形象，更是他们内心深处熠熠生辉的人性光辉。这种光辉已然汇聚成我们民族赖以生存、不断前行的宝贵精神财富。

第二，在报告文学的素材选择上，魏巍始终坚持遵循典型性原则。他善于从纷繁复杂的生活素材中，经过深思熟虑与精细筛选，提炼出那些最能凸显主题精神的典型事例。在保持素材真实性的基础上，他进一步对这些典型事例进行艺术加工，使其既贴近实际又富有感染力。以《谁是最可爱的人》一文为例，魏巍精心选取了三个具有代表性的生活和战斗片段。这些片段既包括松骨峰战斗中战士们英勇无畏、浴血奋战的宏大场面，也展现了马玉祥同志不顾个人安危，挺身而出，冲进火海抢救朝鲜妇女和儿童的英勇事迹，还有防空洞里战士们朴素真挚、充满爱国情感的对话交流。这些片段各自独立却又相互关联，共同构建了一个鲜活立体的"最可爱的人"形象，深刻揭示了革命战士崇高的精神风貌。

第三，在表达手法上，魏巍的报告文学尤为擅长运用抒情性的议论，以此推动情节的发展并深化思想内涵。其作品中，无论是开篇的导入、结尾的总结，还是场景之间的转换过渡，都巧妙地穿插着充满浓郁诗意的文字与富含深邃哲理的议论。这些议论不仅与故事情节紧密相连，构成有机整体，更能够触动读者的内心，引发深刻的共鸣与反思。它们既是作者真挚情感的流露，也是对革命战士精神的深入剖析与崇高礼赞。通过这种抒情性的议论方式，魏巍的报告文学不仅展现出强烈的艺术感染力，更能够激发广大读者的爱国热情与革命斗志。

第四节　现实题材与历史题材的戏剧

在长达十七年的历程中，戏剧艺术在坚守并深化对解放区戏剧所蕴含的现实主义传统的理解和传承的同时，积极拓宽了戏剧创作的题材范畴与类型，致力于全面展现新时代的独特风貌，并精心塑造了一系列鲜活的新时代人物形象。经过不懈的探索和努力，话剧、戏曲、歌剧以及经过改编的传统剧目均取得了显著进展和成就。值得一提的是，老舍所创作的现实题材戏剧以及郭沫若等杰出艺术家所创作的历史题材戏剧，均在这一历史时期取得了较高的艺术成就，为戏剧艺术的繁荣发展作出了重要贡献。

一、现实题材的戏剧

自新中国成立的十七载岁月里，现实题材戏剧创作领域孕育出了一位卓越的剧作家——老舍先生。自20世纪40年代起，老舍先生便投身戏剧创作领域，并在新中国成立的这十七年辉煌历程中，他倾尽心血，创作了一系列杰出的作品。这些作品包括话剧《方珍珠》《龙须沟》《春华秋实》《西望长安》《茶馆》《女店员》《神拳》等，以及歌剧《大家评理》和京剧《十五贯》《王宝钏》等。尤为值得一提的是，老舍先生的话剧创作成就斐然，展现了他深邃的艺术洞察力和卓越的创作天赋。

老舍的话剧作品，多以北京胡同、茶馆、大杂院等典型地点为舞台背景，深刻描绘北京民众的日常生活、遭遇、命运及其变迁轨迹。通过这些细腻的刻画，老舍巧妙地折射出整个中国社会的时代历史变迁脉络。其中，《茶馆》一剧堪称其代表作。这部发表于1957年的三幕话剧，不仅标志着老舍戏剧创作的巅峰成就，更被誉为中国当代戏剧文学的杰出典范之作。

《茶馆》这部杰出的戏剧作品，通过细腻而生动地描绘旧中国三个不同历史横断面上各色小人物的命运浮沉，深刻地揭示和控诉了旧社会黑暗昏聩的生活。这部作品不仅是对历史的一次深刻反思，更是对人性、社会与时代的深入剖析。

全剧共分为三幕，每一幕都紧密围绕着不同的时代背景展开。

第一幕，我们置身戊戌变法失败后的时期。裕泰茶馆内人声鼎沸，看似繁荣兴旺，实则暗藏危机。这种表面的兴旺不过是"大清帝国"灭亡前的回光返照，预示着旧社会的种种弊端和矛盾已经积重难返。

第二幕，时间推进到第一幕近20年后。此时，民国虽已成立，但各派军阀势力此起彼伏，国家仍然处在动荡不安之中。清朝虽然灭亡了，但新的民国并没有带来真正的光明和希望。相反，中国社会依然笼罩在黑暗之中，人民的生活依然苦难重重。

第三幕，时间再次推进到第二幕大约20年后。抗日战争已经结束，但人民并没有迎来和平与安宁。在国民党政府的统治下，社会依然充满黑暗和灾难。美帝国主义的侵略与国民党政府的腐败相互勾结，给人民带来了空前的痛苦和灾难。裕泰茶馆在这股恶势力的压迫下变得破旧不堪，生意萧条。最终，它不得不倒闭并被占领，改为特务情报站。

在整部戏剧的尾声，年岁已高的王利发、秦二爷与常四爷，这三位昔日叱咤风云的人物，此刻只能以葬歌为伴，与那个旧时代作别。他们的人生轨迹，无疑成为旧中国波澜壮阔社会变迁的生动写照。这三个黑暗的时代深刻地揭示了一个道理：那种腐败透顶、堕落无底的旧有制度，正是民众苦难之源，其存在已无法容忍，必须予以彻底根除。

《茶馆》通过这样一种深刻而含蓄的方式，表达了对旧社会的控诉和对新社会的期待。它告诉我们，只有社会主义才能使人民当家做主，才能彻底改变人民的悲苦命运。这部作品不仅是对历史的回顾，更是对未来的展望和呼唤。

二、历史题材的戏剧

在新中国十七年的历史题材戏剧创作中，最有代表性的剧作家有郭沫若、田汉等。

（一）郭沫若的戏剧

在新中国成立后的十七年时期，郭沫若先生陆续创作了《蔡文姬》《武则天》以及《郑成功》三部历史剧作品。然而，相较于前两部作品，《郑成功》的社会影响力略显逊色。这一现象或许可以归因于，《蔡文姬》与《武则天》在创作之初便旨在通过为历史人物"翻案"的方式，引发社会广泛讨论与争议，进而在一定程度上提升了其社会影响力和公众关注度。

郭沫若所创作的历史剧《武则天》对历来备受争议的历史人物武则天进行了深入的刻画与"定型"，成功地将她从长期受到非议和嘲讽的负面形象中解放出来，塑造成为一位值得社会大众广泛称赞与歌颂的正面人物。剧中，武则天与太子贤、裴炎、徐敬业等反对派之间的斗争以平息"叛乱"的形式得到了全面呈现，这一设定为其形象奠定了坚实的基础。在斗争过程中，她展现出了卓越的兵法谋略和斗争艺术，取得了显著优势。然而，更为引人瞩目的是，她以宽厚仁慈的品性、知人善用的智慧以及崇高的道德感召力量，展现了对百姓的深切关爱，从而赢得了广泛的拥戴。

值得注意的是，武则天虽曾下令对上官婉儿的祖父与父亲处以极刑，然而她却毫不犹豫地接纳了年幼的上官婉儿，并耗费长达六年时光致力于"感化"这位年幼的孤女。经此过程，上官婉儿亦对先人的罪行有了深刻的反思，认同他们谋害忠良、罪孽深重的事实。此种处理方式，在历史长河中堪称独特，显著体现了作家对武则天的主观偏爱，并在一定程度上对其形象进行了艺术化的提升。

《蔡文姬》这部历史剧作，以文姬归汉的感人故事为主线，精心塑造了一位才华横溢、坚韧不拔的女性形象。蔡文姬，这位才情出众的女子，不仅在文学上有着卓越的造诣，更是一位为了著书大业而抛夫别子的伟大母亲。她的人生经历充满了坎坷与不幸，但她的才华、苦难与悲伤都被巧妙地融入剧作之中，让读者深切地感受到在那个特定的历史背景下，一位女性所面临的种种困境和无奈。

剧本在描绘蔡文姬这一形象时，不仅突出了她在国与家之间作出的痛苦抉择，更将历史中那位被贴上"奸雄"标签的曹操形象进行了颠覆性的重塑。在这部作品中，曹操不再是一个单纯的权谋家，而是一个知错能改、从善如流的领袖。他虽然有时会因为误信谗言而犯错，但一旦意识到自己的过失，便会迅速改正。例如，在差点误杀董祀的危机中，曹操在听取了文姬和侍琴、侍书的陈述后，立刻作出了明智的决策，这充分展现了他作为一个领袖的智慧和胸怀。

此外，剧本还着力刻画了曹操温情体贴的一面。在文姬归汉八年后，曹操亲自将文姬的一对儿女带到她面前，作为最宝贵的礼物送给她。更为贴心的是，曹操在此时非常知趣地叫走了自己的夫人，为文姬母子及董中郎留下了一个倾诉情感的私人空间。这一细节的处理，使得曹操这一历史人物在观众心中变得更加立体和真实。

在话剧作品《蔡文姬》中，郭沫若先生摒弃了旧有的创作模式，赋予了作品全新的内涵。他更多地从人文主义视角出发，将蔡文姬这一角色置于反封建礼教、追求女性权益解放的时代背景之下。蔡文姬的形象得以重塑，她不再是传统观念中被动受辱的弱者，而是化身为一位主动离家、肩负重要使命的女性。她不仅成为民族团结与和谐共处的象征，更是爱国主义精神的具体体现。这一崭新蔡文姬形象的塑造，与剧中另一关键人物——曹操——的刻画密不可分。正是得益于曹操的明智决策与博大胸怀，蔡文姬才得以有机会在国家的文化发展事业上发光发热，为国家社会的进步作出重要贡献。

在郭沫若的笔下，曹操成为一位促进民族文化发展的功臣。他不再是那个被历史诟病的奸雄形象，而是一位胸怀天下、心系苍生的领袖。郭沫若通过借古寓今的手法，将曹操的形象与中华人民共和国成立之后体现出来的社会主义伟大事业建设日趋繁荣的景象相映衬，表达了他对于国家安定和民族团结的深切期望。

值得一提的是，郭沫若一直自比为蔡文姬。两位历史人物都经历了困苦和磨难，最终都被委以重任。这种相似的人生经历使得郭沫若在创作《蔡文姬》时，能够更加深入地理解蔡文姬的内心世界和人生选择。通过这部作品，他表达了自己对于知识分子在逆境中不屈不挠、追求真理和正义的精神的赞美和崇敬。同时，他也借此表达了自己希望国家安定、民族团结的思想主题和崇高境界。

（二）田汉的戏剧

在当代，田汉持续深化其在戏剧领域的探索之路，凭借其精湛的艺术造诣和独特的理解，创作出了一系列历史题材作品，其中涵盖了《关汉卿》《文成公主》等佳作。此外，他还对《白蛇传》《西厢记》以及《谢瑶环》三部戏曲作品进行了改编，进一步彰显了他对戏曲艺术的深厚底蕴与卓越才华。这些作品不仅极大地丰富了当代戏剧创作的内涵与形式，同时也为广大观众带来了前所未有的艺术体验与享受。

《文成公主》一剧是田汉先生依循周恩来同志之建议改编而成，其主旨在于弘扬民族团结之精神。然而，该剧因缺乏足够的创新性，致使田汉先生之艺术才华未能得到充分发挥。至于《谢瑶环》一剧，则与《海瑞罢官》共同塑造了"清官"之形象。相较于海瑞，谢瑶环身为女性清官，所承受之压力与阻力尤为巨大。田汉先生鉴于三年困难时期对国家与人民所带来的深重灾难，期望通过谢瑶环一角，深刻展现"为民请命"之精神在当代社会中的迫切需求。然而，出乎田汉先生意料之外的是，此剧竟成为其日后遭受批判的焦点，甚至波及作家本人。《谢瑶环》一剧因此成为田汉先生文学生涯中的绝响。

《关汉卿》无疑是田汉在特定历史时期的杰出作品，它在当代戏剧史上留下了浓墨重彩的一笔，流传甚广，影响深远。这部作品不仅展现了田汉卓越的戏剧创作才华，更凸显了他对历史人物关汉卿的深深崇敬。

1958年，当关汉卿被世界和平理事会正式确认为"世界文化名人"时，田汉深感责任重大，他毫不犹豫地承担了为这位伟大戏剧家写戏的任务。在不到一个月的时间里，田汉就凭借深厚的戏剧功底和对关汉卿的崇敬之情，完成了这部杰出的作品。

鉴于历史对关汉卿的记载极为有限，田汉深知要精准地塑造这位杰出戏剧家的形象，必须深入钻研。为此，他详尽地研究了关汉卿遗留下来的十八种剧作及七十多首散曲，以期从中洞察关汉卿的性格特质与精神风貌，并合理推测其生平经历与为人处世之道。他秉持着作家行为会无意识中反映于作品的信念，将刻画关汉卿的人物形象作为《关汉卿》创作的核心目标。

在《关汉卿》一剧中，我们目睹了一位虽非身居高位，却怀揣着"为民请命"的英雄情怀，毅然向那个充斥着不公与残忍的社会发出振聋发聩的呐喊的关汉卿。身为一位知识分子，关汉卿以笔为剑，以杂剧为载体，犀利地揭示了社会的贪污腐化现象以及上层社会的虚伪与凶残，对身处底层的劳动人民怀有无尽的同情与深沉的热爱。他的作品不仅是对社会现实的深刻剖析，更是对人性尊严与正义的不懈追求。这种精神在田汉的笔下得到了淋漓尽致的展现。《关汉卿》还巧妙地运用了戏中戏的艺术形式，通过关汉卿和朱帘秀在写剧、改剧和演剧过程中的互动，展现了他们坚不可摧的爱情。这种爱情不仅是对彼此的深深眷恋，更是对戏剧艺术的共同追求和热爱。

在全剧的结尾处，田汉对结局进行了反复修改。最终他选择了将"蝶双飞"改为"蝶分飞"，这一改变凸显了全剧的悲剧色彩，也透露出作家内心的矛盾与无奈。在那样一个动荡的时代背景下，田汉通过这部作品表达了自己对历史的思考和对人性的关怀。他深知，虽然关汉卿已经离我们远去，但他的精神将永远流传下去，激励着一代又一代的文艺工作者。

具体来说，《关汉卿》具有以下几个艺术特色。

第一，《关汉卿》这部作品凭借其深邃而独特的艺术内涵，成功刻画出关汉卿这位人民艺术家的光辉形象，令人敬仰。

首先，在创作过程中，田汉先生巧妙地将关汉卿置于尖锐的社会冲突之中，使其英勇与坚定的品质得以充分展现。戏剧伊始，关汉卿便毅然站在善良与罪恶、正义与邪恶激烈交锋的最前沿。面对黑暗势力的压迫与束缚，他毫无惧色，敢于挺身而出，捍卫正义，对旧社会发出振聋发聩的抗议之声。这种无畏的勇气与坚定的信念，使得关汉卿的形象在观众心中树立起一座巍峨的丰碑，成为正义的化身。

其次，田汉先生还运用多种艺术手法来凸显关汉卿的人格魅力。在剧本中，他通过对比手法，将关汉卿与叶和甫的形象进行了生动而鲜明的对比。叶和甫与关汉卿同处于一个时代和社会背景下，但在面对社会斗争时，两者却展现出截然不同的态度。叶和甫的卑劣行径与关汉卿的高尚品质形成了鲜明的对比，进一步凸显了关汉卿磊落光明的性格特征。观众在欣赏剧本的过程中，能够深刻感受到关汉卿的高尚品质与坚定信念，从而对其产生由衷的敬佩之情。

最后，田汉先生还运用浪漫主义的创作手法，精心描绘了关汉卿与朱帘秀之间的爱情故事。这份爱情不仅表达了两人之间的深情厚谊，更成为他们共同面对困难与挑战的强大精神支柱。在《窦娥冤》的编演过程中，关汉卿与朱帘秀的爱情始终贯穿其中，成为推动剧情发展的重要力量。这种浪漫主义的描绘不仅为剧本增添了浓厚的艺术气息，更使得关汉卿的形象更加生动、立体、感人至深。

第二，《关汉卿》这部戏剧的构思精妙绝伦。它突破了一般话剧集中分幕的常规限制，采用了自由灵活的场景设计，为观众呈现了一幅幅生动鲜活的画面。整部戏剧紧紧围绕《窦娥冤》这出激动人心的剧目，从创作、演出到最终招致灾祸的整个过程展开叙述，这样的情节线索不仅紧凑而且引人入胜。

在这部戏剧中，人民群众的冤情和反抗被集中地表现在《窦娥冤》这出戏中。通过关汉卿的笔触，我们得以窥见那个时代的黑暗与不公，感受到人民群众对于正义和公平的渴望。这种情感共鸣使得观众能够更加深刻地理解剧中主要人物的性格和命运。

在富有传奇性的浪漫氛围中，剧中主要人物的性格得到了充分展现。关汉卿，这位"人民艺术家"，以其坚定的信念和卓越的才华，创作出了《窦娥冤》这出传世之作。他敢于直面黑暗势力，为民请命，这种英雄气概和正义感深深地感染了观众。同时，剧中其他人物如朱帘秀、叶和甫等，也都在各自的命运轨迹中展现出鲜明的性格特征。

第三，《关汉卿》这部戏剧在情感表达上独具匠心，具有浓郁的抒情色彩。其中，"以诗入剧"是这部作品一个尤为突出的艺术特点，使得整部戏剧在叙述故事情节的同时，也充满了诗意的浪漫与情感的深度。特别是在第八场中，关汉卿在生命垂危的紧要关头，却选择了高歌一曲《蝶双飞》。这不仅是一次情感上的爆发，更是对人物性格和理想的深刻揭示。这首激越的诗章，不仅将剧情推向了高潮，更在情感上引起了观众的强烈共鸣。《蝶双飞》所表达的，不仅仅是关汉卿对生命的热爱和对理想的追求，更是他高远的志向和耿直品格的集中体现。在生命的最后时刻，他依然坚守着自己的信念，用诗歌的形式表达了对美好事物的向往和对黑暗势力的抗争。这种情感的力量，使得全剧的悲壮气氛更加饱满，也让观众对关汉卿这位人民艺术家的形象有了更加深刻的认识。可以说，《蝶双飞》这一场景是《关汉卿》这部戏剧中的"画龙点睛"之笔。它不仅展现了关汉卿作为一位艺术家的卓越才华，更凸显了他作为一位人民艺术家的崇高精神和坚定信念。这种将诗歌与戏剧紧密结合的艺术手法，不仅使得《关汉卿》这部戏剧在情感表达上更加丰富和深刻，也为观众带来了一次难忘的艺术享受。

第四，《关汉卿》这部剧在艺术表现上展现出了非凡的造诣，它将历史的真实与艺术的真实巧妙地结合，使得整部剧作既具有深厚的历史底蕴，又充满了艺术的魅力。在剧中，田汉精心选择并呈现了多个有史可查的真人真事作为主要人物和情节的基础。这些真实的历史人物和事件为剧作提供了坚实的历史支撑，让观众在欣赏剧情的同时，也能感受到历史的厚重和真实。同时，田汉并没有完全拘泥于历史事实，而是巧妙地运用丰富的艺术想象力，对部分人物和情节进行了虚构和加工。这种虚构并非随意的捏造，而是在尊重历史背景的基础上，通过合理的想象和创造，使得剧作更加符合艺术创作的规律和观众的审美需求。在人物塑造上，田汉通过细腻的笔触和生动的对话，使得每一个角色都栩栩如生、鲜活立体。他深入挖掘了人物内心的情感世界，让观众能够感受到他们的喜怒哀乐和悲欢离合。在情节安排上，田汉巧妙地设置了多个冲突和悬念，使得剧情跌宕起伏、引人入胜。他通过精心设计的场景和道具，营造出了一种浓郁的戏剧氛围，让观众仿佛置身于那个时代，亲身感受那个时代的风云变幻。最终，田汉将这些元素巧妙地结合为一个有机的艺术整体。他通过精湛的技艺和深邃的洞察力，将历史的真实与艺术的真实完美地融合在一起，使得《关汉卿》这部剧作成为一部既具有历史价值又具有艺术价值的杰作。它不仅让观众在欣赏剧情的同时，也能够深刻地感受到历史的魅力和艺术的魅力，更能够引发观众对于人性和社会的深刻思考。

第六章 20世纪七八十年代的中国文学

20世纪七八十年代，中国正处于改革开放的初期，社会的剧变带来了人们思想的解放和文化的繁荣。这一时期的文学作品，既继承了传统文学的精髓，又汲取了现代主义、后现代主义等外来文学流派的影响，呈现出多元化、开放性的发展趋势。

第一节 诗歌的多元化呈现

一、朦胧诗的创作

20世纪70年代末至80年代初，朦胧诗逐渐崭露头角，成为诗坛上一股新兴力量。朦胧诗以其独特的艺术手法和深刻的思想内涵赢得了广泛的关注和赞誉。其特点在于巧妙运用象征、意象等修辞手法，以展现诗人内心世界的丰富与复杂。朦胧诗的诗歌主题往往具有多义性，诗境则呈现出一种模糊朦胧的美感。

在朦胧诗的创作领域，北岛、顾城、舒婷、江河、杨炼、梁小斌等诗人均堪称代表性人物。他们以其独特的艺术视角和深刻的思想感悟，为朦胧诗的发展作出了杰出的贡献。下面重点对北岛和舒婷的朦胧诗创作进行深入剖析。

（一）北岛的朦胧诗创作

北岛（1949—　），原名赵振开，祖籍浙江湖州。年轻时期，他投身建筑工人行列，之后转型成为编辑工作者。1978年，北岛携手芒克等同仁，共同创办了《今天》杂志，致力于文学艺术的传播与发展。自20世纪70年代起，北岛开始涉足诗歌创作，与同时代的青年一样，他经历了从激情澎湃到失落迷茫，再到觉醒反思的心路历程。其诗歌作品丰富多样，包括《陌生的海滩》《北岛诗选》《太阳城札记》《在天涯》《午夜歌手——北岛诗选1972—1994》《零度以上的风景线》以及《北岛诗歌集》等诗集，展现了其独特的艺术风格和深刻的思想内涵。

自20世纪70年代末以来，北岛的名字已然成为朦胧诗运动的标志性符号。他的诗作以深沉、冷峻及凝重的独特风格，深刻地反映了那一代人特有的悲愤情感、深沉的沉思态度及坚定不移的执着追求。尤为鲜明与突出的是，北岛的诗歌充分展现了朦胧诗所特有的冷峻且深沉的理性批判精神。

北岛，这位中国诗坛的先驱者，他的觉醒并非一蹴而就，而是在历史的洪流中逐渐磨砺出的锐利锋芒。他对于长久以来笼罩在人们心头的思想禁锢，有着无法言喻的抗拒与反感。这种痛苦，就像黑暗的潮水一般，在他内心的世界留下了一道又一道无法抹去的痕迹，铸就了他诗歌中那深沉的历史厚重感与坚定的反叛精神。

在他的《红帆船》中，我们看到了他对现实的拒绝与否定。他用诗句描绘了一个满布谎言与虚伪的世界："到处都是残垣断壁，道路从何处延伸？那滑入瞳孔的灯光，它们滚出来，却并非晨星。"这里的每一句，都是对那虚伪世界的鞭挞与揭露，让人感受到了诗人的愤怒与无奈。

而在《走向冬天》中，他更是将这种情感推向了高潮。他写道："走向冬天，唱一支歌吧，不祝福，也不祈祷。我们绝不回去，装饰那些漆成绿色的叶子。"这里的"冬天"，不仅仅是季节的转换，更是对那个充满谎言与虚伪时代的隐喻。他拒绝回到过去，拒绝为那个虚假的时代涂脂抹粉。

北岛之所以如此决绝，是因为他深深地被时代（现实）所伤害。那些"有形"与"无形"的枷锁，像烈火一般灼烧着他的心灵，留下了无法抹去的烙印。

他在《触电》中写道："被时代烫伤，在心灵上留下了抹不去的'烙印'。"这是对他内心世界的真实写照，也是他诗歌中那种深沉情感的来源。

在《一切》中，他更是将自己的怀疑、否定与对真理、未来的坚定信念展现得淋漓尽致。他写道："一切都是命运，一切都是烟云……一切希望都带着注释，一切信仰都带着呻吟。一切爆发都有片刻的宁静，一切死亡都有冗长的回声。"这里的每一句，都充满了对世界的深刻洞察与对人生的独到理解。他的诗歌，不仅仅是对现实的揭露与批判，更是对人类精神的深度探索与追问。

正是这种强烈的怀疑、否定精神与对真理、未来的坚定信念，使得北岛的诗歌具有动人心魄的艺术力量。他的诗歌，像一把锋利的剑，直刺人们的内心深处，让人们感受到了那种无法言喻的震撼与共鸣。

北岛的诗，以其深沉的笔触和独特的视角，不仅捕捉了历史的沉重感，更在字里行间流淌着对理想和民族未来的坚信。这种信念，在他的代表作《回答》中尤为显著。这首诗，不仅是对新旧历史节点的见证与反思，更是对怀疑与承担的深度诠释。

《回答》中的主人公，被塑造为一个永不言败、敢于与历史颠倒者坚决斗争到底的铮铮铁汉。他的形象高大而坚定，象征着新时代中新一代的激情、理性和责任感。在这个充满挑战和变革的时代，他们不再沉默，而是勇敢地站出来，用自己的声音和行动，去质疑、去挑战那些不合理的规则和制度。诗中的"我不相信"如同重锤一般，一次次地敲击着读者的心灵。这一连串的"我不相信"，不仅是对旧有观念的否定，更是对新一代青年觉醒和抗争决心的生动体现。他们不再被过去的阴影所束缚，不再被现实的丑恶所迷惑，而是用自己的眼睛去观察、去思考，用自己的行动去抗争、去改变。

北岛通过这些诗句，表达了对新一代青年的期待和信任。他相信，在这个充满变革和挑战的时代，只有那些敢于站出来、敢于抗争的青年，才能引领民族走向更加光明的未来。同时，他也通过自己的诗歌，向世人展示了新一代青年的精神风貌和坚定信念，让人们对未来充满了信心和期待。

北岛在诗歌创作的道路上，始终怀抱着对理想的执着追求。他的诗歌不仅是文字的组合，更是对人性的深刻挖掘和对生命价值的思考。在他的笔下，"人"这一伟大的主题被赋予了崇高的地位，他高扬"人"的大旗，对人的尊严和生命价值给予极高的肯定。

在《宣告》和《结局或开始》等诗作中，北岛展现了一个殉道者般的牺牲精神，他发出了一个深沉而坚定的宣告：要做一个真正的"人"。这个"人"不仅拥有独立自尊的品格，更有着世俗的情感需求，他渴望在情人的眼睛里度过每个宁静的黄昏，在摇篮的晃动中等待着儿子第一声的呼唤。这样的形象，虽然普通，但却蕴含着深厚的情感内涵和人性光辉，可以被视为这个时代的"英雄"。

然而，北岛并没有沉溺于对理想生活的幻想之中，他清醒地认识到现实的残酷和黑暗。他以犀利的笔触揭示了现实社会中种种不公和黑暗，如"以太阳的名义/黑暗在公开地掠夺/沉默依然是东方的故事/人民在古老的壁画上/默默地永生/默默地死去"。但即便是在这样的环境中，北岛也没有放弃对理想的追求和坚守。他叛逆的思想和坚定的信念，使他敢于向黑暗和压迫发出挑战，他决不屈服于任何形式的压迫和束缚。

在《宣告》中，他写道："决不跪在地上/以显出刽子手们的高大/好阻挡那自由的风"。这种傲岸、蔑视与挑战的姿态，彰显出北岛冷峻深沉、刚毅坚定的诗风。他的诗歌充满了悲剧英雄般的崇高美，让人在感受到现实残酷的同时，也能体会到一种悲壮和崇高。

在《结局或开始》中，北岛进一步表达了他对理想和未来的坚定信念。他写道："我，站在这里/代替另一个被杀害的人/没有别的选择/在我倒下的地方/将会有另一个人站起/我的肩上是风/风上是闪烁的星群"。这种悲壮的死，不仅是对个人命运的抗争和坚守，更是对无数沉睡灵魂的唤醒和鼓舞。北岛的诗歌充满了对未来的信心和期待，他相信只要有人敢于站出来、敢于抗争，就一定能够迎来更加光明的未来。

北岛的诗歌不仅是文字的艺术，更是对人性和生命的深刻挖掘和反思。他通过诗歌表达了对理想的追求和坚守，同时也揭示了现实社会中的种种不公和黑暗。他的诗歌充满了悲剧英雄般的崇高美，让人在感受到现实残酷的同时，也能体会到一种悲壮和崇高。北岛的诗风冷峻深沉、刚毅坚定，他的诗歌不仅给人以美的享受，更给人以力量和勇气。

北岛对中国当代诗歌的传统规范进行了个性化的反叛，这源于他深受西方现代主义诗歌的影响。在诗歌的艺术表现方法上，他倾向于采用超现实主义的手法，以展现独特的艺术魅力。他巧妙地运用丰富的意象以及意象间的非逻辑情感组合，构建出别具一格的象征指向，使得诗歌充满了深邃的意蕴和独特的魅力。

在北岛的诗作中，诸如"清风、星星、海浪、火焰、鸽子、蒲公英"等符号频繁出现，它们作为理想和美好事物的象征，为诗歌注入了清新的气息和积极的情感。而与之相对的，"废墟、残垣、迷雾、暗夜、灰烬、乌鸦"等意象则同样显著，它们作为负面情感的象征，揭示了诗人对于现实的深刻反思和批判。

这种象征符号体系的选择，清晰地反映了诗人北岛的情感倾向和审美追求。例如，在《结局或开始》一诗中，诗人通过描绘"悲哀的雾""沉重的影子""补丁般错落的屋顶""灰烬的人群"等一系列意象群，生动地映射出时代的悲哀和沉重。同时，他也运用"自由的风""闪烁的星群"等意象，表达了自己对于独立和叛逆精神的追求和向往。

北岛的诗歌创作，不仅是对文字的探索，更是对艺术表现手法的独特运用。在他的诗作中，通感和电影蒙太奇的手法被巧妙地引入，通过意象的撞击和迅速转换，构建出矛盾对立的情境，深刻揭示了诗人内心的冲突和复杂的情感。

《古寺》一诗，以其深邃且空灵的意境，凸显了北岛独具匠心的艺术风采。值得注意的是，此诗所营造的意境并未超脱尘世纷扰，亦未陷入艾略特笔下"荒原"般的绝望境地。相反，它凝聚了诗人勇往直前的意志与对未来的热切期盼。在诗作中，通感手法得以巧妙施展，诗人将原本属于听觉范畴的钟声转化为生动的视觉形象，并与蛛网、年轮等意象相互交织、叠加。这种巧妙的意象叠加，不仅丰富了诗作的历史厚重感，而且使古寺所象征的僵化否定性因素得以具象化、物象化，进而增强了艺术情感的表现张力，使读者能够更为深刻地领略到诗人对历史现实的深刻批判与反思。

除了通感手法外，北岛在《古寺》中还运用了时间与空间的错位以及电影蒙太奇的手法。这些手法的运用打破了传统的叙事结构，使诗歌呈现出一种诡谲奇妙的艺术效果。诗人通过对时间和空间的重新组合，创造出一个独特的艺术空间，让读者在这个空间中感受到诗人内心的挣扎和追求。

总体来看，北岛的诗作在冷峻的否定风格之下，深刻揭示了一代青年在历史转折时期的愤懑痛苦心情，并展现了对新时代与现实充满焦灼而热切的期待。他的诗歌内涵丰富，意蕴深远，展现出开阔的视野和深沉冷峻的思考特质。这些诗作中，诗人对人生、历史、社会等诸多方面的深刻洞察和独到见解得以充分体现。北岛的诗歌闪耀着睿智的思辨之光，不仅给予读者美的享受，更在思想上启迪人心，在精神上鼓舞人们不断前行。

（二）舒婷的朦胧诗创作

舒婷（1952— ），原名龚佩瑜，祖籍福建厦门，出生于泉州。她于1967年完成中学学业，随后于1969年深入农村参与插队劳动，历经三年辛勤耕耘后返回城市。在此期间，她曾从事建筑工人及挡车工等多种职业。1977年，在北京，舒婷有幸结识了《今天》杂志的同仁，并受其启发和影响，开始投身于诗歌创作。1980年，她正式加入福建文联，致力于专业文学创作工作。

舒婷的诗歌创作生涯起始于20世纪70年代初，其早期的诗作主要以书信形式赠予友人。自1977年与北岛等诗人结识之后，她的诗歌创作便进入了一个自觉且高产的崭新时期。在这一阶段，舒婷相继推出了诗集《双桅船》与《会唱歌的鸢尾花》等一系列优秀作品，并与顾城共同编纂了《舒婷、顾城抒情诗选》。这些诗作不仅充分彰显了舒婷的诗歌才华与创作实力，同时也为中国当代诗歌的繁荣与发展作出了积极的贡献。

舒婷，身为朦胧诗的重要代表人物之一，其诗歌作品彰显出别具一格的浪漫主义特质，既富含细腻入微的笔触，又透露出沉静内敛的气质，既哀婉动人，又坚韧不拔。她的诗歌语言优雅婉约，情感深邃而真挚，每一字每一句都充分展现出女性特有的敏锐与柔情。在舒婷的诗作中，女性意识尤为鲜明突出，她鲜少采用理性、客观的态度去直接剖析外部世界，而是巧妙运用女性特有的情感体验来深入探索现实，以自我内心世界为表达核心，抒发内心真挚的情感，表达对生活的独特见解与深刻感悟。

在舒婷的诗歌中，人性的温情被展现得淋漓尽致，她通过对生活的细腻观察和对人性的深刻理解，塑造了一种深厚的人道主义情怀。她的诗歌语言柔婉，情感真挚，读起来如同春风拂面，让人感受到无尽的温暖和关怀。这种抒情风格的形成，与舒婷对人性的深切关注和对生活的热爱密不可分。

舒婷的诗歌创作，始终关注着人的命运和尊严。她深感历史和现实中，人的生命和尊严往往被忽视和漠视，因此她呼吁给予每一个个体生命以应有的尊重和温情。在《风暴过去之后》中，她以诘问的语气表达了对逝去生命被漠视的愤懑之情，她写道："谁说生命是一片树叶/凋谢了，树林依然充满生机/谁说生命是一朵浪花/消失了，大海照样奔流不息……谁说人类现代化未来/必须以生命做这样血淋淋的祭礼"。这些诗句充满了对生命的珍视和对未来的期许，同时也表达了对现实社会冷漠无情的不满和批判。

在《神女峰》中，舒婷更是穿越时空，以悲悯和感慨的笔触，复活了那个美丽而痛苦的传说。她写道："与其在悬崖上展览千年/不如在爱人肩头痛哭一晚。"这句诗不仅表达了对传统观念中女性命运的同情和关注，也体现了舒婷对现代女性独立自主、追求自我价值的呼吁。她的诗歌充满了对人性的呼唤和对未来的希望，让读者在感受美的同时，也能思考人生的意义和价值。

舒婷的爱情诗，以其独特的魅力，在诗坛中独树一帜。她的作品不仅展现了对理想爱情的热烈追求，更在其中深刻体现了女性追求自我价值、注重人格独立的强烈解放意识。其中，《致橡树》便是她这一思想的集中体现。

在《致橡树》一诗中，舒婷以橡树为象征，表达了自己对爱情的独特理解。她不仅仅是在描绘爱情的美好，更是在探讨女性在爱情中应有的姿态和地位。舒婷强调，真正的爱情应该建立在双方的平等和尊重之上，女性不应该成为男性的附属品，而是应该保持自己的独立性和尊严。

这首诗中的女性形象，不再是传统诗歌中那种柔弱、依附的形象，而是一个有着强烈自我意识和独立精神的女性。她不再仅仅是为了爱情而存在，而是为了追求自我价值和实现人生理想而生活。这种女性形象，在当时的社会背景下，无疑是一种强烈的反叛和挑战。然而，舒婷并没有止步于对爱情的探讨，她更是将这种思想延伸到了对女性整体命运的思考。她认为，女性应该拥有与男性同等的权利和地位，应该受到同等的尊重和关注。因此，在《致橡树》中，她不仅表达了对理想爱情的追求，更借此呼吁社会对女性权益的关注和尊重。

这首诗的价值不仅在于它优美的语言和深刻的情感，更在于它所传达的思想。它是对女性独立精神的张扬，是对女性尊严和权利的肯定。因此，这首诗可以被看作现代女性独立意识的宣言，它激发了无数女性追求自我价值、实现人生理想的勇气和决心。舒婷用她的诗歌，为女性争取了更多的尊重和理解，也为诗歌创作注入了新的活力和思考。

舒婷的诗歌世界，虽然常常以女性的细腻视角来描绘个人的命运和个体的价值，但她的文字却从不局限于个人情感的抒发。在她的笔下，强烈的忧患意识和深沉的历史使命感如同两条隐形的线索，贯穿在她的作品之中，将个人的命运与对现实的深刻感知紧密相连，更将这份关切延伸至他人和民族的命运。这种深沉的情感，在《祖国啊，我亲爱的祖国》一诗中得到了淋漓尽致的展现。这首诗没有华丽的辞藻，没有繁复的修辞，却以质朴、鲜明、贴切、独特的意象，为我们描绘出了祖国的现状。诗中，舒婷没有使用任何直接的议论，而是通过对景物的描绘，将读者带入了一个充满情感色彩的世界。她笔下的祖国，既有沧桑的历史痕迹，又有生机勃勃的现实景象，这些意象相互交织，构成了一幅幅生动的画面，让读者能够真切地感受到祖国的伟大和美好。

舒婷的诗在艺术领域的造诣深厚，独具匠心，令人赞叹不已。首先，她在诗歌创作中巧妙地借鉴了现代主义诗歌的创作技法，为她的作品赋予了浓郁的诗情和优美的意境。舒婷擅长于通过精心设计的细节来营造氛围，用深情的笔触抒发内心的情感，使读者在诗行中感受到强烈的情感冲击。例如，在《呵，母亲》

中，她以"你苍白的指尖理着我的双鬓"和"我依旧珍藏着那鲜红的围巾"等细节，细腻地描绘了母女之间深厚的情感，让读者不禁为之动容。

其次，舒婷以其精湛的文学技巧，巧妙地运用转折、假设、让步等修饰性语句，进一步增强了诗歌思想的深度和情感的强度。这种独特的表达方式使得她的诗歌呈现出更为丰富的层次感和立体感。在《致橡树》一诗中，舒婷通过连续运用六个假设排比句式，深刻而鲜明地表达了一种独立且坚定的爱情观念，令读者能够深切地感受到她对爱情的执着追求与坚定信念。而在《四月的黄昏》一诗中，舒婷则在诗的末尾精心选用了修饰句式，巧妙地传达出美丽而忧伤的诗情，使得整首诗在温婉典雅的风格中透露出深远的韵味，令人回味无穷。

最后，舒婷的诗作多采取第一人称视角，透过"我"这一抒情主体，充分展现了她的信念、理想以及对社会正义的坚守。在她的诗歌创作中，我们可以深刻感受到她对人的自我价值的深入探索，以及对社会现象的敏锐观察和独到见解。此外，舒婷擅长运用象征、隐喻、意象叠加等多种艺术手法，来细腻地表达个体的情感体验，从而构建一个别具一格的精神世界。在《双桅船》一诗中，她巧妙地运用"灯"与"岸"这两个意象，象征性地展现了诗人复杂多变的情感世界和双重心态，使读者能够更为深入地窥探其内心世界。

总体而言，舒婷的诗歌作品富含丰富的主观性象征元素，其意象组合依据主体感受的流转而呈现出灵活多变的特质。这种别具一格的艺术表达手法不仅有效拓展了其诗歌创作的语言空间，更深刻凸显了诗人内心世界中强烈的个性化色彩。舒婷的诗歌以其鲜明的艺术特色与深刻的思想底蕴，在当代诗坛中占据了不可或缺的重要地位，成为一道璀璨夺目的亮丽风景线。

二、第三代诗人的创作

20世纪80年代中期，诗坛迎来了一批更为年轻的新生力量，标志着新生代诗歌的正式崛起。这批年轻的诗人被广大文学界称为"第三代诗人"。他们大多诞生于20世纪60年代，成长于计划经济体制向市场经济体制转型的重要历史时期，面对的是一个前所未有的复杂多变的世界。因此，在价值判断、思想观念、美学追求以及情感体验等方面，他们均展现出了显著变化与革新。

值得注意的是，第三代诗人对诗歌的本质有着独特的理解。他们普遍认为，诗歌与生存具有同等的重要性，是一种实在且日常的存在。基于此，他们在诗歌创作中摒弃了朦胧诗所强调的意识形态化、理想化以及精英化倾向，同时摒弃了隐喻、象征、意象等传统表现手法。相反，他们更倾向于追求个人化、世俗化、平民化以及口语化的艺术效果，力图通过更为直接、真实的语言表达来触动读者的心灵。

在第三代诗人群体中，海子和韩东等代表性人物的作品尤为引人注目。他们的诗歌创作不仅体现了新生代诗人的共同特征，更在各自的创作实践中展现出了独特的艺术魅力和思想深度。因此，对海子和韩东等诗人的作品进行深入分析，有助于我们更全面地理解第三代诗人的创作理念和艺术成就。

（一）海子的诗歌创作

海子（1964—1989），本名查海生，原籍安徽怀宁。1983年，他成功获得北京大学法律系毕业证书，并顺利入职中国政法大学，担任教职。然而，命运的不幸在于，1989年3月26日，海子竟在河北山海关以卧轨的方式终结了自己年轻而富有才华的生命，这是文学界的一大损失。

在大学的学习生涯中，海子便踏上了诗歌创作的征程。其代表作包括诗集《土地》《海子的诗》以及《海子诗全编》等一系列作品，同时也有长诗《太阳·土地篇》《但是水，水》以及《太阳七部书》等。这些作品以其独特的艺术风貌和深邃的思考内涵，为诗歌界留下了不可多得的珍贵遗产。

在20世纪的中国诗坛，第三代诗人以其独特的艺术追求和创作理念，引领了一股新的诗歌潮流。在这个普遍放逐抒情的时代，海子却以其浪漫的精神和瑰丽的想象，创作出了200多首令人瞩目的抒情短诗。这些诗作不仅数量丰富，而且内容广泛，涉及自然、生活、爱情、故乡等多个方面，展现了诗人丰富的内心世界和深刻的人生感悟。

在海子的抒情短诗中，我们可以看到他对淳朴自然的热爱。他笔下的自然，不仅是客观存在的世界，更是他心灵深处的寄托和向往。他通过细腻的笔触，描绘出了一幅幅清新、美丽的自然画卷，让读者仿佛置身其中，感受到大自然的宁静与美好。同时，海子也对幸福生活充满了渴望。他的诗中充满了对美好生活的向往和追求，无论是爱情的甜蜜、亲情的温暖，还是友情的真挚，都成为他诗歌中不可或缺的元素。他通过诗歌，表达了自己对幸福生活的向往和追求，也传递了积极向上的生活态度。

在《面朝大海，春暖花开》这首著名的抒情短诗中，海子更是将自己的情感推向了高潮。他以单纯而明净的风格，描绘出了一个充满生机和希望的场景。诗中，他面朝大海，感受着大海的宽广与深邃；他欣赏着春暖花开的景象，品味着生命的美好与纯真。他真诚地向世人祝福，希望每个人都能拥有属于自己的幸福和快乐。同时，他也坚守着自己的空间和姿态，在一片宁静中守望着幸福。

海子的诗歌中，"大地"是一个被其反复歌咏的深刻意象。他将自己透明的智慧和纯净的梦想，如同种子一般植入那些充满乡土气息的物象之中——泥土、麦子、河流、野花、粮食以及马群。这些元素构成了他笔下独特而丰富的乡村画卷，使得他的诗歌充满了对生活的深情厚谊和对自然的无尽赞美。

在《麦地》这首诗中，这种情感得到了鲜明的体现。诗中，"麦地"不仅仅是一片农田，它更是人类赖以生存的粮食之源，象征着富饶、祥和与博爱。通过细腻而生动的描写，海子将我们带入了那片金黄的麦田，让我们感受到了农事劳动带来的喜悦与兴奋。

诗人在诗篇中深刻表达了对农事劳动的挚爱与推崇，同时，字里行间亦透露出其对生命的执着追求与崇高理想。当诗人目睹那一片片金黄的麦田时，内心升腾起前所未有的满足之感，仿佛自身的生命亦因此得到了升华与净化。这份情感真挚而深沉，足以触动人心，引人深思。

全诗的风格清新脱俗，用词新颖别致，语言朴素自然。海子在抒写农家日常生活的细节时，融入了一种赤子的率真情怀，使得整首诗充满了生活气息和人情味。这种真挚的情感和生动的描绘，让人仿佛置身那片金黄的麦田之中，与诗人一同感受着大地的馈赠和生命的喜悦。

总体而言，海子并未遵循传统诗人的创作轨迹，沉湎于田园山水的细腻描绘。相反，他深受个人艰苦的乡村生活经历，以及中国农村贫困与苦难的深厚历史与现实背景的熏陶，这些经历使他深刻体悟到了痛苦与绝望的沉重。正因如此，海子在看似"丰收"的表象之下，敏锐地洞察到了"荒凉"的本质，并最终选择以自己的"死"作为实现其所谓"一次性诗歌行动"的终极途径。

（二）韩东的诗歌创作

韩东（1961—　），是一位卓越的文学家。自1985年起，他与于坚、丁当等志同道合者共同创立了备受瞩目的"他们文学社"，并担任主编，负责发行民间刊物《他们》，由此成为该文学社的核心代表。在大学时期，韩东便以其独特的文学才华脱颖而出，陆续发表了一系列诗歌作品，展现了他的文学天赋。他的代表作包括《山民》《有关大雁塔》《你见过大海》以及《温柔的部分》等诗作，这些作品深受读者喜爱，充分展现了他的文学造诣与卓越才华。

韩东作为一位杰出的诗人，其诗歌创作的轨迹见证了从青涩到成熟的转变。刚步入诗坛时，他不可避免地受到了当时盛行的"朦胧诗"风格的影响，使得他的诗作带有北岛式的沉重历史感。这种风格强调对社会、历史和人性的深刻反思，以及对传统诗歌形式的挑战和突破。

然而，随着韩东对诗歌认识的不断深入以及他自身创作水平的稳步提高，他的诗风开始发生显著变化。他开始尝试在诗中消解文化和"诗意"，以独特的视角审视那些被传统诗歌赋予深厚文化内涵的事物。他试图在"丰厚"的文化底蕴中发现那些被忽视或隐藏的空洞与谬误，以此展现诗歌的另一种可能。

《有关大雁塔》就是这一转变的标志性诗作。当时，韩东任教于陕西财经学院，这座历史悠久的城市中的大雁塔自然成为他诗歌创作的灵感来源。对于大雁塔，韩东自然是有所了解的，他知道它作为一座重要的历史文化遗产所承载的深厚意义。但在这首诗中，他却有意识地排除了这些"什么"，将大雁塔还原为一个最原始、最直接的形象——一座砖混结构的建筑物。

韩东在诗中写道，人们登临大雁塔并非为了追寻历史、感受文化，而仅仅是为了找一个显示自己的衬托，"做一次英雄"。这种描述颠覆了传统诗歌中对大雁塔的文化解读，将其从神圣的历史地位拉回到了现实生活的平凡之中。韩东通过这种手法，揭示了人们在追求文化认同和历史传承的过程中可能存在的盲目和虚荣，同时也表达了对现代社会中文化失真和人性扭曲的深刻思考。

《有关大雁塔》不仅展现了韩东在诗歌创作上的独特视角和深刻思考，也标志着他从"朦胧诗"风格向更加成熟、独立的诗风转变的完成。他的这种转变不仅为当时的中国诗坛带来了新的气息和活力，也为后来的诗人提供了宝贵的启示和借鉴。

韩东的诗歌以其独特的视角和真挚的情感，常常让人在平凡中发现不平凡的美。他善于捕捉平常人的平常生活，用细腻的笔触描绘出那些看似琐碎却充满诗意的瞬间。在《你的手》一诗中，他再次展现了这种对平凡生活的深刻洞察和细腻描绘。

《你的手》这首诗有着第三代诗人特有的个人化色彩，它不仅仅是对爱情的一种抒发，更是对人性、情感和生活的深刻挖掘。韩东以不动声色的方式叙述了爱情的感觉，没有华丽的辞藻，也没有繁复的意象，却让读者能够真切地感受到那种纤微而深刻的情感。

在这首诗中，韩东用"你的手"作为切入点，通过对手部的细腻描绘，展现了爱情中的温柔与感情。他写道："你的手那么小/在我的手心中/我开出一朵花来。"这种简单而直接的表达方式，凸显了诗人对爱情的真诚和纯粹。他并没有用复杂的修辞或华丽的辞藻来修饰，而是用最直接的语言来表达自己的感受，使得读者能够更加深入地感受到诗歌中的情感。

这首诗也体现了韩东"诗到语言为止"的创作理念。他认为，诗歌的魅力在于语言的运用和表达，而不是过多的修饰和雕琢。在《你的手》中，他通过简单的语言和生动的描绘，将爱情的感觉表现得淋漓尽致，让读者在平淡中感受到诗意和美感。

这首诗还暗示了"也许还另有深意"的创作理念。虽然表面上看起来是一首简单的爱情诗，但其中蕴含的深意却值得读者去深入挖掘。韩东通过对手部的描绘，不仅展现了爱情中的温柔与感情，还暗示了人性中的美好和善良。他让读者在欣赏诗歌的同时，也能够思考生活的意义和价值。

总之，《你的手》这首诗展现了韩东对平凡生活的深刻洞察和细腻描绘，同时也体现了他的创作理念和艺术追求。他用简单的语言和生动的描绘，将爱情的感觉表现得淋漓尽致，让读者在平淡中感受到诗意和美感。

第二节　小说的开放性发展

在20世纪七八十年代，小说领域的辉煌成就堪称举世瞩目，其数量之丰富、质量之卓越以及影响之深远，均在中国当代文学史上留下了鲜明而独特的痕迹。在此期间，改革小说以其真实细腻的笔触，深刻描绘了中国改革实践的壮阔波澜，为读者呈现出一幅幅生动且感人的时代画卷。与此同时，先锋小说则巧妙地借鉴了西方现代派文学的表现手法与技巧，精准地展现了人们在改革开放浪潮中心理与精神上的巨大变革与冲击，为读者带来了前所未有的审美体验。此外，寻根小说则从民族文化的深厚土壤中汲取养分，对民俗与民生进行了深入剖析与审视，进一步揭示了民族文化的心理内涵与精神特质，为文学观念的解放与革新注入了强劲的动力。

一、改革小说的创作

改革小说，其核心在于深刻反映改革开放伟大进程中，不同领域所取得的改革成就，以及由此引发的民族心理变迁和个体命运转变。此类作品往往展现出一种气势磅礴、豪迈不羁的艺术风格，同时蕴含着深沉而冷静的反思力量。在改革开放这一历史阶段，涌现出了一批杰出的改革小说作家，如蒋子龙、李国文、高晓声、何士光、路遥、张洁等，他们以其独特的创作视角和艺术表达，为改革小说的繁荣作出了重要贡献。在此，特别选取蒋子龙、高晓声和路遥三位作家的改革小说创作进行深入剖析。

（一）蒋子龙的改革小说创作

蒋子龙（1941—　），籍贯河北沧县。自1960年起，他便投身文学创作领域，其创作生涯的鼎盛时期主要集中于20世纪70年代末至80年代中期。在此期间，他相继推出了《乔厂长上任记》《一个工厂秘书的日记》《狼酒》《拜年》《开拓者》《赤橙黄绿青蓝紫》《锅碗瓢盆交响曲》《燕赵悲歌》等一系列小说作品，这些作品不仅深受读者喜爱，更在文学界引起了广泛关注，有力地推动了改革小说创作的发展潮流。

蒋子龙所创作的改革小说，其核心聚焦于工业领域的深刻变革，同时也不乏对农业、商业、科技等多个领域改革进程的细致描绘。其作品中，深受革命现实主义传统之影响，选题重大、主旨明确、论说性强烈，情感表达热烈而深沉。在叙事手法上，他擅长在纷繁复杂且尖锐激烈的矛盾冲突中展开故事，使得情节跌宕起伏，引人入胜。其所塑造的英雄人物形象往往具有理想化色彩，笔调粗犷豪放、雄健有力、简练明快。加之其作品中犀利且睿智的议论，共同构筑了小说雄浑、硬朗、粗犷的整体风格，使得作品具有强烈的艺术感染力和深刻的思想内涵。在蒋子龙所创作的改革小说中，《乔厂长上任记》与《燕赵悲歌》两部作品堪称杰出之作，深受读者们的喜爱与广泛赞誉。

　　《乔厂长上任记》在中国文学史上占据着举足轻重的地位，被誉为"改革文学"的开山之作。该作品以深邃的笔触，揭示了现代化建设过程中所面临的诸多难题与挑战，并热情洋溢地颂扬了那些在新时代工业领域英勇拼搏的创业者们。小说主人公乔光朴，原系电器公司经理，却毅然选择投身困境重重的重型电机厂，担任厂长一职，矢志不渝地致力于扭转局势，实现工业振兴。

　　重型电机厂在乔光朴接手时，可谓一个"烂摊子"。管理混乱、员工士气低落、生产效率低下，整个厂子仿佛被一股无形的阴霾笼罩。面对这样的困境，乔光朴没有退缩，而是选择迎难而上。他采取了一系列改革措施，包括严格的员工考核和奖惩制度，不拘一格地选拔和任用管理人员等。这些改革措施在初期遭到了很多人的反对和阻挠，甚至有人恶意诬陷他。但乔光朴并未因此动摇，他坚持自己的信念，用实际行动证明了自己的决心和能力。

　　随着改革的深入推进，乔光朴的努力开始显现成效。员工们的工作积极性和热情被大大激发出来，整个厂子的生产效率也得到了显著提高。员工们的凝聚力也大大增强，共同为厂子的未来发展努力。在乔光朴的带领下，重型电机厂终于摆脱了危机，重现了生机。

　　乔光朴这一形象具有鲜明的个性特点，他雷厉风行、敢于担当的精神正好符合改革时代人们渴望铁腕"英雄"的社会心理。因此，他的形象一出现就引起了巨大的社会反响。然而，这部小说在塑造乔光朴这一英雄形象时也存在一些明显的缺陷。

　　乔光朴在管理方式上过于专制和蛮横，他常常采用命令式的方式与员工交流，容不得别人有半点辩驳的机会。这种管理方式在一定程度上阻碍了员工的积极性和创新精神的发挥。此外，他在爱情生活中也表现出了极端的专制与蛮横。他对童贞的爱情并没有表现出应有的尊重和理解，甚至在没有提前告知并获得其同意的情况下就谎称自己已经娶了她。这种行为无疑是对童贞的一种伤害和不尊重。

　　童贞作为一个受过良好教育且留过洋的高级知识女性，在面对乔光朴的专制行为时，虽然略表生气但最终还是选择了原谅他，甚至更爱他了。这种情节设置在一定程度上削弱了作品的现实主义色彩，使得人物形象和情节发展显得不够真实和深刻。

　　针对改革英雄们所展现出的精神缺陷，若作者能够采取人文视角进行审慎的审视与批判，则作品的深度有望得到显著提升。然而，令人遗憾的是，在塑造乔光朴这一人物形象时，作者更多地表现出一种赞赏与肯定的态度来揭示其精神层面的不足。此种处理方式不仅使得人物形象显得较为片面，且对作品深度的挖掘与展现亦产生了一定的负面影响。若作者能够进一步深入探讨和反思这些精神缺陷背后的社会根源与文化背景，则这部作品将更富有思想深度与启迪价值。

《燕赵悲歌》是一部深刻描绘了中国农村改革风云的巨著，它以"中国第一庄"美誉的大邱庄为蓝本，生动地塑造了一位农民改革家武耕新的形象。这位领导者不仅是一位普通的农民，更是一位具有远见卓识和坚定信念的改革者。

故事发生在华北平原上贫困的大赵庄，那里的贫困和滞后状态令人深感忧虑。群众对此怨声连连，甚至有人唱起了解放前的哭穷歌曲。面对如此困境，大赵庄的党支部书记武耕新深感责任重大，无法坐视村庄继续沉沦。于是，武耕新开始了长时间的深思熟虑，以期找到一条能够引领村庄走出困境的发展道路。在深入研究当地地主的发家史后，他终于悟出了致富之道，即农牧业作为基础、经商稳固家庭、工业助力腾飞。他意识到，要想真正使大赵庄实现富裕，必须走多元化发展的道路。为了付诸实践，武耕新召集了社员大会，并立下誓言，要在三年内让大赵庄焕然一新。在社员们的热烈掌声和县委副书记熊丙岚的坚定支持下，武耕新踏上了改革之路。他积极创办农场、副业队和工厂，并鼓励村民积极参与生产和建设。在用人方面，武耕新展现了高超的智慧和胆识。他用人不疑，让那些名声不佳但精明能干的人负责跑业务，让那些桀骜不驯但机灵有为的青年担任厂长。此外，他还亲自前往大学请教专家，聘请顾问，甚至不惜花费重金请人出谋划策。

在武耕新的带领下，大赵庄发生了翻天覆地的变化。村民们的生活水平得到了显著提高，村庄的面貌也焕然一新。武耕新更是以身作则，带头盖高标准房，并规定群众的标准不得低于自己。他鼓励干部们穿着得体，以此提升整个村庄的形象。然而，武耕新的改革也引来一些人的不满和反对。县委书记李峰就是其中之一。他认为武耕新的做法过于特殊和狂妄，不符合党的政策和规定。他派出工作组进驻大赵庄进行调查，但却遭到了村民们的自发抵制。在这关键时刻，熊丙岚赶到了大赵庄，他鼓励和支持大赵庄成立农工商联合公司，并推举武耕新为经理。这一举措让大赵庄的改革事业更加如火如荼。然而，这也让李峰和熊丙岚之间的矛盾更加公开化。在改革的道路上，武耕新遭遇了许多困难和挑战。但他始终坚持自己的信念和决心，带领大赵庄不断前进。他的故事不仅是一段关于农村改革的传奇，更是一曲充满激情和奋斗精神的赞歌。

在小说《燕赵悲歌》中，作者通过生动的笔触和深刻的思考，成功塑造了一个鲜活的农民改革家形象。他敢于创新、敢于挑战、敢于担当的精神令人敬佩。

同时，小说也揭示了农村改革中的种种问题和矛盾，引人深思。

在探讨《燕赵悲歌》的写作手法时，其精妙的构思与独到的表达方式无疑值得高度赞扬。该作品每一章的起始部分，均巧妙运用报告文学的笔法，引人入胜，使得读者在阅读之初便能够沉浸在作品的情境之中。作者通过细腻入微且真实可信的描绘，成功引导读者深刻感受到农村改革过程中的种种艰辛与挑战。

此外，在人物塑造与思想挖掘方面，《燕赵悲歌》同样展现出深厚的哲理底蕴。作品中对于人物闪光思想的挖掘，不仅深刻且富有洞见，所提出的问题更是切中时弊，引人深思。尽管这部作品是在较为紧迫的时间条件下创作完成的，但其激荡慷慨、气势磅礴的风格特点却依然显而易见，充分展现了作者的才华与创作实力。

（二）高晓声的改革小说创作

高晓声（1928—1999），江苏武进人，自1951年起致力于文学创作，并相继发表了一系列小说作品。其中，长篇小说《青天在上》《觅》以及《陈奂生上城》等作品，深受读者喜爱，获得了广泛好评。此外，他还著有《1979年小说集》《高晓声1980年短篇小说集》《高晓声1981年短篇小说集》《高晓声1982年短篇小说集》《高晓声1983年小说集》以及《高晓声1984年小说集》等多部小说集，这些作品集充分展现了其卓越的文学创作才华。

高晓声在改革小说的创作上，紧密围绕当代农村与农民生活展开，深入剖析了农村变革过程中农民命运变迁的复杂历程。其改革小说并不涉及宏大的历史背景和重大事件，也不刻意设置尖锐的矛盾冲突，而是从日常生活细节出发，以幽默而富有洞察力的笔触，细致入微地叙述人物的特定经历。高晓声的小说不仅生动地展现了农民生活的艰辛与不易，还深入探讨了农民在思想和灵魂层面所出现的异化现象。更重要的是，他通过作品深刻揭示了在波澜壮阔的改革进程中，对国民性进行改造所面临的重要性与艰巨性。这种深刻的思考和人文关怀，使得高晓声的改革小说具有极高的文学价值和社会意义。其中，《陈奂生上城》作为高晓声改革小说的杰出之作，更是充分展现了他在文学领域的卓越成就。这部作品以其独特的艺术魅力和深刻的主题内涵，赢得了广大读者的喜爱和赞誉。

《陈奂生上城》这部作品，通过细腻而深刻的笔触，生动地描绘了主人公陈奂生复杂多面的性格特征，展现了他身上既有的农民质朴善良、吃苦耐劳的优良品质，又揭示了他在生活重压下的自卑狭隘、老实巴交的心理状态。作者以独特的视角，捕捉了陈奂生这一形象在特定情境下的心理变化，表达了对农民"哀其不幸、怒其不争"的复杂情感。

在小说中，陈奂生作为一个普通农民，他的生活充满了艰辛与不易。他善良而软弱，诚实而轻信，淳朴憨厚却又自私保守。这些性格特点在招待所的一幕中得到了淋漓尽致的展现。当县委书记向他表达关怀时，他感受到了前所未有的温暖，因此他小心翼翼地避免弄脏房间，赤脚走路，连沙发都不敢坐。这种小心翼翼的行为，反映了他内心深处对权贵的敬畏和对自身身份的自卑。然而，当陈奂生交了五元钱的"巨款"后，他的心态发生了巨大变化。服务员对他的冷漠态度让他感到被戏弄和侮辱，愤怒之下，他决定进行"报复"。他用脚踩在沙发上，没有脱鞋就钻进被窝，甚至开始算计着睡多长时间才能"回本"这五元钱。这些行为虽然看似荒谬，但却深刻揭示了陈奂生在面对不公和屈辱时的无奈与挣扎。

更值得注意的是，当陈奂生意识到自己无法向妻子交代这五元钱的"巨款"时，他采用了"精神胜利法"来平衡自己的心理。他认为这五元钱花得十分值得，毕竟很少有人能够获得被县委书记送到招待所的荣耀。这种自我安慰的方式，让人不禁联想到鲁迅笔下的阿Q形象。阿Q也常常在遭遇困境时采用"精神胜利法"来安慰自己，以此缓解内心的痛苦和焦虑。

通过陈奂生这一形象，我们可以看到他与阿Q之间千丝万缕的联系。他们都生活在社会的底层，都面临着生活的重压和困境，都采用了类似的"精神胜利法"来平衡自己的心理。这种相似性不仅让我们对陈奂生的命运感到同情和哀悯，也让我们意识到改变国民性的重要性。只有通过教育、文化、制度等多方面的努力，才能真正提升国民的素质和精神面貌，让每个人都能够拥有更加健康、积极、向上的心态和生活方式。

（三）路遥的改革小说创作

路遥（1949—1992），原籍陕西清涧，自1973年起致力于文学创作事业。在其创作生涯中，他创作了长篇小说《人生》与《平凡的世界》等脍炙人口的作品，同时亦完成了中短篇小说集《当代纪事》《姐姐的爱情》以及《路遥小说选》等多部著作，为当代文坛留下了丰富的文化遗产。

路遥的改革小说常常以文化维度为基石，深刻剖析不同社会阶层在改革浪潮中所经历的心理转变、伦理冲突、道德抉择及价值观重塑等层面的重大变革。同时，他明确指出了传统文化在改革进程中扮演的制约角色以及产生的深远影响。

在对待农村变革这一重要议题时，路遥展现了更为深刻的文化审视，彰显出其独到的洞察力和批判精神。在路遥所创作的众多改革小说中，《平凡的世界》一书凭借其独特的艺术魅力和深刻的社会内涵，尤为引人瞩目，产生了广泛而深远的影响。

《平凡的世界》这部小说宛若一幅精心绘制的画卷，细致入微地展现了黄土高原上双水村孙、田、金三大家族两代人之间纷繁复杂的纷争与纠葛。作者凭借卓越的笔法和深刻的洞察力，将普通人在时代变革中的起伏沉浮描绘得淋漓尽致，从而全景式地再现了当代中国近十年间（1975—1985）城乡生活的细微之处。这部小说不仅精准捕捉了中国城乡社会生活变迁的历史脉络，还深入剖析了各阶层普通人在这一过程中内心世界的复杂变化与挣扎。

在众多人物中，孙少安和孙少平两位普通创业者的形象尤为鲜明。孙少安，一个土生土长的农村青年，凭借自己的勤劳和智慧，在家乡开办了砖瓦厂。他历经挫折，但从不放弃，最终积累了丰富的生产经验，成功承包了石圪节的砖瓦厂。在经营过程中，孙少安深刻认识到，要实现企业的长远发展，必须摆脱狭隘的农民思想，引入现代化的管理理念和科技手段。而孙少平是一个渴望通过自身努力改变命运的青年。他深知，要想在贫困的农村中脱颖而出，就必须付出更多的努力。他渴望通过劳动和读书，拓宽自己的视野，提升自己的能力，以便有朝一日能够走出农村，到外面的世界去奋斗。然而现实是残酷的，他和高加林一样，面临着许多难以克服的困难和挑战。尽管他们有着满腔的热情和才华，但由于社会环境的限制和自身条件的不足，他们始终无法真正融入城市生活，实现自己的人生理想。

《平凡的世界》以深刻的社会洞察力和人文关怀，展现了中国在伟大改革中的雄伟气势和壮丽景观。小说从时间与空间、广度与深度上，全面而生动地描绘了中国社会在变革中的巨大变化和普通人的命运变迁。它是一部反映时代变迁、展现人性光辉的杰作，也是一曲歌颂奋斗精神、赞美普通劳动者的壮丽乐章。

二、先锋小说的创作

先锋小说，作为20世纪80年代中后期形成的一个小说流派，以其鲜明的文体实验倾向而著称。这一流派的作品在创作过程中，深入探索神秘感的表达，对艺术的形式技巧推崇备至。尤为值得关注的是，先锋小说的创作往往运用反传统的实验形式，如抽象、象征和变形等手法，以展现其独特的艺术魅力。

在马原、莫言、余华、洪峰、格非、孙甘露、残雪、北村等众多先锋小说作家中，马原和余华的创作尤为引人注目。这两位作家的作品，不仅在先锋小说领域具有代表性，而且对整个当代文学的发展都产生了深远的影响。

（一）马原的先锋小说创作

马原（1953—　），祖籍辽宁锦州。他曾求学于辽宁大学，毕业后，他选择以记者与编辑的身份，踏上前往西藏的征途，深入体验并深刻感悟那片神秘土地上的人民生活习俗与独特的风土人情。这段在西藏的宝贵经历，无疑为他日后的文学创作提供了丰富的素材与灵感源泉。自1982年起，马原便致力于小说创作领域，笔耕不辍，持续为文学界贡献佳作，至今新作依然不断涌现。

马原，作为先锋小说领域的先驱者之一，以其独特的写作风格对传统小说的既定框架进行了颠覆性的挑战。在其作品中，叙事成分超越了情节，成为推动故事发展的核心要素。马原秉持着小说叙事因素较情节更为核心的信念，勇于尝试"元小说"这一创新手法，并有意遗漏部分看似关键的情节，使得整个叙述过程充满了真实与虚幻交织的迷离色彩。这一独特的艺术处理方式，在业内被广泛称誉为"叙述圈套"。

在传统文学观念中，文本的虚构性通常需与现实构建某种关联，以确立其存在的合理性。然而，在马原的创作中，虚构挣脱了现实的桎梏，演化为一个独立且自我完善的虚构世界。这个世界富含惊喜与奇幻，不再是现实的简单临摹，而是蜕变为一种别开生面的全新现实。马原将这种摆脱现实指向性的虚构手法，称为"零度写作"。

"零度"并非意指情感的退缩或视角的超脱，而是代表一种跨越真实与虚构、过去与未来、保守与进步等二元对立范畴的崭新维度。在马原的作品中，"零度"体现为一种非革命的叙事立场，他不再深陷于革命叙事的构建与解构之中，而是在革命与反革命的双重极端之间游刃有余、自如穿梭。这种立场使他得以长久地超越革命与反革命的二元对立框架，为读者展现出一个别具一格且内涵丰富的文学领域。

马原自称在政治上是一个"糊涂虫"，同时他亦对庞德和博尔赫斯这两位外国作家表达了深刻的理解。他认为，这两位作家在政治主张上展现出了一种异于常人的缺乏判断力的特质，但这种被他称之为"天真汉"的口吻，实则是他自身所秉持的"零度"姿态的一种鲜明宣示。在马原看来，写作应当是一种自由而无拘无束的精神活动，不应受到任何外在因素的束缚和限制。这种"零度"的写作态度，无疑对于长期习惯于深入追问意义、追求明确目的的中国文学而言，构成了一种石破天惊般的创新尝试。

相较于王蒙等人暧昧的、欲拒还迎的小说新潮，马原的文学实践更加直接、更加彻底。他敢于挑战传统、颠覆常规，以独特的叙事手法和深刻的文学思考，成为真正的文学先锋。他的作品不仅让读者感受到了文学的魅力，更引发了人们对文学、对现实、对人生的深刻反思。

马原的"叙述圈套"在其作品中呈现出了丰富而独特的形态，主要可以分为三种类型。

第一种类型体现在马原、他的朋友以及他笔下的角色们自由穿梭于不同的小说之中，模糊了真实与虚构的界限。他们不仅在小说中活跃地说话、行动和沉思，甚至跨越不同的小说，从这一篇跳到那一篇，对故事进行评论和反思。最典型的例子就是《虚构》的开头，马原直接以第一人称出现，讲述自己的创作过程和思考。这种手法使得马原的作品形成了一个松散的整体，读者在阅读时难以分辨哪些是真实发生的，哪些是虚构的。马原和他的朋友、角色们之间的亲密无间，更进一步瓦解了真实与虚构的界限，使得整个马原的世界变得既真实又虚幻，充满了神秘和不确定性。

第二种类型则是马原和他的角色们作为聪明过人、精力过剩的读者，不断地拆穿传统小说的把戏，揭示其"致幻术"和"拟真性"。这种手法被称为"元叙述"，在《冈底斯的诱惑》中得到了充分的体现。小说中通过多个叙述者的视角，讲述了不同的神秘故事，但马原并不打算向读者揭示这些神秘因素的真相，而是故意留下悬念和疑问。这种手法不仅让读者对故事的真实性产生怀疑，也使得整个叙述过程变得模糊、恍惚和可疑。马原通过这种方式，打破了传统小说对于真实和虚构的严格区分，使得读者在阅读时不断地思考和探索。

第三种类型则体现在马原对于"似真性"的抛弃上。他深知真实是不可能的，因此他放弃了对于完整、秩序和真相的渴求，让经验以自身的破碎、即时和互不相干的形态呈现出来。在马原的小说中，即使故事的关节处出现了空缺，他也不会用想象、假设或推论来填补这些空缺，而是让空缺本身成为故事的一部分。这种手法使得故事变得片段化、拼接化、矛盾化和重叠化，让读者在阅读时感受到一种强烈的虚幻感和不确定性。然而，这种不确定性和虚幻感却使得马原的作品呈现出另一种"似真"甚至"是真"的效果。读者在阅读时不得不重新思考真实和虚构的关系，以及文学在表现现实方面的可能性。

总的来说，马原的"叙述圈套"通过模糊真实与虚构的界限、揭示传统小说的把戏以及抛弃对于"似真性"的渴求等手法，颠覆了传统的"真实"观和文学观念。他的作品呈现出一种独特的审美效果和思想深度，让读者在阅读时不断地思考和探索。

（二）余华的先锋小说创作

余华（1960—　），祖籍山东高唐，自幼在杭州地区成长。中学时期，他便对文学产生了深厚的兴趣，并在年仅19岁的青春年华里，便敢于涉足文学创作领域。1983年，他成功地推出了自己的处女作短篇小说，此后更是佳作频出，相继发表了多部备受赞誉的长篇小说和中短篇小说集，充分展现了他在文学领域的卓越才华与深厚造诣。

在所有先锋小说作家中，余华以其独特的叙事风格而著称，其小说作品在叙事手法上展现出了一种深刻的"冷酷"特质。谋杀、暴力、死亡等沉重主题在其作品中屡见不鲜，他以冷静而客观的笔触描绘出这些场景，使得生命的悲剧在冷漠的叙述中得以呈现。余华善于将生命的惨痛转化为一种独特的审美形态，以极具冲击力的方式触动读者的心灵。在揭示人性方面，余华更是以冷酷而犀利的笔调深入挖掘人性中丑陋阴暗的一面，从而对传统经验和现实秩序进行了彻底的颠覆和解构。他的小说不仅是对人性的深刻剖析，更是对现实世界的冷静反思，为读者提供了一种全新的思考视角。

在余华所创作的先锋小说中，给人心灵以极大震撼的是《十八岁出门远行》和《现实一种》。

《十八岁出门远行》这篇小说以其独特的叙事方式和深邃的寓意，被誉为"条理清楚的仿梦小说"。全文自始至终笼罩在一种不确定的、难以捉摸的氛围之中，读者仿佛也置身一个迷蒙离奇的梦境之中，随着主人公的步伐在漂浮不定的世界里徜徉。

小说的开篇便营造了一种梦幻般的氛围，通过细腻而独特的描写，读者能够感受到那种迷蒙而离奇的氛围，仿佛整个世界都处在一种不稳定、不确定的状态之中。主人公，一个刚刚踏入社会的年轻人，怀抱着对成人世界的无限憧憬和向往，像一匹兴高采烈的马一样欢快地奔跑着，冲出了家门，踏上了他的人生旅程。然而，这个世界并没有像他想象的那样美好和单纯。他用自己的真诚和善良去面对这个世界，但却遭遇了一次又一次的挫折和打击。他的热情被成人世界的冷漠和虚伪所浇灭，他的理想被现实的无情所摧毁。他所遭遇的一切让他感到错愕和不解，他开始对这个充满陷阱和阴谋的世界感到困惑和恐惧。余华在小说中深刻地揭示了人类自身的肤浅和局限性。他认为，人们的经验和知识都是有限的，这使得他们无法真正理解和把握世界的本质和真实。只有脱离常识的束缚，背弃现状世界提供的秩序和逻辑，人们才能自由地接近真实，才能真正地认识和理解这个世界。

在《十八岁出门远行》这部作品中，余华以细致入微的笔触，深入刻画了少年人初涉成人世界时所遭遇的种种阻碍与挑战，以及他们在这一过程中经历的心理波动与蜕变。他借由主人公的亲身经历与感悟，深刻揭示了世界的荒诞无常性质，以及青年人在面对这种荒诞人生时所展现出的深沉迷惘与困惑。

小说中，青春初旅的明媚欢畅与荒诞人生的阴暗与丑陋形成鲜明对比，二者之间的激烈碰撞，不仅丰富了作品的艺术表现力，更使得整个小说充满了强烈的审美张力与感染力。余华通过这一对比手法，成功地捕捉到了青年人在成长过程中所经历的复杂情感与心路历程，为读者呈现出一幅既真实又深刻的青春画卷。

读者在阅读这篇小说时，仿佛也被带入了一个荒诞不经的世界之中，与主人公一起经历了他的成长和变化。他们会被小说中那些充满荒诞和荒谬的情节所吸引，也会被主人公那种坚韧不拔、勇往直前的精神所感动。通过这篇小说，读者可以深刻地认识到世界的复杂性和人生的无常性，也可以更加珍惜和把握自己的青春和人生。

《现实一种》这部小说通过叙述一个"连环套"式的仇杀故事，深入剖析了人性中的暴力欲望、灾难和死亡，并采用了一种"冷漠叙述"的手法，将读者带入了一个残酷而冷漠的世界。在这个世界中，家庭的血缘亲情已荡然无存，取而代之的是感情的虚空和冷漠，这种冷漠成为暴力残杀的温床。故事中的山岗和山峰两兄弟，原本应该相互扶持、共同面对生活的挑战，然而，他们的关系却因为一场悲剧而彻底破裂。山岗的儿子皮皮无意中杀死了山峰的儿子，这一事件成为整个悲剧的导火索。山峰在愤怒之下，将皮皮踢死，而山岗则设计了一个残忍的计划，将山峰杀死。这场兄弟之间的血腥仇杀，不仅让两个家庭陷入了深深的痛苦和绝望，也让人性的冷漠和残酷暴露无遗。在小说中，余华对暴力、血腥和杀戮的描写达到了极致。他以一种冷静而客观的笔触，将人性的罪恶和丑陋展现得淋漓尽致。这种描写方式让读者感受到了前所未有的震撼和冲击，也让人对人性产生了深深的绝望。然而，这种绝望并不是简单的悲观和消极，而是对人性的一种深刻反思和批判。在余华看来，人性的罪恶是造成无边苦难和生命沉沦的根源。他通过小说中的血腥场景和冷漠叙述，揭示了人性中的自私、贪婪、残忍和冷漠，以及这些人性弱点所导致的悲惨后果。这种对人性的绝望并不是对人性本身的否定，而是对人性中丑陋和罪恶的批判和呼唤。

值得注意的是，尽管小说中的人物在欲望的驱使下犯下了不可饶恕的罪行，但他们的内心仍然保留着一些天良和道德感。山岗和山峰在犯罪后都陷入了精神崩溃的状态，这显示了他们的内心深处仍然存在着对善良和道德的渴望。这种对人性的呼唤和期盼，正是余华在小说中表达的核心思想。

因此，《现实一种》不仅是一部揭示人性罪恶和丑陋的小说，更是一部呼唤人性善良和道德的作品。它让我们看到了人性中的丑陋和罪恶，也让我们看到了人性中的美好和善良。这种对人性的深刻反思和批判，让我们更加珍惜和尊重人性中的美好和善良，也让我们更加警惕和防范人性中的丑陋和罪恶。

总体而言，余华的小说中频繁出现的主题包括阴谋、暴力与死亡。而在这些看似荒诞不经的叙事中，又深藏着引人深思的历史宿命论意蕴。余华所塑造的那些表面看似缺失智力装置的人物形象，往往游走在极度敏感与极度麻木的两极之间，且往往存在一种错位的态势，这使得他们注定成为无法逃脱厄运的悲剧角色。他们的命运中充满了连串的错误，构成了他们无法回避的必然宿命。人们身处危险之中却浑然不觉，这种情状令余华深感震撼，亦成为其小说作品震撼人心的关键所在。

三、寻根小说的创作

在20世纪80年代中叶，政治与文化元素的交织催生了"寻根"这一具有深远意义的思想文化潮流，进而发展成为一场影响深远且波及范围广泛的思想运动与民间文化复兴运动。在文学领域，特别是小说创作层面，寻根小说的兴起成为对这一思想文化潮流的积极回应与体现。其中，韩少功、贾平凹、阿城、李杭育、郑义、郑万隆等作家凭借其卓越的文学才华与深刻的洞察力，成为这一时期寻根小说创作的代表性人物。现对韩少功、阿城两位作家的寻根小说作品进行详尽且深入的剖析。

（一）韩少功的寻根小说创作

韩少功（1953—　），原籍湖南长沙，自1974年起便致力于文学创作，至今矢志不渝。作为寻根文学领域的卓越代表，韩少功的寻根小说作品在描绘时代风貌的同时，尤为注重对地域特色的彰显。他娴熟地运用神话、象征、怪诞、幻觉等多元文学手法，深刻剖析人类的生存境遇与民族的未来走向。通过深入挖掘民族传统文化中的劣根性与生存病态，韩少功进行了深入的剖析与反思，旨在唤起社会对疗救的深切关注与对文明重建的高度重视。因此，他的创作被广大读者和评论家普遍认为是对鲁迅国民性批判传统的继承与发扬，具有深远的文化意义和社会价值。

《爸爸爸》与《女女女》堪称韩少功寻根文学中的瑰宝之作，二者相辅相成，宛如一对互为映照的姊妹篇。这两部小说均巧妙地运用了深刻的象征性人物刻画与别具一格的环境描绘，以寓言化的故事框架为支撑，透过"失父"与"审母"这一深层次的精神内核，深刻剖析了民族衰微与文化沉沦的内在机理。

《爸爸爸》作为韩少功的卓越代表作，在寻根小说的创作领域，无疑为后世开辟了一片崭新的艺术疆界。该作品以宽广而深邃的历史视角和细腻入微的笔触，精心绘制了一幅鸡头寨原始部落的生活图景。通过对其历史脉络的精细梳理与寨民生活状态的鲜活刻画，作品深刻剖析了一个封闭、凝滞且充满愚昧与落后的民族文化形态，为后世提供了对民族文化根源的深刻反思与启示。

在这个地处偏远、神秘莫测的鸡头寨中，巫风盛行，风俗诡诞，俨然一个与世隔绝的异域世界。尽管偶尔会有"报纸""皮鞋"等现代文明的痕迹闪现其中，但整个部落的生存状态和文化心理却仍旧保持着一种静止封闭、原始初民的特点，形成了一种独特且自足的文化形态。

在这个古老的部落中，奇异的神话、荒诞的思维模式与奇特的习俗屡见不鲜，它们与田园牧歌的宁静和谐格格不入，与现代文明的进程更是大相径庭。这些习俗与信仰弥漫着无知与盲目的氛围，致使部落成员在追求生存与繁衍的过程中，深陷于思想的滞涩与精神的愚昧之中。此种文化形态不仅严重束缚了人们的思维与行为方式，更使得他们难以摆脱对自然与命运的盲目崇拜与依赖。

小说的核心人物丙崽，正是此种封闭且自给自足的文化形态孕育出的畸形产物。他外形丑陋不堪，一生下来便显露出智力上的缺陷，成长为一个永远无法摆脱幼稚状态的老年侏儒。他的行为举止粗俗混乱，言语模糊不清，仅能反复吐出"爸爸爸"与"×妈妈"这两个简单的词汇。他在部落中被视为废弃物与笑柄，遭受着众人的任意欺凌与侮辱，甚至连他的母亲也深受其累，险些成为谷神祭祀的牺牲品。然而，在一次村寨间的冲突中，丙崽却意外地被村民奉为神明，尊称为"丙相公""丙大爷""丙仙"。他凭借着自己的谶语引导村民进行械斗，最终导致鸡头寨的老弱病残集体服毒自尽，而他自己却因服用了双倍剂量的毒药而奇迹般地存活下来。

丙崽的形象具有强烈的民族象征意义。他的白痴形象及其悲惨境遇，深刻反映了民族文化中理性精神的缺失与价值观念的混乱，进而呈现出一种蒙昧、混沌、愚顽、卑琐的文化特质与生命状态。丙崽的幸存，则象征着某些民族文化中根深蒂固的惰性依然存在且难以消除。作者韩少功通过塑造丙崽这一形象，深刻揭示了古老民族文化形态的劣根性及其衰败趋势，展现了一种具有"五四"文学启蒙色彩的文化批判意识。

在文学作品中，丙崽自诞生伊始便置身"失父"之境，其母以乞讨猫食之艰辛，将他抚养成人。其母身为接生婆，手中剪刀既能裁鞋样、切酸菜、修指甲，亦能"剪出山寨一代人，一个未来"。此言既揭示出一种荒诞无知、缺乏理性且自在懵懂的生活姿态，亦深刻审视与反思了孕育丙崽乃至鸡头寨之"母性文化"。在中国传统文化中，"母性文化"常被视作温柔敦厚、包容并蓄之象征。然而，在韩少功之笔下，此种"母性文化"却更多地呈现出啰嗦、无知、窥探隐私、密语交流及猥琐等病态特质。其间虽有温情与坚韧之元素，然更多则孕育出如丙崽般之文化畸形儿。

丙崽口中的那两句谶语"爸爸爸"和"×妈妈"，与其说是隐含着人类生命创造与延续的最原始、最基本形态，不如说它们象征着一种从未放弃的文化"寻父"努力与对"母性文化"的诅咒与反思。在母亲去世后，丙崽将裁缝仲满视作"父亲"并得到了他的认可。仲满最终选择让丙崽与他一同服毒自尽，希望以此回归祖先发源的东方。然而，这种看似悲壮的"寻父"企图却因丙崽的幸存而宣告失败。这一结局不仅是对盲目崇古的"寻父"行为的讽刺与批判，更是对民族文化劣根性的深刻揭露与反思。

《女女女》这部小说，以深邃细腻的笔触，从个体生存的独特视角出发，详尽地展现了叙述者"我"与幺姑、幺姑的结拜姐妹珍姑以及幺姑的干女儿老黑三位女性之间纷繁复杂的关系纠葛。该作品不仅深入剖析了人际关系的微妙与复杂，更在"审母"这一主题上进行了深刻而独到的挖掘与探讨。

　　在遭遇父亲自杀的沉重打击后，我陷入了"失父"的困境，这一经历深刻改变了我对家庭和情感的认知。在此过程中，寡居且无后代的幺姑始终在默默支持着我们一家。她在我年幼时便给予我无微不至的关怀，而在我成长的道路上，她更是我的指路明灯和坚强后盾。幺姑对我家族的贡献，既包含了母性般的温柔与细心，又具备父性般的坚毅与担当。她以忘我的精神致力于家庭事务，不仅传承了母性的文化精髓，还承续了文明的火种。

　　然而，这种"父性"角色的填补却因其身体残疾而显得缺乏阳刚之气。幺姑身为聋者，却坚决拒绝使用助听器，展现出一种带有盲目自信和固执多疑的性格特质。她热衷于收集各类瓶瓶罐罐、废纸旧物，甚至对残羹剩饭也从不舍弃，这种生活方式和物质执着，反映出一种与现代文明和理性精神相悖的价值观。她与外界的交流极为有限，更倾向于闭门独处，守着她那些视为珍宝的破旧物品。中风后，她不仅身体瘫痪、生活无法自理，更在精神上变得猜疑、贪婪、凶狠、无理甚至暴虐，成为家庭沉重的负担。

　　幺姑的身体和精神状况日渐恶化，呈现出一种病态的特征。她的身体日益臃肿，精神也逐渐衰颓。最终，她如同笼中无意识的鱼一般，在顽童的戏弄中悲惨地结束了自己的生命。幺姑的形象，具有与丙崽相似的象征意义，她代表着一种"母性文化"传统及其所孕育的生命状态。这种状态充满了保守、偏执、闭塞、盲目和疯狂等消极因素，这些因素深深植根于民族历史和现实进程中，给民族群体的精神带来了沉重压抑和焦虑厌烦的情绪，严重阻碍了文明的进步和发展。

　　对于幺姑的辞世，作者内心深感痛切，同时亦充满深深的眷念之情，然而其间亦不乏对其所代表文化的批判之意。在葬礼的庄严仪式中，天地之间异象频现，鼠群肆虐，伴以巫歌的凄厉唱和，仿佛在为这种蕴含矛盾与冲突的"母性文化"作别。然而，即便现代性所倡导的"女性文化"或"女权意识"试图取而代之，亦非文化更新再造的终极理想。

　　在幺姑的干女儿老黑身上，我们得以窥见现代女性文化的一种虚妄与衰朽。老黑，作为一位西化倾向的年轻女性，追求着一种放纵自我的生活方式，无视社会道德的约束与行为规范的底线。她所展现出的前卫姿态，实则在深层次已显露出衰朽的端倪。作者通过刻画老黑这一形象，以漫画式的笔法对现代女性文化进行了深刻调侃与讽刺，无情地揭示了其虚妄的本质，提醒我们反思并探寻更为健康、平衡的文化发展方向。

　　这部作品展现了作者对于传统文化的深刻反思和批判。他一方面认同中国传统文化中的优秀元素，另一方面也对其中的糟粕和弊端进行了无情的揭露和批判。同时，他也对西方文化代表的"现代化"表示了怀疑和警惕，尤其是对其"物质化""时尚化"的趋向进行了批判。这种文化立场使得他的作品具有深刻的思想性和启示性，为读者提供了独特的思考和感悟空间。

总体而言，韩少功的寻根小说采用了一种不确定的思维方式，深入剖析人的生存状态与民族命运，其独特的叙述方式极易引发读者的深刻共鸣。

（二）阿城的寻根小说创作

阿城（1949— ），本名钟阿城，祖籍重庆江津，自幼在北京成长。1984年，他以处女作《棋王》崭露头角，迅速吸引了文坛的瞩目。随后，他陆续推出了《树王》《孩子王》《会餐》《树桩》《周转》《卧铺》《傻子》以及《迷路》等一系列作品，每部作品都展现了他别具一格的文学特色与深邃的思想底蕴。

阿城的寻根小说创作，以其深刻而独到的艺术手法，鲜明地展现了道家传统的厚重底蕴。他笔触细腻，深入探索那些较少受到正统文化浸润的边缘区域，通过细腻描绘这些传统势力较为薄弱的地区，从传统的道德文化视角出发，对人类的生命文化进行了深入的再审视与再思考。这样的创作方式，使得民族的过往得以以生动的形式重现在读者眼前，从而引发了人们对传统文化价值的深刻反思。

值得注意的是，阿城的创作并未局限于某一特定民族或地域的文化特征，而是站在更为宏阔的视野上，对整个中国道家传统文化的丰富内涵进行了全面而深入的呈现。他对古朴自然状态的深深眷恋，与道家先贤庄子所倡导的返璞归真思想相契合，形成了一种跨越时空的深刻共鸣。

在阿城的寻根文学作品中，《棋王》与《树王》无疑是其杰出代表。这两部作品不仅展示了他在这一领域的卓越才华，更通过生动鲜活的人物形象和深刻独到的思想内涵，凸显了道家传统文化的独特魅力和深厚底蕴。这些作品不仅具有极高的艺术价值，也为人们了解和研究中国传统文化提供了宝贵的资料和启示。

《棋王》是一部深邃而引人入胜的作品，它以云南边境一群知识青年为背景，细腻地描绘了其中一位名叫王一生的青年的人生轨迹。王一生出身贫寒，性格内敛，平日里并不张扬，但在学棋、下棋的过程中，他的生命焕发出了前所未有的光彩。王一生对棋的热爱，实际上是他对生命的热爱和珍视的体现。他将"雅"的文化追求与"俗"的生存需求巧妙地融合在一起，形成了自己独特的生存哲学。在小说中，王一生对于"吃"的看法尤为引人深思。他认为，"一天不吃，棋路就乱"，这句话既展示了他对生活的实际需求认知，也体现了他将生活与棋艺紧密结合的智慧。这种对于生活的深刻理解和珍视，使得王一生在困境中依然能够坚守自己的信念和追求。在王一生的成长历程中，一个捡烂纸的老头儿给予了他重要的指点。老头儿的教诲使王一生对"气"与"势"有了更深刻的理解，他的棋艺也因此日益精进。这种境界的提升，实际上也是王一生自强不息、不断追求进步的精神体现。他以一种无为而无不为的方式，通过一场鏖战实现了人生的升华。在小说中，有一段描写王一生下棋状态的文字格外引人入胜。他"双手扶膝，眼平视着，像是望着极远极远的远处，又像是盯着极近的近处，瘦瘦的肩挑着宽大的衣服，土没拍干净，东一块儿，西一块儿。喉结许久才动一下"。这种全神贯注、心无旁骛的状态，正是王一生对生命全情投入的最好写照。这种投入让他感受到了生命的真正意义和价值，也使得他的生命焕发出了更加耀眼的光彩。

小说《棋王》不仅讲述了王一生的故事，还通过他的经历反映了整个知青群体的生存状态和精神追求。阿城以工笔细刻的手法，为我们展示了一幅幅生动的生活画卷。无论是知青之间的友情、亲情，还是他们对生活的热爱和追求，都被阿城描绘得淋漓尽致。这种对于生活的细腻描绘，使得《棋王》具有了很高的艺术价值。此外，《棋王》还蕴含了深刻的道家精神。小说中的人物在乱世中淡泊自处，不耻世俗而又超越世俗，推崇本源的、朴素的生命意识。他们追求内心的自由和宁静，不愿意被世俗的纷扰所牵绊。然而，这种道家理想的追求并不排斥儒家进取、争取生命价值实现的精神。相反，这种精神在小说中得到了很好的体现。

阿城在《棋王》中并没有直接对现实进行批判，但他通过对于文化的迷恋和对于生活的细腻描绘，实际上也表达了对现实的深刻反思。他批判的不仅是个人的苦难和时代的浩劫，更是整个中国文化的深层次问题。这种批判使得《棋王》具有了很高的思想性和哲理性。在语言表达上，《棋王》采用了白描的手法，语言自然、素朴，但又不失深刻。阿城没有过分渲染情感，而是直接展现人物和事件，使得读者能够更加真实地感受到故事中的情感和氛围。这种表达方式不仅符合小说的主题和风格，也为读者提供了最愉悦的阅读体验。

总之，《棋王》是一部充满智慧和哲理的作品。它通过一个普通青年的故事，展现了一个时代的缩影和一种独特的生存哲学。这部小说以其特有的精致与韵味感染着每一个读者，让人在欣赏故事的同时也能够思考生命的意义和价值。

《树王》是一部深入人心的作品，它讲述了在特殊历史时期，一群知青响应国家号召，前往云南偏远山区，肩负起砍树垦田的重任，却在这一过程中经历了深刻的情感与观念的冲突。在这片远离政治中心的土地上，乡民们过着简朴而原始的生活。他们的饮食简单，喜食辣椒，用渍白菜搭配主食，偶尔挖些野山药来丰富餐桌。尽管生活贫困，但他们却拥有无尽的财富——满山的绿树和随处可见的野物。这些自然赋予的宝藏，是他们生活的根基，也是他们精神的寄托。随着知青们的到来，这片土地上的宁静被打破。其中，一位自诩为先进分子的知青李立，他深受当时社会主流思想的影响，决心破除迷信，力主砍倒被当地乡民视为"树王"的大树。他坚信这是为了科学的进步和生产的需要，是对旧有观念的挑战。然而，真正的"树王"肖疙瘩却坚决反对这一决定。他对自然和大树有着深厚的情感，视它们为生命的源泉和守护神。他深知这些大树对于土地和乡民的重要性，因此不惜以生命为代价，誓要保护这片土地上的自然精灵。在这场激烈的冲突中，肖疙瘩展现了他对自然、大树的朴素理解和真挚情感。他的这种情感与那些自以为掌握着真理和科学的知青们形成了鲜明对比。李立虽然有着先进的知识和理念，但在面对自然和传统时，却显得唯命是从、缺乏独立思考的精神。最终，"树王"肖疙瘩未能阻止大树被砍倒的命运。山被焚烧，绿意盎然的景象不复存在，肖疙瘩也因此郁闷而死。这一悲剧性的结局，不仅象征了人类给自然带来的伤害，更隐喻着那个时代的人们所遭受的精神创伤。小说的结尾，描述了肖疙瘩的骨殖葬处生出白花。这些白花"有如肢体被砍伤后露出白白的骨"，它们既是自然对人类的无声控诉，也是对人类行为深刻反思的象征。它们提醒我们，在追求科技进步和生产发展的同时，我们应该更加尊重自然和传统，不应该忘记我们的根和魂。

《树王》以其独特的视角和深刻的主题，展现了人与自然、传统与现代之间的冲突和融合。它让我们反思自己的行为，思考如何更好地与自然和谐相处，如何更好地传承和发扬传统文化。这部小说具有极其浓厚的文化内蕴和时代意义，值得我们深入品读和思考。

总体而言，阿城的寻根小说通过其独特的生活视角，对中国传统文化所孕育的民族性格进行了深入而全面的剖析与审视，展现出了极其深厚的文化内涵。

第三节　散文的新发展和徐迟等人的报告文学

在20世纪七八十年代之际，散文创作在题材选取上展现了更加宽广的视域，情感表达亦趋向于更为自由奔放，从而充分展现出了散文家们别具一格的精神气质。与此同时，报告文学亦在这一历史时期迎来了前所未有的兴盛景象，不仅在题材内容上实现了更为深入的拓展，更在艺术表现手法上呈现出多元化的发展趋势。

一、散文的新发展

在20世纪七八十年代的散文创作中，以女性散文和学者散文取得的成就最大。

（一）女性散文的创作

自20世纪七八十年代起，中国女性作家群体逐渐崛起，并在散文创作领域取得了令人瞩目的显著成就。在这一时期，众多杰出的女性散文家，诸如张洁、王英琦、唐敏、韩小惠、李佩芝、叶梦、苏叶、斯妤、马丽华、黄茵、素素、冯秋子、赵翼如、蒋丽萍等，均以其独特的创作风格和深刻的思想内涵赢得了广泛的赞誉。她们的散文作品在强调个体"自我"表达的同时，尤为注重"抒情性"的展现，深入挖掘女性特有的心理体验与情感表达，从而呈现出与男性作家截然不同的艺术特色，使得散文中弥漫出一种细腻而深刻的感性氛围。以下对张洁和唐敏的散文创作进行具体剖析。

张洁（1937—2022），原籍辽宁抚顺，自幼成长于北京。因幼时遭遇父亲离世之痛，故随母姓。1956年，她成功考入中国人民大学计划统计系，并于毕业后投身国家建设，在第一机械工业部奉献青春。1979年，张洁凭借其出色的文学才华，正式成为中国作家协会的一员，并荣幸地代表中国作家代表团参加了首次中美作家会议，为两国文化交流注入了新的活力。次年，她调入北京电影制片厂工作，随后担任作协北京分会专业作家之职，致力于文学的创作与传承。张洁曾担任中国作家协会理事、北京市作协副主席等重要职务，为我国文学事业的繁荣发展贡献自己的力量。2022年1月21日，张洁因病逝世。

张洁的散文以其深邃的感性色彩脱颖而出，阅读之时倍感亲切，仿若与一位亲和力十足之人进行深入交流，人们易于与其建立深厚的友谊。其散文风格透明且感性，恰如其分地反映了她的性格特质。张洁的散文，作为她不同人生阶段的真实记录，无论是诗意盎然的抒情之作，还是写实细腻的叙事篇章，均令人真切地感知到一个活生生、有血有肉的现实生命，绝无半分矫揉造作之态，更不带任何虚假修饰之嫌。

值得一提的是，张洁在散文中所展现的真实特质，相较于其他作家，具备着别具一格的韵味。这种真实不仅是她散文作品的精髓所在，更是其独特"文调"的鲜明体现。读者只需稍作浏览，便能深刻感受到张洁散文中所蕴含的真实生活状态。她的散文犹如生活中的实时摄录影像，真实且生动地展现在读者眼前，令人沉浸其中，品味其深邃与细腻。

张洁的散文风格素来以细腻入微、平实真挚见长，而非追求宏大叙事。她笔下的宏大历史、时代背景、世界知名人士及著名地点，往往只是作为陪衬背景或偶尔提及，并非其散文的核心内容。然而，她所真正倾心的，却是那些平凡人物与琐碎生活细节的描绘。无论是回忆乡村童年的点滴，还是家庭琐事的娓娓道来，她都能以独特的视角和细腻的笔触，将平凡的生活场景呈现得栩栩如生。即便她的足迹遍布全球，与世界知名人士有所交集，她亦能从中发掘出平凡而真挚的人性之美，而非刻意追求宏大主题。这一点在《拣麦穗》一文中得到了充分的体现。

《拣麦穗》是一篇充满深邃意蕴和浓郁情感的作品，它以其感人至深的故事、栩栩如生的人物形象、广阔丰富的情韵和充满童趣的语言，深深地打动了读者的心。

故事起始于我与一众乡村少女的田野劳作，我们共同在麦田间捡拾麦穗，这一劳作间却孕育着她们纯真而简单的梦想。她们梦想着用辛勤劳动换得的麦穗换来嫁妆，期盼着未来的幸福婚姻；而我，则怀揣着嫁给那位卖灶糖老汉的憧憬。然而，随着故事缓缓展开，这些美好的憧憬逐一化为泡影。全文巧妙地交织着明暗两条线索，明线即我们捡拾麦穗的劳作场景，而暗线则是贯穿始终的深情厚谊。这两条线索相互映衬，共同谱写了一曲催人泪下的爱的赞歌。在捡拾麦穗的过程中，少女们展现了对未来的热切期待和对幸福的执着追求；而我，则在与卖灶糖老汉的交往中，深刻体会到了人与人之间那份纯粹而真挚的情感。

文章结构严谨，自然分为三部分。第一部分详尽描绘了乡村少女们捡拾麦穗的情景及她们对未来生活的美好憧憬。她们渴望通过自己的努力，为未来的婚姻生活做好准备，然而现实却往往不尽如人意，她们的婚姻并非都能如愿以偿，这不禁令人感到惋惜。第二部分则深情回忆了我童年时期与卖灶糖老汉的交往经历。那时，我对老汉产生了深厚的感情，甚至萌生了嫁给他的念头。尽管老汉深知这不可能成真，但他仍竭尽全力呵护我，让我感受到了人间的温暖与关爱。这份纯真的情感令我至今难以忘怀。第三部分则讲述了卖灶糖老汉的离世及我幻想破灭的悲伤。当我从另一位卖灶糖的人口中得知老汉离世的消息时，我深感悲痛与失落。我真诚地为那位曾经疼爱我的老汉哭泣送行，这一情节不仅展现了生命的无常与脆弱，更让我们深刻体会到珍惜身边人与事的重要性。

全文的语言爽朗、风趣、活泼、纯净，充满了童趣。作者通过细腻的笔触和生动的描写，将读者带入了一个充满温暖和爱的世界。同时，象征手法的使用也使文章意蕴丰厚，寄托了作者对人与人之间纯真感情的赞颂和对理想人生的执着追求。

总体而言，张洁以其独特的感性笔触，在散文创作中展现了深厚的情感底蕴。她的作品倾向于情感的自然流露，以真挚的情感触动人心，而非依赖复杂的构思来吸引读者。

唐敏（1954—　），原名齐红，祖籍山东，自幼在上海成长，后随家人迁居福建。其文学造诣深厚，著有散文集《女孩子的花》《纯净的落叶》《屋檐水滴》以及《美味佳肴的受害者》等多部作品，展现了其独特的文学风格和思想内涵。

唐敏的散文，以其独特的魅力，吸引了无数读者的目光。她最大的特点，就是那种宁静观照的品味态度和珠贝般深沉的孕育思维精神。在她的笔下，题材似乎并不出奇，常常围绕着自然之美、日常之味以及童年少年之趣展开，带着一种淡淡的回忆往事的韵味。然而，正是这样的题材，在她的笔下焕发出别样的光彩。

唐敏以一颗平和沉静之心，深入洞察并细腻品味那些日常中被我们忽视的情景。那些平凡的黄昏时分、那些偶然间的邂逅相遇、那些充满欢乐或失落的旅途经历，在她的笔下均被赋予了鲜活的生命力与生动的描绘。这些景象仿佛经过清泉洗涤，焕发出清新而亲切的气息，引导我们重新品味，以全新的视角重新审视。以黄昏为例，谁人不曾目睹过黄昏的景致呢？然而，能如唐敏那般，让夕阳那"温柔洁净、完美无缺的圆形"深深触动心灵，乃至"在梦中亦能托着她轻盈上升"的人，又有几何？她不仅细致入微地观察到了夕阳那"圆润突出"的形态，更能聆听到那如"筱声般回荡的余音"，甚至能感受到"彼此身上散发出的阳光芬芳"。这种敏锐而深刻的感受力，仿佛连"夕阳那细微的颗粒在身上轻盈游动"的细微之处，都能被她精准捕捉并细腻描绘。

唐敏的散文，不仅以其宁静的品味态度和深沉的孕育思维精神令人瞩目，更在字里行间流露出女性的灵敏锐利与个人化、情感化的鲜明特点。她的作品常常带有浓郁的女性色彩，以细腻入微的笔触捕捉生活的瞬间，让读者感受到女性的温柔与坚韧。

在《女孩子的花》这篇散文中，唐敏巧妙地运用了水仙花占卜的传统习俗，赋予其深刻的社会寓意。她通过描绘用水仙花占卜未出世孩子性别的故事，巧妙地表达了自己对男性社会不公的不满。在这个故事中，代表着男孩的"金盏"花和代表着女孩的"百叶"花成为两个对比鲜明的象征。唐敏希望象征着男孩的"金盏"花能够开放，而不愿意看到代表着女孩的"百叶"花绽放，这一选择背后，蕴含着她对女性命运的深切关怀与担忧。

通过这一故事，唐敏不仅揭示了社会对女性的不公正待遇，还表达了自己对女人的钟爱与怜惜之情。她以女性的视角，审视了女性在家庭和社会中所扮演的角色，以及她们所承受的种种压力和束缚。唐敏的散文充满了对女性命运的关注与思考，她用自己的笔触，为女性发声，为女性争取应有的尊严和地位。

在唐敏的散文中，读者可以感受到她独特的艺术魅力。她以女性的灵敏锐利捕捉生活的点滴，以细腻入微的笔触描绘女性的内心世界。她的作品充满了真挚的情感和深刻的思想，让读者在阅读中感受到女性的温柔与坚韧，同时也引发人们对女性命运的关注和思考。

（二）学者散文的创作

学者散文是在专业研究之余，由从事人文或社会科学研究的学者们精心创作的散文作品。这类散文融合了学者们的感性经验与理性思维，展现了他们在学术领域的深厚底蕴与独到见解。学者散文的创作者来自文化研究领域的多个行业和层面，他们在各自的学术领域已取得显著成就，备受瞩目。这些学者在忙碌的学术工作之余或在研究过程中，将所思所感凝聚于笔端，创作出具有深刻内涵的散文作品。这些作品不仅是他们思考的成果，更是他们自我表达的另一种方式。因此，学者散文与作家散文在创作目的和风格上存在着显著差异。学者散文更注重内容的深度和广度，而非过分追求散文文体的形式美。学者散文侧重于探讨人文社会科学的各种议题，通过独特的个人感受和文化关怀，展现出作者深厚的学术底蕴和人文关怀。正因如此，有批评家将学者散文誉为"文化散文""哲理散文"或"散文创作上的'理论干预'"。在学者散文的创作群体中，金克木、唐弢、张中行、季羡林、王小波、黄永玉等均为杰出的代表。下面主要对金克木和张中行的学者散文创作进行研究。

金克木（1912—2000），原籍安徽寿县，出生于江西。他深耕于梵文及印度文化的研究领域，并在此取得了显著的学术成果。除却学术研究之外，金克木也倾注心血于散文创作，其多部散文集广受赞誉并流传于世。2000年8月5日，金克木先生因病在北京辞世。

金克木，作为学者散文创作领域的先驱者，其文学作品独树一帜，具有深厚的思想内涵和独特的艺术魅力。他的散文作品，多为思想、文化随笔，以及读书札记、文化漫谈等，这些作品不仅展现了他渊博的知识，更体现了他独特的文风——智慧而又诙谐从容。

在《老来乐》这篇散文中，金克木巧妙地运用了反讽的手法，使文章充满了幽默感。他通过描述自己对年龄增长的看法，展现了一种豁达的人生态度和对传统的独特理解。在文章中，他写道：

> 六十整岁望七十岁如攀高山。不料七十岁居然过了。又想八十岁是难于上青天，可望不可即了。岂料八十岁又过了。老汉今年八十二矣。这是照传统算法，务虚不务实。现在不是提倡尊重传统吗？

这段话充满了对时间流逝的感慨和对人生经历的回忆。最后一句"这是照传统算法，务虚不务实。现在不是提倡尊重传统吗"？则巧妙地运用了反讽的手法。这里的"务虚不务实"原本是指做事不注重实际效果，只追求表面上的形式或虚名。但在金克木的笔下，这个词被赋予了新的含义，指的是在计算年龄时只按照传统的虚岁来计算，而不考虑实际的周岁。这种"务虚不务实"的计算方式在现实中显然是不合理的，但金克木却故意将其与"尊重传统"联系起来，形成一种幽默的反差。这种反讽手法的运用，不仅让读者在笑声中感受到了作者对传统的独特理解，也体现了他的智慧和从容。他通过这种幽默的方式，表达了对传统文化的尊重，同时也揭示了现代社会中一些人对传统的误解和滥用。这种文风不仅使文章更加生动有趣，也深化了文章的主题和内涵。

在散文创作的实践中，金克木展现了一种独特的思维方式，这种思维方式不仅突破了传统时空的束缚，而且具备深刻而广阔的内涵。他善于立足当代视角，对传统诗学经验、术语、文献资源以及学理构成进行深刻反思、改造和重构，使之焕发出崭新的生命力。同时，他对待外来的诗性智慧和学术观念，也表现出极高的理性态度，不仅对其进行了深入的剖析，还进行了中国化的处理，使之能够更好地融入中国文化的语境，为广大读者所理解和接受。

在《妄谈孔子》一文中，金克木的思维方式得到了充分的体现。他运用现代术语对孔子的事迹进行了生动形象的描述，将孔子这一历史人物的生活和思想展现得活灵活现。他描述孔子的一生如同现代的出国访问和讲学，孔子周游列国的行为被他赋予了现代的视角，使读者更容易产生共鸣。他还以幽默的方式提到孔子想要获得"绿卡"在海外定居，这种描述打破了历史的时空界限，使孔子的形象更加亲民和生动。此外，金克木还通过描述孔子为了发财致富而愿意从事赶马车的活，进一步拉近了孔子与现代人的距离。他解释说，如果孔子生活在现代，他可能会选择当司机开汽车办运输，这样就能够掌握经济脉络了。这种将古代人物与现代生活相结合的手法，不仅使文章充满了趣味性，也体现了金克木深厚的文学功底和独特的思维方式。

金克木这种打破历史时空界限的另类手法，展现了他对文学创作的深刻理解和独到见解。他善于将传统与现代相结合，将历史与现实相融合，从而创造出独具特色的文学作品。这种思维方式不仅使他的作品具有相当深度和广度，也使他成为一位备受尊敬的文学大师。

张中行（1909—2006），原名张璇，学名张璿，字仲衡，籍贯河北香河。他一生投身语文教育事业与学术研究，在学术领域取得了显著成就，著有《文言与白话》《文言津逮》等多部学术著作。此外，他还撰写了《负暄琐话》《负暄续话》《负暄三话》《禅外说禅》《流年碎影》等一系列散文随笔集，作品广受读者好评。2006年2月24日，张中行先生离世。

在散文创作的征途上，张中行秉持一种既闲逸又不失温馨之审美情趣。为此，他在为自身散文集命名之际，特选取"负暄"一词，旨在彰显沐浴于阳光之下，从容不迫地漫谈家常之悠然意境。在散文创作之路上，张中行始终致力于追求自然流畅之表达，不拘泥于一格，畅所欲言。他时常借助文化与艺术之视角，深入剖析人生百态，同时运用哲学家之睿智对文化、艺术等领域进行深刻剖析。因此，其散文作品往往涉猎广泛，主题多元，内涵丰富。在品评与指点散文内容时，张中行总能以理性之趣味与淡雅之文化品位，为读者带来深刻之启示与愉悦之阅读体验。

张中行在散文创作领域有着独树一帜的风格，他形成了一种规范而又引人入胜的叙述模式。这种模式往往以清晰的脉络开始，首先阐述写作的背景和缘起，使读者对文章的主题有一个初步的了解。接着，他会迅速切入主题，展开细密而有条理的分析，使内容充实而富有深度。最为特别的是，张中行往往会在似乎不应该结束的地方收尾，这种"意到笔不到"的手法，给读者留下了无尽的遐想和思考空间。

以《辜鸿铭》一文为例，张中行首先用四个自然段详细地解释了为何选择写辜鸿铭，以及自己与辜鸿铭之间的渊源。这样的开篇不仅让读者对文章产生了浓厚的兴趣，也为后续的内容做了充分的铺垫。接着，他按照时间顺序，从辜鸿铭的童年时期开始，逐步展开对这位历史人物的描写。这种有条不紊的叙述方式，使得辜鸿铭的形象逐渐在读者心中清晰起来。

在文章的结尾部分，张中行总结了辜鸿铭的特点——"怪"，并表达了自己对这一"怪"的理解。这种结尾方式既简洁又深刻，既总结了全文，又升华了主题，使读者在回味中感受到作者的独特见解和深刻思考。

除了叙述模式外，张中行的散文在语言方面也有着鲜明特点。他并不追求辞藻的华丽和修辞的繁复，而是采用了一种通俗易懂的口语化表达方式。这种语言风格使得他的散文读起来就像是在与人聊天一样，亲切自然，让人倍感亲切。同时，他在娓娓道来的过程中，还不时融入一些人生哲理和感悟，使读者在轻松愉快的氛围中感受到深刻的思考。

以《沙滩的住》为例，张中行通过简单的文字描述了公寓的减少和良禽择木而栖的自由消失，以及沙滩一带格局的保留。他通过对比和描述，表达了对时光流逝和世事变迁的感慨。接着，他通过回忆和联想，提到了昔日住在某屋内的人和他们的欢笑与泪痕。这种对往事的追忆和感慨，使得文章充满了深情和韵味。最后，他通过大槐树的繁茂和桓大司马的话，表达了对生命短暂和人生无常的感慨。这种简洁而深刻的表达方式，使得读者在阅读过程中能够感受到作者所传递的深刻思考和情感。

总体而言，张中行的散文与"五四"时期散文的风格颇为相似，表现为疏淡清新、朴素自然的特质。在记述人物时，他倾向于采用白描手法，通过细腻的描绘展现人物的神韵。同时，他运用散文这一文学形式，将自身对于社会、历史、人生等多方面的深刻感悟娓娓道来，行文流畅，如同行云流水。其作品中透露出悲天悯人的深厚情怀，使得他在学者散文领域独树一帜，备受瞩目。

二、报告文学的创作

20世纪80年代，报告文学的创作活动呈现出日益繁盛的态势，不仅在题材领域的拓展上取得了显著成就，而且在艺术表现上也展现出多样化的趋势。与此同时，报告文学的批判精神得以进一步深化，有效打破了报告文学与小说相互混淆的界限，显著强化了报告文学作为独立文体的鲜明特色。接下来，我们将对徐迟和钱钢两位作家的报告文学创作进行深入的探讨与分析。

（一）徐迟的报告文学创作

徐迟（1914—1996），浙江吴兴籍人士，自1931年起便致力于文学创作事业，其作品类型丰富，包括诗歌、散文、小说等多个文学体裁。中华人民共和国成立后，徐迟先生将创作重心转向报告文学领域，先后推出了《我们这时代的人》《庆功宴》等报告文学集，以及《地质之光》《哥德巴赫猜想》《生命之树常绿》《在湍流的旋涡中》《石头油》《向着二十一世纪》等一系列具有广泛影响力的报告文学佳作。1996年12月13日，徐迟先生辞世。

徐迟，这位文学界的杰出人物，以其独特的视角和创作理念，为文学领域开辟了一片新的天地。他巧妙地将报告文学与科技主题相融合，使文学作品不再局限于传统的题材范围，而是勇敢地涉足科技领域，为文学注入了新的活力。这一创新之举，不仅使文学更加纵深地向科技领域挺进，更在展现科学家们献身科学事业的同时，大力弘扬了知识的力量和科学的尊严。

徐迟的报告文学作品，如《地质之光》《生命之树常绿》《在湍流的旋涡中》以及他的扛鼎之作《哥德巴赫猜想》等，都是以科技为题材而创作的佳作。在这些作品中，他不仅仅是对科学家们的工作和成就进行简单的描述，更是以饱满的诗情和诚挚的心灵去感受科学家们的内心世界。他深入体验科学家们的苦恼和欣喜，将他们的情感和经历真实地呈现在读者面前。同时，他也以严峻的事实去揭示知识分子长期受到的不公待遇，唤起社会对这一群体的关注和思考。在徐迟的笔下，科学家们不再是冷漠的学术符号，而是有血有肉、有情有义的普通人。他们为了科学事业不惜付出一切，他们的献身精神和社会价值得到了高度的肯定。通过徐迟的报告文学作品，读者可以深刻感受到知识分子在社会中的重要地位和作用，他们不仅是知识的传承者，更是推动社会进步的重要力量。

　　徐迟的报告文学之所以能够在文学史上留下深刻的印记，不仅在于其题材的创新和内容的丰富，更在于其所引发的社会关注和思考。他的作品让人们重新审视知识分子的现实境遇，认识到他们在社会中的价值和地位。这种对知识分子现实境遇的极大关注，是徐迟报告文学最重要的历史贡献之一。

　　徐迟在报告文学领域以其独特的艺术魅力脱颖而出，成功刻画了一系列熠熠生辉的知识分子形象。这些形象涵盖了如数学家陈景润、地质学家李四光、植物学家蔡希陶等杰出人物，他们均为各自学术领域的楷模。他们不仅具备深厚的学术底蕴和卓越的成就，更怀有为祖国科学文化事业献身的崇高志向，展现出对党、对国家的深沉热爱与坚定忠诚。

　　在众多光辉熠熠的人物形象中，数学家陈景润的形象显得尤为鲜明且卓越，徐迟先生对他的刻画可谓深入人心，堪称经典之作。陈景润，这位性格略显孤僻、内向且稍显自闭，同时身体亦不甚强健的学者，被生动地塑造为"丑小鸭"与"畸零人"的形象。他对世俗生活的纷繁似乎既无所知也无所求，然而在数学这一神圣而深邃的王国里，他却找到了自己心灵的寄托与归宿。

　　陈景润的人生道路并非一帆风顺，而是充满了曲折与磨难。然而，他从未向命运低头，也未曾被困境所束缚。相反，他选择用数学这一武器，来探寻真理、追求智慧，以此来寻求内心的解脱与超越。他的故事，不仅展现了一位杰出数学家的坚韧与执着，更彰显了一种对科学真理不懈追求的精神风貌。

　　在精心塑造陈景润这一形象的过程中，徐迟先生特别注重刻画其表面上的愚拙木讷之态。这种描绘并非意在贬损，而是旨在凸显其对于科学事业的坚定执着与无私奉献精神。陈景润先生全身心地投入数学研究，将其"全部心智和理性"都倾注于这一崇高事业之中，以至于忘却了时间的流逝与外界的纷扰。即便在其"心力已到了衰竭的地步"，他仍旧坚守在数学领域的耕耘之路，默默付出，不懈追求。陈景润先生宛如一位隐居在数学王国的智者，他的大部分时间都在与数字、公式和定理为伴，仅在偶尔的片刻才回归现实生活的喧嚣。然而，正是这样一位沉浸在数学世界中的学者，最终凭借惊人的毅力与智慧，成功攀登至（1+2）的学术高峰，为数学界带来了举世瞩目的杰出贡献。陈景润先生的成功不仅彰显了个人奋斗与拼搏的力量，更凸显知识分子在科学文化事业中所发挥的举足轻重的作用。他的事迹激励着一代又一代的学子们，勇攀科学高峰，为人类的进步与发展贡献自己的力量。

　　徐迟通过对陈景润这一形象的塑造，旨在赞颂他对科学的贡献和辉煌的生命价值。同时，他也借此揭示了当时社会的荒唐和变态及其对知识分子的迫害。这种真实而生动的展示，让读者在感叹陈景润伟大成就的同时，也为那个时代的知识分子所遭受的不公和磨难感到惋惜和愤慨。徐迟的报告文学作品不仅为我们留下了宝贵的文化遗产，更让我们对知识分子这一群体有了更深刻的认识和理解。

徐迟在进行报告文学创作时，不仅展现了他深厚的文学功底，更形成了一些鲜明的特色，使得他的作品在文学领域独树一帜。

首先，徐迟的报告文学特别注重激情与理智的统一。他善于在描述中融入个人的情感和思考，使得作品既有激情四溢的描绘，又有深思熟虑的理性分析。在《生命之树常绿》中，他对蒲公英的描写就是一个典型的例子。他通过生动的描绘，将蒲公英的飞翔、降落、生长和繁衍过程展现得栩栩如生，同时又将这种自然现象与大自然的素朴和华丽、毁灭与生命的统一相联系，表达出对自然规律的深刻理解和赞美。这种清泉似的思想和智慧自然地流露出来，使读者在欣赏美景的同时，也能感受到作者内心的思考和感悟。

其次，徐迟的报告文学具有诗意的浪漫。他的作品中常常融入诗的元素，使得文字充满了诗意和美感。在《三峡试笔》中，他通过对三峡自然景观的描写，展现了一种雄浑壮美的画面。他运用诗的节奏感和跳跃性，将山峰的对峙、江流的深邃、峡谷的狭窄等景象生动地呈现在读者面前，使读者仿佛置身于三峡之中，感受到大自然的磅礴气势和壮丽景色。这种诗意的浪漫不仅增强了作品的艺术感染力，也使得读者在阅读过程中能够获得一种美的享受。

最后，徐迟的报告文学在语言上刻意求工，常常借用古代骈文的句法，使得文章形象优美、声调抑扬。在《哥德巴赫猜想》中，他运用散骈结合的句式，对动乱的社会进行了深刻概括。他通过对历史人物和事件的描绘，展现出了一种磅礴的气势和抑扬顿挫的声调。这种语言风格不仅使得作品在表达上更加生动有力，也使得读者在阅读过程中，能够更好地感受到作者所要传达的情感和思考。同时，这种散骈结合的句式，也使得文章在形式上更加优美和和谐，增强了作品的艺术魅力。

总之，徐迟的报告文学作品具有激情与理智的统一、诗意的浪漫和散骈结合的语言风格等鲜明特色。这些特色使得他的作品在文学领域独树一帜，不仅具有深厚的文学价值，也为我们提供了一种独特的审美体验。

（二）钱钢的报告文学创作

钱钢（1953— ），籍贯为浙江杭州。他于1969年参加中国人民解放军，并于

1976年圆满完成学业，从解放军艺术学院文学系毕业。钱钢先生以其卓越的文学才华和深入的采访报道，成为知名的报告文学作家及资深记者。

钱钢，作为一位拥有部队背景的作家，在投身报告文学创作的过程中，自然而然地聚焦于部队的生活状态与军人的内心世界，以此作为其核心内容。因此，他的众多报告文学作品深刻揭示了和平年代，中国军队在改革进程中所面临的种种挑战与困境。同时，他也对那些富有胆识、智谋及勇气的改革者表示了由衷的敬意与赞颂，彰显出对他们坚定信念和不懈努力的肯定与尊重。

《唐山大地震》一书是钱钢文学创作道路上的一颗耀眼明珠。这部作品不仅充分展示了钱钢作为报告文学家的杰出才华与深厚底蕴，更是对唐山大地震这一历史悲剧的深刻反思与庄重纪念。为铭记唐山大地震这一令人痛心的自然灾难发生十周年的特殊时刻，钱钢倾注了极大的心血与精力，创作出这部具有深远意义的作品，为后世留下了一个重要的历史参照与宝贵的精神财富。

在《唐山大地震》这部作品中，钱钢先生严格恪守了报告文学的真实性原则，他运用冷静而精细的笔触，真实而震撼地刻画了地震后城市废墟的惨状，以及地震前兆的种种迹象。他详尽地记录了那些在灾难中顽强抗争的各类人物，那些不幸遇难的二十几万生命，以及那些奋不顾身投身抗震救灾伟大事业中的人们。这部作品宛如一幅详尽的"全息摄影"画卷，不仅深刻展现了唐山这座城市在灾难中的痛苦与挣扎，更凸显了人类在天灾面前所展现出的坚韧不拔与英勇无畏的精神。

在描述灾难的同时，钱钢也勇敢地揭示了人的本质及人性的复杂性。他通过一系列感人至深的描写，展现了灾难面前人性中善良、美好、勇敢的一面。那些最先从废墟中挣扎起来的共产党员和干部，"红色救护车"上四个去报警的男子汉，参与陡河水库大坝抢险的驻军战士们，他们用自己的行动诠释了人类精神的伟大。同时，钱钢也没有回避人性中的弱点乃至罪恶，他真实地记录了那些哄抢物资、发地震财的丑陋行为，揭示了人性中自私、贪婪、卑鄙的阴暗面。

除了对人性深刻的剖析，钱钢在《唐山大地震》中还严肃地思考了人与自然的关系。他在"我的结束语"这一章节中，以磅礴的气势提出了许多新颖而有价值的问号，表达了对人类未来能够战胜自然灾害的乐观信念。他相信，随着科学技术的进步，人类终将能够查明地幔热流和地震的关联，预报并疏导地震，最终战胜大自然。

值得一提的是，《唐山大地震》在文献性与文学性之间找到了完美的结合。这部作品不仅具有冷静的客观性，还充满了真挚热烈的感情。它翔实充分的史料和生动的文学描写，使其既具有很高的认识价值，也具有较高的审美价值。可以说，《唐山大地震》是钱钢文学创作的一个高峰，也是中国报告文学史上的一部重要作品。

第四节　现实主义戏剧的复兴

随着思想解放运动的逐步深入，现实主义话剧作为话剧复苏的先锋力量，开始崭露锋芒。其兴起之初，便以一批政治讽刺剧和社会问题剧的涌现为显著标志，诸如《枫叶红了的时候》《于无声处》《曙光》《丹心谱》《陈毅出山》等佳作，它们紧扣现实政治斗争的脉搏，引发了社会各界的广泛关注与热烈讨论。

随着时代的飞速发展及思想解放运动的不断深化，剧作家们的创作视角逐渐由历史转向现实。《假如我是真的》《报春花》《权与法》《未来在召唤》《救救她》等社会问题剧应运而生，它们以强烈的现实批判精神，成为剧坛的新兴力量。

在此过程中，戏剧现代意识的觉醒与作家主体精神的凸显相辅相成，共同推动了中国戏剧现代化进程的重新启动。沙叶新作为这一时期现实主义戏剧的杰出代表，以其独树一帜的创作理念和卓越的艺术成就，为话剧的复苏与发展注入了新的生机与活力。

一、沙叶新的生平

沙叶新（1939—2018），原籍江苏南京，是一位备受赞誉的剧作家与小说家。他于1956年凭借短篇小说处女作《妙计》与独幕喜剧《一分钱》崭露头角，两部作品均获得了广泛的社会认可。次年，他顺利考入华东师范大学深造，进一步丰富了自己的学识与素养。

1961年，沙叶新以优异的成绩从华东师范大学毕业，并被保送至上海戏剧学院戏曲创作研究班攻读研究生学位。经过两年的系统学习，他于1963年圆满完成学业，获得了研究生学位。

毕业后，沙叶新投身上海人民艺术剧院，担任编剧一职，开始了他的艺术创作生涯。1978年，他发表了多部剧本，包括《好好学习》《森林中的怪物》及《约会》等，其中《约会》荣获上海优秀剧作奖，充分展现了他的创作才华。

1979年，沙叶新创作的剧本《兔兄弟》荣获首届全国少数民族文学创作荣誉奖，进一步提升了他在文学界的地位。而在1980年，他的代表作《陈毅市长》更是斩获了首届全国少数民族文学创作奖及第一届全国优秀剧本评奖首奖，这部作品以其深刻的思想内涵和精湛的艺术表现赢得了广泛的赞誉。

1982年，沙叶新创作的剧本《以误传误》再次荣获上海优秀作品奖，这标志着他在戏剧创作领域取得了更为显著的成就。此外，他的代表作品还包括剧作《假如我是真的》《大幕已经拉开》《马克思秘史》《寻找男子汉》等，小说《儿童时代》《似曾相识车归来》等，以及其他文集如《沙叶新谐趣美文》等，这些作品充分展示了他丰富的创作才华和深厚的文学功底。

1985年，沙叶新正式加入中国作家协会，成为该组织的一员。同年，他担任上海人民艺术剧院院长一职，肩负起推动剧院艺术发展的重任。然而，在1993年，他主动放弃这一职务，打破了该职位的终身制惯例，展现出了他的高风亮节和勇于改革的精神。

尽管沙叶新已于2018年离世，但他的作品与精神将永载史册，为后人传颂不朽。他的创作不仅丰富了中国的文学艺术宝库，也为后人提供了宝贵的艺术财富和精神食粮。

二、沙叶新的戏剧

沙叶新在剧作创作上展现出卓越的匠心独运，其艺术魅力非凡。他主要秉承现实主义创作理念，同时巧妙地将象征、荒诞、夸张等现代主义手法融入其中，形成了一种独树一帜的艺术风格。这种融合使得他的作品既富含鲜明的世俗色彩，又透露出强烈的创新意识，充分彰显出他在戏剧创作领域的深厚功底和卓越成就。

在剧作内容的挖掘方面，沙叶新先生致力于在历史、现实与未来等多个维度的交织中，深入剖析并揭示时代生活中的重要议题。他借助戏剧这一艺术形式，生动地反映社会现实，引导观众进行深入思考，从而实现对社会现象的深刻剖析与批判。沙叶新先生的作品不仅具有极高的艺术价值，更在启迪观众思考、提升观众心智层面发挥了举足轻重的作用。

在创作形式的运用上，沙叶新先生尤为重视观众这一关键要素。他巧妙地将观众这一要素融入戏剧创作之中，使观众不仅仅是戏剧的观赏者，更是戏剧创作过程中不可或缺的重要参与者，共同完成了戏剧的最终呈现。沙叶新先生的作品往往将庄重与幽默融为一体，庄谐相宜，展现出独特的喜剧魅力，这种别具一格的艺术风格深受观众喜爱与推崇。

《陈毅市长》作为沙叶新创作风格的杰出代表，以其独特的历史剧形式，巧妙运用了"一人多事"与"冰糖葫芦"式的结构手法，既保证了剧作的层次丰富性，又确保了情节的连贯流畅。全剧并未设定明确的中心事件，而是围绕核心人物陈毅，通过不同场景的串联，细腻入微地刻画了其在解放初期担任上海市市长期间的多个生活片段。沙叶新通过精心编排这些片段，成功地展现了陈毅性格的丰富多彩与感人至深，以及他崇高的革命气质。陈毅的形象在剧作中栩栩如生，既令人肃然起敬，又深深触动人心。

在塑造陈毅这一人物形象的过程中，沙叶新摒弃了传统意义上对领袖人物过度崇拜的"仰视"视角，转而巧妙地融入诸多喜剧元素，以更为鲜活、生动的形式展现陈毅的风采。这一创新性的手法使得陈毅的形象更加贴近民众，更具亲和力，从而有效拉近了与观众之间的心理距离。

在剧情的第三场中，陈毅以一身便装亮相，佩戴墨镜，手持芭蕉扇，以一名普通市民的身份造访资本家宅邸。他自称"上海市的大老板"，与资本家太太展开了一场充满误解与对话的趣味互动。在这一过程中，陈毅运用诙谐风趣的语言，巧妙地向资本家太太宣传共产党的政策，使得原本紧张的对话氛围变得轻松愉快，有效消除了彼此间的隔阂。

这种情节设计不仅生动地展现了陈毅平易近人、幽默风趣的性格特质，也深刻反映了他在实际工作中所展现出的卓越智慧和策略思维。通过喜剧元素的运用，沙叶新成功地塑造了一个既威严又不失亲和力的陈毅形象，使得这一历史人物更加鲜活地呈现在观众面前。

在《陈毅市长》中，沙叶新还通过微服私访闹的笑话、与化学家的对话、与自己的岳父的交往、与资本家的谈判以及与彭师长的友情等情节，展现了陈毅性格的不同侧面。这些情节都巧妙地运用了喜剧手法，使得陈毅的形象更加立体、生动。沙叶新通过这些精心设计的情节和角色塑造，成功地将陈毅这一历史人物塑造成为话剧舞台上"这一个"典型人物，使他在老一辈革命家形象中脱颖而出，成为观众心目中的英雄人物。

第七章　20世纪90年代的中国文学

进入20世纪90年代的中国文学领域，一幅绚烂多姿、纷繁复杂的画卷正逐渐铺陈开来。这是一个充满变革与创新的时代，亦是文学创作多元探索的繁荣时期。各类文学体裁皆呈现出鲜明的个性特征：在市场化浪潮的推动下，小说创作迎来了多元化创作的高峰，新写实小说、新历史小说、新生代小说及文化道德小说等流派均获得了长足发展；诗歌领域，以"知识分子写作"和"民间写作"为代表的诗人群体取得了显著的艺术成就；散文创作亦在市场化背景下展现出"市场化"的趋势；而戏剧则在这一时期呈现出新现实主义的风格，为稍显黯淡的戏剧创作领域注入了新的活力。

第一节　诗歌的精英化与世俗化趋向

20世纪90年代以来，随着我国改革开放的不断深化，诗歌创作领域亦呈现出显著的变化趋势。在此期间，诗歌逐渐回归其作为个体精神探索的核心属性，而非单纯作为推动社会进步和文化引领的工具。因此，诗人们在创作实践中，不再过分拘泥于对故事的详尽铺陈或对人物的全面刻画，而是将更多的注意力聚焦于捕捉并描摹现实生活中某一瞬间的细腻情愫。通过这种方式，他们旨在传达个人深刻的感悟，进而揭示现实生活的真实状态。此外，此阶段的诗歌创作呈现出两种鲜明的倾向：一方面，精英化或知识分子写作逐渐崭露锋芒，以西川、王家新等诗人为代表，他们的作品凸显深度思考和人文关怀的特质；另一方面，民俗化或民间写作亦有所发展，以于坚、伊沙等诗人为代表，他们的创作更加注重民间元素的融入和地域特色的展现。以下对西川、王家新和于坚的诗歌创作进行深入的剖析与探讨。

一、西川的诗歌创作

西川（1963— ），本名刘军，原籍系江苏省徐州市。1981年，他成功考入北京大学英文系，自此便踏入了诗歌创作的领域，并积极投身当时全国范围内蓬勃发展的诗歌运动之中。他致力于在诗歌写作中展现知识分子的精神风貌，为推动诗歌艺术的进步作出了积极的贡献。其诗歌作品经过精心整理与集结，先后出版了诗集《虚构的家谱》《大意如此》以及《西川的诗》等，为诗坛留下了丰富的艺术瑰宝。

在西川的诗歌世界中，他倾注了深深的情感和独特的见解，特别是在他对于"诗歌精神"和"知识分子写作"的强调上。他如此执着，主要源于两个深层的追求。

第一，他期望诗歌能够回归其最本质的角色，那就是表达人类内心的真实情感和思想，而非成为意识形态的附庸或工具。他希望诗歌能够摆脱为意识形态服务的桎梏，不再以反抗的姿态依附于意识形态，而是自由地抒发情感和思考。

第二，西川对诗歌的精英化写作持有高度的期待。他坚信，诗歌应该是知识分子、艺术家和诗人们用来探索人性、挖掘真理、表达思想的独特工具。他希望通过提高诗歌写作的精英化倾向，使诗歌成为更高层次的精神追求和文化传承的载体。

从西川的诗歌风格来看，他特别重视意象、象征和隐喻的应用。他善于运用奇幻的意象组合来构建出一个独特而神秘的诗歌世界，这个世界既是他个人情感和思考的投射，也是他对现实世界的反思和批判。他希望通过这种诗性的方式，对抗社会的庸俗和浅薄，唤醒人们内心深处的诗性和审美追求。

在《虚构的家谱》这首诗中，西川的诗歌才华得到了充分的展现。他在诗的开始，就营造出了一个时间的奇特意象，这个意象由梦和幻想构成，充满了神秘和梦幻的色彩。他借助于一些具体可感的意象，如古老的家族传说、时间的流逝等，对时间进行了深刻的表现和隐喻。通过对时间和历史的描绘，他反思了人生的流变和历史的变迁，表达了对人类命运的关注和思考。

在20世纪90年代的诗歌创作中，西川以其独特的艺术风格和深刻的思想内涵，引起了广泛的关注和讨论。这一时期，他特别重视反讽、诡谬、荒诞、矛盾等因素的运用，这些元素不仅丰富了他的诗歌表现手法，更深化了其作品的主题内涵。

西川的诗歌风格以叙事为主，他善于通过细腻的描绘和深刻的反思，将读者带入一个个充满故事性的场景之中。在他的长诗《厄运》中，这种叙事性得到了淋漓尽致的体现。诗人运用了大量带反讽色彩的、描写性的、口语式的句子，以生动的笔触描绘了一个人在看不见的历史命运面前，如何被无情地肢解和损毁。这种描绘不仅让读者感受到了个人命运的无奈和悲哀，更引发了对历史和现实的深刻思考。

《厄运》这首诗不仅仅是对个人命运的书写，更是对历史和现实的深刻反思。西川借由对个体在历史与现实夹缝中生存状况的观照，揭示了历史的无情和现实的残酷。他通过诗中的描述，向读者展示了历史如何像一个巨大的车轮，无情地碾压着每一个人，而个体在历史面前显得如此渺小和无力。同时，他也表达了对历史和现实的质疑和批判，认为历史并没有明确的方向和目标，而是由无数的偶然和必然交织而成。然而，不论历史如何发展，其后果都需要由单个的人来承担。

西川的这种现代眼光，使他的诗歌具有了更加深刻的思想内涵和更加广阔的艺术视野。他不仅仅关注个体的命运和生存状况，更关注历史和现实对个体的影响和塑造。他通过诗歌这种艺术形式，向读者展示了人类在历史和现实面前的无奈和悲哀，同时也表达了对未来的希望和追求。这种人文关怀和深刻思考，使西川的诗歌具有了更加独特的艺术魅力和更加深远的社会意义。

二、王家新的诗歌创作

王家新（1957—　），籍贯湖北省丹江口市。他于1982年从武汉大学中文系毕业，目前在中国人民大学中文系担任教职。在大学期间，王家新便展现了对诗歌创作的浓厚兴趣，并投身诗歌创作之中。值得一提的是，他在1983年有幸参与了由诗刊组织的青春诗会，这一经历对其诗歌创作之路产生了深远影响。王家新的诗歌作品广受好评，已出版诗集包括《纪念》《游动悬崖》以及《王家新的诗》等，这些作品充分展示了他在诗歌领域的才华与造诣。

王家新，作为第三代诗人群体中一位以知识分子写作为主要方向的重要代表，其诗歌作品展现出别具一格的艺术魅力。他在创作过程中，并未刻意追求华丽繁复的技巧，而是将核心聚焦于境界的广阔与情感的深沉。这种独特的创作理念与风格，使得他能够深刻而精准地描绘出个人以及改革开放时代背景下新一代知识分子，在纷繁复杂的历史实践中所经历的心理变迁。

王家新的诗歌创作始终与历史、时代和文明紧密相连，他能够自觉地将这些宏大的主题融入自身的思考与洞察之中。他的诗作不仅深刻剖析了个人内心的世界，更以独特的视角揭示了一代人心灵深处的创伤。在《帕斯捷尔纳克》这首诗中，这一特点得到了淋漓尽致的体现。

《帕斯捷尔纳克》旨在纪念苏联杰出作家帕斯捷尔纳克诞辰一百周年及逝世三十周年。该诗以深入心灵的对话形式，巧妙地将帕斯捷尔纳克与王家新两位思想者的灵魂相融合，展现了他们对于文学、人生以及时代变迁的深刻共鸣与独特见解。

全诗共计十一节，分为三个部分。第一部分，也就是诗的第一节，通过细腻描绘，深刻展现了两位诗人之间灵魂交融、精神共鸣的深厚情谊。

第二部分，自第二节起至第十节止，全方位、多层次地颂扬了帕斯捷尔纳克为文学事业与良知追求所付出的巨大牺牲与卓越贡献。他毅然舍弃了世俗的浮华与喧嚣，成为艰难岁月与苦难命运中不屈不挠的"承担者"。他挥毫泼墨，记录下了人民的艰辛与黑暗，用坚定的声音呼唤着正义与光明的到来。他的诗歌作品深邃而富有内涵，既展现了对俄罗斯民族精神的深刻洞察，又体现了对人性的温暖关怀。

第三部分，即第十一节所述，诗人自帕斯捷尔纳克的眸光中领略到"忧伤、探寻与质问"等多重情感，这些情感如同钟声一般，沉重地撞击着诗人的灵魂。在此，帕斯捷尔纳克已然成为王家新及其同代人用以自我审视、净化心灵阴霾的精神象征。其形象激发着诗人们不懈探求真理、探索未知领域，并勇敢直面人生中的困苦与挑战。

全篇诗作以质朴、直白的内心独白形式呈现，每一句诗均致力于构建一个内化的"自我"意象。王家新在诗中融入自身的人生感悟与生命体验，使得诗作洋溢着真实而深刻的情感。帕斯捷尔纳克与王家新在诗中犹如心理学中的双关图像，彼此映照、相互交融，构成了一个不可分割的整体。从某种程度上讲，帕斯捷尔纳克即王家新，二者共同展现了知识分子对文学、人生及时代的深刻洞察与不懈追求。

王家新的诗歌创作深植于一种对生命与造化同体合一的追求，这一理念在他的诗作《访》中得到了淋漓尽致的体现。这首诗不仅是对艺术真谛的探寻，更是一次心灵的深度之旅，"访"字在此不仅指诗人对艺术圣地的造访，更象征着他内心对艺术至高境界的渴望与追寻。

诗中，诗人以其细腻的观察和深刻的感悟为脉络，引领我们步入一个纤尘不染、晶莹朗澈的纯净天地。大雪纷飞之后，万物皆被洁白无瑕的雪花所覆盖，天地之间宛如经过一次洗礼，化为一片圣洁无瑕的琼瑶世界。在这片无边无际的纯白画卷中，所有的喧嚣与纷扰都悄然隐匿，唯留下那份难以言表、无法描摹的纯净与静谧。此等意境宛如乾坤初开，唯有那弥漫四方的安谧气息，仿佛整个世界都在静静地聆听"雪在呼吸"的韵律。

在这一刻，俗世的尘垢与心灵的嘈杂得到了深度过滤与升华，荣辱得失、苦乐悲喜、恩恩怨怨等纷繁世事，皆在这纯净的雪域世界消散无踪，化为虚有。诗人在体验这种恍若蝉蜕浊秽般的解脱与愉悦时，似乎已将昨日种种纷扰遗忘殆尽，唯余眼前这片宁静而纯净的雪域美景。这种境界已然超脱于现实利害的羁绊，摒弃了一切功利目的，纯粹地沉浸于审美的愉悦与心灵的净化之中。

在此境界之内，诗人心怀冰雪般纯净之情，目光犹如明镜，以全新之视角审视周遭世界。忽然之间，他惊奇地发现，"门前的雪地上，竟赫然显现出一串爪痕"，此爪痕既神秘莫测又美丽非凡，然其主人身份无从探寻。诗人心中涌起诸般猜想，或言此爪痕乃鹿儿所留，或曰为獐子所印，甚至可能出自那传说中的红狐狸之手。此意外之发现，使诗人内心激动不已，此串爪痕宛如一道崭新之启示之光，为其创作之路注入无尽灵感。

在诗人的笔下，"雪地上清新的爪痕"被赋予了神秘且独特的意义，这是大自然赐予的神奇印记，其蕴含的魅力远胜于"大理石上的刻辞"。其中，"爪痕"不仅是自然之美的象征，更是清新之韵的展现，它昭示着无穷的生机与希望之光。相对而言，"大理石上的刻辞"则代表了人为雕琢的艺术之美，它承载着陈旧的观念与刻板的教条，即便雕琢精细、论述周详、修饰华丽、表述权威，却始终无法企及艺术所追求的天然韵味与全新创造。然而，在现实的艺术领域中，却有不少人过分沉迷于"大理石上古老的刻辞"，而忽略了"雪地上的一串爪痕"所蕴含的深刻艺术真谛。这种盲目的追崇与固执的态度，使得他们无法真正领略艺术的深层内涵与独特魅力。

《访》一诗，以其独特的艺术手法，描绘出一个澄明清澈、静谧庄重的世界，展现了万物混沌归一、人与自然相互感应的深邃境界。在这个充满哲理意蕴的境界里，诗人王家新不仅实现了对艺术真谛的深刻领悟，更在人与世界的交融中，对宇宙本身的和谐之美进行了精准而富有洞见的呈现。此诗不仅体现了王家新对艺术的不懈追求与执着探索，更是一次对生命与造化同体合一理念的深刻阐释与精彩展现。

三、于坚的诗歌创作

于坚（1954—　），祖籍四川资阳，出生于昆明。自1979年起，他积极投身诗歌创作并发表诗作。在1984年，他与韩东等志同道合之士共同创办了《他们》杂志，致力于推动文学的发展与交流。其文学成就显著，已出版多部诗集，包括《诗六十首》《宝地》《对一只乌鸦的命名》等，并著有长诗《零档案》。这些作品充分展示了他深厚的文学功底与独特的艺术视角。

于坚作为当代诗坛的一位重要诗人，始终坚守着他的民间立场，倡导着一种平民意识。他以一种激进的姿态，坚决地与抒情言志的诗歌传统划清界限，选择了以直白的口语来抒写当下的日常生活经验。这种创作方式，不仅体现了他对诗歌语言的独特理解，也展现了他对普通人生活的深刻洞察。

于坚的诗歌创作，与"英雄式"的、"史诗般"的诗歌精神背道而驰。他并不追求宏大的叙事和崇高的主题，而是将视角转向了普通人的日常生活，从中寻找灵感和创作的源泉。这种世俗化的特点，使得他的诗歌更加贴近现实生活，更能够引起读者的共鸣。

《零档案》是于坚的一首长诗，全诗长达300多行，通过对一个普通人的人生轨迹的详细记录，展现了其生活的平庸、枯燥、琐碎和灰暗。这首诗模仿了档案文体的格式，从"档案室"写起，通过档案的展览形式，让读者能够清晰地看到这个人的一生。诗中，诗人通过细腻的笔触，描绘了这个人从出生到成长、从恋爱到日常生活的点点滴滴。这些看似琐碎的生活细节，在诗人的笔下却显得异常真实和生动。读者仿佛能够亲身感受到这个人的喜怒哀乐，体会到他生活的艰辛和不易。然而，正因为这首诗的细腻和真实，也使得它显得有些冗长。正是这种冗长，恰恰体现了诗人对于普通人生活的深入观察和深刻体验。他希望通过这首诗，让读者能够更加关注普通人的生活和命运，感受到他们的真实存在和价值。

于坚的诗歌创作为当代诗坛带来了一股清新的风。他的诗歌不仅摒弃了传统诗歌中"英雄式"和"史诗般"的宏大叙事，跳出了世俗的框架，更是勇敢地偏离了诗歌的隐喻传统，将关注点转向了日常生命本真状态和事物、语言本身。这一特点在《对一只乌鸦的命名》一诗中得到了鲜明的体现。诗题"对一只乌鸦的命名"，实则蕴含着对事物本质及认知的深刻哲理探讨。此命名之举，既可是外界对"乌鸦"这一对象的既定称谓之体现，亦可视为个体对其全新理解与诠释的展现。在源远流长的文化传统中，乌鸦常被赋予诸多负面寓意，诸如被视为不祥之兆、厄运的象征，乃至"黑暗势力"的代名词。这种根深蒂固的既定观念，自乌鸦诞生之始，便使其深陷"充满恶意之世界"的泥沼，饱受"以光明或美之名"所施加的"迫害与追捕"。然而，多数人也同样受制于这些既定意义的桎梏，难以挣脱其束缚，进而难以窥见乌鸦的真实面貌。

诗人于坚自幼便深受传统观念之桎梏，长久以来扮演着敏锐观察者的角色。尽管他的双手已布满语言的痕迹，他却深知，对于那真实的"一只乌鸦"，自己尚未能成功描摹出其完整形态。此乌鸦，作为自然界中的一分子，本与其他鸟类无异，然而却往往被诸多纷繁复杂的文化符号与主观意识所遮蔽。

因此，诗人毅然决定挣脱既有观念的束缚，重返乌鸦栖息之所，摒弃那些遮蔽其真实面貌的符号与意识，力求还原其本来面目，重新确立对乌鸦的认知，并赋予其新的命名。在这一过程中，诗人终于揭开了乌鸦的真相。

乌鸦拥有其独特的"高度""方位""时间"及"乘客"，实乃一只欢快且大嘴之鸟。它的存在并不依赖于人类的意志与想象，而是自由自在地翱翔于这广袤无垠的天地之间。然而，长期以来，那些被乌鸦不实之词所误导的人们，竟沦为了"乌鸦巢中的食物"。要清晰阐述这只乌鸦的真相并非易事。诗人曾尝试运用各种修辞与词汇来描绘它，但终觉各种表达皆难尽如人意。

乌鸦彻底占据了诗人的意识，当它在空中翱翔时，诗人亦仿佛与之共舞，难以"超越乌鸦之界限，将其捕捉"。

诗人深刻意识到，要触及并揭示事物的真相实非易事。其中既有来自各种文化的渗透与影响，亦有个人以往生活经历的烙印。然而，他并未因此而退缩。当他目睹一只外貌丑陋、披着乌鸦色泽的鸟类，耳闻那一串串似乎带有不祥之兆的叫声时，他仍坚定地想要"说点什么"，以此向世界表白他无畏于那些无形的声音与偏见。

这种大无畏的精神，正是诗人于坚所倡导的。他希望通过自己的诗歌创作，向世界揭示各种存在的真相，哪怕困难重重。他的诗歌不仅是对乌鸦的重新命名，更是对日常生活中各种事物和现象的真实呈现和深刻反思。他的诗歌让我们重新审视自己的认知边界和偏见，引导我们更加关注事物的本质和真相。

第二节　派别林立的小说创作

在20世纪90年代的小说创作领域，各类派别纷呈，形成了多元并存的繁荣景象。其中，刘震云、池莉、刘恒等作家以新写实小说的创作风格脱颖而出，他们的作品在描绘现实生活方面展现了独特艺术魅力。同时，陈忠实、苏童、莫言等作家以新历史小说为创作方向，通过深入挖掘历史内涵，赋予了作品深厚的文化底蕴。此外，邱华栋、毕飞宇、何顿、林白等新生代作家亦以其独特的创作理念和手法，为当代文坛注入了新的活力。另外，张炜、韩少功等作家则致力于文化道德小说的创作，通过深刻反思社会道德问题，为读者提供了丰富的精神食粮。这些不同派别的作家及其作品均取得了显著成就，共同推动了20世纪90年代小说创作的繁荣与发展。

一、新写实小说的创作

自20世纪90年代以来，新写实小说在小说创作领域占据着举足轻重的地位。此类小说以写实手法为核心，致力于客观而冷静地呈现现实生活的原生面貌，进而激发读者直面现实与人生的思考。同时，新写实小说亦不排斥现代主义创作手法的运用，甚至在一定程度上进行了有益的借鉴与融合。在这一文学流派中，方方、池莉、刘震云等作家以其卓越的创作成就，被誉为"新写实小说的代表性人物"。

（一）方方的新写实小说创作

　　方方（1955—　　），本名汪芳，祖籍江西彭泽，南京为其诞生之地。她曾深造于武汉大学中文系，毕业后便投身湖北电视台，担任编辑一职。其后，她转至作协湖北分会，致力于专业文学创作，因此在文坛上积累了一定的声望与影响力。

　　方方的新写实小说在内容层面，精于捕捉普通民众的日常生活点滴及其微妙心理变迁，并以"本真"的笔触细腻描绘，进而揭示出一种共通的人生真谛；在艺术呈现方面，她积极融入现代主义的表现技法，使作品散发出强烈的现代气息，从而展现出独特的艺术魅力。

　　《风景》是方方新写实小说的璀璨之作，更是新写实文学流派的重要基石。这部小说以其引人入胜的标题，深藏着对20世纪50年代汉口下层平民生存境况的真实写照，为读者揭示了当代都市一隅那独特的"风景"。这不仅仅是一幅生活画面，更是一次对人生命题的深刻探讨，即"生存还是死亡"这一永恒的主题。

　　小说以武汉贫民区的"河南棚子"为故事背景，细腻描绘了一个仅十三平方米的板壁房子内，一家十一口人生活的艰辛与挣扎。这个家庭犹如一个缩影，展现了社会的复杂多样与矛盾冲突。家中的父亲，作为一位码头工人，性格粗暴，常常对家人施以打骂之举；而母亲则是一名搬运工人，性格粗俗且愚昧，喜好搬弄是非。九个儿女中，大哥虽重情义，却粗暴愚昧，不幸陷入与邻居妻子的不伦之恋；二哥怀揣理想，却困于贫困与绝望的境地，最终选择了自我了断；三哥简单粗暴，对女性怀有深深的仇视；四哥身为聋哑人，曾拥有过平静的生活，却最终选择了走向自我毁灭的道路；五哥与六哥则为了一己私欲，选择了成为倒插门女婿。家中的两位女儿，大香和小香，性格刁蛮，以欺压年幼的弟弟为乐。而在这一家子中，七哥的形象尤为鲜明且复杂。他自幼生活在贫困与冷漠的阴影下，饱受家人和邻居的欺凌，这种经历导致他的人生观和价值观发生了严重的扭曲。他深刻地认识到，唯有通过不择手段才能改变自己的命运。一次偶然的机会，他获得了前往北京求学的宝贵机会，并通过与"高干"之女缔结婚姻，成功跻身社会上层。然而，这一切辉煌的背后，却隐藏着他不为人知的辛酸与付出。

　　方方在《风景》中，运用反讽的手法，将人物的性格与命运刻画得淋漓尽致。她不动声色地揭示了底层市民的真实生活，不仅展现了他们物质上的贫困，更揭示了他们精神上的困境。小说以一个夭折的儿子视角进行叙述，使得整部作品笼罩在一层超现实主义的氛围中，传达出深深的绝望。

　　《风景》不仅是对一个家庭、一个社区的描绘，更是对整个社会底层市民生活史和生命史的揭示。它让我们看到了那些生活在社会底层的人们如何为了生存而挣扎，如何面对生活中的种种不公与困境。这部作品无疑是对人性、社会与命运的一次深刻反思。

在《风景》这部小说取得广泛关注和深刻反响之后，方方并未停止对城市市民"原生态"生活的深入探索。她相继创作了《黑洞》和《落日》等市民题材小说，继续用细腻的笔触和独特的视角，揭示出在恶劣生存状态下的人性困境以及市民之间复杂的爱恨情仇。

在《落日》这部小说中，方方以丁太这一守寡女性为主角，讲述了她从24岁起便开始独自抚养两个儿子丁如虎、丁如龙的艰辛历程。她靠着捡拾垃圾，含辛茹苦地将两个儿子养大成人。然而，当丁太年老体弱，失去劳动能力后，她曾经倾注了无数心血和爱的家人却将她视为累赘。更令人心寒的是，丁太的去世竟然成为丁如龙嫁祸于医生的借口。

《落日》这部小说如同一把锋利的刀，撕开了蒙在家庭表面的温情面纱，将传统的生活原则和道义准则在贫困日常生活中的瓦解展露无遗。连原本应该最为深厚的母子亲情，在这部作品中也显得如此脆弱和不堪一击。方方通过丁太的遭遇，深刻地揭示了社会底层市民在生存压力下所展现出的复杂心理和人性困境。

对于市民生活丑陋面的揭示，方方曾直言不讳地表示："人与生活，现实与内心之间很难达到完全的和谐。对于这种不和谐，有的作家采取抚慰的方式，比如小女人散文。但我不同，我要把这种不和谐挑破了给你看，不让你觉得安慰，让你看到生活本身的残酷，看到人性在与生活搏斗时人性的扭曲与变异。人在本质上是带伤的，这种伤口不可愈合。"这段话不仅道出了方方创作市民题材小说的初衷，也展现了她在揭示人性阴暗面方面的勇气和决心。

方方写市民阶层的小说，不仅仅是为了记录小人物的生活，更是为了剖析人性、阐释生命、探究命运。她的作品让读者在感受到生活残酷的同时，也能深刻反思人性的复杂和多样。因此，同样是小人物的生活记录，方方的作品却显得尤为深刻和独特。她不仅记录了小人物的生存状态，更揭示了他们内心的挣扎和痛苦，以及他们与社会、与命运之间的复杂关系。这种深刻的洞察力和人文关怀，使得方方的市民题材小说具有了独特的魅力和价值。

（二）池莉的新写实小说创作

池莉（1957—　），籍贯湖北仙桃。她曾就读于武汉大学中文系，完成学业后转入武汉作家协会，担任专业作家一职。

池莉以其卓越的才华在新写实小说领域崭露头角，她所创作的新写实小说致力于展现普通民众生活的原生状态。其作品深入剖析了生活在社会底层的小人物所面临的种种困境与挑战，通过细致入微的描绘，不张扬地揭示了这些个体生存的世俗性、卑微性、琐碎性以及庸常性的真实面貌。作品生动地呈现了他们在日常生活中的种种遭遇，为读者勾勒出一幅真实而深刻的社会画卷，令人深感震撼。

《烦恼人生》《不谈爱情》及《太阳出世》均堪称池莉新写实小说的经典之作。在这些作品中，作者精准把握自然时间的演进规律，并以此为依据，细腻地描绘出一幅幅日常生活的生动画卷。作者以沉稳且富有深度的笔触，详尽剖析了市民日常生活中纷繁复杂的矛盾、纷争、烦恼与困扰，深刻揭示了现实生活的丰富多样性与内在复杂性。此外，这三部小说的主人公主要聚焦于社会底层的普通工人、待业青年、贫寒教师等小市民群体，通过生动展现他们的生活轨迹与情感波折，进一步凸显了社会现实的严峻性与无奈之处。这些作品不仅是对现实生活的深刻反思，更是对人性与社会现象的独特洞察，展现了作者深邃的思考与人文关怀。

《烦恼人生》这部小说以印家厚这位普通工人的一天为线索，如同流水账一般，详细记录了他从早到晚的忙碌与重重烦恼。这不仅是对一个个体生活的微观描绘，更是对现实社会中普遍存在的生存状态的宏观映照。

故事从儿子半夜坠床的意外开始，这仿佛预示着主人公印家厚一天中无法避免的各种烦恼。早晨，他不得不在困倦中离开温暖的被窝，开始一天的忙碌。他忙碌地煮牛奶、排队如厕，然后又要哄儿子起床穿衣，紧接着是抱着孩子挤公交、趁早班轮渡吃早点。这一系列看似琐碎的日常，却充满了生活的艰辛和不易。到达工厂后，印家厚因为迟到而面临奖金被降的处罚，这无疑是对他辛勤工作的一种打击。然而，他并没有因此而气馁或抱怨，而是默默接受了这个现实。这种知足能忍、安贫乐道的生活态度，体现了他对生活的理解和接受。晚上回家，印家厚本以为可以稍作休息，然而等待他的却是住房拆迁的消息。这个突如其来的变故再次打乱了他的生活节奏，但他依然没有抱怨或愤怒，而是平静地接受了这一事实。

整部小说通过印家厚这一天的经历，展现了现实社会中普通人的生存状态。他们的生活虽然充满了各种烦恼和挫折，但他们依然选择坚强地面对，默默地承受着生活的重压。这种踏实而没有奢望的人生态度，正是对普通人生活状态的最好写照。印家厚这个人物虽然只是一个普普通通的工人，但他的生活态度却让人深感动容。他疲惫而快乐地活着，从不怨天尤人，这种坚韧和乐观的精神正是我们这个时代所需要的。通过他的故事，我们看到了一个真实而充满力量的世界，也看到了人性中最美好的一面。

《不谈爱情》这部小说以其深刻而真实的笔触，描绘了一段从相识到相恋，再到婚后平淡乃至争吵的婚姻故事。故事的主人公，年轻医生庄建非，出身知识分子家庭，他的成长背景和所受的教育，使他具备了温文尔雅的气质和丰富的学识。而吉玲，一个从花楼街平民小户走出来的书店服务员，她的生活环境和成长经历与庄建非截然不同，但正是这种差异，让两人之间产生了强烈的吸引力。

他们相识于一个偶然的机会，或许是书店里的一次邂逅，或许是朋友间的一次介绍。无论起因如何，两人都被对方身上那种与众不同的气质所吸引，开始了一段甜蜜的恋情。他们一起漫步在城市的街头巷尾，分享着彼此的生活点滴，享受着爱情的甜蜜与温馨。然而，婚姻生活并没有像他们想象的那样美好。婚后的生活充满了平淡和琐屑，他们开始因为一些小事而争吵不休。庄建非发现吉玲并不像自己想象中的那样完美，她有着自己的缺点和不足；而吉玲也开始对庄建非感到不满，她觉得他过于冷漠和理智，缺乏应有的情感投入。随着时间的推移，他们之间的争吵越来越频繁，感情也越来越淡薄。终于有一天，因为一件微不足道的小事，他们闹起了离婚。两人都坚持自己的立场，互不相让，似乎已经没有回头的余地。在这个关键时刻，他们的父母介入了他们的婚姻。他们以自己的经历和智慧为两人提供了宝贵的建议和支持。在父母的劝说下，两人开始反思自己的行为和态度，重新审视彼此的优点和不足。他们意识到，婚姻生活并不是一帆风顺的，需要双方共同努力去经营和维护。最终，在父母的干预下，他们妥协了彼此的分歧，重新找回了曾经的爱情和幸福。他们开始学会相互理解和包容，共同面对生活中的困难和挑战。他们的婚姻虽然经历了波折和磨难，但最终却变得更加坚固和美好。

这篇小说完全颠覆了传统观念中男才女貌的佳话，抹去了笼罩在爱情上面的玫瑰色的浪漫光芒。它真实地展现了婚姻生活中的种种问题和挑战，以及人们在面对这些问题时所表现出的不同态度和选择。它告诉我们，爱情和婚姻需要双方共同去经营和维护，需要相互理解和包容才能长久地维持下去。

《太阳出世》这部作品细腻地描绘了李小兰与赵胜天这一对年轻夫妇在生育和抚养孩子的旅程中的蜕变与成长。他们最初是两个充满青春活力，却又稍显稚嫩的年轻人，对即将到来的生活转变既充满期待又有些许迷茫。随着故事的推进，李小兰和赵胜天的生活被孩子的到来彻底打乱。他们开始面临前所未有的挑战，从如何喂养孩子、如何哄孩子入睡，到如何平衡工作与家庭，每一个细节都考验着他们的耐心与智慧。在这个过程中，他们开始真正地感受到作为父母的责任与压力，也开始意识到自己的不成熟与不足。正是这些看似琐碎的生活细节，促使他们不断学习和成长。他们学会了如何更好地照顾孩子，如何在忙碌的工作之余给予孩子足够的关爱与陪伴。同时，他们也在学着如何更好地做妻子、做丈夫，如何在彼此的支持与理解中共同成长。在这个过程中，他们的关系也经历了从最初的磨合到后来的默契。他们开始更加理解对方的需求与感受，也更加珍惜彼此之间的情感纽带。他们一起经历了生活的起起落落，一起分享了孩子的成长喜悦，也一起面对了生活的挫折与困难。

在作家的笔下，这一对年轻夫妇的成长过程被赋予深刻的意义。他们的经历告诉我们，成长是一个漫长而艰难的过程，但只要我们勇于面对挑战、不断学习、不断努力，就一定能够迎来属于自己的阳光与希望。同时，他们的故事也让我们明白，家庭是一个充满爱与温暖的地方，只要我们用心去经营、去付出、去珍惜，就一定能够收获满满的幸福与快乐。

池莉的新写实小说在语言表达方面独具特色，其语言风格朴实无华，同时又不失武汉地域文化的独特韵味，呈现出与知识分子话语截然不同的风格特征。相较于知识分子话语的优雅、理性和深奥，池莉的小说语言更贴近民众，通俗易懂。这种独特的语言风格使得读者在阅读她的作品时，往往能够感受到一种畅快淋漓的阅读体验。

（三）刘震云的新写实小说创作

刘震云（1958— ），籍贯河南延津。1978年，他凭借优异的成绩顺利考入北京大学中文系，进行深入系统的学术学习。在完成学业之后，他顺利进入《农民日报》工作，并由此踏上了文学创作之旅。

刘震云的新写实小说专注于展现平凡人的日常生活点滴，通过详尽入微的笔触勾勒出他们在日常琐事中所经历的种种，从而鲜活而真实地揭示了当代人所遭遇的生存难题与心灵挑战。在创作实践中，刘震云匠心独运地运用诸如"鸡毛""烂梨""厕所"等象征性意象，用以凸显作品主旨、塑造立体的人物形象，进而赋予其深刻的思想内涵。尤为值得一提的是，刘震云的新写实小说敢于直面社会中存在的各种丑陋人物与现象，毫不避讳地将其呈现在公众视野中，以此引发人们的深度审视与反思。

《单位》和《一地鸡毛》是刘震云新写实小说的代表作。这两部小说有一个共同的主人公小林，而且都写出了生活的"本相"。

《单位》这部小说在叙事手法上展现出了独特的魅力，它采用一种近乎记流水账的方式，将主人公小林的一天生活细节生动地铺陈在读者面前。从清晨的起床、慵懒地洗刷，到匆匆忙忙地赶往厕所，再到紧张而忙碌地准备早餐并匆忙吃下，这些看似琐碎却又真实的生活场景，一一被作者细腻地描绘出来。

在挤公交、挤轮渡的过程中，小林与周围人群的互动、摩擦，以及他内心的挣扎和无奈，都被作者巧妙地融入这些生活琐事。这些场景不仅展示了小林作为一个普通上班族的日常生活状态，更深入地揭示了当代社会人们在追求生活品质与工作压力之间的矛盾与冲突。

作者在讲述这些生活琐事的过程中，始终保持着一种冷静客观的态度。他并没有过多地将自己的感情和态度介入作品当中，而是以一个叙述者、一个观察者的身份，静静地记录着小林的一天。这种叙事方式使得作品更加真实、客观，也让读者更容易产生共鸣。

通过《单位》这部作品，读者可以深刻地感受到作者对于当代社会生活的敏锐洞察力和深刻理解。他通过记录小林的一天生活，展现了当代人在追求生活品质与工作压力之间的无奈与挣扎，同时也揭示了社会制度、人际关系等方面的种种问题。这种深刻的社会洞察力和人文关怀精神，使得《单位》成为一部值得一读再读的佳作。

《一地鸡毛》作为《单位》的姊妹篇，刘震云巧妙地将焦点从小公务员小林在单位的生活，转移到了他更为私密且充满温情的家庭生活中。尽管与单位的严肃氛围相比，家庭似乎是一个可以让人放下防备、释放真我的场所，但小林作为小公务员所面临的烦恼和困境，在家庭这个看似平静的港湾中同样层出不穷。

在家庭生活中，小林需要面对各种琐碎的事务。为了买到新鲜又便宜的豆腐，他每天都要早早起床去排队，这种日常小事看似微不足道，却折射出他对家庭生活的细致关心和对经济压力的敏感反应。此外，为了孩子的健康成长，小林还需要与保姆斗智斗勇，确保孩子得到最好的照顾。这种与保姆之间的较量，不仅是对小林智慧和耐心的考验，也反映了当代社会在家庭育儿方面的种种挑战和矛盾。更为复杂的是，小林还需要时刻小心翼翼地维护老婆的心情。因为一旦老婆心情不好，整个家庭就会陷入可怕的战争或冷战之中。这种对家庭氛围的敏感把握，展示了小林作为丈夫的细心和责任感，也揭示了家庭关系中的脆弱性和不确定性。

《一地鸡毛》所描述的小林的生活，充满了琐碎且看似没有价值的小事。然而，正是这些小事，构成了小林生活的全部，每一件都牵动着他的神经，影响着他的整体生活。这种对日常生活的深入挖掘和真实展现，使得小说具有强烈的现实感和代入感。读者在阅读过程中，仿佛能够亲身感受到小林所面临的种种困境和挑战，从而产生强烈的共鸣和共情。

刘震云通过《一地鸡毛》这部作品，成功地将小说与现实生活紧密结合在一起，生发出了最大限度的真实感。这种真实感和强烈的代入感，不仅让读者对小说产生了浓厚的兴趣和关注，更让他们在阅读中得到了深刻的启示和感悟。这种震撼人心的力量，正是小说最宝贵的价值所在。

二、新历史小说的创作

相较于传统历史小说，新历史小说在创作理念、叙事手法及审美趣味等多个维度均展现出鲜明的差异。具体而言，新历史小说在构建其独特的历史故事时，并非直接取材于真实的历史记载，而是巧妙地将人物活动置于历史形态的时空背景之下。通过这种方式，新历史小说深刻地探讨了当代人的人生态度和思想情感，赋予了作品更为丰富的内涵和深度。

在这一文学领域中，陈忠实、苏童和莫言等作家以其精湛的技艺和独特的创作视角脱颖而出，成为新历史小说的杰出代表。他们的作品不仅展现了新历史小说的独特魅力，也为当代文学的发展注入了新的活力。

（一）陈忠实的新历史小说创作

陈忠实（1942—2016），系陕西西安籍人士。在其职业生涯中，他曾深入乡村基层，担任重要职务，对关东地区农村人民的生活习俗、心理状态及语言特色进行了广泛而深入的了解。这一经历为其日后的文学创作提供了丰富素材和深刻灵感。2016年4月29日，陈忠实先生不幸离世。

陈忠实所著的新历史小说，一贯采用冷静客观的叙述视角，巧妙地将历史与现实生活相互融合，以此揭示农村生活的真实面貌。他通过细腻的笔触，生动地描摹了农村生活的点滴细节，深入剖析了农民的心理状态及精神状态，使读者能够深刻感受到农民在时代变迁中的生活状态与内心世界。同时，陈忠实还致力于挖掘民族文化心理，通过展现农民在社会变革过程中的心理转变与成长，更为全面地揭示了民族文化的深厚底蕴与独特魅力。

《白鹿原》作为陈忠实新历史小说的杰作，在当代文坛上引发了广泛的关注和热烈的讨论。这部小说不仅以其宏大的历史背景和细腻的人物塑造吸引了读者，更以其对中国传统宗法制社会结构形态及家庭文化传统的深入剖析，让人们对中国传统文化有了更为深刻的认识。

在《白鹿原》中，陈忠实精心塑造了一系列具有深刻历史文化内涵的文学形象。白嘉轩作为小说的主人公，不仅是白鹿村的族长，更是白鹿村礼法秩序的坚定维护者。他凭借自己的人格魅力和不懈的努力，修建祠堂、兴办学堂、订立乡规，用自己的行动为乡村社会的宗法制度奠定了坚实的基础。白嘉轩的形象展现了传统中国乡村社会中地主阶层的仁义与责任，他不仅是白鹿原上最仁义的地主，更是宗法制家族文化在白鹿村中最重要的传承者。

除了白嘉轩，鹿子霖、鹿三、朱先生等人物也各具特色。鹿子霖作为白鹿村的另一大家族代表，与白嘉轩之间既有合作也有竞争，他们的存在与纠葛，正是传统中国乡村社会中家族间关系的缩影。朱先生则是关中大儒，他不仅是儒家文化中圣者与智者的化身，更是中国传统文化中理想人格的象征。他一生著书立说，晚年编纂县志，以淡泊名利、关注民生的态度，展现了儒家文化中的人生智慧和处事方式。

在年轻一辈的众多角色中，黑娃、白孝文、鹿兆鹏、鹿兆海、田小娥、白灵等人形象鲜明，各具特色，其性格特质丰富多样，具有强烈的时代烙印与代表性。其中，田小娥这一女性角色尤为引人注目。她不仅是男权社会中勇敢挣扎与不懈抗争的个体，更是情欲与悲剧的深刻体现。

田小娥的形象，深刻地揭示了男权社会中道德文化的虚伪与矫揉造作。她以率真与坦诚的性格特质，在文学作品中独树一帜，成为一个鲜活而富有深度的艺术形象。她的存在，为我们理解那个时代的社会现实与人性复杂提供了独特的视角与深刻的启示。

在《白鹿原》中，陈忠实不仅展现了传统中国乡村社会的历史生活画卷，更在人性及伦理道德的拷问与审视上进行了大胆的揭示与深度的追问。通过对田小娥、白孝文、鹿子霖等人物的人性欲望书写，陈忠实不仅赋予了这些人物鲜活的生命力，更使作品具有一种难得的人性深度。这种对人性的深入挖掘和呈现，使得《白鹿原》成为一部具有深刻思想内涵和广泛社会意义的杰作。

《白鹿原》在揭示近现代中国革命历史进程及其复杂性方面，展现出了独特的深度和广度。这部小说通过精心塑造和刻画白鹿村的年轻一代形象，如黑娃、白灵、鹿兆鹏、鹿兆海、白孝文等，生动地展现了他们在中国革命浪潮中的命运起伏和心路历程。

作家在叙述该段历史时，并未机械地遵循当代以来所形成的红色革命历史叙事之传统范式，而是深入探索乡土中国历史的文化内涵与演进轨迹，力求还原与展现历史斗争生活的丰富性与多维度特性。此种叙事策略赋予了小说以新历史主义小说的独特韵味，为读者呈现了一个别开生面的视角，以便于其更为全面而深入地审视和理解近现代中国革命波澜壮阔的历史进程。

在小说中，黑娃的形象尤为引人注目。他从一个充满反叛精神的青年，经历了种种挫折和磨难，最终选择了皈依传统和秩序。这一转变过程不仅反映了个人命运的波折，也深刻地揭示了近现代中国革命中农民阶级的复杂心态和选择困境。白灵是一个充满理想和追求的女性形象。她积极参与革命，追求自由和平等，但最终却遭到了怀疑和杀害。她的命运悲剧，不仅是对个人信仰和追求的残酷打击，也反映了近现代中国革命中女性地位和命运的严峻现实。白孝文的形象则更为复杂。他作为族长传人，本应承担起传承家族文化和维护社会秩序的重任，但在革命的浪潮中，他却选择了投机和背叛。他的行为不仅导致家族的衰落和个人的悲剧，也揭示了近现代中国革命中社会阶层和个体命运的深刻变迁。这些年轻一代形象的塑造和刻画，使得《白鹿原》在揭示近现代中国革命历史进程及其复杂性方面，具有更为丰富和深刻的内涵。通过对这些人物命运的描绘和反思，小说不仅展现了历史的复杂性和多面性，也为我们提供了对当下社会和个体命运的深刻启示。

（二）苏童的新历史小说创作

苏童，本名童忠贵，江苏苏州人，出生于1963年。自1983年起，他便踏上了文学创作之路，并逐渐在文坛崭露头角。其文学成就显著，尤以长篇小说领域的作品最为突出。其中，《米》《我的帝王生涯》《城北地带》以及《武则天》等长篇小说均获得了广泛的认可与赞誉，充分展示了他的文学才华与创作实力。此外，苏童还创作了多部中短篇小说集，包括《1934年的逃亡》《妻妾成群》《伤心的舞蹈》《红粉》以及《妇女乐园》等。这些作品以其独特的艺术风格和深刻的思想内涵，赢得了广大读者的喜爱与尊敬。

苏童在创作新历史小说时，主要聚焦于自身对历史的独特感悟，并致力于描绘女性心理的细腻层面。其中，《妻妾成群》堪称其新历史小说领域的典范之作。

《妻妾成群》这部作品以冷静客观的笔触，近乎白描的手法，精细入微地展现了封建大家庭内部腐败堕落的深渊，以及妻妾之间所展开的残酷而错综复杂的斗争。通过这一独特的视角和细致入微的描绘，我们得以一窥旧时代女性在家庭和社会中所经历的悲惨命运，深刻体会到她们所承受的重重压迫与束缚。

主人公颂莲，虽然接受过新式教育，但她的思想并未完全摆脱封建桎梏。在父亲离世后，她自愿选择了一条看似荣耀却充满荆棘的道路——嫁给有钱人陈佐千成为四姨太。从此，她不得不置身这个"妻妾成群"的复杂环境中，与其他三位太太展开了一场场没有硝烟的斗争。

在这个封建大家庭中，颂莲为了立足，不得不学会钩心斗角、明争暗斗。然而，这些斗争并没有给她带来真正的幸福和满足，反而使她的心灵逐渐扭曲和异化。在小说的高潮部分，颂莲目睹了偷情的姨太梅珊在黑夜中被秘密处死的惨烈场景，这一打击使她彻底崩溃，最终变得神志不清，如同陈家花园里的一叶浮萍，随波逐流，失去了自我。

通过对颂莲这一角色的深入剖析，作者展现了她个性、欲望和生存环境之间的激烈冲突。颂莲的悲惨命运，正是中国封建礼教吞噬人性的恐怖景象的艺术化再现。在这个封建社会中，女性如同被囚禁在金丝笼中的小鸟，失去了自由和尊严，只能任由命运摆布。然而，值得注意的是，造成女性不幸命运的原因并非仅仅是封建礼教和男权主义的压迫。女性自身存在的问题也是不可忽视的因素。因此，作者通过这部作品，不仅批判了封建礼教和男权主义的罪恶，还提出了女性应该提高自身觉悟、重视自身问题的重要性。

《妻妾成群》不仅是一部描绘封建家庭腐败和妻妾争斗的小说，更是一部深刻揭示旧时代女性悲惨命运、唤起女性自我觉醒的杰作。它让我们重新审视那个时代的女性命运，思考如何在现代社会为女性争取更多的权利和尊严。

（三）莫言的新历史小说创作

莫言（1955— ），本名管谟业，祖籍山东高密。自1981年起，他致力于文学创作，并取得了丰硕的成果。其杰出的文学作品包括小说集《透明的红萝卜》以及长篇小说《红高粱家族》《丰乳肥臀》《生死疲劳》和《蛙》等。2012年，因其作品巧妙地运用虚幻现实主义手法，成功将民间故事、历史元素与现代观念相结合，莫言荣获诺贝尔文学奖，这一荣誉的获得，使他成为中国首位获此殊荣的作家，为中国文学界增添了光辉的一页。

莫言的新历史小说，往往以百年历史演进的宏大叙事为背景，深入剖析人性与种族的深刻内涵。这些作品从历史的角度重新审视人们的情感起伏与命运波折，精准捕捉并生动再现了人们的爱与恨、笑与泪。在创作过程中，莫言尤其注重将传统文化与民间资源融入其中，这不仅极大地丰富了小说的故事性与传奇色彩，更使得小说能够全面展现叙事的历史与文化双重维度的大视野，为读者提供了独特的阅读体验。

《丰乳肥臀》作为莫言新历史小说的杰出之作，以其独到的视角和深邃的意蕴，为读者呈现出一幅波澜壮阔的历史长卷。该作品立足于历史维度，鲜活地描绘出高密东北乡如何从荒芜之地蜕变为繁华市镇的民间历史进程。作品的时间跨度极为广泛，从硝烟四起的抗日战争时期一直延伸至改革开放后的崭新纪元，为我们提供了多角度、全方位的历史观察窗口，有助于我们更深入地理解和领悟这段复杂而丰富的历史进程。

在小说一开始，作者便向人们展示了一幅母亲和民族的受难图：在抗日战争爆发的第二年，日本鬼子马上就要打进高密东北乡，镇子上的人们开始了大逃亡，但此时母亲上官鲁氏却要生产第八胎，而且这一胎还是难产。在母亲生产的同时，家里的毛驴也要生骡子了，此时丈夫和公婆将关注的重点从母亲转向了母驴；家里的七个女儿在祖母的要求下到蛟龙河里摸虾；游击队正埋伏在蛟龙河堤边的柳丛里，准备迎击敌人；司马库在桥头上摆下了烧酒阵，准备对逼近村庄的鬼子进行拦截。母亲在经过生死挣扎后，一对龙凤胎出生了。但此时，日本鬼子已经将村子占领了，还将母亲的丈夫和公公都杀死了……就在同一时间，上官家同时发生了战争和生殖、新生的喜悦和死亡的灾难。在丈夫和公公死后，母亲成了一家之长，带领着她的孩子们在饥寒交迫之中，饱尝了战乱与社会动荡之苦。母亲上官鲁氏是一位十分可怜且可悲之人，她结婚三年始终未怀孕，因而深受婆家的刁难。无奈之下，母亲只能找别的男人"借种"。自此，母亲开始了受孕—生殖—再受孕—再生殖的悲惨生史。她生了九个儿女，不仅生产的过程十分艰难，而且养育他们的过程更为艰辛。众多的儿女在成长的过程中，都被卷入了20世纪中国的政治历史舞台，见证了中国历史的变迁，也见证了母亲的苦难历史。

实际上，小说中的母亲仅仅是一种意象符号，是无私、爱、奉献和生命的载体。

《丰乳肥臀》这部小说不仅深情地歌颂了母亲的伟大，同时也精心塑造了高密东北乡丰富多样的农民形象。这些形象各具特色，生动地展现了农民群体的多样性和复杂性。

第一类，小说中出现的是那些保持着鲜明个性、身上带有较多原始特征的原生态农民。他们生活在自己的小世界里，遵循着古老的农耕文化和生活方式。樊三、上官寿喜等人物就是这类农民的典型代表。他们的言行举止充满了乡土气息，他们坚守着自己的信仰和道德观念，是乡村社会中不可或缺的一部分。

第二类农民形象则是那些在高密东北乡纵横的流氓土匪。他们虽然出身农民家庭，但由于各种原因走上了不同的道路。这些人物通常具有野性和反叛精神，他们组织武装队，与官府和侵略者进行斗争。司马库便是这一类农民形象的代表，他英勇善战，敢于挑战权威，成为当地人民心中的英雄。

第三类农民形象则是以母亲上官鲁氏为代表的坚韧女性。她们不仅承受着生活的艰辛和困苦，还要面对战争、灾荒等种种磨难。母亲是一个传统的女人，她用自己柔弱的肩膀撑起了整个家庭的重担。她历尽艰辛养育了一群孩子，身体和心灵都留下了无数的伤痕。然而，她从未向命运低头，始终坚守着自己的信念和责任。

在理解母亲上官鲁氏的形象时，我们不能仅仅将其视为一个典型的中国传统女性。她身上所承载的厚重情感和文化意义远超过这一层面。她不仅是孩子们的母亲、家庭的支柱，更是整个高密东北乡的象征和代表。她用自己的生命和经历诠释了生命的意义和价值，也为我们揭示了乡村社会的复杂性和多元性。

因此，通过对这些农民形象的塑造和描绘，《丰乳肥臀》不仅展现了高密东北乡的历史变迁和人文风情，也让我们对农民群体有了更加深入和全面的认识。这些形象不仅具有文学价值，也具有深刻的社会意义和历史意义。

总体而言，莫言在新历史小说创作过程中，其最核心的初衷源于对家乡与土地那份深沉而厚重的情感。于他而言，家乡与土地如同慈爱的母亲，因此，他在描绘母亲形象之时，实则是借以抒发自己对家乡与土地的独特理解，并细致入微地呈现在这片土地上生活的人物及其纷繁复杂的情感与心理变迁。

三、新生代小说的创作

新生代小说，作为20世纪90年代边缘化文学语境下的独特产物，其特色鲜明地体现在对崇高的解构、对神圣的亵渎以及对世俗的沉潜。此类小说对于文学的政治化与群体化倾向持有明显的反感态度，并刻意避免承担文学应有的崇高与责任，转而追求个人化的写作理想。在创作实践中，新生代小说家倾向于以个性化的视角和姿态，依据自身的生活经历与心态，细致入微地描绘现代社会中人们的复杂心理与多样心态，从而深刻揭示年轻一代的人生追求、情感体验与内心世界。

在新生代小说的重要创作者群体中，邱华栋、毕飞宇和林白等作家的创作成果尤为引人注目。接下来，我们对邱华栋、毕飞宇和林白的小说作品进行深入剖析，以期揭示他们在新生代小说领域的独特贡献与艺术成就。

（一）邱华栋的小说创作

邱华栋（1969— ），祖籍河南西峡，自幼在新疆成长。其后，他进入武汉大学深造，并在毕业后被安排至北京工作。自16岁起，邱华栋便开始发表各类文学作品，其创作涵盖诗歌、小说及散文等多种文体，展现了他丰富的文学才华。

邱华栋以其独树一帜的写作特点，构建了一种独特的文学风格，其作品中鲜明地展现了都市情怀、平视视角、欲望化展示以及悲剧性结局等元素。他善于刻画都市闯入者的形象，通过细腻描绘这些人物在都市中充满坎坷与挣扎的人生轨迹，深入揭示都市新人类复杂而微妙的内心世界。他们虽看似征服了都市，实则内心漂泊无根，呈现出一种既充满斗志又深感迷茫的复杂心态。

这些从乡村走出的都市新人类，在追求城市梦想的道路上怀揣着各自的欲望。然而，城市本身却以一种惊人的速度扩张和膨胀，其欲望形态如同肿瘤般迅速蔓延，潜移默化地影响着这些新人类的心灵。在追逐和满足欲望的过程中，他们不惜付出巨大代价，试图在都市的丛林中立足。

邱华栋在其作品中，对这一现象进行了深入剖析："城市正逐渐将人们卷入欲望的漩涡，使他们蜕变为平面人，这无疑是人类面临的一大严峻挑战。然而，人们却如同沉溺于鸦片般无法自拔，在半梦半醒的状态中徘徊，最终在这座庞大且错综复杂的城市迷宫中迷失方向。"在塑造这些都市新人类形象的过程中，他采用了平视的叙事视角，并运用平面化写作手法，使叙述者的生存状态与人物保持高度一致。这种写作方式既摒弃了传统现实主义作品中常见的代言人身份标签，又消除了叙述者与人物之间的界限，进而赋予其作品独特且鲜明的个性化特色。

迄今为止，邱华栋已经发表了一系列长篇小说和小说集，其中尤以《哭泣的游戏》和《闯入者》两部作品备受瞩目。

作品《哭泣的游戏》是一部深入探讨人性欲望的佳作，它以独特的叙事方式展现了两位城市闯入者在都市旋涡中的挣扎与迷失，并最终走向悲剧性命运的过程。该作品凭借其深刻的主题和生动的描绘，赢得了广大读者的关注和好评。

"我"是一个从农村走出的年轻人，怀揣着青春的热血和雄心壮志，期望在城市中闯出一片天地。经过不懈的努力和奋斗，"我"掌握了海商法，英文也相当优秀，成功跻身外企白领的行列。在这个过程中，我逐渐融入了城市，获得了金钱、地位和物质的满足，成为城市的一部分，甚至可以说是"城市的主人"。然而，随着欲望的满足，"我"却没有得到预期的幸福和快乐。相反，"我"越来越感到孤独和空虚，对这种生活产生了厌倦。"我"意识到，在追逐欲望的过程中，"我"不仅消耗了青春和激情，还失去了自己的理想和梦想。"我"开始反思自己的生活，渴望找到一种新的生活方式，使自己能够从欲望的束缚中解脱出来。就在这时，"我"遇到了黄红梅，一个同样来自农村的姑娘。她刚刚来到京城，身上还带着乡村的纯洁和自尊。她的眼神清澈，笑容天真无邪，这些都是"我"在成为城市主人的过程中已经失去的东西。"我"被她的纯真所打动，决定帮助她实现成为城市人的梦想，同时也希望通过这个过程实现"我"成为"行为艺术家"的梦想。但"我"很快发现，黄红梅要想在城市中立足，就必须付出巨大的代价。她必须像"我"一样，消耗自己的青春和激情，甚至放弃自己的纯真和自尊。"我"意识到，"我"正在推着黄红梅走向"我"曾经的命运，而这个过程对"我"来说是残忍的，因为"我"清楚地知道她将要经历的痛苦和挣扎。尽管如此，"我"还是帮助黄红梅成为一个"成功的城市人"。她逐渐融入了城市的生活，与欲望紧密联系在一起，成为欲望的象征。然而，这种成功并没有给她带来真正的幸福和满足，反而让她陷入了更深的痛苦和挣扎。最终，黄红梅在欲望都市中丧生，她的死不仅仅是指身体的死亡，更是她纯真、自尊等美好品质的消失。

面对黄红梅的死亡，"我"感到十分失落和悲痛。"我"意识到，"我"的残忍和冷漠正是推动她走向悲剧的帮凶。同时，"我"也开始反思自己在这个过程中的角色和责任。"我"意识到，欲望不仅支配着我和黄红梅的命运，还支配着城市中每一个人的行为艺术。在这个欲望化的社会中，我们都在为了各种欲望而挣扎、奋斗，最终却往往失去了自己真正的幸福和满足。

《哭泣的游戏》通过两个城市闯入者的故事，深刻揭示了人性欲望的复杂性和危害性。它让我们反思自己的生活方式和价值观，思考如何在欲望的旋涡中找到真正的幸福和满足。同时，它也提醒我们珍惜自己的纯真和自尊，不要让欲望毁灭了我们的人生。

《闯入者》这部小说深入描绘了都市闯入者、都市新人类的内心世界与命运轨迹。小说的主人公们，这群来自不同地域的年轻人，带着各自的梦想和期待，纷纷踏入北京这座繁华而残酷的城市。他们在都市的舞台上挣扎着、奋斗着，却又不约而同地被城市的欲望所束缚，最终走向了各自的沦落。

杨玲，一个来自东北的女孩，怀揣着对城市生活的向往和对未来的憧憬，毅然决然地来到了北京。她渴望在这座城市里站稳脚跟，实现自己的梦想。然而，现实却是残酷的。在这座物欲横流的城市里，杨玲不得不面对生活的压力和现实的挑战。她表面上过着白领的生活，看似光鲜亮丽，实则不得不为了生存而沦为妓女。她的青春和自尊在欲望的驱使下被一点点消磨殆尽，最终走向了堕落。

赫建，一个来自四川的青年，为了追求知识和梦想，自费来到北京读书。他蜗居在大学里，一边刻苦学习，一边梦想着通过写作发财。然而，在这个竞争激烈的社会里，他的梦想显得如此遥不可及。在长期的孤独和压抑中，赫建的精神逐渐崩溃，最终成为精神病人，被送到了精神病院。他的才华和梦想在现实的打击下化为泡影，成为城市欲望的牺牲品。

这些都市闯入者们的命运虽然各不相同，但他们的经历却都反映了城市欲望对人性的侵蚀和摧残。在欲望的驱使下，他们不得不放弃自己的原则、尊严和梦想，去迎合这个社会的规则和期望。然而，在这个过程中，他们却逐渐失去了自我，成为城市的牺牲品。

《闯入者》通过对这些都市闯入者们的描绘，深刻地揭示了城市欲望的残酷和无情。它让我们思考，在这个物欲横流的社会里，我们该如何坚守自己的信仰和梦想？如何在追求物质生活的同时，不失去自己的灵魂和尊严？这是值得每一个人深思的问题。

总体来看，邱华栋凭借作为城市外来者的独特视角，对都市所散发的诱惑及其冷漠、无情的本质进行了深刻而全面的剖析与探索。此外，他还生动地描绘了那些致力于融入都市、追求成为"城市主人"的个体，在此过程中所面临的曲折人生经历与复杂多变的心理变化。

（二）毕飞宇的小说创作

毕飞宇（1964— ），江苏兴化人。其文学成果丰硕，代表作品包括《青衣》《平原》《慌乱的指头》《推拿》《雨天的棉花糖》《枸杞子》《生活边缘》以及《玉米》等佳作。下面主要对《青衣》和《雨天的棉花糖》进行简要分析。

《青衣》细腻地描绘了演员筱燕秋从辉煌的成名，到深深的失落，再到意图东山再起，最终却又再度失败的心酸人生轨迹。在这部作品中，筱燕秋的形象丰满而立体，她的人生如同一出戏，戏里戏外都是那么引人入胜，却又充满了无尽的悲哀。

十九岁的筱燕秋仿佛天生就是为了演绎悲剧而生，她的每一个眼神、每一个动作、每一个音节都散发着一种古典怨妇的韵味，她的运眼、行腔、吐字、归音和甩动的水袖都弥漫着一股先天的悲剧性。在舞台上，她能够完美地融入角色，仿佛自己就是那个身怀怨恨、命运多舛的嫦娥。然而，筱燕秋对戏曲的热爱与投入，也让她在某种程度上混淆了戏曲与人生的界限。她常常自语"我就是嫦娥"，这种角色的混淆让她在饰演嫦娥时如鱼得水，但也在现实生活中为她带来了不少困扰。她对艺术的执着追求，在某些时候表现为一种霸道、自私和偏执，这种性格既成就了她的艺术，也毁灭了她的生活。

筱燕秋的人生充满了争斗与牺牲。二十年前，她为了争演嫦娥，与师傅李雪芬发生了严重的师生冲突，这场争斗导致她付出了离开舞台二十年的惨重代价。然而，即使经历了这样的打击，她对戏曲的热爱依然没有减少。二十年后，当筱燕秋再次获得演出嫦娥的机会时，她不顾一切地想要抓住这次机会。但此时的她已经青春不再，面对年轻貌美的徒弟春来的竞争，她感到了前所未有的压力。为了能上演嫦娥，她不惜一切代价：玩命地减肥以保持身材，甚至对"老板"投怀送抱以换取机会，更在发现怀孕后冒生命危险堕胎以保持最佳状态。然而，尽管筱燕秋付出了如此巨大的努力和牺牲，她仍然无法避免被命运击败的结局。在风雪之夜的那场演出中，观众为春来喝彩的声音此起彼伏，而筱燕秋却在后台崩溃、癫狂。她无法接受自己已经被时代和观众抛弃的事实，她的心灵在这一刻彻底崩溃。可以说，在筱燕秋身上通身洋溢着一种"心想事不成""到了黄河不死心"的悲剧气氛。她的悲剧不仅仅是性格的悲剧、人性的悲剧，更是命运的悲剧。她的人生就像一出无法预料的戏剧，充满了起伏和转折，但最终却以悲剧收场。然而，即使在最绝望的时刻，筱燕秋依然保持着对戏曲的热爱和执着，这种精神令人敬佩又感到惋惜。

《雨天的棉花糖》是一部深情且令人动容的作品，它以红豆的人生经历与不幸遭遇为主线，细致入微地刻画了现代都市中青年人在面对现实环境的不接受时所体验到的内心痛苦与挣扎。红豆，这个生来拥有男孩身体的灵魂，却天生带着一种女性的细腻与敏感，他的脸颊常常因羞涩而泛红。高考失利后，红豆选择了参军，希望能在军队中找到自己的价值。然而，他跟随部队参与了残酷的对越自卫战，这场战争成为他生命中无法磨灭的印记。战场上，红豆的英勇被误读为牺牲，家人因此为他骄傲，称他为"烈士"。然而，真相却是他被敌方俘虏，当他回归故里，期盼着家人与乡亲的拥抱与安慰时，得到的却是冷漠与疏离。家人的失望，村里人的诋毁与排挤，使红豆陷入了深深的孤独与绝望之中。他渴望被理解，被接纳，但现实却一次次地打击着他。在这种环境下，红豆与高中同学曹美琴的恋情成为他唯一的慰藉。然而，战争的阴影却如影随形，它让红豆在身体上和心理上都受到了严重创伤，甚至导致他成为性无能。这种身体上的无力感，让红豆在感情上也无法给予曹美琴应有的幸福。最终，曹美琴选择了离开，红豆的最后一丝尊严也被无情地剥夺。失去了爱情，失去了尊严，红豆陷入了无法自拔的罪孽感之中。他开始厌恶自己，痛恨自己，甚至想要结束自己的生命。在多次尝试自杀未果后，他被家人送进了疯人院，成为社会边缘的牺牲品。

《雨天的棉花糖》不仅仅是在讲述红豆一个人的故事，更是对现代都市中青年人精神困境的深刻反思。在这个快节奏、高压力的社会中，许多人都在为生活、为事业而奔波忙碌，但往往忽视了内心的需求和渴望。他们可能也会像红豆一样，因为某些原因而被社会所排斥、所孤立，最终陷入深深的痛苦与绝望之中。

通过红豆的故事，作者向我们展示了现代人的精神困境和挣扎，呼吁我们更多地关注和理解那些身处困境中的人，给予他们更多的关爱和支持。同时，也提醒我们要珍惜自己的内心世界，不要为了迎合外界而失去自我。

总体而言，新生代小说呈现出一种较为繁杂的态势，同时亦伴随着显著的局限性与问题。具体而言，这些小说往往缺乏深层次的精神内涵与审美价值，叙述手法显得琐碎且趋于粗鄙化，缺乏足够的理性力量作为支撑。此外，还存在着自我重复和模式化倾向的明显问题。这些问题不仅影响了小说的艺术价值，也制约了其在文学领域的发展。

（三）林白的小说创作

林白（1958— ），本名林白薇，籍贯广西北流，是一位在图书、电影、新闻等多个领域具备丰富经验的资深从业者。如今，她以自由作家的身份在文坛上展现出卓越的才华。林白的文学创作成果丰硕，其中包括多部备受赞誉的小说作品，如《同心爱者不能分手》《一个人的战争》《说吧，房间》《玻璃虫》以及《万物花开》等。此外，她还著有散文随笔集《林白散文》等作品，深受读者喜爱与好评。林白的作品以其独特的风格和深刻的内涵，在文学界产生了广泛而深远的影响。

林白，作为一位卓越的小说家，因其对女性经验的深刻剖析与细腻描绘而广受赞誉，被誉为"个人化写作"及"女性写作"领域的杰出代表。在创作实践中，林白不仅充分彰显其独特的艺术风格，更巧妙地将从巫风犹存的"后发地区"到现代转型都市所历经的文化差异与精神冲击融入作品之中，为读者提供了深刻的文化思考与情感共鸣的契机。

《一个人的战争》无疑是林白在20世纪90年代以来文学创作的巅峰之作。该作品以女性为核心，深入挖掘并细腻展现女性的成长历程、隐秘心理及性感体验，为当代文学贡献了一部具有里程碑意义的女性主义佳作。然而，该作品在初次问世时并未获得普遍认可，甚至受到"准黄色小说""色情小说"等指责。直至1995年世界妇女大会的召开，女性主义议题受到前所未有的关注，《一个人的战争》才逐渐获得应有的评价，并确立其在女性主义文学中的重要地位。

小说之所以在发表之初引起争议，主要源于其独特的叙事方式和深入骨髓的女性叙事元素。林白采用了"自传体"的直白式女性叙事，使得主人公林多米的经历如同一个真实女性的自白，让读者能够直接感受到她的内心世界。林多米从五六岁时的身体探索讲起，逐步展开她少女时期的学习、创作、流浪、恋爱和流产等经历，最终来到北京，完成了一场"死而复生"的蜕变。这种"双视角"的叙述方式，不仅让读者看到了主人公过去的希望与虚惘，也让她对年少时的轻狂与虚荣进行了自我剖析，展现了一个更加成熟的女性视角。

林白在小说中频繁强调其自传性，通过第一人称叙述，让读者能够直接接触到主人公的内心世界。然而，这也正是引起争议的关键所在。性作为一个敏感的话题，在林白的笔下被赋予了新的意义。她不仅将性与自我、身体、欲望等联系在一起，还将其作为女性寻求尊严的一种方式。这种强烈的女性自述方式，打破了传统文学中男性视角的束缚，让读者不得不面对一个与男性习惯思维截然不同的女性现实。

　　小说中的性描写虽然不多，但每一次都足以引起读者的强烈反响。五岁的林多米在蚊帐中自慰的场景，不仅揭示了童年时期的孤独和渴望，也展现了女性自我探索的勇敢和坦率。成年后的林多米在与男性的身体遭遇中，经历了创伤性体验，这些经历让她更加深刻地认识到自我与社会、男性与女性之间的复杂关系。

　　《一个人的战争》在叙事形态上采用了碎片式结构，这种结构使得小说缺乏严密的结构和公认的秩序，但却更加贴近主人公的内心世界。林白在自述中提到，她的写作中记忆的碎片总是像雨后的云一样弥漫，这种碎片化的叙事方式，让读者能够更好地感受到主人公内心的混乱和挣扎。

　　通过林多米的经历，林白揭示了女性自我确证道路的艰难与凄绝。她让读者看到，女性不仅要面对来自社会的压力和偏见，还要面对自我内心的挣扎和困惑。然而，正是这种挣扎和困惑，让女性更加坚定地走向自我解放的道路。《一个人的战争》以其深刻的思想内涵和独特的艺术魅力，成为当代文学中不可或缺的一部作品。

四、文化道德小说的创作

　　20世纪90年代以来，文化道德小说在文学创作领域取得了显著成就。该类作品始终坚守道德理想主义之阵地，积极倡导崇尚自然、讴歌理想、颂扬人道之精神。在艺术形式层面，文化道德小说尤为注重对中心人物的深度剖析，并运用朴素而凝练的语言表达，以凸显其鲜明的道德理想与人文精神。在众多作家中，张炜、韩少功等作家以其卓越的文化道德小说创作成果脱颖而出，成为该领域的杰出代表。以下对他们的文化道德小说创作情况进行深入剖析。

（一）张炜的文化道德小说创作

　　张炜（1956—　），原籍山东龙口，现任山东省作家协会主席。自1980年起，他致力于文学创作，并持续发表了一系列优秀的文学作品。其中，长篇小说包括《古船》《九月寓言》《柏慧》以及《家族》等；中短篇小说则有《一潭清水》《秋天的思索》《秋天的愤怒》以及《一个故事刚刚开始》等杰出之作。他的作品广受读者欢迎，为山东乃至全国文学事业的繁荣发展作出了重要贡献。

张炜所著的文化道德小说，在诸多作品中，《九月寓言》堪称典范之作。该作品站在文化与哲学的高度，深入剖析乡民生活的多维内涵，进而映射出当代社会人的生存境遇及其所面临的文化挑战。故事背景设定在山东登州一处海滨村落——廷鲅，这里的居民虽源于异地，但经过数代人的扎根与繁衍，已形成了独特的生活形态与文化风貌。

《九月寓言》以其独特且深刻的笔触，区别于传统的写实性作品在人物塑造上的常规做法。该小说并非聚焦某一突出的主要人物，而是将视角投向了一个庞大的农民流浪者群体，细腻描绘他们的劳作、生活与情感世界。这些农民流浪者，因社会地位低下、生活困苦，常因无法满足基本生存需求而踏上漂泊无依的迁徙之路。他们与饥饿抗争，与命运抗争，付出了沉重的代价。

作者以饱含深情的笔触，生动地展现了这些流浪农民为生存所做出的种种努力，以及他们爱情故事背后所隐藏的深刻悲哀。在赞美人类坚韧不拔的内在生命力的同时，也引发了人们对这些流浪者命运的深切同情与感慨。

除了对农民流浪者群体的深刻描绘外，《九月寓言》还敏锐地揭示了廷鲅村在发展过程中出现的问题。随着现代文明的推进，环境污染、村民道德沦落等问题日益严重，这些问题不仅破坏了村庄的生态环境，也对野地造成了不可逆转的侵害。小说通过生动的描写，让读者深刻感受到了现代文明对原始生态的破坏和挤压。

在小说的结尾部分，作者借助主人公的逃亡和冲天大火的意象，寓意深远地表达了对于现代文明逐渐毁灭原始生态的担忧和忧虑。这种强烈的象征手法，不仅增强了小说的艺术感染力，也让人对于人类与自然的关系进行了深刻的反思。

从艺术手法方面来看，《九月寓言》同样有着许多值得称道的地方。首先，小说在叙事时采用了模糊与抽象的时空处理方式，打破了传统小说对于时间和地点的严格限制。这种处理方式使得小说能够更加自由地表达作者的思想和情感，也增加了小说的阅读难度和深度。其次，小说在情节安排上并未遵循传统的故事发展逻辑，而是更加注重情节背后所隐藏的人文意蕴。作者通过对于大地、自然、现代技术、工业文明等议题的探讨，表达了自己对于人类与自然关系的深刻思考。这种注重人文意蕴的表达方式，使得小说不仅仅是一部文学作品，更是一部具有深刻思想内涵的哲学著作。最后，小说中的人物塑造也体现了作者独特的艺术风格。在《九月寓言》中，人物不再具有自我意识或主体意识，而是成为作者表达自己文化与哲学思考的工具。这些人物如矮壮憨人、大脚肥肩等，都是作者精心塑造的叙述符号，用来传达作者对于人类与自然、现代与原始等议题的思考。这种人物塑造方式不仅增强了小说的象征意义，也使得小说更具有艺术感染力和思想深度。

（二）韩少功的文化道德小说创作

自20世纪90年代起，韩少功在小说创作领域展现出显著的转变。他不再深陷对民族劣根性的沉重反思之中，而是积极面向广大读者，以生动的语言为载体，深入探索语言世界，以期在其中寻找并构筑自己的文化根基与理想追求。

韩少功的《马桥辞典》是他文化道德小说创作中的一颗璀璨明珠。这部作品突破了传统小说的创作框架，摒弃了虚构的故事、刻意的情节设置和中心人物的塑造，转而采用了笔记体形式和词条罗列法，将马桥这一乡村世界的风土人情、奇闻轶事巧妙地串联起来。这种独特的叙述方式使得小说在形式上显得形散神聚，读者仿佛置身于一个生动鲜活的乡村画卷之中。

在马桥地区，村民们身处一个既稳定又略显滞后的文化环境之中。他们的精神世界相对匮乏，往往不自觉地受限于语言的障碍，重复沿用着先人所遗留的陈词滥调。然而，这些言语却难以精准地揭示他们的历史往事，由此形成了一种别具一格的语言现象。

在写作手法上，《马桥辞典》采用了笔记文体的形式，使得小说没有完整的情节结构和明确的主题，中心人物也难以确定。即使是出现次数较多的几个人物，如马鸣、万玉、铁香、复查等，他们的出场也并没有明确的前因后果，相关事件也缺乏完整性。这种叙述方式使得整个故事仿佛行云流水般自然展开，没有刻意的痕迹，却让人感受到一种神秘的力量在其中隐隐发挥作用。这种神秘的力量与马桥的语言紧密相连。在马桥，人们用独特的方言进行交流，这些方言不仅带有浓厚的地域色彩，还蕴含着丰富的文化内涵。作者通过深入挖掘这些方言背后的含义，进一步揭示了隐藏在"普通话"背后的语言、思维和生活方式。例如，"烂杆子"这个词在马桥具有特殊的意义，它用来形容那些行为放荡不羁、不受约束的人；而"走鬼亲"则是一种神秘的仪式，据说能够让死者和生者之间建立联系。

在语言运用层面，《马桥辞典》一书展现了独特的匠心。作者立足于方言与个人语言实践的视角，深入探寻那些隐匿于民间、未被"普通话"所覆盖的"方言"，并进一步挖掘这些"方言"背后所蕴含的丰富而复杂的含义。通过此种方式，作者不仅生动地展现了马桥地区的自然环境、人文风貌、风土民情以及诸多轶闻趣事，更深入地剖析了马桥人的生活方式与历史底蕴。

整部小说的架构，实则由马桥村民中流传甚广的150个词条所精心构筑。这些词条充满了浓郁的马桥乡土气息，与马桥村民的日常生活紧密相连，深刻映射出他们别具一格的事物认知与评判方式。若读者欲深入理解这些词条的深层内涵，则需置身于马桥的世界之中，以一颗细腻之心去感受那里的风土人情与独特文化氛围。

总之，《马桥辞典》是一部充满创新和探索精神的小说作品，它打破了传统小说的创作规则，采用独特的叙述方式和语言运用手法，生动地展现了马桥这一乡村世界的风土人情和文化底蕴。这部小说不仅具有很高的文学价值，也为读者提供了一个独特的文化视角和思考空间。

第三节　市场化的散文创作

自20世纪90年代伊始，散文创作在价值取向层面展现出了显著的变化趋势。这一时期，散文作品深受市场经济的影响，显著地呈现出其作为文化消费品的特性。换言之，散文作家们在这一阶段更为注重与广大读者审美趣味的契合，并将散文创作视作实现自我价值、展现精神追求的重要途径。在众多优秀的散文作家群体中，张承志、史铁生、蒋子龙、周涛、雷达、舒芜、余秋雨、林非等人尤为引人瞩目。其中，余秋雨与史铁生的散文创作更是具有深入探讨的价值。

一、余秋雨的散文创作

余秋雨（1946—　），籍贯浙江余姚。1968年，他自上海戏剧学院戏剧文学系毕业后，留校执教，并担任上海写作协会会长一职。自20世纪80年代中期起，余秋雨致力于散文创作，相继发表了《文化苦旅》《秋雨散文》《山居笔记》《文明的碎片》《行者无疆》《千年一叹》《霜冷长河》等多部散文集，充分展现了他独特的文学风采。

余秋雨的散文作品在文学界独树一帜，其中《文化苦旅》与《山居笔记》两部作品尤为突出，堪称其代表作。这两部集子所收录的散文，呈现出一种别具一格的美学形态，与先前的散文文本形成鲜明对比。

从主题意蕴的角度来看，这两部作品对中国文化议题进行了深入的挖掘与剖析。余秋雨在《文化苦旅·自序》中坦诚表达，他心中所向往的，往往是那些被古代文化与文人墨客深刻烙印之地。这足以表明，他所钟爱的山水风光，并非仅仅局限于自然景观，而是蕴含着丰富人文内涵的"人文山水"。在这种深厚的文化思考之下，余秋雨巧妙地将自然、历史与人融为一体，为读者展现出一幅波澜壮阔的中国文化演变画卷。他通过对文化的深刻反思，揭示了中国文化的丰富底蕴，展现了对中国历史文化的深厚守望与深切关怀。

继《山居笔记》之后，余秋雨又陆续推出了《霜冷长河》《千年一叹》《行者无疆》等一系列散文集。这些作品在视野上更为宽广，不仅触及了中国古典文化与现代文化的对比，更将视线拓展至中外文明的交流与碰撞。然而，尽管这些作品在题材上有所拓展，但在思想深度与艺术创新方面却稍显逊色。这些散文在表达上缺乏足够的开拓性与原创性，往往陷入对既有表达模式的重复，未能在艺术层面实现更为显著的突破与进步。

余秋雨的散文作品，从整体视角审视，不仅饱含着对传统文明的深情缅怀与深刻反思，更蕴含着对当下文明的急切呼唤与竭力挽救。这种独特的文学追求，使得其散文作品超越了篇幅的局限，展现出一种宏大的格局与磅礴的气势，透露出难以言表的大气与底蕴。

在创作实践中，余秋雨擅长运用议论手法，然而其散文并非单纯的议论堆砌，而是情理交融，情感与理性相互渗透。他将写作对象与自身立场紧紧锁定在"民族"与"文化"这两个核心主题上，从而构建出独具特色的"文化大散文"风格。

以《道士塔》一文为例，该篇散文系余秋雨在参观敦煌石窟后所创作。文章通过对敦煌石窟遭受破坏的细致描绘，深刻揭示了作者对文化毁灭的沉痛与失落。敦煌石窟，作为中国文化的重要瑰宝，却不幸毁于一位道士之手，这种荒诞的现实令熟知中国文化的作者深感痛心。在面对残壁断垣时，他仿佛穿越时空，目睹了那些曾经辉煌的文化场景，内心的痛苦与失落之情油然而生。

《道士塔》不仅反映了作者个人的主观体验与文化感受，更映射出一个民族在复苏之路上的集体记忆与情感。它深刻揭示了，当一种文化失去创造力和更新能力时，其必然走向衰落的命运，最终成为后人缅怀的废墟。在这一过程中，国家和民族的子民往往成为亲手葬送自己文化的推手，这种悲剧性的现实引人深思。

在当前市场经济条件下，我国的综合国力显著提升，但市场经济的冲击也使得我国传统文化面临衰落的挑战。若不加以重视和保护，中国传统文化恐将走向毁灭的边缘。届时，人们只能独自面对废墟，缅怀曾经的文化辉煌。因此，《道士塔》不仅是对历史的深刻反思，更是对现实的警醒与呼唤。它呼吁我们珍视并传承自己的文化，使其在现代社会中焕发新的生机与活力。

余秋雨在进行散文创作时，不仅致力于展现传统与现代、自然与人文的交织之美，还善于将自己的独特思想和深刻见解融入其中。他的散文往往通过多侧面、多角度的观测，深入挖掘某一物象或景观背后所蕴含的丰富含义，使得作品不仅具有高度的文学价值，也充满了强烈的思想性和议论色彩。以《白发苏州》为例，余秋雨在对这座具有深厚文化底蕴的城市进行透视和评说时，巧妙地选用了五种不同的视角。他首先通过中外对比视角，将苏州与国外的城市进行对比，凸显其独特的文化魅力；接着，他运用文化界定视角，对苏州的文化底蕴进行深入的剖析和解读；然后，他又从阶级压迫视角出发，揭示了苏州历史中阶级关系的复杂性和矛盾性；同时，他还采用美学疏理视角，对苏州的自然景观和人文景观进行细致的描绘和赞美；最后，他以个人观感视角收尾，表达了自己对苏州的深厚感情和独特见解。这五种视角相互交织、相互补充，使得《白发苏州》这篇散文成为一篇全面、深刻、生动的作品。

尽管余秋雨的散文在文学上取得了很高的成就，但也存在一些缺点。首先，他的散文篇章结构有时过于雷同，缺乏创新和变化，这在一定程度上影响了读者的阅读体验。其次，他在情感表达上有时过于浮泛和夸张，缺乏真实的情感流露和深入的情感剖析，使得作品在情感深度上有所欠缺。这些缺点在余秋雨的一些作品中表现得尤为明显，也导致了他的一些读者在市场经济热潮退去后逐渐流失。然而，我们不能否认余秋雨在散文创作上的成就和贡献。他的散文作品不仅具有独特的文学风格和深刻的思想内涵，也为我们提供了一个多角度、多层面观察和理解世界的窗口。我们应该珍惜和传承这种文学精神，同时也不断地探索和创新，以推动中国散文艺术的进一步发展和繁荣。

二、史铁生的散文创作

史铁生（1951—2010），原籍河北涿县，北京市出生。他于1967年圆满完成了在清华大学附属中学的学业，随后于1969年积极响应国家号召，赴陕西延安地区参与农村插队劳动，投身社会主义建设事业。然而，不幸的是，1972年，因双腿瘫痪，他被迫返回北京接受专业治疗。经过一段时期的休养，1974年，他开始在位于北京北新桥地区的街道工厂工作，但因病情恶化，他不得不返回家中，专心休养与治疗。2010年12月31日因突发脑溢血逝世。

在文学领域，史铁生曾在中国作家协会全国委员会担任委员一职，为文学事业的发展贡献了自己的力量。此外，他还曾任北京作家协会副主席，积极推动北京地区的文学创作与交流。同时，鉴于他在残疾人事业上的突出贡献，他还曾担任中国残疾人协会评议委员会委员，为残疾人群体的权益发声，推动残疾人事业的进步。

自患病以来，史铁生致力于文学创作领域，并成功发表多部散文集，诸如《一个人的记忆》《灵魂的事》《答自己问》《我与地坛》《病隙碎笔》以及《扶轮问路》等作品。同时，他还推出了《我的遥远的清平湾》《礼拜日》《舞台效果》和《命若琴弦》等一系列中短篇小说集，以及《务虚笔记》和《我的丁一之旅》等长篇小说，充分展现了他在文学创作领域的卓越才华与丰硕成果。

史铁生的散文作品多从人生困境的多元视角出发，深入挖掘生命沉思、死亡哲学以及个体奋斗价值的深刻内涵。在作品中，他展现了对人类终极命运的深沉关怀与不懈探索的精神风貌。在创作实践中，史铁生常以自身生命境遇的困境为起点，通过超越个人生命的视角，将人生的苦难转化为一种别具一格的审美体验。他巧妙地将个人遭遇的苦难与人类的普遍困境相融合，深刻触及人类生命中最为悲壮而深沉的底蕴。此外，他的作品还蕴含着丰富的哲理思考，揭示了人类固有的局限，鼓励读者正视命运的无常与生命的短暂，激励人们在困境中勇敢前行，以平和的心态接纳并应对自身的命运。

《我与地坛》是史铁生笔下熠熠生辉的一篇散文，这篇作品不仅仅是对他个人生命经历的记录，更是他深入骨髓的生命体验的呈现。在这篇散文中，史铁生以其独特的笔触，描绘了一个在市场经济浪潮中，身处生命边缘的人如何对生命进行最深刻、最个人化的探索。

史铁生的人生经历充满了戏剧性和挑战性。当他的生命刚刚步入成年，正值改革开放的春风让整个国家焕发出生机勃勃的活力时，他却意外地遭遇了生活的重击——丧失了行走的能力，从此成为社会的边缘人。然而，正是这种边缘化的状态，让他得以从另一个角度审视生命，执着地检验和体味生命的每一个瞬间。在《我与地坛》中，史铁生将"地坛"这一具有历史和文化底蕴的场所与自身的生命体验紧密相连。地坛作为一个废弃的存在，与史铁生在社会中的边缘地位有着异曲同工之妙。这种精神上的契合使得他在地坛中能够更直观地感受到生命的奥秘，更深入地思考生命的价值。在散文的某个片段中，史铁生对生命存在的意义进行了深刻的反思。他提出了"我要不要死""我为什么活""我干吗要写作"等一系列问题，这些问题在常人看来或许过于沉重和深奥，但对于一个身处生命边缘的人来说，却是无法回避的现实。史铁生并没有对这些问题进行哲学式的追问和探讨，而是从中发掘出了"生"的勇气和动力。他意识到，当死亡长时间近距离地靠近一个人时，它便失去了原有的恐惧意义，反而成为人对于生命渴望的强烈动力。这种边缘生存的体验对于普通人来说，无疑是一种心灵的震撼和启示。

在艺术表现上，《我与地坛》同样展现出了史铁生的独特才华和创新精神。这篇作品在文体上介于散文和小说之间，既有散文的抒情性和哲理性，又有小说的叙事性和虚构性。这使得作品在文学领域具有独特的地位和价值。在作品中，"我"的情感历程是主要的书写对象，这是散文最典型的文体特征之一。然而，"我"既是作品的叙述者，又常常是被作品叙述的对象，这种双重身份使得作品呈现出小说文体虚构的特征。同时，作家在叙述中巧妙地运用了现实与虚构相结合的手法，使得很多场景既像是真实的描写，又带有一定的虚构色彩。这种虚实结合的表现手法极大地丰富了作品的艺术表现力，也推动了散文艺术的发展。

总的来说，《我与地坛》是一篇充满深刻思想和艺术价值的散文作品。它以史铁生独特的生命体验为基础，展现了一个边缘人对生命的深刻探索和思考。作品亲切、纯净，具有一种通透、脱俗和达观的品格，呈现了一种壮烈的人生理想和坚定的生命信念。

第四节　新现实主义戏剧的兴起

随着市场经济的迅猛发展，20世纪90年代的戏剧面临大众文化特别是电子文化产品所带来的强烈冲击，导致其受众关注度显著下降。为应对这一市场变化，戏剧创作逐渐调整其关注点，转向更加贴近市民生活、爱情、婚姻家庭等通俗题材，以吸引更广泛的观众群体。在此背景下，休闲喜剧以其独特的娱乐性和市场性受到了广泛欢迎，但在讽刺性和精神内涵层面仍有待加强。

尽管当前戏剧创作领域呈现出趋于平庸的趋势，然而仍有一部分剧作家矢志不渝地坚守戏剧创作的核心理念，对戏剧艺术进行了深刻且全面的探索。他们紧密贴合社会生活背景，深刻剖析人物的境遇与心理状态，致力于推动现实主义创作向"象征"层面迈进，从而催生了新现实主义戏剧的崛起，为当时略显黯淡的戏剧创作领域注入了崭新的活力。

与此同时，部分小剧场戏剧作品因关注人的生存状况，在激烈的市场竞争中找到了独特的生存空间，展现出别具一格的艺术魅力，为戏剧创作领域的多元化发展提供了强有力的支撑。

一、郭启宏的戏剧创作

郭启宏（1940—　），原籍潮州市饶平县黄冈镇。他曾就读于中山大学，并在毕业后全身心投入戏剧创作事业。此外，他还兼任中国戏曲学院等高等教育机构的客座教授职务，为培养更多优秀的戏剧人才贡献自己的力量。

郭启宏较偏爱历史剧，他在20世纪90年代最著名的话剧是《李白》和《天之骄子》。

《李白》这部剧作深情地讲述了唐代伟大诗人李白晚年的生活轨迹与心路历程。李白，这位一生怀揣报国之志的诗人，始终渴望得到统治者的青睐，以便能够施展自己的政治抱负和文学才华。然而，历史的洪流往往不以人的意志为转移。在安史之乱这场大动乱爆发后，李白怀着一颗热忱的心投奔了永王幕府，他希望能跃马执戈，驰骋疆场，为国家平定叛乱贡献自己的力量。然而，命运却与李白开了一个残酷的玩笑。他未曾料到，永王只是看中了他卓越的文学才华，想借他之手写一篇讨逆檄文。随着永王兵败，李白因为那篇讨逆檄文而遭到了牵连，被无情地流放到偏远的夜郎。他的雄心壮志在一夜之间化为泡影，人生陷入了低谷。幸运的是，在李白最绝望的时刻，他遇到了天下兵马大元帅郭子仪。这位大元帅不仅欣赏李白的文学才华，更被他的气节和品格所感动。在郭子仪的担保下，李白得以赦免，重获自由。然而，经历了人生的起伏跌宕后，李白已经对官场和仕途失去了信心。他选择了隐退，在当涂这片宁静的土地上度过了余生。

在本剧作中，郭启宏以现代人的视角，对历史人物李白进行了深入且全面的剖析。他既生动地展现了李白坚韧不屈、傲然挺立的真实个性，又精准地指出了其注定走向悲剧的命运轨迹。李白的一生，展现了他身上既超凡脱俗又沾染世俗、既胸怀坦荡又常怀忧虑的复杂性格特征。他既怀有封建士大夫对功名的热切企盼，又具备壮士豪侠对权位的轻蔑与不屑。这种矛盾的性格特质使得李白在"入世"与"出世"的激烈冲突中，度过了他漫长而曲折的六十二个春秋。

《天之骄子》是一部以三国时期曹魏为历史背景的剧作，它深入描绘了曹操在三位儿子之间选拔接班人的宫廷权谋与兄弟之间的情感纠葛。故事的核心围绕着曹操的选择，最终曹丕凭借智慧和权谋胜出，成为曹魏的接班人。然而，权力的转移并没有带来兄弟之间的和睦，反而加剧了曹丕与曹植之间的争斗。

在这部剧作中，郭启宏对曹氏兄弟的性格与命运进行了详尽且深入的分析。他提出，曹植作为一位才华横溢的诗人，其内心深处却深藏着对建功立业的热切渴望。出身帝王之家，自幼便沐浴在权力的光环之下，曹植视建功立业为人生之终极追求。然而，皇位之唯一性，注定其无法达成此愿，故而转向诗词创作，以寻求名垂青史之可能。正是在此种无法达成建功立业之痛苦中，曹植方创作出众多传颂千古之辞赋。若其起初便专注于诗词创作，或许难以达到此等艺术高度。

相较之下，曹丕则是一个在亲情与权位间挣扎的复杂个体。他既渴望得到父王的认可与兄弟的尊重，又不得不为维护自身权力而施展各种手段。此种内心之激烈冲突，使其行为常令人难以捉摸。郭启宏指出，亲情与权位往往难以并存，当权位占据上风时，人性易遭扭曲，亲情亦变得淡漠。然而，当亲情与权位之冲突达致极端之境，一旦权位淡化，扭曲之人性亦会有所复归。因此，在曹丕称帝之后，其重新展现对曹植之兄弟亲情，实属可信。

郭启宏强调，将曹丕塑造为毫无人性之阴谋家，实乃有失偏颇，此举忽视了人性之复杂性与多样性。为更生动地展现曹氏兄弟之争斗及曹操在其中之作用，郭启宏于剧作中巧妙引入曹操孤魂这一角色。曹操孤魂不仅戏谑那些浮躁且心机深沉之当事人，更深刻揭示人物行为背后潜意识中善恶之较量。此种设计使得剧作更具深度与层次感，亦更能引发观众之共鸣与深思。

郭启宏的创作理念体现在这部剧作中，他认为历史剧与现代剧一样，都是当代人的创作。历史剧的目的是通过"复活"历史人物来反映当代人的心灵状态和审美需求。在《天之骄子》中，郭启宏运用多种尺度来权衡历史人物，包括政治的尺度、道德的尺度以及艺术和审美的尺度。这种综合性的视角使得剧作不仅具有历史深度，还具有强烈的现代感和时代感。

正是在这样的创造理论指导下，郭启宏的戏剧创作才具有了现代精神，也因此而获得了大众的认可。他通过《天之骄子》这部剧作，成功地展示了三国时期曹魏宫廷的权力斗争和兄弟之间的情感纠葛，同时也揭示了人性的复杂性和多样性。这样的作品不仅具有历史价值，更具有现代意义。

二、过士行的戏剧创作

过士行（1952—　），祖籍江苏无锡。自幼时起，他便频繁出入人艺和儿艺观看话剧，此举不仅点燃了他对戏剧创作的热情之火，更为他日后在戏剧领域的创作积累了宝贵的素材和经验。1979年，过士行正式加入《北京晚报》，担任戏剧记者一职，专职报道与戏剧相关的新闻动态，为大众提供及时、准确的戏剧信息。在此期间，他深受林兆华的鼓舞与启发，开始尝试涉足戏剧创作领域，并陆续发表了多部备受业界赞誉和观众喜爱的戏剧作品。在过士行的众多戏剧佳作中，《鸟人》与《棋人》两部作品尤为引人注目，以其独特的艺术风格和深刻的思想内涵，成为其代表性之作，为戏剧界注入了新的活力。

《鸟人》是过士行所精心雕琢的一部剧作，该剧深刻而细腻地剖析了养鸟人这一特定社会群体的内心世界及其生活方式。作品聚焦主人公丁保罗这一形象，他是一位留洋归来的精神分析专家，独具慧眼地洞察到养鸟和玩鸟背后所隐藏的心理症结。为了验证自己的理论，丁保罗毅然决然地创建了"鸟人康复治疗中心"，致力于通过专业的精神分析手段，帮助那些深受养鸟爱好所困扰的人们摆脱心理桎梏。然而，事态的发展并未完全按照丁保罗的预期进行。退休的京剧艺人三爷，一位对养鸟怀有深厚情感的执着者，成为丁保罗的首个治疗对象。然而，三爷对丁保罗的精神分析理论既无法接受亦难以理解，两人因此产生了激烈的观念冲突。事实上，丁保罗与三爷各自在其所擅长的领域如同"笼中鸟"，他们用自己的方式构筑了囚禁自己的心灵牢笼，其生命也在不知不觉中被这无形的笼子所消磨。这一深刻的主题揭示了人类心灵深处的复杂性与困境，也引发了观众对于自由与束缚、自我与他者等议题的深刻思考。

该剧的导演林兆华在评价《鸟人》时指出，这部剧作蕴含着深层的幽默感。无论是三爷对养鸟的痴迷，还是丁保罗对精神分析的执着，都展现了一种近乎偏执的追求。这种偏执已经形成了他们自我禁锢的精神牢笼。而当这两种偏执相遇并碰撞时，便产生了令人捧腹又引人深思的戏剧效果。

在剧中，过士行巧妙地运用了精神分析与京剧这两种截然不同的文化元素，进行了一场精彩的对话。丁保罗试图用精神分析来消解三爷的养鸟行为，而三爷则用京剧的"三堂会审"来反击丁保罗的精神分析。在这场"会审"中，原本作为治疗者的丁保罗，反而成为被审问的对象，陷入了难以自圆其说的境地。当三爷踩着锣鼓点，迈着方步扬长而去时，只留下丁保罗拿着惊堂木发呆，这一幕将全剧的荒诞意味推向了顶点。

《鸟人》的双向视角和趣味趋同的特点，使得这部剧作具有一种双向的文化批判意味。它既批判了那些被爱好所束缚、失去自我的人，也批判了那些自诩为科学却忽略了人性复杂性的精神分析专家。通过这部剧作，过士行成功地引发了观众对于人性、爱好与文化传统的深入思考。

《棋人》是过士行精心雕琢的一部作品，深刻揭示了棋人世界的执着与孤独。剧中的主人公何云清，是一个将围棋视为生命全部的人。他的一生，仿佛都被那纵横交错的棋盘所牵绊，五十年如一日地沉浸在棋局之中，忘却了世俗的纷扰与温暖。正因为这份过于深重的痴迷，他的女人司慧选择离开，一走就是三十年，留给他的是无尽的寂寞与思念。

岁月流转，当何云清迎来自己的六十大寿时，他做出了一个惊人的决定——宣布自己将不再下棋。这个决定，似乎预示着他渴望回归世俗生活的愿望，想要找回那些曾经失去的美好与温暖。然而，就在这个关键的时刻，一个意想不到的消息打破了他的平静——司慧的儿子司炎，竟然也痴迷于围棋，如同他当年一般。这个消息让何云清内心掀起了波澜。他看到了司炎身上那种与自己相似的执着与狂热，也看到了围棋对司炎生命的深刻影响。他不希望司炎再次走上自己的老路，一生都被棋盘所束缚。于是，他决定与司炎下一盘棋，用自己的绝命棋来摧毁司炎的意志，让他能够摆脱围棋的束缚，过上正常的世俗生活。然而，事情并没有如他所愿。在与司炎的对弈中，何云清发现司炎对围棋的热爱远超过自己的想象。围棋在司炎的生命中已经生了根，成为他不可或缺的一部分。对司炎来说，围棋不仅仅是一种游戏或竞技，更是一种有生命的艺术。正因为这份深深的热爱，司炎在输棋后选择了自杀，以完成自己的殉道。这一幕让何云清深感震惊和悲痛。他意识到自己的决定和行动并没有拯救司炎，反而将他推向了更深的深渊。他开始反思自己的一生，那些因为执着于围棋而失去的美好与温暖，那些因为痴迷于棋盘而错过的爱情与亲情。他开始明白，围棋虽然给他带来了无尽的快乐和成就感，但也让他失去了更多珍贵的东西。

在《棋人》中，过士行通过何云清和司炎的故事，展现了人的一种执着追求以及这种执着所造成的困境。他让我们看到，当一个人的热爱和追求达到了一种极端程度时，往往容易失去对生命的敬畏和珍惜。而这种失去，往往是致命的。因此，我们应该学会在追求中保持清醒和理智，不要让自己的热爱和追求成为束缚自己的枷锁。

总体而言，过士行的戏剧作品核心聚焦人生困境的深刻揭示，他巧妙地运用了悖论的手法来凸显这一主题。同时，这些戏剧作品蕴含着丰富的寓意，能够触发观众深入的思考和感悟。

参考文献

[1]康静，吴文静.中国现当代文学的分期探索[M].北京：中国书籍出版社，2022.

[2]谢青.20世纪中国现当代小说创作探析[M].长春：吉林大学出版社，2020.

[3]李怡，干天全.中国现当代文学[M].重庆：重庆大学出版社，2010.

[4]王嘉良，颜敏.中国现当代文学史（上）[M].上海：上海教育出版社，2004.

[5]侯伽，高飞晓.历史语境下的中国现当代文学发展研究[M].北京：中国书籍出版社，2020.

[6]席扬，方维保，曹书文，等.中国现当代文学史简明教程[M].北京：北京师范大学出版社，2013.

[7]樊星.中国现当代文学史（下）[M].武汉：武汉大学出版社，2012.

[8]雷达，赵学勇，程金城.中国现当代文学通史（上）[M].兰州：甘肃人民出版社，2006.

[9]刘勇，李春雨，杨志.中国现当代文学（第2版）[M].北京：中国人民大学出版社，2012.

[10]金诚.社会底蕴[M].乌鲁木齐：新疆人民出版社，2004.

[11]李明军，姑丽娜尔·吾甫力.中国现当代文学[M].西安：陕西师范大学出版社，2010.

[12]丛培香，刘会军，陶良华.中华散文百年精华[M].北京：人民文学出版社，1999.

[13]赵彩燕.经典回眸：20世纪中国现当代文学的分期探索[M].北京：中国书籍出版社，2021.

[14]王晓侠，林娜.主题探索视角下的中国现当代小说创作研究[M].北京：中国书籍出版社，2020.

[15]首作帝，李蓉.新中国文学的开端[M].杭州：浙江工商大学出版社，2020.

[16]高玉.中国现当代文学史（第2版）[M].杭州：浙江大学出版社，2017.

[17]李杰.世界五千年[M].哈尔滨：哈尔滨出版社，2004.

[18]伍国文.世界文学随笔精品大展[M].武汉：长江文艺出版社，2003.

[19]冯化平.世间万象[M].海拉尔：内蒙古文化出版社，2010.

[20]张冉冉.文学思潮：探索中国现当代文学[M].长春：吉林出版集团股份有限公司，2018.

[21]孙维屏.中国新诗名作赏读[M].济南：山东人民出版社，2011.

[22]刘昆.中国100年名家散文集[M].海拉尔：内蒙古文化出版社，2001.

[23]李平，陈林群.20世纪中国文学作品选[M].上海：上海三联书店，2004.

[24]袁行霈，黄霖，袁世硕，等.中国文学史[M].北京：高等教育出版社，2003.